AF398579

Heike Hamboch verfasste schon als Grundschülerin erste Kurzgeschichten, meistens Horror. Als Teenager begann sie mit einem High-Fantasy-Roman, den sie viele Jahre später beendete. Unter dem Pseudonym Ava Cooper hat die gelernte Journalistin mittlerweile einige Bücher in den Genres Fantasy und Dystopien veröffentlicht. „Das Geheimnis des Weinguts Etoile" ist der erste Roman im Bereich Familiengeheimnis, der unter ihrem Klarnamen erscheinen wird. Wenn es nach ihr geht, wird es nicht bei einem einzelnen Werk bleiben, weil sie Geschmack an diesem Genre gefunden hat.

Heike Hamboch

Das Mädchen der Heide

Ein Familiengeheimnis über
eine Liebe, die niemals endet

Erstausgabe Februar 2025

Copyright © 2025 dp Verlag, ein Imprint der
dp DIGITAL PUBLISHERS GmbH
Made in Stuttgart with ♥
Alle Rechte vorbehalten

Das Mädchen der Heide

ISBN 978-3-98998-854-5
E-Book-ISBN 978-3-98998-597-1

Covergestaltung: The Write Spirit
Umschlaggestaltung: ARTC.ore Design
Unter Verwendung von Abbildungen von
© Bohbeh, © faestock, © OlesyaNickolaeva, © Tom Tietz, © Torben
Knauer, © LightField Studios, © Wut_Moppie, © Lebid Volodymyr
Lektorat: The Write Spirit
Satz: dp DIGITAL PUBLISHERS GmbH
Druck und Bindung: Books on Demand GmbH, Norderstedt

1

Düsseldorf, heute

»Ich glaube, das könnte richtig gut werden«, murmelte Esther und blickte zufrieden auf die Skizzen, die sie für die neue Kollektion des Modelabels La Dame ausarbeitete. Die Zeichnungen zeigten Frauen mit klassischen, knielangen Röcken und dazu passenden Jacketts. Wenig spektakulär also.

Aber Esther verwendete nicht die gedeckten Farbtöne, mit denen La Dame sonst auftrat, sondern nutzte kräftige Farbnuancen wie pink, kürbisorange, mintgrün und azurblau. Außerdem baute sie verspielte Details wie abgesetzte Nähte und Zierknöpfe ein. Wobei Esther sich vorstellen konnte, wie ihre Chefin Gisele darauf reagieren würde. Die Designerin, die zu ihren Glanzzeiten Kostüme mit Raffinesse entwickelt hatte, ließ nur noch langweilige Entwürfe zu.

Dabei hatten sie im Vorstellungsgespräch vereinbart, dass Esther der angestaubten Marke neuen Schwung verpassen, die Designerin eines Tages vielleicht sogar beerben sollte. Immerhin war Gisele schon über siebzig. Aber Esther konnte ihr Wissen über angesagte Schnitte und Modetrends, das sie beim Studium und in Praktika gesammelt hatte, nicht nutzen. Gisele lehnte alles ab, was auch nur im Ansatz kreativ war.

5

Esther seufzte. Manchmal war sie schon so frustriert, als wäre sie hundert und nicht erst sechsundzwanzig. Dabei war sie voller Elan und guter Ideen angetreten. Doch sie wurde nie gehört; alles, was sie sagte, blockte ihre Chefin ab. Das schnitt ihr ins Herz, bis es blutete. Mittlerweile hatte sie schon fast die Lust am Designen verloren – dabei gab es früher nichts, was sie glücklicher gemacht hatte. Deprimiert fuhr sie sich durch ihre Haare, die sie seit einigen Wochen als schwarz gefärbten Pixie Cut trug. Laut ihren Freundinnen betonte das ihre hohen Wangenknochen und ihre meergrünen Augen. Viel wichtiger war für sie aber, dass sie sich damit modern und selbstbewusst fühlte. Ob ihr das wohl half, Gisele zu überzeugen? Sie hoffte es so sehr, immerhin wollte sie ja nur das Beste für das Label und es voranbringen.

Esther beugte sich erneut über die Entwürfe, um konzentriert weiter zu arbeiten. Der Zeichentisch stand in der Mitte des Ateliers, wo das Licht durch die riesigen Fensterfronten und die gläserne Kuppel hineinfiel. Gerade stahl sich ein besonders vorwitziger Sonnenschein hindurch und beschien ihr Gesicht. Kurz hielt Esther inne und genoss die Wärme. So früh morgens ließ es sich selbst im Sommer gut aushalten. Aber in wenigen Stunden würde sie wieder zerfließen.

Dennoch wollte Esther ihren Arbeitsbereich im Obergeschoss der Villa Sonnenthal für kein Büro der Welt eintauschen. Sie liebte es, wie die moderne Funktionalität der Regale aus Edelstahl mit dem Prunk der Villa kontrastierte. Alle Räume von Giseles Familienresidenz bestachen durch detailreiche Stuckverzierungen, geschwungene Bögen und hohe Decken. Der alabasterfarbene Boden aus italienischem Marmor unterstrich die Eleganz der Gründerzeitvilla.

Als Esther gerade überlegte, ob sie noch mit einem weiteren Entwurf beginnen sollte, hörte sie, dass Gisele zu der angekündigten Stippvisite erschien. Die hohen Hacken ihrer Schuhe klackerten auf dem Boden, während sie sich mit gemäßigten Schritten näherte. Dann stand sie neben ihr.

»Hallo, Gisele«, begrüßte Esther ihre Chefin.

Die Dame mit den silbergrauen Haaren und der geraden Haltung nickte ernst. »Guten Morgen, Esther. Wie weit bist du mit der neuen Kollektion?«

»Fast fertig. Hier, das sind die Entwürfe. Was hältst du davon?« Esther hielt den Atem an, als Gisele die Zeichnungen eine ganze Weile studierte, ohne ein Wort zu sagen. Keine Regung lief über ihr strenges Gesicht mit den tiefen Falten und es war unmöglich zu erahnen, was sie dachte.

Schließlich legte Gisele die Skizzen übereinander, wobei sie darauf achtete, dass die Blätter exakt parallel zueinander waren. Sie richtete ihre blassblauen Augen auf Esther und verzog die Mundwinkel. »Das sieht alles ... nett aus. Aber diese Volants und diese Farben passen nicht zu unserer Linie. Das ist zu verspielt. Willst du den Jugendlabels nacheifern?«

Esther biss sich auf die Lippe. Um sich zu beruhigen, strich sie über eines der Business-Kostüme, die auf Schneiderpuppen neben ihr standen und ihr als Muster dienten. Der feste Stoff war hochwertig, daran bestand kein Zweifel. Außerdem besaßen die Stücke jede Menge Eleganz. Allerdings fehlte ihnen das Besondere, das Esther ihnen gerne verleihen würde und das sie ihrer Meinung nach verdienten.

»Natürlich wollen wir den Jugendlabels nicht das Wasser abgraben«, gab sie gefasst zurück. Sie atmete einmal tief durch, um zur Ruhe zu kommen. »Trotzdem braucht La Dame mehr Pep. Auch für ältere Damen ist die Kleidung zu altbacken. Die sind nicht mehr so langweilig wie früher.«

Sofort traf sie Giseles pikierter Blick, die ein marineblaues Ensemble aus der letzten Kollektion trug. Der knielange Rock betonte ihre schlanken Beine und das Jackett schmiegte sich an ihre schmale Taille.

»Es tut mir leid, Gisele, du siehst natürlich schick aus, wie immer«, murmelte Esther kleinlaut, was der Wahrheit entsprach. Die Designerin vermittelte stets Stil und Eleganz. Allerdings konnte oder wollte sie nicht einsehen, dass sie nicht mehr den Geschmack der arbeitenden Bevölkerung repräsentierte. Im Büro war viel mehr erlaubt als früher. Auch Frauen in leitenden Positionen durften verspieltere Mode tragen.

Unwillkürlich hob Esther ihr Kinn und sah ihrer Chefin so fest, wie sie es vermochte, in die Augen. »Du sagst doch selbst, dass die Geschäfte seit einer Weile schlecht laufen. Dagegen müssen wir irgendetwas unternehmen und mit der Zeit gehen. Für La Dame! Findest du nicht?«

»Auch andere Modelabels kämpfen«, erwiderte Gisele mit stoischer Ruhe. Sie schenkte ihr ein beruhigendes Lächeln, in dem ein Hauch Herablassung mitschwang. »Im Markt wechseln sich die Aufs und Abs nun einmal ab. Dir fehlt noch die Erfahrung, um das einschätzen zu können.«

Verzweiflung ergriff Esther. Bemerkte sie nicht, dass sie La Dame so in den Ruin steuerte? Esther hatte sowieso mit sich gerungen, ob sie den Job machen wollte. Aber Gisele war eine Freundin ihrer Großmutter Marlene, die ihr zu dieser Anstellung verholfen hatte. Diese fand, das sei für Esther eine fantastische Gelegenheit zu beweisen, was sie konnte.

Ja, wäre es. Wenn Gisele sie nur ließe! Sie tastete nach den Skizzen, was ihr prompt ein Gefühl der Sicherheit zurückgab. »La Dame verliert mehr Umsatz als die anderen. Fast alle Konkurrenten haben junge Nebenlinien entwickelt. Nur wir halten eisern an der Zielgruppe vierzig plus fest. Das engt uns ein. Wir sollten das Portfolio erweitern.«

Erleichtert bemerkte sie, wie die Business-Buzzwords zu Gisele durchdrangen. Hoffnung durchflutete sie. »Wenn wir auch eine Zweitlinie gründen, können wir einen frischen Stil ausprobieren. Damit sprechen wir junge Frauen an.«

Kurz schien es, als erreichte sie Gisele. Ein Hauch von Wagemut blitzte in ihren Augen auf. Dann blickte sie wieder auf die Zeichnungen voller leuchtender Farben und verspielter Details und schüttelte den Kopf. Dabei bewegten sich ihre halblangen, grauen Haare kaum. »Esther, das ist nicht mein Weg. La Dame wechselt die Zielgruppe nicht beim geringsten Gegenwind, sondern bleibt ihr treu.«

Warum war Gisele nur so stur? Diesmal konnte sich Esther das Stöhnen nicht verkneifen, was ihr einen strafenden Blick einbrachte. So kam sie nicht weiter. »Bitte, lass es uns probieren.« Flehend schaute Esther ihre Chefin an.

Die schüttelte wieder den Kopf. Diesmal lag eine bittere Entschlossenheit darin. »Es geht nicht. Die Käuferinnen erwarten von uns unvergängliche Eleganz. Also fertige bitte bis Monatsende neue Zeichnungen an. Du weißt schon – zeitlos chic. Und denk daran, dass du immer noch in der Probezeit bist. Wenn mich deine nächsten Entwürfe wieder nicht überzeugen, beende ich dieses Experiment.« Nach diesen Worten drehte sich Gisele um und verließ das Atelier.

Das laute Klackern ihrer Schuhe hallte noch lange in Esthers Kopf nach. Ihre Chefin wollte sie feuern! Was sollte sie nur machen? Sofort fiel ihr Oma Marlene ein. Sie würde sicherlich wissen, wie sie ihre Freundin umstimmen konnte. Oder wie Esther neue Entwürfe anfertigte, bei denen sie ihre Seele nicht an den Gott der Langeweile verkaufte.

***

»Aber, aber, mein Schatz, was ist denn mit dir los? Du bist ja ganz aufgelöst. Hat Gisele dich wieder geärgert?« Großmutter Marlene schüttelte traurig den Kopf. »Nun komm erst mal zu mir, mein Kind.« Sie nahm Esther in den Arm.

Dankbar schmiegte sie sich an die schmale, alte Dame. »Ach, Oma. Diesmal war es viel schlimmer als sonst. Wenn ich sie mit den nächsten Entwürfen nicht überzeuge, wird sie mich entlassen. Was mache ich denn bloß?« Sie schniefte.

Oma Marlene strich ihr sanft über den Rücken und murmelte leise: »Alles wird gut, mein Juwel.«

So nannte sie Esther, weil sie immer sagte, ihre Enkelin wäre der größte Schatz ihres Lebens. Mit dem Kosenamen brachte sie sie sofort wieder zum Lächeln.

»Ah, siehst du, da ist es wieder, das schöne Lächeln. Aber bitte – komm doch erst einmal hinein.« Sanft zog ihre Großmutter sie in die Wohnung. Esther, ihre Mutter und Oma Marlene lebten gemeinsam in einem Haus unweit der Kö'. Ihre Großmutter im Erdgeschoss, ihre Mutter im ersten Stock und Esther gehörte das Dachgeschoss.

Esther folgte der Einladung und sie gingen gemeinsam durch den langen Flur. Ihre Sneakers quietschten leise auf dem Marmorboden. Reichlich goldverzierte Spiegel hingen an den Wänden, sanft beleuchtet von ebenfalls goldenen Lüstern. Die Flügeltür, die ins Wohnzimmer führte, stand weit offen. Wie immer fühlte Esther Ergriffenheit angesichts der exquisiten Eleganz, mit der Marlene den Raum eingerichtet hatte. Mit seiner filigranen Récamiere und den beiden Sesseln mit karmesinroten Samtbezügen sowie goldenen Lehnen und Beinen wirkte es fast wie ein Boudoir. Der feine Schwung der Sitzmöbel harmonierte perfekt mit dem verschnörkelten Couchtisch. Einen Fernseher suchte man vergebens, denn ihre Oma bevorzugte es zu lesen. Der Blickfang war eine lebensgroße Nachbildung der Venus von Milo. Esther strich im Vorbeigehen mit den Fingern über den glatten Stein.

Ihre Oma lächelte sie an. »Lass mich einen French Coffee für uns machen und du erzählst mir, was los ist, ja?«

Esther nickte dankbar.

Während ihre Großmutter in der Küche verschwand, setzte sie sich auf die rote Récamiere und legte die Entwürfe, die sie mitgenommen hatte, auf den Tisch. Sie hörte Marlene mit der Kaffeemaschine herumhantieren, die Esther ihr zum achtzigsten Geburtstag geschenkt hatte. Nach einer Weile kam sie mit einem Tablett zurück, das sie vorsichtig neben die Skizzen auf den Tisch stellte, bevor sie sich neben Esther setzte. Schweigend drückte sie ihr eine Tasse in die Hand.

Esther dankte ihr und nippte vorsichtig daran. Der French Coffee war gut wie immer. »Oma, du musst mir endlich das Geheimrezept deiner französischen Freundin verraten.«

Marlene lachte leise, während sie sich kerzengerade auf einen Sessel setzte. »Damit du mich dann nicht mehr besuchst? Nein, mein Schatz, das Rezept bekommst du erst, wenn dieser alte Körper aufgegeben hat. Was ja sicher nicht mehr sehr lange dauern kann …«

Der Gedanke ließ Esthers Blut gefrieren. Was sollte sie nur ohne ihre Großmutter machen? Sie schaute sie mahnend an. »Oma, wenn du öfter zum Arzt gehen würdest, könntest du sicher ewig leben. Du solltest deine Herzbeschwerden nicht so auf die leichte Schulter nehmen.«

Die Ältere lächelte sie mild an. »Da war ich doch schon. Der kann bloß wenig unternehmen. Der liebe Gott hat uns halt ein Verfallsdatum mitgegeben. Und wenn das erreicht ist, sollte man das akzeptieren.«

»Aber ich will das nicht akzeptieren!«, stieß Esther heftig aus. Ihre Großmutter war der gütigste, herzlichste, freundlichste Mensch, den es gab. Sie durfte nicht sterben! Die Welt wäre ohne sie ärmer. Wie konnte sie nur darüber nachdenken, ihre Krankheit einfach so zu übergehen? »Bitte geh bald noch mal zum Arzt und lass dein Herz untersuchen. Versprichst du mir das?«

Oma Marlene tätschelte ihr sanft die Hand. »Sicher, mein Juwel. Bald gehe ich.«

Doch sie würde es nicht machen, das ahnte Esther. Sie biss sich auf die Unterlippe, damit sie die Ältere nicht weiter bedrängte. Das nützte nichts. Trotz ihrer Sanftheit besaß ihre Oma einen unbeugsamen Willen. Sie zwang sich zu einem Lächeln. »Aber du weißt, Oma: Ich werde dich immer besuchen. Ob mit oder ohne French Coffee.«

»Das weiß ich doch. Aber lass mir mein Geheimnis.«

Eine Weile genossen sie ihre Heißgetränke schweigend. Dann beugte sich Marlene verschwörerisch zu ihr. »Nun sage mir, meine Liebe: Was ist geschehen zwischen euch?«

Esther schüttelte seufzend den Kopf. »Ich habe Entwürfe für eine jüngere Zielgruppe gezeichnet. Für eine neue Nebenlinie, die uns vielleicht aus den roten Zahlen bringen könnte. Aber Gisele will nichts davon wissen. Wenn sie so weiter macht, ist La Dame bald weg vom Markt. Das wäre so schade. Kannst du nicht mir ihr reden?«

»Das würde ich gern. Aber Gisele ... Nun, sie trifft ihre eigenen Entscheidungen. Ich hatte allerdings gedacht, sie würde erkennen, dass ihr euch ergänzt.«

»Schön wäre es. Aber sie lehnt alles Neue ab. Dabei habe ich mir die Finger wund gezeichnet, um Eleganz mit modernen Elementen zu mischen. Diese Kleidung käme bestimmt gut an, da bin ich mir sicher.« Trotzig reckte sie das Kinn.

»Zeig mir einmal deine Skizzen.« Oma Marlene streckte die Hand aus. Bereitwillig übergab Esther ihr den Papierstapel. Die Ältere ging schweigend durch die Zeichnungen.

Nervös nippte Esther an ihrem French Coffee und sah mit klopfendem Herzen zu, wie ihre Großmutter mit perfekt manikürten Nägeln die Linien der Kleider entlangfuhr. Sie konnte an ihrem Gesichtsausdruck nicht erkennen, was sie dachte. Waren ihre Entwürfe doch nicht so gut? Der Gedanke schnürte ihr die Kehle zu. Endlich legte ihre Oma die Skizzen sorgfältig zusammen und sah ihre Enkelin an.

Esther schluckte. »Und?«

»Damit hast du dich selbst übertroffen.«

Esther entfuhr ein tiefer Seufzer der Erleichterung und sie strahlte Oma Marlene an. »Findest du wirklich?«

Die ältere Dame nickte. »Absolut. Diese Kollektion ist brillant! Hast du denn schon einen Namen dafür?«

»Ich möchte die neue Linie *Fille* nennen.«

»*La fille* ... das Mädchen«, murmelte Marlene. »Das passt vortrefflich. Das klingt jung und frisch.«

»Aber Gisele wird sie nie ins Programm aufnehmen ... Vielleicht sollte ich die Skizzen einfach zerreißen«, klagte Esther. Sie griff nach der ersten Zeichnung, doch ihre Großmutter stoppte sie energisch. »Auf keinen Fall! Diese Kleider müssen getragen werden, alles andere wäre eine Schande.« Sie tippte sich gegen die Unterlippe. »Ich kenne jemandem bei *Le Style Parisien*. Antoine Fournier. Seine Großmutter ist eine gute Freundin von mir. Wir haben beide in Hamburg gelebt, bevor sie ihren späteren Mann kennengelernt hat und nach Frankreich gezogen ist. Ich kann ihn sicher überzeugen, dir eine Chance zu geben.«

Esthers Augen wurden groß. »Wirklich?«

»Bestimmt.« Ihre Oma nickte heiter. Dann wurde sie wieder ernster. »Allerdings musst du vorher noch deine Hausaufgaben erledigen und mehr ins Detail gehen. Sein Chef, Monsieur Moreau, wird einen Geschäftsplan von dir erwarten.«

Esther stöhnte. Dieses ganze BWL-Zeug lag ihr nicht. Als ihre Oma sie strafend ansah, erklärte sie hastig: »Natürlich mache ich das. Ich setze mich gleich am Wochenende daran.«

Ihre Großmutter tätschelte ihre Wange. »Siehst du, mein Juwel, alles wird gut. Zusammen schaffen wir das schon.«

»Und Gisele wird dir nicht böse sein?«

Ihre Großmutter machte eine abwehrende Handbewegung. »Ach was! Wenn sie so dumm ist, deine Genialität nicht zu erkennen, dann sorge ich dafür, dass Monsieur Moreau es sieht.« Sie zwinkerte ihr zu.

»Oh, Oma Marlene, ich danke dir! Ich könnte töten für diese Modelinie.« Jubelnd umarmte sie ihre Großmutter.

Die schob sie von sich. »Achtung, Kind, du erdrückst mich ja.« Aber an der Art, wie sie lächelte, erkannte Esther, wie sehr sie sich über ihren Enthusiasmus freute.

Als sie ihren French Coffee ausgetrunken hatten, schaute Esther die Ältere erwartungsvoll an. »Was meinst du – schlendern wir bei dem schönen Wetter noch über die Kö und machen einen Abstecher bei deinem Lieblingsitaliener?«

Oma Marlene lachte leise. »Wenn du *Francos Gelato* meinst – sehr gerne! Du weißt, über einen leckeren Eisbecher freue ich mich immer. Dir täte das sicher auch gut. Nichts vertreibt Sorgen so gut wie Eis. Höchstens Schmuck ...«

»Und wie es der Zufall will, gibt es beides auf der Kö«, sagte Esther liebevoll.

»Ganz genau. Deswegen lebe ich hier so gerne.«

Schmunzelnd stellten sie die Tassen in die Küche und gingen in den Flur. Großmutter Marlene zog sich zu ihrem taubenblauen Kleid Pumps in einer ähnlichen Farbe an und warf sich eine leichte, dunkelblaue Strickjacke mit zarten Bordüren über. Dazu trug sie eine passende Handtasche.

Wie immer sah sie unfassbar elegant aus. Die ältere Dame hatte das Stilgefühl einer französischen Modeikone. Neben ihr kam sich Esther fast wie ein Bauerntrampel vor. Dabei trug sie eine selbst geschneiderte weiße, eng anliegende Sieben-Achtel-Hose mit einem gerafften karmesinroten Oberteil von einer Düsseldorfer Designerin, das perfekt zu ihren schwarzen Haaren passte. Trotzdem, die Eleganz ihrer Oma war exquisit. Großmutter Marlene zog die Tür hinter ihnen ins Schloss und hakte sich bei Esther ein.

Nach wenigen Schritten erreichten sie Düsseldorfs Allee der Schönen und Reichen. Die warme Abendsonne tauchte die Prachtstraße in ein goldenes Licht, das die Auslagen der Juweliere und Designerläden noch verführerischer aussehen ließ. Esther spürte an der ganzen Haltung ihrer Oma, wie sehr sie es hier liebte. Noch mehr als sie.

Dann entdeckte sie in einem Shop einige Oberteile, die ihr gefielen. »Oh, die muss ich mir ansehen!«

Ihre Oma ließ sie lächelnd los. »Na, dann geh.«

Esther lachte und ging zum Schaufenster. Oma Marlene kam etwas langsamer nach, aber sie bewegte sich mit sicheren Schritten. Keine Spur von Altersschwäche.

»Willst du eins davon anprobieren?«

Kurz dachte Esther darüber nach. Aber eigentlich war sie nicht hier, um etwas für sich zu holen, sondern um Zeit mir ihrer Oma zu verbringen. Sie wusste doch, wie gerne die alte Dame mit ihr die Kö entlangging. »Nein, ich habe sowieso gerade kein Geld. Und auf uns warten zwei leckere Eis.«

Ihre Großmutter zwinkerte ihr zu. Esther hakte sich wieder bei ihr ein und sie flanierten im Tempo der Älteren weiter. Dabei kamen sie an einem Antiquitätengeschäft vorbei. »Schau mal, Esther.« Oma Marlene deutete auf ein Schaufenster, in dem eine beeindruckende Sammlung von Kristallvasen ausgestellt war. »So eine hatte ich früher auch einmal. Sie war ein Geschenk von deinem Großvater.«

Esther nickte. »Ich erinnere mich daran, sie stand immer auf dem Kaminsims, nicht wahr?«

»Richtig.« Ein Ausdruck von Nostalgie und Schmerz lag in ihrem Gesicht. Ob sie Opa Hubertus wohl sehr vermisste? Es war schon fast sieben Jahre her, dass er gestorben war.

Sie schlenderten langsam weiter, vorbei an all den schönen Geschäften, die Esther eisern ignorierte. Dann erreichten sie ihre Lieblingseisdiele. »Willst du dich setzen oder etwas mitnehmen?«, fragte Oma Marlene sie.

Esther würde zwar gerne weitergehen, aber sie hatte den Eindruck, dass ihrer Großmutter eine Pause lieber wäre. »Komm, wir setzen uns. Hier ist etwas frei.« Sie zeigte auf einen Tisch draußen, wo sie das Treiben auf der Kö beobachten konnten. Zielstrebig steuerte sie ihn an.

Oma Marlene folgte ihr lächelnd.

Schon nach kurzer Zeit kam die Kellnerin. Esther bestellte einen Erdbeerbecher und ihre Oma einen Amarena-Cup. Sie fühlte sich richtig verschwenderisch, nach dem leckeren Kaffee noch dicke Eisspezialitäten zu essen. Das schlug sich sicher auf den Hüften nieder. Aber als die eisige Leckerei erschien und das Gesicht ihrer Oma vor Glück aufleuchtete, waren ihr die Kalorien egal. Hauptsache, sie verbrachte eine schöne Zeit mit ihrer Großmutter. Denn wie sie selbst gesagt hatte: Diese Zeit konnte so schnell vorbei sein. Wen kümmerten schon ein paar kleine Speckröllchen, wenn man so wertvolle Erinnerungen besaß? Diese Momente waren wie ein kostbarer Schatz, den sie für immer bewahren konnte.

2

Lüneburger Heide, 1965

»Marlene, kannst du mir bitte die Unterlagen von den Jährlingshengsten heraussuchen?«, rief Gustav Goldmann mit seiner leisen, etwas sonoren Stimme zu ihr hinüber. »Wir brauchen sie für die Ausstellung am Wochenende.«

»Natürlich, gerne. Ich hole sie sofort.« Sie stand auf, glättete ihren dunkelblauen Faltenrock, der knapp über die Knie reichte, und ging zum Aktenschrank. Alles, was man brauchte, war darin schön in Registerkarteien sortiert. Nach kurzem Suchen fand sie die Unterlagen für die gewünschten Pferde, die sie auf der Auktion präsentieren wollten. Alle Tiere verfügten über einen astreinen Stammbaum und waren bei bester Gesundheit.

Mit bedachten Schritten ging sie hinüber zu Gustav. Als Geschäftsführer war sein Büro natürlich um ein Vielfaches größer als ihr kleines Vorzimmer. Der Raum war exquisit eingerichtet mit schweren Möbeln aus der Gründerzeit. Was Marlenes Herz jedoch zum Klopfen brachte, war der herrliche Blick auf das Gestüt, den die großen Fenster boten. Von hier aus konnte sie direkt auf die grünen Weiden schauen, auf denen die schönsten Pferde, die man sich vorstellen konnte, grasten, galoppierten oder ruhten.

Schon immer hatte Marlene die majestätischen Vierbeiner geliebt, die hier, im Reiterland Lüneburger Heide, das Landschaftsbild prägten. Aber nichts ging über die edlen Galopper, die die Familie Goldmann seit fast zweihundert Jahren züchtete. Sie waren schlank, mit langen Beinen, stolzen Hälsen und edlen Nüstern. Der Anblick dieser Tiere söhnte sie immer wieder mit einem Problem aus, das sie regelmäßig überforderte: Gustavs Schwärmerei für sie.

»Du siehst heute wieder sehr schön aus. Das leuchtende Rot der Bluse steht dir«, schmeichelte er ihr, während seine Augen bewundernd über ihren Körper glitten. Nervös strich sie sich die schwarzen Haare zurück und senkte den Kopf.

»Danke, Gustav. Das ist ganz reizend von dir.« Dabei brachte er sie eigentlich in Verlegenheit. Aber wie könnte sie Anstoß an einem harmlosen Kompliment nehmen? Und vor allem: Wem sollte sie es sagen? Seinen Eltern gehörte das Gestüt. Sie wären kaum erfreut, wenn sich eine einfache Sekretärin über ihren Sohn beschwerte.

Also zwang sie sich zu einem höflichen Lächeln, obwohl sie das Bedürfnis verspürte, so schnell wie möglich den Raum zu verlassen. Sie reichte ihm die gewünschten Unterlagen, die in braunen Registerakten lagen. Ihre Fingerspitzen berührten sich für den Bruchteil einer Sekunde. Seine Haut fühlte sich teigig, irgendwie fleischig an und sie riss die Hand hastig zurück. Enttäuschung huschte über seine Miene, als er sich wieder in seinem Stuhl fallen ließ. Er breitete die Papiere betont langsam vor sich aus. Eine unangenehme Spannung lag in der Luft.

»Nun, das sind alle Papiere, die wir brauchen?«
Strenge umgab ihn. Anscheinend verübelte er ihr das
reflexhafte Zurückziehen. Das war auch wirklich nicht
nett von ihr gewesen. Aber es zehrte an ihren Nerven,
wie konsequent er sie seit dem ersten Arbeitstag um-
warb.

Nur zu gerne würde sie sich eine andere Anstellung
suchen. In Hamburg fände sie leicht eine neue Arbeit.
Aber sie konnte ihre Heimat nicht verlassen, ihre Mutter brauchte sie. Sie litt seit einer Weile unter Müdigkeit und Schwäche, aber die Ärzte fanden nicht heraus,
woran es lag. Immer öfter musste ihre Mutter in ihrer
Freizeit im Bett ruhen, weil sie sich so schlapp fühlte.
Daher half Marlene im Haushalt. Außerdem gefielen
ihr die Aufgaben bei den Goldmanns – und sie konnte
ihre geliebten Pferde sehen. *Bestimmt wird Gustav irgendwann aufgeben,* redete sie sich ein.

»Ja, das sind alle Unterlagen«, erwiderte sie. »Wir haben Stammbäume und Gesundheitsakten, Leistungsda-
ten und Trainingserfolge und die Anmeldeformulare.
Außerdem die Beschreibungen für den Auktionskatalog.«

»Ah ja.« Er ließ den Blick über die Papiere schweifen,
einmal hin, einmal her. Es wirkte, als wollte er ihre An-
wesenheit in die Länge ziehen.

»Nun gut. Dann scheine ich ja alles zu haben.« Er
sprach die Worte mit gedehnter Stimme, musterte sie
aus trüben, blaugrauen Augen. Marlene wusste nicht
recht, ob sie damit fürs Erste entlassen war oder nicht.
Sie wartete vorsichtshalber noch ein paar Sekunden,
dann drehte sie sich um und entschwand Richtung

Vorzimmer. Dabei musste sie sich zwingen, um nicht unangemessen schnell zu laufen.

Leise seufzend setzte sie sich auf den Bürostuhl, der schon etwas in die Jahre gekommen war. Manchmal hatte sie Angst, dass er unter ihr zusammenbrechen könnte. Aber das war vermutlich Unsinn. Dennoch sollte sie Gustav demnächst bitten, einen neuen Stuhl zu kaufen.

Sie schaute auf den Block, der vor ihr lag. Er war angefüllt mit tausend Aufgaben, die sie zu erledigen hatte: Sie musste sicherstellen, dass die Fahrer und Stallburschen Bescheid wussten, und einen Treffpunkt mit Bernhard vereinbaren, der die Tiere vorführen sollte. Gustavs Gepäck musste gepackt werden. Außerdem sollte sie die Stallburschen über die Futterpläne informieren.

Während sie überlegte, was sie als erstes in Angriff nehmen sollte, hörte sie auf dem Gang energische Schritte und ein fröhliches Pfeifen. Marlenes Pulsschlag beschleunigte sich automatisch, denn sie kannte nur einen, der stets so voller Tatendrang sprudelte.

»Hallo, Schönheit«, hörte sie eine dunkle Stimme, deren warmes Timbre ihren Körper zum Vibrieren brachte. Rainer, der Pferdetrainer, betrat gut gelaunt ihr Büro. Wie immer umgab ihn ein Aroma nach Heu, Tabak und Pferd, das für sie unwiderstehlich roch.

»Hallo, Rainer.« Sie spürte, wie das Blut in ihre Wangen schoss. Warum musste sie bloß trotz ihrer dreiundzwanzig Jahre so schnell rot werden wie ein Backfisch?

Mit dem breiten Gang, der ihn als passionierten Reiter verriet, kam er auf sie zu. Für einen Jockey war er aber zu groß und auch zu breit gebaut. Ob ihn das wohl jemals frustriert hatte? Marlene wusste es nicht, denn außer dienstlichen Angelegenheiten redeten sie kaum miteinander. Was sie ebenso betrübte wie enttäuschte.

Vor ihrem Schreibtisch blieb er stehen, steckte die Hände in die hinteren Hosentaschen und blickte sie durchdringend an. Ein schelmisches Lächeln umspielte seine Lippen. »Wie geht es dir an diesem wunderschönen Tag?« Er schaute durch das kleine Fenster hinter ihr und seufzte. »Auch wenn du kaum etwas davon mitbekommst in deinem kleinen Kabuff hier. Es ist jammerschade, dass du die Tiere nicht siehst.«

»Doch. Jedes Mal, wenn ich in Gustavs Büro gehe.« Was viel häufiger geschah, als ihr lieb war. Aber das würde sie natürlich keinesfalls laut aussprechen. Zumal der Gestütssohn sicher jedem Wort zuhörte, so banal es auch war.

»Sag, wo sind die Unterlagen der Auktionspferde? Ich wollte überprüfen, ob wir alles gut vorbereitet haben. Wobei ich mir sicher bin, dass du dich um alles gekümmert hast.«

»Das habe ich. Die Papiere sind –«

»Bei mir«, sagte Gustav, der sich nun von seinem Schreibtisch erhob und hinüber in ihr Vorzimmer kam. Mit seinem gewohnt schleppenden Gang trat er zwischen Rainer und Marlene, blickte zu dem Pferdetrainer auf. Die Männer waren so verschieden, wie man nur sein konnte.

Der groß gewachsene, schlanke Rainer entsprach mit seinem markanten Gesicht und den funkelnden, blauen Augen dem gängigen Schönheitsbild. Zumal sein täglicher Ausritt und die Arbeit an den Pferden seinen Körper geformt hatten. Gustav, der fast einen halben Kopf kleiner war, ließ es sich offensichtlich gerne beim Essen schmecken. Außerdem konnte er dem Pferdesport in aktiver Form nichts abgewinnen, wie er ihr einmal erzählt hatte. Alles an ihm wirkte weich, wabbelig und irgendwie langsam.

Er richtete seinen Blick auf Rainer und reichte ihm die Papiere. »Alles da. Marlene hat an alles gedacht.«

»Alles andere würde mich auch wundern.« Rainer schmunzelte und sie spürte, wie ihre Wangen noch stärker brannten. Auch Gustav entging diese verräterische Regung ihres Körpers nicht. Über sein Gesicht lief ein Zucken und seine Kiefermuskeln mahlten.

Marlene unterdrückte ein Stöhnen. Warum musste Gustav Rainer bloß als Konkurrenz sehen? Erstens würde sie sich auch dann nicht in ihren Chef verlieben, wenn er der einzige Mann wäre. Außerdem interessierte Rainer sich überhaupt nicht für sie. Er flachste zwar immer ein wenig mit ihr, hatte sie aber noch nie um eine Verabredung gebeten.

»Was meinst du; werden wir einen guten Preis für *Black Storm* bekommen?« Rainer schien nichts von der Feindseligkeit zu bemerken. Er tippte auf die Papiere zu dem Rapphengst und sah den Gestütssohn abwartend an.

Der runzelte die Stirn. »Für den schwarzen Teufel? Unwahrscheinlich, der Hengst ist viel zu cholerisch und aggressiv. Er kann *Rising Glory* niemals das Wasser reichen. Er wird sicher der Star der Auktion sein. Und die Eppsteins plustern sich wieder auf.« Gustavs Gesicht verfinsterte sich, wie immer, wenn er von seinen Erzrivalen sprach. Ihr wichtigster Zuchthengst hatte den der Goldmanns vor fünf Jahren beim Hamburger Derby um eine Nasenlänge geschlagen. Seitdem erzielten ihre Fohlen bessere Preise.

Rainer nickte nachdenklich. »Sicher, *Rising Glory* ist ein Traumpferd. Groß, mit starken Fesseln und tadellosem Gang. Aber ihm fehlt das richtige Feuer.«

»Du meinst wohl die Angriffslust.« Gustav schnaubte.

»So kann man es auch nennen.« Mit einem leisen Lachen rückte Rainer seine Mütze gerade. »Das Tier legt sich mit jedem an, der nicht mit ihm umgehen kann.«

»Und das ist fast jeder außer dir. Nein, für den Gaul werden wir nie im Leben viel bekommen. Ich bin froh, wenn wir ihn los sind.« Gustav schürzte missbilligend die Lippen.

Marlene räusperte sich. »Ich finde *Black Storm* schön. In seinem Blick liegt etwas, das die anderen nicht haben.«

Beide Männer schauten sie verwundert an.

»Habe ich den Namen etwa falsch ausgesprochen?«, fragte sie mit brennenden Wangen.

Rainer zwinkerte ihr zu. »O nein, ganz und gar nicht. Du hast ihn genauso gesagt wie wir. Allerdings klingt er aus deinen Namen viel schöner. Weicher. Melodischer.« Er warf ihr ein Lächeln zu, das den Takt ihres Herzschlags noch einmal erhöhte. Mittlerweile galoppierte es fast so schnell wie *Mystic Moonlight*, der den Ruf des Gestütes begründet hatte.

Rainer lachte leise und klopfte Gustav auf die Schulter. »Findest du nicht auch, mein Freund?«

Gustav lächelte gequält. »Natürlich. Niemand hat so eine wunderschöne Stimme wie Marlene.«

Nun starrten beide Männer sie versonnen an. Die Situation hatte etwas Absurdes. Sie hob die Mundwinkel an. »Nun, egal, wie man den Namen ausspricht: Letztlich geht es vor allem darum, einen guten Preis zu bekommen. Auch beim Geschäft mit Pferden muss man Geld verdienen«, wiederholte sie den Leitspruch von Gustavs Großvater.

Rainer prustete los. »Du bist ja echt eine knallharte Geschäftsfrau. Kein Wunder, dass Gustav immer in den höchsten Tönen von dir schwärmt.«

Das blasse Gesicht des Gestütssohns lief so rot an wie ein Hummer. Hatte er gegenüber dem Pferdetrainer etwas über sie gesagt? Was Rainer wohl erwidert hatte? Das interessierte sie viel mehr, aber dazu schwieg er sich aus.

»Ich bin auf jeden Fall sehr gespannt, wie sich die Auktion entwickeln wird«, sagte Rainer nachdenklich.

Das war Marlene auch, allerdings aus anderen Gründen. Sie war noch nie auf einer Auktion für Galopprennpferde gewesen. Wobei Gustav sie als einfache Bürokraft vermutlich nur mitnahm, damit er sie weiter anschwärmen konnte. Trotzdem freute sie sich auf die Auktion.

3

Düsseldorf, heute

Wohlig seufzend glitt Esther in die Badewanne. Sie liebte es, beim Schaumbad zu entspannen. Vor allem heute, nachdem sie den ganzen Tag mit ihrer besten Freundin Sophie am Konzept von *Fille* gearbeitet hatte. Junge, die Frau war gnadenlos! Obwohl sie wegen ihrer zarten Statur und der puppenhaften Gesichtszüge in jedem Mann den Beschützerinstinkt weckte, war Sophie hart wie Stahl! Wenn sie in Fahrt kam, kannte sie kein Erbarmen, sondern bohrte immer weiter.

Sie arbeitete im Marketing eines Großkonzerns und hatte Esther alle möglichen BWL-Fragen um die Ohren gehauen, bis ihr Hören und Sehen verging. Woher sollte sie denn wissen, wie hoch die Stückkosten wären und wann sie Gewinn machte? Dabei hatte Esther eigentlich gedacht, dass ihr zwölf Seiten starkes Konzept klasse wäre, aber Sophie hatte sofort alle Schwächen darin aufgedeckt.

Dank Google, KI und viel Gehirnschmalz konnten sie am Ende ein erstklassiges Exposee auf Französisch vorweisen. Obendrein entwarf Sophie ein Scribble für eine Werbekampagne. Es zeigte eine Frau Mitte zwanzig in einem kurzen Ensemble, die ausgelassen mit ihren

Freundinnen feierte. So stellte sich Esther ihre Zielgruppe vor: selbstbewusst, modern und zu jedem Spaß bereit.

Eben keine von diesen Heimchen am Herd wie die Hühner, die sie vermutlich später auf der Hochzeitsfeier treffen würde. Esther stöhnte und tauchte im Bad unter. Warum musste sie da bloß mit? Aber Sophies Freund Alex hatte sich erkältet und konnte daher nicht. Als Gegenleistung für ihre Hilfe bei dem Konzept hatte ihre Bestie Esther das Versprechen abgerungen, mitzugehen.

Sie kannte die Braut Ann-Marie nur flüchtig. Für sie und ihre Freundinnen gab es nichts Wichtigeres, als gut situierte Männer zu finden und sie an sich zu binden. Esther hingegen wollte lieber ihr eigenes Geld verdienen und unabhängig sein. Wobei – mal wieder einen Freund zu haben, wäre nicht schlecht. Seit Tobias sie vor vier Jahren eiskalt wegen einer Italienerin abserviert hatte, tat sich auf der Männerfront wenig außer kleinen Techtelmechteln. Esther schnaubte.

Wie auch, wenn alle Männer, die sie hier kannte, mittlerweile verheiratet waren? *Nach der Party sollten Sophie und ich noch in die Meerbar gehen,* überlegte sie. *Es wird Zeit, endlich wieder neue Leute kennenzulernen!*

Schon griff sie sich ihr Smartphone und schickte Sophie eine Sprachnachricht: »Hey Süße, hast du nachher noch Bock auf die *Meerbar*? Ich brauche danach einen Absacker!«

Esther schwang sich aus der Wanne und brauste sich ab. Kurz legte sie sich noch ins Bett. Weil sie zu faul zum Lesen war, rief sie: »Alexa, spiel Chillout-Musik.«

Sofort erklangen aus dem Lautsprecher transzendentale Klänge, die die Entspannung des Bades noch verstärkten. Eine Weile genoss Esther die wohlige Schläfrigkeit. Sie schloss die Augen und döste vor sich hin.

Die Ruhe währte nur kurz. Punkt 16 Uhr erinnerte ihre elektronische Helferin sie daran, dass es bald Zeit für Ann-Maries Feier war. »Alexa, Alarm aus. Spiel Party-Musik«, rief Esther seufzend. Sofort erklangen wummernde Bässe, die rasch die letzte Lethargie vertrieben.

Nach zwei Liedern hielt es sie nicht mehr im Bett. Sie sprang auf und tanzte, nur mit einem Handtuch bekleidet, durch das Zimmer. Hüpfend bewegte sie sich zu dem begehbaren Kleiderschrank, um den sie all ihre Freundinnen beneideten. Zumal sich darin immer die angesagten Klamotten befanden, wovon die meisten Eigenanfertigungen waren. Alles war so gut sortiert wie in einem Geschäft.

Ihr Outfit für heute hing bereits an einem Haken: ein schwarzer, figurumspielender Overall mit V-Ausschnitt und Chiffon-Volants an den Oberarmen. Die Hose reichte fast bis zu den Knöcheln, ab der Hälfte der Oberschenkel bestand der Stoff ebenfalls aus schwarzem Chiffon. Sie hatte den Einteiler erst letztes Wochenende fertiggestellt und brannte seitdem darauf, ihn auszuführen.

Hoffnungsvoll schaute Esther auf das Handy, doch das Display blieb leer. Sollte sie sich einen Plan B zurechtlegen? Aber sie wollte diesen Einteiler heute unbedingt ausführen. Und Sophie sagte sicher zu! Entschlossen schlüpfte sie in das gute Stück und genoss es, wie der weiche Stoff sie umspielte. Nun fehlten nur noch die Accessoires. Nach einigem Probieren entschied sie sich für eine silberne Statementkette mit Swarovski-Kristallen. Dazu eine passende Clutch und zierliche Peeptoes – et voilà. Das Outfit stand.

Prüfend schaute Esther in den Spiegel. *Nicht schlecht,* fand sie. Zumal sie abgenommen hatte seit der Trennung von Tobias. Wenigstens etwas Gutes. Allerdings etwas zu viel Haut für eine Hochzeitsparty. Seufzend drapierte Esther einen leichten schwarzen Schal um den Hals. Na bitte, so ging es! Sie hatte sich zwar zu sehr aufgebrezelt ... Aber schließlich war sie eine Designerin, deswegen erwartete man das. Jetzt musste nur Sophie mitspielen.

Da erklang der bekannte Ton, der eine neue Nachricht ankündigte. Auf dem Display erkannte sie den hochgereckten Daumen und das Cocktail-Glas. Sie lachte. Dann konnte es ja noch ein lustiger Abend werden!

***

»O Gott, ich halte das nicht mehr aus«, bemerkte Esther etliche Stunden später stöhnend. »Reden diese Trallas denn über nichts anderes als über die neuesten Thermomix-Rezepte?«

»Na ja, manchmal diskutieren sie auch darüber, wo man die besten Männer findet«, feixte Sophie.

»Oder wie man Babybrei selbst herstellt. Die meisten haben schließlich schon kleine Rotbäckchen.« Esther verdrehte die Augen, weil so viele über ihre Kinder sprachen. Allerdings konnte sie nicht verhindern, dass der kalte Stachel des Neids sie piekste. Das alles hatte sie auch gewollt mit Tobias. Sie hatten sogar Namen für ihre Kinder gehabt: Lucas und Leonie. Allerdings hatte er Esther auf die Zeit nach dem Abschluss vertröstet – seine Giulia aber nach wenigen Monaten geheiratet. Das schmerzte sie am meisten.

»Natürlich ist eins davon süßer als das andere.« Sophie kicherte. Dann nahm sie einen Schluck Champagner und schaute auf die Uhr. »Kurz nach zehn. Unsere Höflichkeitszeit ist um. Was hältst du davon, wenn wir verschwinden und jetzt endlich in die *Meerbar* gehen?«

»O ja bitte«, stieß Esther dankbar aus. Sie konnte es nicht erwarten, in ihre Lieblingsbar zu kommen, wo mit Sicherheit über andere Themen gesprochen wurde. »Lass uns los. Jetzt. Sofort!«

Sophie hielt sie zurück. »Nicht so schnell. Ich muss mich erst noch von Ann-Marie verabschieden.«

»Das fällt der eh nicht auf, ob wir hier sind oder nicht.«

»Das mag sein. Aber das gehört sich so.«

Grummelnd schaute Esther ihre beste Freundin an. Warum musste sie nur immer so viel Wert auf gutes Benehmen legen? Je eher sie von dieser Feier abhauten, desto besser. Hübsche Männer gab es hier sowieso nicht – oder sie waren vergeben und ihre besseren Hälften schauten Esther giftig an. Offensichtlich waren alle Frauen gewarnt, dass ihnen eine böse Single-Frau die Männer wegschnappen wollte. Dabei würde Esther niemals einer Freundin den Mann ausspannen.

Sie eilten durch die Flure des Barockschlosses, das Ann-Marie und ihr frisch Angetrauter für die Feierlichkeit gemietet und prächtig dekoriert hatten. Plötzlich stieß Sophie sie an. »Schau mal dort. Ist das nicht Tobias?«

Allein der Gedanke an die einstige Liebe ihres Lebens versetzte Esther einen Stich ins Herz. »Du willst mich wohl verarschen«, fauchte sie daher. »Tobias lebt in Mailand mit seiner Giulia. Von mir aus soll er da verrotten!«

»Anscheinend ist er gerade auf Heimaturlaub«, erwiderte Sophie, ohne sich an Esthers Wutausbruch zu stören. »Allein.« Sie deutete mit dem Kinn nach links.

Tatsächlich, da stand Tobias und plauderte angeregt mit einer Dame mittleren Alters. Esther starrte ihn mit offenem Mund an. Gott, er sah immer noch so unfassbar gut aus mit dem markanten Gesicht, dem Dreitagebart und diesen stechend blauen Augen. Seine schwarzen Haare fielen ihm modisch verstrubbelt in die Stirn. Esther fand immer, dass er ein wenig wie der junge Bruder von Henry Cavill aussah.

Sie redete sich ein, seine Attraktivität ließe sie kalt. Dennoch konnte sie nicht verhindern, dass ihr Herz wie nach einem Dauerlauf pochte, als sich ihre Blicke trafen. Er verzog den Mund zu einem Lächeln. Diese wunderbaren Lippen. Es kam ihr vor, als habe er sie zuletzt gestern damit geküsst. Impulsiv erwiderte sie das Lächeln und winkte ihm zu.

»Er soll also in Mailand verrotten, wie?«, witzelte Sophie.

Esther hob entschuldigend die Schultern.

Tobias beendete das Gespräch mit der Dame und kam auf sie zu. »Esther! Wie schön, dich zu sehen!« Er drückte sie an sich, wodurch sie sein Aftershave riechen konnte.

Sie schloss die Augen, als ihr der vertraute Duft in die Nase stieg. Das würzig-frische Aroma weckte Erinnerungen. Am liebsten würde sie sich in seine Armbeuge kuscheln.

Zum Glück trat er einen Schritt zurück, bevor sie etwas Dummes machen konnte. Er musterte sie. »Gut siehst du aus. Tolle Figur! Aber ... wo ist denn deine Lockenpracht hin?«

Impulsiv griff sich Esther in die kurzen, schwarzen Haare, die ihr zuvor in hellbraunen Locken über die Schultern gefallen waren. Obwohl sie sich über das Kompliment freute, versetzte ihr der letzte Satz einen Stich. Sie fragte sich, ob sie zu unweiblich aussah – vor allem, wenn ihre Konkurrentin eine italienische Schönheit mit einer prachtvollen schokobraunen Mähne war. Allerdings hatten ihr die längeren Haare damals auch nichts genutzt. Und die neue Frisur war auf jeden Fall stylish. Trotzig reckte sie das Kinn in die Höhe. »Ich fand, es war an der Zeit für eine optische Veränderung. Als Designerin muss ich schließlich mit der Zeit gehen.«

»Also hast du eine Stelle gefunden? Sternchen, das ist ja toll!«

Der alte Kosename, der sich von der persischen Bedeutung ihres Namens ableitete, berührte sie mehr, als er dürfte. Zumal Tobias sie so glücklich anstrahlte. Sanfter als zuvor sagte sie: »Ja, das stimmt. Bei La Dame – das Label wird von einer Freundin meiner Oma geführt. Aber leider läuft es nicht wie erhofft ... Gisele will nur spießiges Zeug.«

»Na, da ist sie ja bei dir an der falschen Adresse. So wie ich dich kenne, gibst du ihr mächtig Paroli.« Er lachte und dieser Klang ließ ihren Magen vibrieren.

Sie versuchte, sich nichts anmerken zu lassen, sondern gab sich cool. »Ich versuche es.«

»Bestimmt kannst du sie für deine Sachen begeistern. Du schaffst alles, was du willst, Sternchen.« Er legte ihr eine Hand auf den Arm und kam ihr wieder so nahe, dass sie seine Körperwärme spürte und seinen Duft roch. Ihr Magen kribbelte wie verrückt und ihr Mund wurde trocken.

Zum Glück schaltete sich nun Sophie ein, die seitlich von ihr stand. »Hallo, ihr zwei, ich bin auch da.«

Herzlich drückte Tobias sie an sich. »Hi, Sophie. Natürlich bist du hier. Alles andere hätte mich gewundert. Euch beide gab es ja immer nur im Doppelpack.«

»Na, manchmal waren wir schon allein«, korrigierte Esther ein wenig pikiert.

»Klaro und die Augenblicke haben mir am besten gefallen.« Tobias hob anzüglich die Augenbraue.

Prompt lief Esther rot an. Sie ahnte natürlich, auf welche Momente er anspielte. Das hatte sie gar nicht gemeint! Wie peinlich, wenn er dachte, dass sie noch in der Erinnerung an die Nächte mit ihm schwelgte. Obwohl die fantastisch waren, darin musste sie ihm insgeheim Recht geben.

Sophie rettete die Situation, indem sie feixte: »Also bitte, ihr zwei! Davon will ich gar nichts wissen. So, nun erzähl mal: Was machst du mitten im Juli in Good Old Germany?«

»Ich arbeite für einige Monate in Hamburg. Und jetzt wollte ich schauen, was in D-Town so los ist.« Sein Blick verriet, er wollte nicht auf die Abwesenheit seiner Frau angesprochen werden.

Aber Sophie ignorierte die stumme Warnung. »Und wo ist Giulia?«, hakte sie unerbittlich nach.

Im Stillen dankte Esther der Freundin für ihre Direktheit. Sie selbst hätte sich nie getraut, Tobias danach zu fragen, obwohl es sie natürlich brennend interessierte.

»In Italien.«

»Aha«, machte Sophie und starrte ihn weiter durchdringend an, ohne irgendetwas zu sagen.

Irgendwann gab Tobias nach. »Wir ... also, wir haben uns getrennt«, rückte er zähneknirschend heraus.

»Wieso denn das?«, entfuhr es Esther, die sich nun doch nicht mehr zurückhalten konnte.

Sein Gesicht verhärtete sich. »Sternchen, sei mir nicht böse, aber darüber möchte ich heute nicht reden. Erzähl mir lieber, wie du La Dame kapern willst. Oder lässt du dir etwa alles von dieser Gisele gefallen?«

»Natürlich nicht!«, erwiderte Esther. »Oma will mir helfen, meine Entwürfe bei der Holding zu präsentieren. Vielleicht gibt es dann eine Nebenlinie. Die ich leiten würde.« Das war zwar etwas übertrieben, aber Esther wollte ihm unbedingt zeigen, dass sie es geschafft hatte.

»Das freut mich so für dich! Das hast du auch verdient. Du bist einfach eine brillante Designerin, das wusste ich schon immer.« Der Stolz in seinen Augen wärmte ihr Herz. Er lächelte sie warm an; fast so wie früher. »Hey, ich habe eine Idee: Besuch mich doch mal in Hamburg. Ich bin vermutlich noch bis zum Herbst da. Da gibt es tolle Designer. Du könntest dir sicher Inspirationen holen.«

»Klar, warum nicht?«, erwiderte sie lässig.
»Abgemacht?« Tobias streckte ihr die Hand hin.
Lächelnd schlug sie ein. »Abgemacht.«
Tobias grinste. »Cool. Dann lasst uns auf unser Wiedersehen anstoßen! Ich besorge eine Flasche Champagner. Schließlich haben wir etwas zu feiern.«

4

Lüneburger Heide, 1965

Vor lauter Vorbereitungen auf die Auktion wurde es fast sechs Uhr, bis Marlene endlich Feierabend machte. Gustav, der um kurz nach fünf ging, bot ihr zwar an, die Arbeit bis zum nächsten Tag liegen zu lassen. Aber das entsprach nicht ihrer Natur. Marlene wollte alles erledigen, was sie sich für heute vorgenommen hatte. Wer wusste schon, was morgen alles auf sie zukam, wovon sie noch nichts wusste?

Den Bus hatte sie natürlich verpasst. Und um die Uhrzeit kam der nächste erst in einer Stunde. Aber das war nicht schlimm, so hatte sie wenigstens Zeit und Muße, sich auf den Koppeln umzusehen und die Pferde zu bewundern. Das hatte sie schon ein paar Tage nicht mehr gemacht. Dabei hatte sie, als sie vor einem halben Jahr auf dem Gestüt Goldmann angefangen hatte, jeden Abend einen späteren Bus genommen, um die herrlichen Vierbeiner zu sehen. Doch je dichter es auf die Saison zuging, desto mehr arbeitete sie.

Sie ging aus der Tür, genoss den Anblick auf die saftig grünen Weiden, auf denen die Pferde im Moment fast alle ruhten, und die umliegenden Rapsfelder, deren herrlich sattes Gelb erst in wenigen Wochen herauskommen würde. Fast vierzig Vollblüter gehörten zum

Gestüt Goldmann, außerdem einige Warmblüter, auf denen die Familienmitglieder ritten.

Wobei sie das immer seltener taten, was Marlene nie verstehen würde. Da hatten sie all diese herrlichen Tiere und nutzten sie nicht selbst. Verrückt! Sie ging auf die Koppeln zu und stellte sich an das Gatter, nahm einen tiefen Atemzug. Ein leichter Hauch von Regen lag noch in der Luft, vermischte sich mit dem Geruch der Pferde und des Grases. Sie liebte diesen Duft.

»Hey, mein Schöner. Ganz ruhig. Brrrr«, schallte Rainers tiefe Stimme durch die klare Luft. Verwirrt blickte sie auf. Wieso war der Pferdetrainer denn noch hier? Hatte er nicht schon lange Feierabend? Sie schaute sich um und fand ihn nach kurzem Suchen auf dem Reitplatz, auf dem tagsüber immer viel los war. Aber um die Uhrzeit lag er völlig leer.

Nur noch Rainer war da. Er trainierte *Black Storm* an der Longe. Marlene betrachtete den Hengst bewundernd. Mit seinem schlanken Körperbau, dem stolzen Hals und dem tiefschwarzen, leicht bläulich glänzenden Fell war er atemberaubend schön. Allerdings besaß er viel Temperament und einen starken Willen. Er brach immer wieder kurz aus, doch das wirkte spielerisch, nicht boshaft. Wenn er seinen Widerstand aufgab, waren seine Bewegungen traumhaft schön. Er schien den Boden kaum mit den Hufen zu berühren, sondern zu schweben. Eine Grazie lag in seinem Gang, die Marlene in den Bann schlug.

Eine Weile schaute sie den beiden schweigend zu. Dann bemerkte der Hengst sie und er scheute. Wiehernd stieg und bockte er herum und verwandelte sich auf einmal tatsächlich in den schwarzen Teufel, den Gustav in ihm sah.

»Hey, mein Schöner, was hast du denn?«, fragte Rainer, während er versuchte, das Tier zu beruhigen. Da er mit dem Rücken zu ihr stand, bemerkte er Marlene nicht.

»Ich glaube, er fühlt sich von mir gestört«, gab sie sich schließlich verlegen zu erkennen.

Rainer drehte sich zu ihr um. Ein Lächeln überzog sein Gesicht, dann wandte er sich wieder dem Hengst zu und näherte sich ihm langsam. Er hob die Arme, um ihn zu beruhigen. »Ho, mein Schöner. Das ist doch nur die hübsche Marlene. Kein Puma, der dich fressen will.«

Sie musste lachen. »Also, einer Wildkatze gleiche ich ja wohl kaum.« Erst nachdem sie es ausgesprochen hatte, fiel ihr auf, welches Adjektiv er ihr verliehen hatte. *Die hübsche Marlene* hatte er gesagt. Ob er das ernst meinte?

Sie schaute ihn fragend an, doch er war zu sehr damit beschäftigt, *Black Storm* zu besänftigen. Er tätschelte ihm den Hals, redete leise auf ihn ein. Der Hengst schnaubte, senkte seinen Kopf und vergrub ihn in Rainers Achsel.

Der Pferdetrainer strich feixend über die Stirn des Tieres. »Glaubst du, da habe ich die Äpfel? Die sind woanders.«

Black Storm schnaubte und bewegte seinen Kopf Richtung Hosentasche. Wieder lachte Rainer und das Geräusch ging Marlene durch Mark und Bein. Es klang herzlich, gelöst und voll purer Lebensfreude.

»Ich weiß, du verstehst mich. Das sage ich ja immer.« Schmunzelnd schob er das schnaubende Pferd ein wenig weg von sich und fischte einen Apfel heraus. Doch er gab ihn nicht dem Hengst, sondern drehte sich zu Marlene. »Willst du ihn damit füttern? Dann machst du dich beliebt bei ihm.«

»Und du meinst, das ist mein Ziel?«

Seine Mundwinkel zuckten. »Das sollte es sein. Es sei denn, du willst, dass er dich attackiert wie den Chef. Vor zwei Wochen hat er ihm ein Loch in die Hose gebissen. Deine Entscheidung.«

»Ich glaube, auf einen Hosenbiss kann ich gut verzichten.« Lachend ging Marlene auf Mann und Pferd zu. Je näher sie ihnen kam, desto unruhiger wurde das Tier wieder. Er war schon ziemlich groß, deswegen wollte sie keineswegs Bekanntschaft mit seinem Gebiss oder seinen Hufen machen. Beides sah angsteinflößend aus.

»Keine Sorge. Er ist eigentlich sanft wie ein Lamm. Wenn man seine Persönlichkeit respektiert.« Er strich dem Hengst mit der freien Hand über die Nüstern. Das Tier knibbelte an seiner Hand herum, schien nach dem Apfel zu suchen.

Rainer lachte wieder leise und reichte das Obst hinter seinem Rücken an Marlene. Nervosität stieg in ihr auf, weil sie nicht wusste, wie sie es dem Hengst geben sollte. Reichlich ungeschickt schloss sie die Finger darum und näherte sich damit der Pferdeschnauze.

Rainer riss sie jäh zurück. »Nicht so. Sonst sind deine Finger schneller ab, als du Pferdebiss sagen kannst.«

»Oh. Das-das wusste ich nicht.« Marlenes Wangen brannten und sie kam sich auf einmal sehr dumm vor. Eigentlich hätte sie sich das ja denken können.

Er hob die Augenbrauen an. »Hast du noch nie ein Pferd gefüttert? Ich dachte, in der Lüneburger Heide reitet jedes Mädchen. Und als Mitarbeiterin eines Gestüts sowieso.«

»Leider nein. Wir ... äh, wir konnten es uns nicht leisten.« Sie zuckte mit den Achseln und strich sich eine Haarsträhne zurück, die der Wind nach vorne geweht hatte. Nachdem ihr Vater im Krieg gestorben war, musste ihre Mutter jeden Groschen sparen, damit sie über die Runden kamen.

Rainer betrachtete sie ernst, dann legte er seine Finger über ihre. Sie spürte seine schwielige Haut auf ihrer Hand; fest, warm und unglaublich verwirrend. Ihr Brustkorb wurde eng und das Atmen fiel ihr plötzlich schwer. Rainers Berührung brachte sie völlig aus dem Konzept.

Sanft bogen seine Finger ihre von dem Apfel weg, bis er in der flachen Innenfläche ruhte. »So ist es richtig. Dann beißt er dich nicht.«

Mit wild klopfendem Herzen nickte sie und streckte ihre Hand dichter an *Black Storm* heran. Sie wusste nicht, was ihren Pulsschlag so sehr beschleunigte: Rainers Nähe oder das Maul des Tieres, das sich gierig auf den Leckerbissen zubewegte. Würde er sie doch beißen?

Am liebsten würde sie ihre Hand zurückreißen. Aber dann schaute sie in die dunkelbraunen Augen des Tieres, die von langen, dichten Wimpern umrahmt waren. Sie strahlten so viel Sanftheit und Milde aus, dass

Marlene wusste, dieser Hengst würde sie niemals wissentlich verletzen.

Seine Lippen näherten sich dem Apfel, schlossen sich weich um die grüne Frucht. Seine Kinnhaare kitzelten an der Hand. Marlene konnte ein Kichern nicht unterdrücken. Krachend zerbiss *Black Storm* den Apfel. Ein wenig Fruchtsaft lief an seinem Maul entlang.

Marlene hielt den Atem an, weil ihr das Tier so nahe war. Es fühlte sich erhebend an. Als der Jährling seine Belohnung aufgegessen hatte, schaute er sie bittend an und schnaubte. Sie lachte. »Ich glaube, er will mehr.«

Rainer schmunzelte. »Wer wird nicht gerne von einer schönen Frau mit Leckerbissen verwöhnt?«

Schon wieder ein Kompliment! Erneut wusste Marlene nicht, ob es nur dahingesagt war oder eine tiefere Botschaft besaß. Aber diesmal konnte sie es nicht ignorieren, denn Rainer schaute sie direkt an, als warte er auf eine Reaktion. *Vielleicht stimmt das ja auch?* Wollte er ihr damit etwas Bestimmtes sagen? Sie sogar für sich gewinnen? Wenn sie sich nur besser auf das Wesen von Männern verstünde. Im Gegensatz zu ihrer besten Freundin Annegret, der die Männerwelt zu Füßen lag, gelang ihr das jedoch nicht.

Sie räusperte sich. »Danke.«

»Für den Apfel oder das Kompliment?« Seine blauen Augen funkelten amüsiert und um seine Mundwinkel zuckte es. Allerdings umgab ihn auch ein Hauch banger Hoffnung.

»Für beides.« Sie lächelte ihn schüchtern an. »Aber vor allen für das Kompliment. Wenn du es ernst meinst.«

Er machte einen Schritt auf sie zu und legte den Kopf ein wenig schief. »Warum sollte ich Späße damit machen? Marlene, du bist eine wunderschöne Frau.« Ein bewunderndes Lächeln glitt über seine Gesichtszüge.

Erneut begann ihr Puls zu rasen. Wieso übte er nur solch eine Anziehungskraft auf sie aus? Von allen Männern war Rainer der Letzte, mit dem sie etwas anfangen durfte. Nicht, dass Gustav ihn noch aus lauter Eifersucht entlassen würde. Das wäre eine Tragödie, zumal er der beste Pferdetrainer war, den das Gestüt jemals besessen hatte.

»Das ... ist sehr nett, dass du das sagst.« Wieder räusperte sie sich und er ging noch dichter an sie heran. Ein weicher Ausdruck trat auf sein Gesicht und er hob seine Hände leicht an, als wollte er sie umarmen.

Ihr Atem stockte und ihr Herz raste. Alles in ihr drängte sie, sich in seine Arme zu werfen. Aber sie wollte nicht der Grund für ein Zerwürfnis zwischen den beiden Männern sein. Daher machte sie mit einem Gefühl des Bedauerns einen Schritt zurück und schaute auf die Uhr.

»Oh, so spät schon? Ich-ich muss schnell zum Bus.« So schnell, wie es nur ging, drehte sie sich um und hetzte davon, das Ziehen in ihrem Magen krampfhaft unterdrückend.

5

Düsseldorf, heute

Mit mehr als nur einem leichten Kater wachte Esther am nächsten Morgen auf. Sie waren bis weit nach drei auf der Feier geblieben. Dabei hatten sie etliche Champagner getrunken, während sie in alten Zeiten schwelgten. Probeweise öffnete sie die Augen und schloss sie sofort wieder, denn sie spürte ein dumpfes Pochen hinter den Schläfen.

Das letzte Glas hätte ich besser weggelassen, überlegte Esther. Andererseits war der Abend die Kopfschmerzen wert gewesen. So viel Spaß hatte sie schon lange nicht mehr gehabt. Und Tobias hatte sie nach Hamburg eingeladen! Ein Lächeln zog über ihr Gesicht. Dann fielen ihr Sophies warnende Worte auf der Rückfahrt ein: *Lass es! Du kannst nicht nur befreundet mit ihm sein. Er wird dich wieder verletzen. Vergiss nicht, was damals in Mailand passiert ist.*

Spielte sie wirklich mit dem Feuer, wenn sie Tobias besuchte? Pah, was sollte passieren? Sie war schon über ihn hinweg, schließlich lag die Trennung so lange zurück. Und mit Giulia war es aus ... Schadenfreude überkam Esther. Was da wohl los war? Hatte Signora zu hohe Ansprüche gehabt? Nun, sie würde es sicher herausbekommen, wenn sie ihn besuchte. Sie überlegte gerade, ob sie aufstehen oder weiterschlafen sollte, als ein gellender Schrei erklang.

Das war ihre Mutter! Was war geschehen? Sofort sprang Esther auf und rannte eine Etage hinab, ins Schlafzimmer ihrer Mutter. Aber dort war sie nicht. Erneut hörte sie einen Ruf; noch verzweifelter diesmal. Das kam aus dem Erdgeschoss.

Es ist etwas mit Oma!, dachte Esther entsetzt. So schnell sie nur konnte, sprintete sie die Treppe herunter. Fast wäre sie am Fußende gestürzt, weil ihr eigener Schwung sie über die glatten Fliesen riss. Gerade eben fing sie sich auf und hastete den langen Korridor entlang.

Wieder erklang ein Jammerlaut. Diesmal konnte Esther die Worte verstehen: »Mutter, nein! Bitte wach auf!«

Eine eiskalte Hand griff nach ihrem Herzen. Sie wappnete sich für das Schlimmste, während sie durch den Flur in die Wohnung ihrer Großmutter rannte. Sie fand ihre Mutter im Schlafzimmer, wo sie vor Omas Bett kniete und deren schmale, reglose Gestalt umklammerte. Hoffnungsvoll blickte sie auf, als sie die Schritte ihrer Tochter hörte. Esther erschrak zu Tode. Die sonst so akkuraten Haare waren aufgelöst und die Tränen flossen in Strömen über ihr Gesicht, das schwarz vor Mascara war. Selbst bei der Trennung von ihrem Vater, der sie vor einigen Jahren wegen einer Jüngeren verlassen hatte, hatte ihre Mutter sich nicht so gehen lassen.

Esther ließ sich ebenfalls zu Boden sinken. Zart legte sie eine Hand an die Wange ihrer Oma, die schon ganz kalt war. Nun brachen auch bei ihr alle Dämme. Weinend warf sie sich an ihre Brust. »Du darfst nicht weg sein. Was soll ich denn ohne dich machen? Ich brauche dich doch!«

Die Tränen packten und schüttelten sie. Sie wusste nicht, wie lange sie schluchzend dalag, bis sie die Finger ihrer Mutter spürte. Sie legte ihr erst zaghaft eine Hand auf die Schulter, dann umarmte sie ihre Tochter von hinten. Esther wunderte sich zwar über die ungewohnte Gefühlsbezeugung, genoss den Trost allerdings. Eine Weile ergaben sich beide Frauen ihrem Kummer und weinten haltlos.

Schließlich löste sich ihre Mutter aus der Umarmung. Sie räusperte sich, als sei ihr der kurze emotionale Moment unangenehm. »Wir müssen einen Arzt rufen«, erklärte sie nüchtern. »Außerdem müssen wir dem Bestattungsunternehmen Warenkamp Bescheid sagen. Und Natalie sollte heute später kommen, damit sie Mutter nicht so sieht.«

Ihre langjährige Haushälterin Natalie wäre sicher erschüttert von Omas Tod. Dass ihre Mutter daran dachte, sie zu benachrichtigen, fand Esther zwar löblich. Andererseits befremdete es sie, wie schnell sie ihre Trauer abschüttelte und sich um die Organisation kümmerte. Als sei der Tod etwas Alltägliches, das sie managen konnte wie die Reisen, die sie beruflich plante. Esther wollte schon eine entsprechende Erwiderung geben, bis sie die Verzweiflung in ihren Augen erkannte. Ihre Mutter war genauso traurig wie sie. Das war ihre Art, mit der Ohnmacht umzugehen.

»Ja, das ist eine gute Idee«, flüsterte sie daher.

Leise stand ihre Mutter auf und ging zu dem filigranen Frisiertisch, der sich an der Stirnseite des Raumes befand. Mit geübten Griffen brachte sie Make-up und Haare in Ordnung. Fast sah sie normal aus. Nur ihr Blick war nicht so energisch wie sonst, sondern seltsam ausdruckslos.

So leer wie Esther sich fühlte. Wieder musste sie weinen. Aus den Augenwinkeln bekam sie mit, dass ihre Mutter zögerte. Sie drehte sich zu ihr, stoppte jedoch mitten in der Bewegung und ging weiter. Langsam verließ sie das Zimmer. Esther fühlte einen Stich im Herzen. In der Trauer sollten sie als Mutter und Tochter zusammenstehen.

***

Esther verkroch sich bis zu Beerdigung in ihrem Zimmer, weil sie keine Gesellschaft ertrug. Ihre Mutter versuchte ein paarmal, zu ihr durchzudringen, aber Esther machte es schier wahnsinnig, wie organisiert sie Omas Tod abwickelte.

Irgendwie brachte sie die Bestattung und die anschließende Trauerfeier hinter sich, ohne allzu sehr zu weinen. Mit starrer Miene nahm sie die Beileidsbekundungen von Freunden und Verwandten entgegen und sehnte sich danach, endlich wieder ihre Ruhe zu haben. Erst am späten Nachmittag gingen die letzten Gäste. Schweigend saß Esther neben ihrer Mutter auf dem Sofa. Auf einmal musste sie daran denken, wie oft sie sonst um diese Zeit bei ihrer Oma gewesen waren, miteinander plaudernd bei einem French Coffee oder auf der Kö, beim Shoppen oder aber beim Eisessen. Wie bei ihrem letzten Treffen. Der Gedanke brachte sie zum Weinen.

Zu ihrer Verwunderung nahm ihre Mutter sie wortlos in den Arm. Das war schon das zweite Mal in einer Woche. Anscheinend machte die eigene Trauer sie weicher. »Schatz, es tut mir so leid. Ich weiß, wie nahe ihr euch standet.«

»Ihr euch doch auch. Du bist schließlich ihre Tochter«, gab Esther mit erstickter Stimme zurück.

Ihre Mutter lächelte bitter. »Wir hatten eine andere Beziehung zueinander. Sie hat mich geliebt, natürlich. Insgeheim war sie aber immer etwas enttäuscht, weil ich nicht ihr offenes, herzliches Naturell geerbt habe – im Gegensatz zu dir.«

Nun flossen auch bei ihr die Tränen. Esther wusste nicht, was sie darauf erwidern sollte. Schweigend drückte sie ihre Mutter an sich, deren Schultern bebten. Sie ließen ihrer Trauer freien Lauf, bis der Tränenfluss versiegte.

»Was hältst du von einem French Coffee?«, schlug Esther schließlich vor. »Das erinnert mich immer an sie.«

Ihre Mutter sah sie zunächst überrascht an, bevor sie nickte. »Warum nicht? Wir könnten ihn ja in ihrem Wohntrakt einnehmen, um ihr nahe zu sein.«

So skurril die Idee klang, sie gefiel Esther. Komisch, dass ihre nüchterne Mutter solch eine Sentimentalität vorschlug. Steckte in ihr etwa eine weichere Schale, als sie ahnte? »Ja, das wäre schön«, antwortete sie daher. »Vielleicht finden wir dort sogar Omas Geheimrezept. Oder hast du es?«

»Sie wollte es mir irgendwann geben, doch du weißt ja, wie sie war ...« Weiter sprach sie nicht. Das musste sie nicht. Esther kannte den Grund genauso gut wie sie.

Schweigend standen sie auf und gingen ins Erdgeschoss. Vor der Wohnung blieben sie stehen und sahen sich an. Als Esther nickte, drückte ihre Mutter die Türklinke herunter und sie traten in den Flur ein. Die Stille in den Räumen wirkte gespenstisch. Nur das Klackern der hohen Schuhe, die ihre Mutter wie immer trug, unterbrach die Ruhe.

In der Küche holte ihre Mutter einen kleinen Topf heraus, füllte ihn mit Wasser und setzte ihn auf den Herd. Während sie ihr zusah, stieg in Esther der Gedanke auf, dass ihre Großmutter hier nie wieder irgendetwas kochen würde. »Ich schaue mal, ob ich das Geheimrezept finde«, sagte sie schnell, um sich abzulenken.

Ihre Mutter nickte abwesend.

Esther eilte in das prunkvolle Wohnzimmer und ließ ihren Blick schweifen. Aber sie konnte sich nicht vorstellen, dass Oma das Rezept hier aufbewahrte; zwischen den Schätzen, die sie von ihren unzähligen Reisen mitgebracht hatte. Hinter gläsernen Vitrinen gab es unter anderem indische Götterfiguren, afrikanische Totenmasken und russische Babuschkas. Nein, dieser Raum diente der Präsentation. Ihre Geheimnisse mussten sich woanders befinden.

Womöglich in ihrem Schlafgemach? Allerdings passte es nicht zu der vornehmen Dame, Unterlagen zwischen ihrer Wäsche zu verstecken. Außerdem graute Ether davor, in den Raum zu gehen, in dem ihre Oma gestorben war.

Vielleicht in dem kleinen Büro, in dem Marlene ihre Unterlagen aufbewahrte. Schnell ging Esther in das Zimmer. Die Regale aus Teakholz waren an die 1960-er Jahre angelehnt, ebenso die Tapete mit ihren grafischen Mustern, auch wenn die Farben weniger grell waren. In der Ecke stand sogar ein kleiner Nierentisch vor einem orangeroten Sessel.

Vor einem herrlichen Erkerfenster prangte ein wuchtiger Sekretär. Langsam ging Esther auf das schön gearbeitete Stück aus Palisander zu, das wie immer abgeschlossen war. Oma hatte stets Angst gehabt, jemand könnte sie bestehlen.

Ihrer Enkelin hatte sie natürlich verraten, wo der Schlüssel lag: in einem leeren Etui. Hastig schloss Esther den Sekretär auf und öffnete die Schubladen. Darin fand sie diverse Dokumente, aber kein Geheimrezept. Wo konnte Oma es nur versteckt haben? Sie musste es aufgeschrieben haben! Seufzend betrachtete sie den Tisch genauer. War die rechte Außenseite des Sekretärs nicht etwas dicker als die linke? Prüfend klopfte sie gegen eine Seite, danach gegen die andere. Sie könnte schwören, rechts klang es hohl. Sie drückte leicht dagegen. Nichts tat sich.

»Esther, hast du es gefunden?«, rief ihre Mutter aus der Küche. »Das Wasser kocht jetzt. Wenn wir das Rezept nicht haben, kann ich uns auch einen Tee aufbrühen.«

»Ich glaube, ich bin auf ein Geheimfach gestoßen. Ich kriege es allerdings nicht auf«, gab sie zurück.

»Warte, ich komme und helfe dir!« Die Stimme ihrer Mutter klang ungewohnt aufgekratzt, als sie den Flur entlang eilte. Dann stand sie im Türrahmen und ging auf sie zu. »Ist das Rezept etwa im Sekretär versteckt?«

»Darauf könnte ich wetten. Die rechte Seitenwand klingt hohl. Hör mal.« Wieder pochte Esther gegen die äußere Seite, anschließend gegen die innere Seite.

»Du hast recht. Das Geräusch ist anders.« Ihre Mutter fuhr mit den Fingern das Holz entlang. Dabei konzentrierte sie sich auf die Ränder und bewegte ihre Hand so langsam, dass Esther ganz kribbelig wurde. Aber auch ihre eingehende Untersuchung ergab nichts.

»Ich kann keinen Mechanismus finden, mit dem sich das Fach öffnen lässt – wenn eins da ist.« Die Enttäuschung war ihrer Mutter deutlich anzuhören.

Ratlos blickten die beiden Frauen sich an. Plötzlich schoss Esther eine Idee durch den Kopf: Vielleicht war hinten etwas versteckt. Flugs rückte sie den Sekretär von der Wand und strich mit der Hand über die Rückseite. Wieder nichts. Trotzdem fuhr sie die Linien ganz ab. Ein Schnappen erklang.

»Du hast es geschafft!«, rief ihre Mutter von vorne. »Hier ist tatsächlich ein verstecktes Fach.«

Sofort rutschte Esther zu ihr und sah, was sie meinte: In der rechten, dickeren Außenwand befand sich eine vertikale Minischublade mit einem Henkel aus Messing. Anscheinend war sie durch eine Abdeckung verdeckt gewesen, die ein Schnappmechanismus weggedrückt hatte.

Impulsiv zog Esther an dem Henkel. Sie war erstaunt, dass sich das Fach so leicht herausziehen ließ, als sei es erst vor kurzem benutzt worden. Dann war es draußen.

Esther legte die Schublade oben auf den Sekretär und betrachtete sie. Sie war halb so lang wie ihr Unterarm, aber nur wenige Zentimeter tief. Ein elfenbeinfarbenes Briefkuvert lag darin. Befand sich hier das Geheimrezept für den besten French Coffee der Welt? Allerdings war der Brief dafür eigentlich zu schwer. Nachdenklich betrachte sie die Vorderseite. Sie verriet nichts. Der Umschlag aus feinstem Leinen trug nur Marlenes Siegel. Es stellte eine ziselierte Katze dar, weil ihre Großmutter die Samtpfoten als Sinnbild weiblicher Schönheit gesehen hatte: elegant, grazil und eigenwillig.

Esther drehte den Brief um und hätte ihn vor Überraschung fast fallen gelassen. Im Adressfeld stand in der schnörkeligen Handschrift ihrer Großmutter:

Für die Liebe meines Lebens.

Ein Liebesbrief! Wie mysteriös.

»Was hat das denn zu bedeuten?«, stieß ihre Mutter aus. »Dieser Brief war bestimmt nicht für Vater. Es sieht so aus, als sei er erst ein paar Wochen oder Monate alt.«

»Sie könnte ihn ja als Andenken an ihn geschrieben haben«, mutmaßte Esther.

»Dann hätte sie ihn nicht versiegelt. Das hat sie nur gemacht, wenn sie einen Brief wirklich verschicken wollte.«

»Aber an wen sollte er gehen?«

»Anscheinend an eine Jugendliebe. Die sie mehr liebte als Vater.« Die Missbilligung in ihrer Stimme war nicht zu überhören. Kein Wunder, schließlich hatte sie ihrem Vater immer besonders nahegestanden. Esther hingegen war ganz hingerissen von der Romanze.

Ihre Oma hatte jemanden so sehr geliebt, dass sie im hohen Alter wieder Kontakt mit ihm aufnehmen wollte. Wie romantisch! Und dann starb sie an einem Schlaganfall, bevor sie den Brief verschicken konnte. Nun würde dieser Mann niemals erfahren, dass Marlene ihn immer noch liebte.

»Das wissen wir nicht«, versuchte sie dennoch, ihre Mutter zu beruhigen. »Die beiden wirkten so harmonisch. Sie war sicher nicht unglücklich mit Opa Hubertus.«

»Wahrscheinlich hat sie sich erst lange nach Vaters Tod an diesen Mann erinnert«, sagte ihre Mutter nachdenklich. »Sonst hätte sie ihm schon vorher geschrieben.«

»Genau! Vielleicht ist sie irgendwo auf seinen Namen gestoßen. Oder hat etwas gesehen.«

Erleichtert nickte ihre Mutter. Dann runzelte sie die Stirn. »Und was machen wir nun mit dem Brief?«

Am liebsten würde Esther ihn aufreißen, um zu wissen, was die Großmutter ihrer Jugendliebe zu sagen hatte. Aber das verbot sich natürlich von selbst. Wenn der Mann noch lebte, sollte er den Brief lesen. Und nur er.

»Ich ... ich weiß nicht«, sagte sie schließlich zögerlich. »Vielleicht gibt es ja noch mehr Hinweise.« Noch einmal schaute sie in die kleine Schublade, drehte und wendete sie. Dann fiel das Licht auf ein kleines Teil ganz hinten. Sofort tastete Esther danach und holte das Glitzerteil heraus. Ein Ring! Er war wunderschön, mit einem großen, funkelnden Diamanten, umgeben von mehreren kleineren. Der musste ein kleines Vermögen wert sein. Neugierig drehte sie ihn. Da bemerkte sie die Schrift darin: »Für meine Marlene. Gustav.«

So hieß Großmutters Jugendliebe also. Gustav! Eine Idee keimte in ihr auf. »Ich könnte mich auf die Suche nach ihm machen. In Hamburg, wo sie früher gelebt hat.« Mit funkelnden Augen blickte sie ihre Mutter an.

Die winkte ab. »Wie willst du das denn anstellen? Wir wissen doch außer seinem Namen nichts von ihm.«

»Trotzdem! Ich könnte bei Omas Nachbarn fragen. Vielleicht erinnert sich jemand an sie und ihren Lover.«

»Also, ich weiß nicht.« Ihre Mutter runzelte die Stirn. »Sollen wir nicht lieber einen Detektiv beauftragen? Der hat sicher bessere Aussichten auf Erfolg als du.«

So sinnvoll die Argumentation klang, so sehr sträubte sich Esther dagegen. Es war ihr ein Anliegen, diesen Gustav selbst zu suchen. »Mama, bitte! Ich möchte das allein machen. Oma hätte das bestimmt so gewollt.« Sie wollte ihn sehen und von ihm erfahren, wie ihre Großmutter als junge Frau gewesen war. Sicher konnte er spannende Geschichten erzählen!

Zweifelnd schaute ihre Mutter sie an. Esther bemühte sich, Überzeugung in ihren Blick zu legen, als sie vorschlug: »Gib mir eine Woche. Das sollte für den Anfang reichen. Und wenn ich in dieser Zeit nichts herausfinde, können wir immer noch einen Detektiv beauftragen.«

Kurz zögerte ihre Mutter, bevor sie nickte. »Also gut. Eine Woche. Aber keinen Tag länger!«

Esther strahlte vor Freude. Sie konnte es nicht erwarten, auf den Spuren ihrer Großmutter zu wandeln und ihre Jugendliebe zu sehen. Außerdem konnte sie sich bei der Gelegenheit auch gleich mit Tobias treffen, der ja zurzeit in der Hansestadt weilte – und sie eingeladen hatte.

6

Lüneburger Heide, 1965

Der Himmel war klar am Tag der Auktion. Keine einzige Wolke trübte das leuchtend blaue Firmament. Trotz der Schönheit dieses Frühlingsmorgens besaß die Sonne noch nicht ihre volle Kraft, dazu war es zu früh im Jahr. Eine kühle Brise strich über Marlenes Wangen, kitzelte ihre Haut und sorgte für ein leichtes Frösteln.

Gustav, der neben ihr saß, schaute sie besorgt an. »Ist dir kalt? Soll ich dir meine Jacke geben?« Er machte bereits Anstalten, sein Sakko auszuziehen.

»Nein, vielen Dank.« Sie winkte ab. Diese Art der Vertraulichkeit wollte sie nicht von ihm, auch wenn es sich letztlich nur um ein Stück Stoff handelte. Trotzdem hatte sie Angst, ihm Hoffnungen zu machen. Er war ihr Chef und mehr nicht. Stattdessen zog sie ihre Stola enger um sich. Sie spendete ein wenig Wärme, doch wirklich warm wurde ihr nicht. Leider hatte sie unterschätzt, wie kühl die Morgenstunden in der Anfangszeit des Frühlings waren.

»Ach, Frau Rosenberg, waart Se man. In een, twee Stünnen kümmt de Sünn richtig raus«, sagte der Stallmeister Hannes im breiten Akzent und lächelte sie an.

Zum Glück redete er kein echtes Heidjer Platt mit Marlene, denn das hatte sie nie gelernt. Ihre Mutter war in Hannover aufgewachsen und nur der Liebe wegen in die Lüneburger Heide gezogen. Sie hatte immer darauf geachtet, dass sie Hochdeutsch sprach. Und Hannes hatte recht. Die Sonne würde bald genügend Wärme spenden. Sie musste nur ein wenig abwarten, dann fror sie nicht mehr. Noch etwas enger zog sie ihre Stola um sich und konzentrierte sich wieder auf die Auktion, die schon in vollem Gange war.

Neugierig ließ sie den Blick über die Reihen schweifen. Aufsteigende Tribünen umgaben den Platz in der Mitte, wo die wertvollen Tiere präsentiert wurden. Die meisten Zuschauenden waren Gestütsbesitzer und Trainer aus Deutschland oder dem nahen Ausland. Außerdem waren jede Menge Pferdeliebhaber da, die die Stimmung genossen. Auch einige Investoren waren anwesend, für die Pferde reine Anlageobjekte darstellten. Seltsame Vorstellung.

Ganz vorne stand der Auktionator, ein Mann im dunklen Anzug mit einer weittragenden Stimme. Den Hammer hielt er in der Hand, ließ ihn immer wieder schweben, sinken und benutzte ihn geschickt für dramatische Effekte.

»Und jetzt die Nummer sieben: *Rising Glory* aus der Erfolgszucht der Eppsteins, ein Sohn von *Hurricane* und *Diamond Dancer*. Ein prächtiges Tier mit viel Potenzial; sein Vater gehört zu den besten Vererbern Deutschlands.« Der Auktionator überschlug sich beinahe vor Begeisterung.

Auch die Haltung der beiden Männer neben ihr spannte sich an. Sie beugten sich fast gleichzeitig vor, betrachteten das Pferd wie ein Gemälde, während der Verkäufer weitere Informationen über das Tier verriet.

Gustav legte schließlich den Auktionskatalog weg und holte sein Fernglas heraus.

»Jetzt sieh dir nur die langen Beine und die tollen Gelenke von diesem Prachttier an«, murmelte der Gestütssohn. »Dagegen kann *Black Storm* einpacken.«

Marlene warf ihm einen überraschten Blick zu. Sicher, der Fuchs, den der sogenannte Handler gerade professionell präsentierte, war ein Traum von einem Pferd. Das Fell schimmerte in der Sonne wie geschmolzenes Rotgold und er bewegte sich mit ausgreifenden, energischen Bewegungen. Aber *Black Storm* war auch ein herrlicher Hengst und sie war gespannt, wie er sich präsentieren würde.

»Unser lütten Verrückten ward sikker ok en Spitzenpries kriegen«, meinte Hannes nun beruhigend. Er war noch schwerer zu verstehen, weil er eine Pfeife in den Mund geschoben hatte, auf der er genüsslich herumkaute. Anzünden würde er sie vermutlich erst, wenn *Black Storm* dran war.

Gustav nickte zwar, doch er wirkte wenig überzeugt. Er schaute wieder zum Fuchs, den sein Führer mit sanften Berührungen und einem leisen Klicken lenkte. Das Tier trabte so stolz neben ihm, als wüsste es, dass alle Augen auf ihn gerichtet waren. Er hielt den Kopf hoch erhoben und die Muskeln spielten unter dem glänzenden Fell.

Marlene konnte die Spannung und Aufregung in der Luft förmlich spüren. Ihr Körper kribbelte und ihr Puls beschleunigte sich. Den Fuchs umgab eine unwiderstehliche Anziehungskraft, der sich kaum jemand entziehen konnte. Rasch schraubten sich die Gebote in schwindelerregende Höhen. Schließlich ging der

Hengst für fünfunddreißigtausend Mark an einen Züchter im Münsterland. Die Zuschauenden jubelten und *Rising Glorys* Besitzer, Rüdiger Eppstein, winkte zufrieden in die Menge, als sei er Elvis Presley persönlich.

Gustav zog die Lippen zusammen, was sein breites Gesicht nicht unbedingt hübscher machte. »Und ausgerechnet nach diesem Star muss *Black Storm* sich präsentieren.«

Hannes schüttelte den Kopf. »Dat schafft er schon!«, murmelte er, ausnahmsweise fast in Hochdeutsch.

Tatsächlich betrat der schwarze Hengst die Runde beinahe so souverän wie der Fuchs zuvor. Er reckte seinen Kopf in die Höhe und schnaubte leise. Die Sonne zauberte Reflexe in sein tiefschwarzes Fell. Bernhard führte ihn, ein erfahrener Pferdemann, der mit Sattelfett und Heu aufgewachsen war. Seine Ruhe übertrug sich offenbar auf den Rapphengst. Er bewegte sich ganz gelassen, ja beinahe schon schläfrig.

Gustav grinste zufrieden. »Das Beruhigungsmittel wirkt. Ich hoffe, es lähmt seine wilde Natur noch für eine Weile.«

Entsetzen stieg in Marlene auf. Hatte er dem Tier Medikamente gegeben, um es besser präsentieren zu können? Einem Jährling? Sie konnte sich nicht vorstellen, dass das gesund war. Doch sie bemühte sich, ihre Abscheu zu verbergen.

Bernhard schnalzte mit der Zunge, aber *Black Storm* war offensichtlich zu träge, um sich schneller zu bewegen. Der Pferdeführer zog stärker an der Führleine, aber der sonst so temperamentvolle Hengst schnaubte nur müde. Er wirkte wie ein altersschwacher Mann. Bernhard warf Rainer einen verzweifelten Blick zu. Als

Trainer stand er gleich neben dem Ring. Auch auf die Entfernung hin konnte Marlene seine Verwirrung erahnen. Er kannte den Hengst schließlich ganz anders und liebte ihn genau für dieses dickköpfige Wesen.

Bernhard zog so stark am Zügel, dass es den Hengst leicht nach vorne riss. Er tänzelte kurz und zeigte seine Spritzigkeit, nur um gleich darauf erneut in Trance zu verfallen.

»Verdammt, dieser dämliche Stallbursche hat ihm anscheinend zu viel verabreicht«, fluchte Gustav.

Marlene ballte ihre Hände zu Fäusten. Er kam überhaupt nicht auf die Idee, die Schuld bei sich selbst zu suchen. Er hatte immerhin zu fragwürdigen, vielleicht sogar illegalen Methoden gegriffen, um den Hengst gefügig zu machen. Wer tat so etwas nur einem wehrlosen Tier an? Wenn jemand von der Aufsicht das mitbekam, musste Gustav sicher eine saftige Strafe zahlen.

»Wir sehen hier *Black Storm*, den Sohn von *Phoenix Firestorm* und *Black Velvet*. Gezüchtet von dem Gestüt Goldmann. Ein großartiges Tier – dem anscheinend nur gerade die Spitzigkeit fehlt. Sicher ist er schüchtern.«

»Das ist kein Sturm, sondern ein laues Lüftchen«, rief jemand von unten. Leises Gelächter erklang.

Der Auktionator überging den Einwurf. »Dann fangen wir mal bei zweitausend D-Mark an. Ist ja fast geschenkt für einen Hengst mit diesem Vater.«

Stille war die einzige Antwort. Nicht eine Hand hob sich, kein Schild erschien. Die Abweisung, die darin lag, schmerzte Marlene beinahe körperlich.

Bernhard führte oder vielmehr zog den Hengst nach vorne, der die Beine nur so weit anhob, dass sie nicht festklebten. Dabei berührten seine Hufe sonst kaum den Boden, wenn er richtig loslegte. Einmal stolperte er sogar, weil er die Bewegung falsch einschätzte. Der arme Hengst. Und der arme Rainer, der fassungslos zusah.

»Kommen Sie, meine Damen und Herren, das ist ein Hengst von bester Herkunft«, pries der Auktionator *Black Storm* weiter an. »*Phoenix Firestorm* hat alle wichtigen Rennen gewonnen. Lassen Sie sich nicht von seiner jetzigen Ruhe täuschen. Der hat mächtig Feuer im Hintern.«

Ein erstes Schild hob sich und Marlene spürte, wie Gustav sich neben ihr entspannte.

»Zweitausend werden geboten, höre ich mehr?« Der Auktionator sah sich auffordernd um. Aber kein weiteres Schild hob sich. Was sicherlich daran lag, dass *Black Storm* sich so träge bewegte, als bestünde der Boden aus einer Sumpflandschaft. Marlenes Herz blutete, immerhin kannte sie den Hengst ganz anders. Spritzig. Feurig. Elegant.

»Niemand mehr? Meine Damen und Herren, das kann ich nicht glauben. Das ist ein erstklassiges Tier. Kommen Sie, zücken Sie die Geldbörsen. Deswegen bin ich ja hier.«

Leises Lachen erklang. Trotzdem sprang niemand auf den flapsigen Spruch an. Gustav spannte sich wieder an.

Noch ein letztes Mal versuchte der Auktionator es. »Wollen Sie wirklich diese gute Gelegenheit an sich vorbeiziehen lassen? Am Ende heißt es noch, hier wäre niemand mit Pferdeverstand da gewesen.«

Immer noch ließ sich niemand überzeugen. Die Besucher sahen schweigend zu, wie *Black Storm* weiter seine schläfrige Runde drehte. Noch nicht einmal durch ein kurzes Zucken mit den Ohren oder eine Bewegung des Schweifes offenbarte der Hengst, wie viel Temperament eigentlich in ihm steckte. Marlene könnte weinen, weil er sonst so ein wunderbares Tier war. Das sollten auch andere sehen!

Nach einer weiteren Runde sagte der Auktionator seufzend: »Nun, damit haben wir leider nicht den Reservepreis von sechstausend Mark erreicht und *Black Storm* bleibt bis zur nächsten Auktion beim Gestüt Goldmann. Sicher zeigt er da, was er kann – und Sie werden sich alle noch gewaltig ärgern, weil er später viel teurer werden wird.«

Auch der letzte Versuch des erfahrenen Verkäufers erzeugte keinerlei Interesse bei den Zuschauenden. Die Hände blieben unten. Bernhard musste den Hengst fast schon mit Gewalt aus dem Ring zerren.

Gustavs Halsschlagader schwoll an. Dabei hatte er sich die Suppe selbst eingebrockt. Das würde ihm vielleicht eine Lehre sein, Pferde nicht unter Drogen zu setzen. Aber es tat ihr für Rainer leid, dessen Schultern hinabsackten. Immerhin hatte er so viel Hoffnung in den Hengst gesetzt. Und nun hatte er bei der Auktion versagt.

Die ganze Zeit während der Auktion presste Gustav seine Lippen zusammen. Erst als sowohl die Apfelschimmelstute *Sunshine Dancer* als auch der braune Hengst *Racing Hope* jeweils fast zwanzigtausend Mark erreichten, besserte sich seine Laune. Bei der Übergabe der beiden Tiere gab er sich sogar nett und jovial, scherzte mit den neuen Besitzern. Allerdings vermied er den Blickkontakt zu Rainer, dessen Miene starr war. Marlene spürte daher größte Erleichterung, als sie schließlich nach Hause fuhren.

***

Am nächsten Morgen ging Marlene besonders früh ins Büro, um die Verkäufe korrekt in den Unterlagen einzutragen, die Buchhaltung zu überprüfen und alle nötigen An- und Ummeldungen durchzuführen. Kurz bevor sie ihr Büro in einem Außenflügel des Gestüts erreichte, hörte sie zwei wütende Männerstimmen.

»Was hast du dir nur dabei gedacht? Dem armen Tier Beruhigungsmittel zu geben!«, zischte jemand. Rainer?

Marlene blieb stehen, überlegte, ob sie abdrehen oder weitergehen sollte. Sie wollte nicht in einen Streit zwischen ihm und Gustav hineingeraten. Denn bei der anderen Person konnte es sich um keinen anderen als den Gestütssohn handeln. Sein Büro lag schließlich als einziges hier.

»Du hast *Black Storms* Gesundheit auf Spiel gesetzt. Und den guten Ruf des Gestüts.« Ja, das war eindeutig der Pferdetrainer. Seine Stimme bebte vor Wut, allerdings sprach er nicht lauter als sonst.

»Unser guter Ruf hat dich nicht zu interessieren, das ist ausschließlich meine Angelegenheit. Solange die Behörden nichts von meinem kleinen Trick merken, tut uns das nicht weh. Also lass mich machen, was das Beste für das Gestüt ist!« Im Gegensatz zu Rainer brüllte Gustav fast.

Vorsichtig ging Marlene weiter. Sie musste unbedingt wissen, was der Pferdetrainer zu dieser Frechheit sagte.

»Das Beste.« Rainer schnaubte. »Ich glaube nicht, dass es dem Gestüt gutgetan hat, ein völlig paralysiertes Pferd vorzuführen. Das *laue Lüftchen*, so haben sie ihn genannt.«

»Mehr ist dieser Klepper ja auch nicht! Und deswegen wird er auch zum Schlachter kommen. Dann kriege ich wenigstens noch das Geld für sein Fleisch.«

Entsetzt japste Marlene und presste sich erschrocken die Hand vor den Mund. Das konnte Gustav doch nicht machen! Der arme, schöne *Black Storm*. Voller Temperament und Lebensfreude. So ein Tier durfte nicht sterben. Am liebsten würde sie nach vorne stürmen, ins Büro und diesem grausamen Idioten sagen, was sie von ihm hielt. Aber das übernahm Rainer schon für sie. Sie hörte eine Bewegung, als ob er einen Schritt auf ihn zumachte.

»Untersteh dich!«, herrschte er ihn an. »Wenn du das machst, melde ich dich den Behörden.«

»Das wagst du nicht. Sonst bist du den Job schneller los, als du schauen kannst.« Gustavs Stimme wurde schneidend.

»Lass es besser nicht darauf ankommen.«

Eine Weile schwiegen sie und Marlene hielt in gebannter Stille den Atem an.

Dann räusperte Rainer sich. »Komm, lass uns nicht weiterstreiten. Ich habe ein gutes Angebot für dich.«

»Ich höre.« Unterdrückte Wut schwang zwischen den Wörtern hindurch.

»Ich kaufe *Black Storm*.«

»Du?« Die Überraschung in seiner Stimme war unverkennbar. »Willst du uns etwa Konkurrenz machen?«

»So ein Unsinn, dazu seid ihr viel zu groß. Mit eurem Gestüt kann und will ich nicht konkurrieren. Aber ich habe ein wenig gespart. Und ich denke, *Black Storm* wäre der richtige Starthengst für eine kleine Zucht. Ich bezahle dir die sechstausend Mark, die keiner ausgeben wollte.«

»Das ist zu wenig«, protestierte Gustav sofort. »Das Tier ist deutlich mehr wert, das wissen wir beide.«

»Du willst ihn doch zum Schlachter bringen. Dann bekommst du nur einen Bruchteil des Geldes.«

»Stimmt. Aber es besteht immerhin ein gewisses Risiko, dass er unsere Pferde bei den nächsten Rennen besiegt.« Gustav machte eine kurze Pause, dann sagte er: »Für fünfzehn kannst du den durchgeknallten Rappen haben.«

»Das ist Wucher für ein Pferd, das verbrannt ist! So viel habe ich nicht«, protestierte Rainer.

»Dann kommt er halt zum Abdecker –«

Rainer seufzte. »Auf keinen Fall. Ich könnte dir achttausend Mark geben. Das ist ein guter Preis.«

»Zwölftausend«, sagte Gustav mit einer harten Stimme, die Marlene gar nicht von ihm kannte.

Kurz herrschte Schweigen. Würde Rainer das akzeptieren? Marlene hielt den Atem an.

»Zehntausend. Und das ist mein letztes Angebot.«

»Hast du denn so viel?«, wollte Gustav wissen.

»Ja. In einer Woche hast du es. Hand drauf.«

Ein gedämpftes Klatschen ertönte, als die Männer sich die Hände reichten. Danach folgte ein leises Plätschern. Vielleicht füllte Gustav etwas von dem Whiskey ab, den er im Büro für den Feierabend aufbewahrte. Und für den kleinen Schluck zwischendurch. Einem anständigen Hochprozentigen war der Gestütssohn nie abgeneigt.

»Herzlichen Glückwunsch«, sagte Gustav mit einem seltsamen Unterton. Die Gläser klirrten gegeneinander. Also hatte sie richtig vermutet. »Du bist jetzt der neue Besitzer von *Black Storm*. Vorausgesetzt, ich kriege mein Geld.«

»Natürlich. Ansonsten weißt du ja, wo ich arbeite.«

Die Männer lachten.

Marlene atmete leise auf. *Black Storm* war gerettet. Noch einige Augenblicke wartete sie vor dem Büro, damit die Männer nicht merkten, dass sie gelauscht hatte. Vorsichtshalber schlich sie einige Schritte zurück. Dann trat sie betont laut mit ihren Absätzen auf und steuerte ihr Büro an.

Als sie Rainer und Gustav sah, die wie vermutet Whiskey-Gläser in der Hand hielten, tat sie überrascht. »Was macht ihr denn schon am frühen Morgen mit dem Zeug?«

»Wir haben etwas zu feiern«, erklärte Gustav. »Rainer wird *Black Storm* kaufen. Um selbst zu züchten.«

»Wirklich?« Sie riss die Augen auf. Wobei ihre Überraschung nicht nur gespielt war. So ganz verstand sie nicht, wie Rainer Trainer im Gestüt Goldmann sein und eine eigene Zucht aufbauen konnte.

Vermutlich würde er seine Anstellung hier aufgeben und sie sah ihn nicht mehr. Dieser Gedanke versetzte ihr einen Stich, dessen Intensität sie überraschte. Aber

noch war es ja nicht so weit. Erst musste sich der Jährling weit genug entwickeln. Und wer wusste schon, was
bis dahin geschah?

7

Hamburg, heute

Wenige Tage später war Esther auf dem Weg nach Hamburg. Nachdem ihre Mutter die Bedenken überwunden hatte, nahm sie alles in die Hand: Sie suchte einen Flug heraus und buchte ein Zimmer in einem Hotel, wo sie den Manager kannte.

Sie hatte sogar einen Wagen bestellt, der Esther am Flughafen abholte. Sie zog ihre Mutter zwar damit auf – insgeheim war sie aber froh, ein Schild mit ihrem Namen zu sehen, als sie aus dem Security-Bereich herauskam. Der Fahrer war ein Mann mittleren Alters mit beginnender Glatze, einem zerknitterten Gesicht und freundlichen, blauen Augen. Zum Glück trug er keine Livree, sondern nur die obligatorische Mütze, eine dunkle Stoffhose und ein weißes Hemd.

Schließlich ächzte auch die Hansestadt unter einer Hitzewelle. Im Flughafen war es zwar angenehm kühl. Aber Esther wusste dank der Wetter-App, draußen herrschten Temperaturen von über dreißig Grad. Suchend sah sich der Fahrer um. Sie gab ihm ein Handzeichen und ging geradewegs auf ihn zu, ihren silbernen Koffer auf vier Rollen neben sich herziehend. Sofort kam er ihr entgegen.

»Frau Rosenberg?«, fragte er.

Als sie nickte, strahlte er sie an. »Ik bün de Oscar.« Sein breiter Hamburger Dialekt passte nicht zu ihm, weil er so seriös aussah. Aber es machte ihn sympathisch.

»Hallo, Oscar«, antwortete Esther.

Er streckte die Hand nach dem Koffer aus, doch sie winkte ab. »Das müssen Sie nicht, der läuft ja auf Rollen.«

»Wenn Se mienen ... Denn kümmt Se mol mit, mien Wagen is gliek üm de Eck.«

Zielstrebig lief er los. Dabei legte er ein solches Tempo vor, dass Esther sich beeilen musste, um ihn nicht aus den Augen zu verlieren. Erst kurz bevor er durch die Tür ging, überprüfte er mit einem Seitenblick, ob sein Fahrgast noch da war. Als er Esther sah, nickte er zufrieden und eilte weiter, direkt auf eine elegante schwarze Limousine zu.

Er warf einen verstohlenen Blick nach vorne. *Das ist also der Grund für diese unglaubliche Eile – er hat Angst vor einem Ticket,* dachte sie. Schließlich musste er länger auf sie warten als geplant, denn der Flieger hatte wieder einmal Verspätung gehabt. Als er merkte, dass kein Zettel an der Windschutzscheibe hing, entspannte Oscar sich. Er nahm ihren Koffer hoch und hievte ihn in den Kofferraum.

»Jesses, was haben Sie da denn drin? Steine?«, fragte er, sein Platt mühsam unterdrückend. An der breiten Aussprache hörte man jedoch immer noch den Norddeutschen heraus, was Esther sehr urig und sympathisch fand.

Sie schmunzelte. »Klar, das mache ich immer so, um Fahrer zu ärgern.« Eigentlich war ihr Rimowa-Koffer für eine Woche viel zu groß. Aber Esther wollte passend angezogen sein, wenn sie sich mit Tobias traf. Schließlich wusste sie ja nicht, was er mit ihr plante. Daher hatte sie Kleidung für alle möglichen Anlässe eingepackt, von Jeans über Kleider bis hin zum Party-Outfit. Da war für jeden Fall etwas dabei.

Oscars Augen funkelten amüsiert. Nachdem der schwere Koffer verstaut war, eilte er zu Esther, um ihr die Tür aufzuhalten. Natürlich hinten, wie es sich gehörte. Der Wagen verließ das Flughafengelände, bog in eine breite Landstraße ein. Sie war umgeben von grünen Feldern, die sich völlig platt unter dem klaren Himmel ausbreiteten. Vereinzelt tauchten Gehöfte und Bauernhöfe auf, außerdem saftig grüne Weiden mit grasenden Kühen. Esther seufzte leise. So viel zum Thema Großstadt-Feeling. Da versprühte ja Düsseldorf mehr Metropolen-Charme.

Enttäuscht ließ sie sich im Sitz zurücksinken, sah nur noch mit mäßiger Begeisterung heraus. Als sie sich jedoch der City näherten, änderte sich das schlagartig. Breite Straßen führten in die Stadt hinein, vermittelten die Weltoffenheit und Internationalität, für die Hamburg bekannt war. Die Straßen wurden belebter, die Gebäude höher, und die Atmosphäre war erfüllt von der Energie einer pulsierenden Metropole.

Esther setzte sich wieder auf und rutschte Richtung Fenster. Ein Lächeln huschte über ihr Gesicht, als sie die Speicherstadt erblickte, eines der vielen Wahrzeichen der Stadt. Die historischen Lagerhäuser erstreckten sich entlang der Kanäle, die roten Backsteinfassaden der Gebäude einen reizvollen Kontrast zum blauen

Wasser bildend. Kurz danach tauchte die Elbphilharmonie am Horizont auf. Die Glasfassade glitzerte im Sonnenlicht, und das wellenförmige Dach schien sich mit den Wellen der Elbe zu vereinen. Im Hintergrund erahnte sie den Hafen mit seinen riesigen Frachtschiffen und Containerkränen. Ja, das war das Gefühl von Weite und kosmopolitischem Flair, auf das sie gehofft hatte.

Als das Auto schließlich die Innenstadt von Hamburg erreichte, war es um Esther geschehen. Prächtige, reich verzierte Gebäude aus der Hansezeit säumten die Straßen, auf denen gut gekleidete Menschen flanierten. Die Binnenalster funkelte blitzblau. Ihr Herz schlug vor Aufregung, denn sie konnte es nicht erwarten, sich in der Stadt umzusehen und alles in sich aufzusaugen. Hoffentlich fand sie auch ein paar coole Jung-Designer, um frische Ideen einzufangen.

Oscar hielt vor einem Bau, der von außen unscheinbar aussah. Esther fühlte leise Enttäuschung. Das legte sich aber, als sie eintraten, denn von innen war das Hotel ein Traum moderner Nostalgie. Es mischte coolen Industriecharme mit kuscheligen Elementen. So standen vor roten Backsteinmauern schwere, lederbezogene Möbel. Antike Ölgemälde kontrastierten mit zeitgenössischen Accessoires.

Oscar hatte es sich nicht nehmen lassen, den Koffer für sie zu ziehen. Zielstrebig ging er mit ihr den langen Flur entlang, bis sie die Lobby erreichten. Kaum näherten sie sich dem Concierge, sprang dieser auf.

»Sie müssen Frau Rosenberg sein!« Mit formvollendeter Höflichkeit trat er auf sie zu und ergriff ihre Hand genau mit dem richtigen Druck. »Herzlich willkommen bei uns.«

Kurz wunderte Esther sich, woher er ihren Namen wusste. Aber anscheinend war sie ein VIP-Gast – immerhin kannte ihre Mutter den Manager noch von früher.

»Wir haben alles für Sie vorbereitet. Wenn Sie bitte hier unterschreiben würden.« Er hielt ihr das Anmeldeformular hin, das bereits fix und fertig ausgefüllt war. Sogar die Nummer von ihrem Personalausweis stand schon darauf.

War ihre Mutter etwa ungefragt an ihr Portemonnaie gegangen und hatte vorab eine Kopie zugeschickt? Ein wenig ärgerte sie sich darüber. Dann beschloss sie, sich zu freuen, weil alles so glatt lief. Schnell unterschrieb sie den Zettel.

»Oscar wird Ihnen nun Ihre Räume zeigen«, erklärte der Concierge. »Wir haben eine Junior-Suite für Sie gebucht. Natürlich zu den Kosten eines normalen Zimmers.«

»Sehr schön«, gab Esther sich unbeeindruckt. Im Stillen dankte sie ihrer Mutter jedoch dafür, dass ihr Einfluss ihr zu unverhofftem Luxus verhalf.

»Wir wünschen Ihnen einen angenehmen Aufenthalt.«

»Danke, den werde ich sicher haben.«

Sie folgte Oscar, der bereits mit schnellen Schritten voraneilte. *Entweder steht er wieder falsch oder das ist sein normales Tempo,* amüsierte sich Esther. Sie fuhren mit dem Aufzug hoch und gingen durch den langen Korridor. Fast am Ende blieb ihr Fahrer stehen und drückte die Key-Card an die Tür. Höflich hielt er ihr die Tür auf, damit sie als Erste hindurch gehen konnte.

Esther trat ein und sah sich um. Auch in der Junior Suite, die aus Schlafraum, Wohnbereich und Bad bestand, traf New Yorker Loft-Charme auf Londoner Eleganz. Hier konnte man es aushalten! Oscar ließ den Koffer los und blieb abwartend stehen. Esther kramte in ihrem Portemonnaie und drückte ihm einen Fünf-Euro-Schein in die Hand.

»Dankeschön, Frau Rosenberg«, sagte er wieder in seinem breiten, norddeutsch angehauchten Tonfall und steckte das Geld in die Tasche. »Brauchen Sie mich heute noch mal?«

Esther dachte nach. »Hm, eigentlich nicht. Ich wollte mich am Jungfernstieg und Umgebung umschauen. Aber da laufe ich lieber hin. Ich will etwas von Hamburg sehen.«

»Gut. Rufen Sie einfach an, wenn ich kommen soll.« Mit diesen Worten überreichte er ihr eine Visitenkarte. »Geht alles auf die Hotel-Rechnung.« Er nickte ihr kurz zu. Danach ging er aus dem Zimmer.

Esther nahm ein Wasser aus der Mini-Bar und ließ sich auf einen Sessel fallen. Jetzt war sie also in der Hansestadt, um Omas Jugendliebe aufzuspüren. Zuerst wollte sie sich dort umschauen, wo Marlene gelebt hatte. Aber dann? Wie fand sie Hinweise auf diesen Gustav? Eine zündende Idee dafür hatte Esther noch nicht. Sie musste einfach darauf hoffen, dass sich etwas ergab. Irgendwie.

Gute zwei Stunden später erkannte Esther, wie schwer sich die Suche nach einem Mann gestaltete, wenn man nur einen Vornamen kannte. Sie war zunächst zu der Straße gelaufen, wo ihre Oma früher gewohnt hatte. Als sie vor dem fünfstöckigen Haus stand, verließ sie der Mut. So viele Menschen lebten hier! Wie sollte sie jemanden finden, der etwas über Großmutter Marlene wusste?

In Düsseldorf hatte es so einfach geklungen, ihrer Jugendliebe aufzuspüren. Aber Hamburg war eine Millionenmetropole – und vermutlich lebte hier niemand mehr von früher. Aufgeben wollte sie jedoch nicht. Wieder schaute sie auf das Haus. Sie versuchte, sich Oma Marlene als junge Frau vorzustellen. Bis Mitte dreißig hatte sie mit Opa Hubertus in der Hansestadt gelebt, bevor er nach Düsseldorf versetzt worden war. Welche Hoffnungen hatte sie wohl gehabt? Welche Wünsche? Und hatten diese sich alle erfüllt?

Der Kummer kam zurück und mit ihm die Tränen, vernebelten ihr die Sicht. Sie ließ sie fließen, bis sie von selbst versiegten. Die Trauer musste heraus. Anschließend nahm sie ein Taschentuch und schnäuzte sich. Als sie wieder klarsehen konnte, blickte sie auf die beiden Namensschilder ganz unten. H. Decker stand da und G. Siebenstein. Das verriet ihr leider nicht, wer diese Menschen waren oder welches Alter sie besaßen. Es half alles nichts, sie musste es aufs Geratewohl versuchen. Zaghaft klingelte sie bei Siebenstein.

»Ja, hallo?«, hörte sie eine weibliche Stimme durch die Sprechanlage. Sie klang recht jung, als sei die Frau nur wenig älter als sie. Dann konnte sie ihre Großmutter nicht kennen.

Trotzdem versuchte sie es. »Guten Tag, ich heiße Esther Rosenberg. Meine Oma, Marlene Jansen, lebte früher in diesem Haus. Wissen Sie vielleicht etwas über sie?«

»Ich wohne erst seit ein paar Jahren hier. Da kann ich leider nicht weiterhelfen«, erwiderte die andere freundlich, aber dennoch abweisend und legte auf.

Esther seufzte und klingelte bei H. Decker.

»Ja, was gibt's?«, brummte eine brüchige Männerstimme. Er war offensichtlich etwas älter. Aufgeregt wiederholte sie ihren Spruch beziehungsweise sie versuchte es. Denn Herr Decker unterbrach sie nach dem ersten Satz.

»Ich kaufe nichts«, knurrte er barsch. Schon war die Verbindung unterbrochen. Esther hätte am liebsten geschrien. Warum ließ er sie gar nicht erst ausreden? Vom Alter her hätte er so gut passen können!

Sie überlegte, noch einmal bei ihm zu klingeln. Aber so rüde, wie er sie abgewimmelt hatte, machte das sicher keinen Sinn. Er würde sie nur wieder anfahren. Vielleicht sollte sie es später erneut versuchen. Eine Woche Zeit hatte sie ja.

Vorher konnte sie noch die anderen Nachbarn fragen. Entschlossen drückte sie bei G. Hoffmann im ersten Stock. Halb hoffte sie, das G stand für Gustav, dann wäre ihre Suche schnell vorbei. Doch dieser Nachbar war zu jung. Immerhin war er hilfsbereit. Aber das nützte ihr auch nichts. Seufzend klingelte sie bei dem Nächsten.

Schon bald war Esther fertig. Mit dem Ergebnis, dass sie zweimal barsch abgebügelt wurde, viermal hörte man ihr zu und einer lud sie auf einen Kaffee ein, was sie ablehnte. Dieser Kerl wirkte eindeutig merkwürdig – außerdem wusste er offensichtlich nichts über ihre Oma. Drei Nachbarn waren nicht zu Hause. Sie musste also später wiederkommen.

Esther blickte auf die Uhr. Fast halb eins. Zeit für eine Essenspause. Leicht frustriert ging sie Richtung Jungfernstieg. Auf dem Weg dorthin bewunderte sie die alten Häuser mit ihren üppigen Fassaden. Alles sah exquisit und teuer aus. Fast so wie in Düsseldorf. Allerdings erahnte man, dass die Hansestadt fast dreimal so groß war wie die Rhein-Metropole. Hamburg umgab das Ambiente einer Weltstadt; sie war weltmännischer, weitläufiger, internationaler und trotzdem relaxter. Dieser Spirit faszinierte Esther.

Als sie den malerischen Touristen-Hotspot an der Binnenalster erreichte, hielt sie Ausschau nach einem Schattenplatz in einem netten Lokal. Große Auswahl gab es nicht mehr, weil die meisten Plätze besetzt waren. Da sah sie, wie eine Familie bezahlte. Langsam pirschte sie sich heran, wartete, bis sie den Tisch frei machten. Es dauerte schier endlos, bis alle ihre Siebensachen zusammengesammelt hatten.

Sie drückte sich so herum, dass sie nicht störte, aber ihre Ansprüche demonstrierte. Als das letzte Familienmitglied fertig war, schnappte Esther sich einen Stuhl. Zeitgleich setzte sich ein junger Mann auf den Platz gegenüber. Sie schätzte ihn auf Anfang dreißig und mit den dunkelbraunen Augen und den hellbraunen, lockigen Haaren, die ihm bis zu den Ohren reichten, sah er nicht schlecht aus. Allerdings waren sein kurzärmeliges, blau-weiß kariertes Hemd und die blaue Stoffhose recht spießig. Außerdem wollte Esther Tobias anrufen. Dabei konnte sie keinen Zuhörer brauchen.

»Entschuldigen Sie bitte. Das ist mein Tisch. Ich warte schon eine Weile darauf«, sagte sie daher.

Der Mann grinste frech. »Ich sehe kein Reserviert-Schild. Dann müssen wir wohl knobeln.«

»Ganz bestimmt nicht«, fauchte sie. Wütend funkelte sie ihn an, in der Hoffnung, ihn mit ihren eisigen Blicken zu vertreiben. Aber er ignorierte Esthers Feindseligkeit und breitete sich auf dem Platz aus. Sorgfältig legte er das Smartphone vor sich und setzte eine schwarze Sonnenbrille auf.

Danach wandte er sich wieder zu ihr. Kurz musterte er Esther, blickte demonstrativ auf den leeren Stuhl neben ihr. »Anscheinend sind Sie auch allein hier. Warum sitzen wir nicht gemeinsam an dem Tisch? Er ist doch groß genug.«

Seine melodische Stimme, die zuvor so arrogant klang, wirkte nun wesentlich sympathischer. Esther fiel nichts ein, womit sie diesen Vorschlag ablehnen konnte. Also nickte sie.

Letztlich war es egal, ob er ihr Gespräch mit anhörte. Sie wollte ja keinen Dirty Talk mit Tobias führen, sondern nur ein Treffen vereinbaren. Hoffentlich hatte er so spontan Zeit, sie hatte vorher keinen Kopf dafür gehabt, ihn anzurufen.

Sie wartete, bis die Kellnerin kam und ihre Bestellung aufnahm. Nach kurzem Zögern bestellte sie einen Salat und eine Weißweinschorle. Eigentlich stand ihr der Sinn nach etwas Herzhafterem. Aber wenn Tobias heute Zeit hätte, wollte sie nicht zu vollgefuttert sein.

Sie holte ihr iPhone heraus und suchte seine Nummer. Nach der Trennung hatte sie die Nummer löschen wollen, konnte sich aber nie dazu durchringen. Tobias Franken, da war er. Kurz zögerte sie. Tat sie das Richtige oder stürzte sie sich, wie Sophie fand, in ihr Verderben? Aber sie wollte sich doch nur rein platonisch mit ihm treffen. Entschlossen tippte sie auf den Anrufen-Button. Als es klingelte, durchzuckte sie ein Gedanke: Was, wenn er eine andere Nummer besaß?

Doch dann hörte sie seine tiefe Stimme. »Sternchen, bist du das?«, rief er freudig. Anscheinend hatte er ihre Nummer auch nicht gelöscht – so gut war selbst sein Gedächtnis nicht, dass er die Ziffern wiedererkannt hätte.

»Hi, Tobias«, gab sie zurück, wobei ihr Herz leicht klopfte. »Du ahnst nicht, wo ich gerade sitze.«

»Sag nicht, du bist in Hamburg!«

»Doch, ich bin am Jungfernstieg.«

»Musst du denn gar nicht arbeiten?«

»Ich habe mir eine Woche freigenommen, um Omas Jugendliebe wiederzufinden.« Zum Glück hatte Gisele das sofort erlaubt, als sie vom Tod ihrer Freundin erfahren hatte.

»Jetzt verstehe ich gar nichts mehr.« Seine Verwirrung war durch den Telefonhörer zu erkennen.

Esther seufzte leise. »Das ist eine lange Geschichte. Ich erzähle sie dir gerne persönlich.« Da, nun hatte sie ihren Köder ausgeworfen. Würde er anbeißen?

»Unbedingt!«, sprang er sofort an. »Komm doch heute Abend bei mir vorbei und ich koche uns etwas Leckeres.«

Fast wie damals, als sie ein Paar waren. Tobias und sie hatten immer mit Begeisterung neue Gerichte ausprobiert. Wobei meistens sie gekocht hatte. Das vermisste sie besonders. Esther zuckte zusammen. So stark sollte die Erinnerung an ihre gemeinsame Zeit nicht sein. »Wollen wir nicht lieber in eine Bar gehen? Ich will doch Hamburg kennenlernen.«

»Ich muss morgen arbeiten«, antwortete er ausweichend. »Außerdem möchte ich dir gerne meine Wohnung zeigen. Ist ein cooles Loft an der Elbe; das gefällt dir sicher.«

»Also ich weiß nicht. Mir wäre es lieber, wenn wir woanders hingehen ...« Angespannt hielt sie die Luft an.

Eine Weile herrschte Schweigen am Telefon. Das war bei Tobias kein gutes Zeichen. Kurz wollte sie seinem Vorschlag folgen, aber sie hatte Angst, ein so intimer Abend weckte Erinnerungen – und lange verdrängte Gefühle kehrten wieder.

»Wie wäre es denn, wenn wir uns beim Italiener treffen, der bei mir um die Ecke ist?«, schlug er schließlich vor.

Sie hatte an eine hippere Location gedacht. Aber das war ein Kompromiss. »Klingt gut. Wann soll ich kommen?«

»Um sieben. Am besten treffen wir uns erst bei mir und laufen von dort. Okay?«

Sie zögerte kurz. Warum wollte er bloß, dass sie zunächst zu ihm kam? Andererseits fand sie die Aussicht wenig verlockend, allein im Restaurant auf ihn warten zu müssen. Der pünktlichste war er noch nie gewesen. »Klar, das passt.«

»Cool. Ich schicke dir die Adresse per WhatsApp.«

»Mach das. Die gebe ich meinem Fahrer.«

»Oha, wie vornehm. Hat deine Mutter das arrangiert?«

»Natürlich«, gab sie lachend zurück.

»Dann lass dich mal schön herkutschieren. Ich freue mich auf dich!« Es klang so ehrlich, dass sie einen Kloß im Hals bekam. Dennoch störte sie irgendetwas, obwohl sie nicht wusste, was. Nachdenklich legte sie das Telefon hin.

8

Lüneburger Heide, 1965

Es war spät am Abend. Marlene verspürte Lust, durch die Stallungen zu gehen, wo die Pferde die Nacht verbrachten. Die Tiere hatten bereits ihre Heuration bekommen und waren versorgt. Tiefe Ruhe herrschte in dem lang gezogenen Stall, durch den die letzten Reste des Tageslichts hereinbrachen. Die Stille wurde nur hin und wieder unterbrochen vom leisen Schnauben der Pferde oder dem Mahlen ihrer Kiefer.

Marlene holte tief Luft und saugte das Aroma nach Pferd, Heu und Leder ein. Anders als viele andere Frauen liebte sie diesen Geruch und konnte nicht genug davon bekommen. Langsam ging sie die Stallung entlang, bis sie *Black Storm* erreichte. Das Tier sollte noch so lange auf den Hof bleiben, bis Rainer in seinem Stall alles für ihn vorbereitet hatte.

»Na, du Wildfang«, sagte sie und streichelte dem Tier die weichen Nüstern. »Du hättest sicher gerne einen leckeren Apfel, oder?« Der Hengst bewegte schnaubend den Kopf auf und ab. Sie lachte leise und hob eine Hand, strich über die fein gezeichnete, schmale weiße Blesse, die sich von der Stirn bis zum Nasenbein herunterzog. Er schnaubte und vergrub seinen Kopf in ihrer Achselhöhle. »Ach, du bist so ein wundervolles Pferd.

Wie schade, dass du bald weg bist. Ich werde dich vermissen, mein Schöner«, flüsterte sie.

»Ich bin mir sicher, der neue Besitzer erlaubt dir einen Besuch«, ertönte auf einmal eine allzu vertraute Stimme. Sie drehte sich um, sah aber niemanden. Dann raschelte es im Nachbarstall und Rainers Kopf tauchte auf. »Oh, Entschuldigung ... Ich-ich dachte, es wäre keiner mehr da.«

Er winkte ab. »*Black Storm* freut sich immer über Besuch. Und ich mich auch.«

Verlegen schaute sie zu Boden, wusste nicht, was sie darauf erwidern sollte.

Rainer fuhr sich durch die Haare und musterte sie nachdenklich. »Allerdings finde ich, du solltest endlich reiten lernen, wenn du schon auf einem Gestüt arbeitest.«

»Auf *Black Storm*?« Sie hob den Kopf und starrte erst den Jährling und danach Rainer verwundert an.

Er lachte. »Nein, natürlich nicht. Dazu ist er viel zu jung. Ich dachte an *Heartbreaker*.«

Marlene durchforstete ihr Gedächtnis nach den Namen der Pferde auf dem Hof, konnte sich aber an kein Tier mit diesem Namen erinnern. »Welches Pferd heißt denn so?«

Ein Schmunzeln lief über sein Gesicht. »Meins.«

Verwirrt starrte sie ihn an. »Du meinst also –«

»Dass ich dir auf meinem Pferd das Reiten beibringe, genau. Er ist zwar kein Vollblut wie *Black Storm*, aber ein wunderschöner Trakehner. Die Frauen mögen ihn meist viel mehr als mich. Deswegen sein Name.« Er schmunzelte vor sich hin. Danach steckte er die Hände in die Hosentaschen, schob die Schultern zurück und schaute sie forschend an. »Es sei denn, du hast keine Lust ...«

»Doch natürlich«, sagte sie hastig. »Aber warum willst du das machen?«

»Um dir eine Freude zu bereiten. Und weil ich hoffe, dass du mich danach nicht mehr wegstößt«, erwiderte er ruhig. Ihr Mund wurde trocken, sie wusste nicht, wie sie darauf reagieren sollte. Dann ging die Tür des Nachbarstalls auf und Rainer trat so unvermittelt heraus, dass sie beinahe mit den Nasenspitzen zusammenstießen. Sie schluckte, als er ganz dicht vor ihr stand. Sie spürte seine Nähe so intensiv, dass es ihr den Atem verschlug. Schwere legte sich auf ihre Brust. Eine leise Stimme flüsterte ihr zu, dass sie zurückweichen sollte. Aber sie konnte sich nicht gegen die beinahe magnetische Anziehung wehren, die von ihm ausging.

Sanft legte er eine Hand auf ihren nackten Unterarm, der daraufhin kribbelte wie verrückt. Mit dem Daumen strich er über ihre Haut und sofort stand sie regelrecht in Flammen. Noch nie hatte sich etwas so gut angefühlt wie seine Finger auf ihrer Haut. Es kam ihr so vor, als gehörten sie zueinander. Aber es durfte nicht sein.

»Nicht«, sagte sie daher leise, machte jedoch keine Anstalten, ihren Arm wegzunehmen.

Er legte ihr die Finger seiner freien Hand unters Kinn, hob es an und schaute sie voller Begehren an. »Warum? Weil du mich nicht willst?«

»Nein, nicht deswegen. Es-es ist ... nur wegen Gustav.« Sie räusperte sich, spürte, wie rau ihre Kehle bereits war. »Er-er ist in mich verliebt. Und ich möchte nicht, dass ihr euch meinetwegen streitet. Du bist zu wichtig für das Gut.«

»Würdest du es Gustav denn verraten, wenn ich dich küsse?« Er lächelte, beobachtete sie allerdings aufmerksam.

Sie schüttelte mit wild pochendem Herzen den Kopf. »Nein.« Automatisch hob sie das Kinn an. Sie sehnte sich so sehr nach seinen Lippen, dass sich ihr Magen anfühlte, als sei ein Bienenschwarm darin.

»Dann haben wir ja nichts zu befürchten«, flüsterte er.

Die Hand, die eben noch ihren Unterarm umfasst hatte, glitt zu ihrem Rücken und er zog sie mit sanftem Druck an sich heran. Ihr Herz setzte einen Herzschlag aus, donnerte danach los wie ein Galopper beim Start, und ihre Kehle wurde eng. Einen winzigen Moment wartete er, als ob er ihr Zeit geben wollte, sich zu wehren, falls sie nicht geküsst werden wollte. Dabei verzehrte sie sich förmlich danach.

Seine Lippen legten sich warm und weich auf ihre und Marlene schloss mit einem leisen Seufzer die Augen, klammerte sich an ihm fest und trank die Süße seiner Lippen. Ihr Pulsschlag beschleunigt sich gefühlt um das Doppelte, als er seine Zunge zu ihrer hinübergleiten ließ und sie zart liebkoste. Niemals hätte sie geglaubt, dass solch ein Feuerwerk der Gefühle möglich wäre. Sie erwiderte seinen Kuss voller Leidenschaft. Im Hintergrund schnaubte *Black Storm* leise, als hieße er ihre Emotionen gut.

Nach einer scheinbaren Ewigkeit lösten sie sich voneinander. Marlene drückte ihre Stirn mit einem Gefühl puren Glücks gegen Rainers Brust und er strich ihr sanft über die Haare. Danach hauchte er ihr einen federleichten Kuss auf die Stirn. »Sag jetzt nicht, dass es ein Fehler war.«

»Nein. Es war wunderschön.« Lächelnd trat sie einen Schritt zurück und strich mit den Fingerspitzen über seine Wange. Sie fühlte sich stoppelig an. Rau, kratzig und dennoch wundervoll. »Nur ... was machen wir denn nun? Gustav darf es niemals erfahren. Er wäre eifersüchtig.«

Er legte eine Hand an ihre und strich sanft darüber. »Er muss es ja nicht wissen. Das Wichtigste ist doch, dass du meine Gefühle erwiderst.« In seinen blauen Augen stand so viel Wärme, dass sie schlucken musste.

»Ja. Das tue ich. Aber –«

»Kein aber. Alles Weitere findet sich.« Erneut zog er sie in eine Umarmung und küsste sie so innig, dass sie das Gefühl hatte, zu schweben. Als wäre sie gestorben und im Himmel wiedergeboren. Bloß dass sie nicht tot war, sondern lebendig wie nie.

9

»Na, will Loverboy nicht so, wie Sie wollen?«, witzelte der junge Mann ihr gegenüber.

Empört sah sie zu ihm. »Haben Sie etwa gelauscht?«

»Kunststück bei Ihrem zarten Elfenstimmchen.« Er lachte leise, als er ihren giftigen Blick bemerkte. »Jetzt schauen Sie nicht so böse. Ich will Sie doch nur aufmuntern. Sie sehen unglücklich aus.«

»Tue ich das?«, fragte sie.

Er nahm die Sonnenbrille ab und sah Esther direkt ins Gesicht. So intensiv betrachtete er sie, dass es ihr schon unangenehm war. Dabei fielen ihr die goldenen Sprenkel in seinen braunen Augen auf, die ihn sehr warmherzig aussehen ließen. Wenn er sich entspannte, wirkten seine Gesichtszüge trotz der hohen Wangenknochen weich. Das lag sicher an seinen ungewöhnlich vollen Lippen.

Jetzt verzog er den Mund spöttisch, was ihn gleich arrogant wirken ließ. »Sind Sie fertig mit der Inspektion?«

Sofort ärgerte sie sich wieder über ihn. Dieser Typ war einfach unmöglich. Sie drehte sich demonstrativ weg und spielte mit ihrem iPhone.

»Sie sind wütend auf denjenigen, den Sie angerufen haben. Aber er ist nicht der Grund, warum Sie traurig sind. Das waren Sie vorher schon«, sagte er auf einmal leise.

Erstaunt blickte sie ihn wieder an. »Ja, das stimmt. Woher wissen Sie das denn? Können Sie hellsehen?«

Er prustete los. »Gott bewahre, nein! Damit habe ich nichts am Hut. Mir ist vorhin aufgefallen, dass Ihre Augen rot gerändert sind, als Sie Ihre Sonnenbrille geputzt haben.«

Verlegen blickte sie zu Boden.

»Keine Sorge, außer mir wird das niemand bemerkt haben. Ich beobachte einfach genauer als andere. Ist eine Berufskrankheit.« Er zuckte mit den Achseln.

Nun war ihr Interesse geweckt. »Was machen Sie denn?«

»Ich bin Journalist bei einer Zeitung. Aber wollen wir uns nicht duzen? Ich bin Philipp – auch wenn es unhöflich ist, als Mann das Du anzubieten.«

Es gefiel Esther, dass ihm dieser Umstand bewusst war. Sie schaute ihn wieder an. Diesmal lächelte er offen. »Wenn man mich kennt, bin ich eigentlich ganz nett.«

»Das ist mein Metzger auch«, gab sie zurück.

Sie mussten beide lachen. So verkehrt schien dieser Philipp nicht zu sein. »Also gut.« Sie streckte ihm die Hand hin. »Ich bin Esther.«

»Schön, dich kennenzulernen, Esther, die Leuchtende.«

Seine Allgemeinbildung imponierte ihr. Bisher hatte noch niemand diese Bedeutung ihres Namens gekannt. Selbst Tobias nicht. Zu gerne würde sie kontern. Allerdings hatte sie keine Ahnung, wofür Philipp stand.

»Der Pferdefreund. Das bedeutet mein Name.«

»Kannst du etwa Gedanken lesen?«

Er grinste. »Wie gesagt – ich beobachte gut. Außerdem lausche ich für mein Leben gern. Nun erzähle mir die Geschichte von Omas Jugendliebe, wegen der du hier bist und die dich traurig macht.«

Kurz zögerte sie. Aber erstens brannte sie darauf, mit jemandem über diese romantische Liebesgeschichte zu reden. Und zweitens konnte er ihr als Journalist vielleicht bei der Suche nach dem Unbekannten helfen. Er wusste sicher, wo man entsprechende Informationen bekam. Also berichtete sie ihm vom Tod ihrer Großmutter, dem Brief und ihrem Entschluss, den Empfänger zu finden. Je länger sie erzählte, desto mehr interessierte Philipp sich für die Geschichte. Er beugte sich immer weiter vor.

»Ich befürchte aber, dass ich kein guter Spürhund bin. Bisher habe ich noch nichts herausgefunden«, endete Esther.

»Du darfst nicht so schnell aufgeben.« Philipp sah sie kopfschüttelnd an. »Es wäre doch gelacht, wenn du diesen Gustav nicht findest! Geh erst mal zum örtlichen Einwohnermeldeamt. Dort gibt es sicher Informationen, wer früher in dem Haus lebte. Dann spürst du die heutigen Adressen der Nachbarn auf. Da ergibt sich bestimmt etwas.«

»Bei dir sprudeln die Ideen nur so heraus. Wie machst du das bloß?«

»Hey, das ist mein Beruf, schon vergessen?« Er schob sich eine widerspenstige Locke aus dem Gesicht, die ihm in die Stirn gefallen war. Danach musterte er sie. »Vielleicht könnte ich dir ja helfen ...«

»Ehrlich, würdest du das machen?« Esther war ganz aufgeregt. Als Journalist hätte er sicherlich deutlich mehr Chancen als sie mit ihrer stümperhaften Suche.

»Na, wenn wir darüber berichten können.« Er zwinkerte ihr zu. »Wir haben nämlich im Regionalteil eine Serie, wo das hinpasst. Allerdings ist das alles sehr vage … Falls wir diesen Typen nicht finden, stehe ich dumm da.«

»Das wirst du nicht! Wenn wir zwei nicht weiterkommen, engagiere ich einen Detektiv.«

Er betrachtete sie erneut, dann nickte er. »Warum nicht? Das riecht förmlich nach einer spannenden Story. Wenn nicht als Sologeschichte, dann zusammen mit anderen Schicksalen aus den Sechzigerjahren. Nach dem Motto: *Damals und heute – wie haben Hamburger die Zeit erlebt?*«

Bewundernd sah sie ihn an. Wie schnell er aus ihren wenigen Informationen eine Headline zauberte.

Er klatschte in die Hände. »Pass auf: Ich frage gleich meinen Ressortleiter, ich muss nach dem Essen sowieso zurück in die Redaktion. Ich mache nur gerade Pause. Sobald ich mehr weiß, melde ich mich bei dir.«

Begeistert nickte Esther.

»Alles klar. Dann brauche ich bloß noch deine Handynummer, damit ich dich erreiche.«

Esther kramte in der Handtasche nach ihren Visitenkarten.

Er las sie neugierig. »Ah, du bist also Designerin? Darum bist du so herausgeputzt.«

Insgeheim freute sie sich, dass ihm ihre Kleidung aufgefallen war. Dabei lief sie heute für ihre Verhältnisse eher leger als schick herum. Sie trug weiße Jeans-

Shorts und ein kurzärmeliges, petrolfarbenes Oberteil. Allerdings hatten beide Kleidungsstücke Strasssteinchen. Außerdem besaß das Shirt einen Wasserfallausschnitt und war auf Figur geschnitten. »Ich bevorzuge den Ausdruck gut gekleidet.«

Philipp grinste. »Wie auch immer, du leuchtendes Wesen. Hoffen wir mal, mein Ressortleiter sagt ja. Dann könnte ich eine schöne Story machen. Dem Geheimnis auf der Spur.«

Bis das Essen kam, hatte er bereits einen ersten Schlachtplan entworfen. Esther freute sich über seine Begeisterung. Vielleicht war es doch nicht so schlecht gewesen, dass er sich mit an den Tisch gesetzt hatte.

Als sie fertig waren, winkte er der Kellnerin, um für sie beide zu bezahlen. Esther protestierte zwar, aber er bestand darauf. »Das ist mein Dank für eine interessante Story und die nette Gesellschaft.« Lachend stand er auf. »Genieße den freien Tag noch. Ich melde mich später.«

Esther nickte und sah zu, wie er mit federnden Schritten davon zog. Dabei fiel ihr auf, wie gut seine Figur war: schmal, aber nicht dünn, mit breiten Schultern. Plötzlich wünschte sie sich sehr, dass sein Chef grünes Licht gab.

Nach dem unerwartet netten Essen ging sie zurück zu dem Haus, in dem Großmutter Marlene gelebt hatte, als sie jung war. Kurz dachte sie darüber nach, noch einmal bei dem unfreundlichen alten Mann zu klingeln.

Aber sie wollte sich keine weitere Abfuhr holen. Außerdem konnte Philipp diesen Grantler vielleicht dazu bringen, die Tür zu öffnen. Er schien recht interessiert daran zu sein. Jetzt musste er nur noch seinen Ressortleiter überzeugen. Allerdings hatte Esther keine Ahnung wie leicht oder schwer das würde. Sie beschloss, auf ihre Intuition zu hören und bis morgen mit weiteren Befragungen zu warten. Der Alte lief ihr ja nicht weg. Wenn Philipp ihr nicht half, kam sie allein wieder. Sie warf einen Blick auf die Uhr. Erst zwei Uhr. Da hatte sie noch viel Zeit bis zum Treffen mit Tobias.

Den Rest des Tages würde sie für Sightseeing nutzen. Wenn sie schon einmal in der Hansestadt war, musste sie sich zumindest einige Sehenswürdigkeiten anschauen. Zufrieden über diese Idee drehte sie sich um und schlenderte an der Alster entlang Richtung Rathaus, das sich groß und mächtig am Rande der Innenstadt erstreckte. Je näher sie dem bekannten Bauwerk kam, desto mehr Details erkannte sie in der prunkvollen Fassade. Die aufwendigen Verzierungen der vielzähligen Fenster, die Figuren und die Türmchen. Es war wunderschön. Esther blieb stehen und machte einige Fotos, zum Teil auch als Selfies. Ein paar Social-Media-Posts mussten sein.

Danach machte sie einen Abstecher zur Mönckebergstraße, wobei es sie in den Finger juckte, Klamotten zu kaufen. Allerdings suchte sie ja eher das Besondere, das Hippe – und das sollte es im Karoviertel geben, wie Tante Google wusste. Allerdings lag das Szeneviertel ein wenig außerhalb, daher hatte sie es für morgen eingeplant. Heute stand das klassische Hamburg-Sightseeing auf dem Plan.

Die Opulenz der Häuser war ebenso überwältigend wie der zeitlose Hanseaten-Charme, den die Stadt versprühte. Alles sah hier irgendwie etwas großzügiger und imposanter als in Düsseldorf. Obwohl die Rheinmetropole mit der Kö', der Altstadt und Schloss Benrath einige schöne Ecken hatte, konnte sie in ihren Augen nicht mit der heimlichen Hauptstadt Norddeutschlands mithalten.

Sie war gerade auf dem Weg Richtung Speicherstadt, als das Telefon klingelte. Esther kramte in ihrer Handtasche, doch wie so oft war es nicht in einer der dafür vorgesehenen Taschen, sondern irgendwo anders. Beim vierten Klingeln fand sie es schließlich. Auf dem Display sah sie eine unbekannte Hamburger Nummer. Hoffentlich war das Philipp, der gute Nachrichten von seinem Chef hatte!

Schnell entsperrte sie das Gerät. »Esther Rosenberg hier, guten Tag«, sagte sie formell. Es könnte ja auch sein, dass ein Geschäftskunde anrief, dessen Nummer sie nicht abgespeichert hatte. Das war immerhin ihr Diensthandy.

»Philipp Schumacher. Weißt du noch, wer ich bin?« Ziemlich zaghaft klang er, wo er anfangs so anmaßend war.

Sie lachte. »Das ist ja erst ein paar Stunden her. Ich bin noch nicht senil.«

»Na, wer weiß, wie oft dich fremde Typen anquatschen. Schließlich rennst du herum wie ein Modepüppchen.«

»Ich bin keine Modepuppe, ich staffiere sie aus«, konterte sie und hörte ein Lachen am anderen Ende der Leitung.

»Immer eine Antwort parat.« Philipp lachte leise weiter, bevor er ernst wurde. »Ich habe gute Neuigkeiten.

Mein Ressortleiter ist auf die Story angesprungen. Wir sind Partner.«

»Toll«, gab sie lässig zurück.

»Freu dich bloß nicht zu sehr.« Auch wenn er es spöttisch sagte, wirkte er enttäuscht über ihren Mangel an Enthusiasmus.

»Ich finde es super, dass du mir hilfst«, schob sie daher schnell nach. »Wirklich! Allein hätte ich keine Chance. Also sag deinem Chef meinen herzlichen Dank.«

»Na, das klingt schon besser. Und mach dir keine Sorgen; wir finden bestimmt etwas heraus!« Dabei klang seine Stimme regelrecht aufgekratzt. »Komm morgen um halb zehn zu mir in die Redaktion, okay? Dann legen wir mit der Suche los. Ich schicke dir die Adresse gleich rüber.«

»Super, tausend Dank!« Diesmal versuchte sie nicht mehr, sich cool zu geben, wie sie das bei Tobias immer hatte machen müssen.

»Sehr gut, du erhabenes Wesen. Dann bis morgen.«

»Bis morgen.« Lächelnd steckte sie das Handy wieder ein. Er würde ihr tatsächlich bei der Suche helfen. Ihr Herz klopfte bei dem Gedanken ein wenig schneller. Sie freute sich darauf, den scharfsinnigen Journalisten wiederzusehen. Es würde sicher Spaß machen, das Geheimnis von Oma Marlene gemeinsam mit ihm zu lösen.

10

Lüneburger Heide, 1965

Den ganzen Abend glaubte Marlene, Rainers Lippen auf ihren zu spüren; seine Zunge mit ihrer spielend, seine Hände auf ihren Hüften, heiß und lodernd. Sie hätte dieses berauschende Gefühl noch ewig genießen können, doch die Angst vor einer Entdeckung hatte sie irgendwann nach Hause getrieben. Am nächsten Tag war sie extra früh da und wartete unruhig darauf, dass Rainer ins Büro kam. Sie konnte sich kaum auf die Unterlagen konzentrieren, weil sie immer wieder mit klopfendem Herzen zur Tür schielte.

»Ist etwas, Marlene?«, fragte Gustav sie irgendwann. »Geht es dir nicht gut? Willst du nach Hause?«

»Nein, nein. Alles gut«, erwiderte sie hastig und konzentrierte sich darauf, die Futterbestellungen auf den Weg zu bringen und einen Termin mit dem Hufschmied auszumachen. Endlich, es war fast halb elf, kam Rainer gut gelaunt wie immer durch die Tür.

»Hallo, Schönheit«, begrüßte er sie.

Enttäuschung kroch in ihr hoch. Sie hatte sich gewünscht, er würde ihr irgendwie signalisieren, dass auch er an ihren Kuss dachte. Durch ein besonderes Lächeln. Einen innigen Blick. Oder auch nur ein kurzes Zwinkern. Aber er benahm sich so leichthin, als wäre niemals etwas zwischen ihnen geschehen. Sie spürte ein Stechen in der Brust.

Er tauschte sich mit Gustav hinter verschlossener Tür aus, was Marlene wunderte. Normalerweise war es ihnen egal, ob sie ihre Gespräche mithören konnte. Aber vielleicht gab es noch strittige Fragen zum Kauf von *Black Storm*. Nach einer gefühlten Ewigkeit kam Rainer heraus, nickte ihr unverbindlich zu und verschwand wieder Richtung Trainingsplatz.

Sie sah zu, wie seine groß gewachsene Gestalt entschwand. Ihre Kehle schwoll zu einem dicken Klumpen an und ihre Augen brannten. Ihr Glücksgefühl wich Bestürzung. War sie nur auf Rainer hereingefallen? War er etwa, wie Annegret vermutete, jemand, der es niemals ernst meinte?

Der Tag verging, ohne dass Rainer sich noch einmal blicken ließ. Dabei arbeitete sie extra länger, weil sie hoffte, dass er kam. Es blieb eine vergebliche Hoffnung.

»Willst du nicht nach Hause gehen?«, fragte Gustav sie stirnrunzelnd, als er gegen fünf Uhr Feierabend machte. »Ich könnte dich fahren. Ich muss sowieso in deine Richtung.«

»Nein, danke«, wehrte sie ab. Ein Teil von ihr wollte nicht glauben, dass Rainer nur mit ihr spielte. Dazu waren seine Berührungen zu liebevoll gewesen, sein Kuss zu sanft.

Gustav zuckte mit den Achseln. »Na, wenn du nicht willst. Als dein Chef halte ich dich nicht vom Arbeiten ab. Trotzdem – mach nicht mehr zu lange, ja? Du brauchst auch etwas Pause.« Echte Sorge lag in seinen Augen.

Sie lächelte ihn warmherzig an. »Das werde ich beherzigen, Gustav. Versprochen.«

Dann war sie alleine im Bürotrakt. Und sie blieb es. Nach einer halben Stunde sah sie endlich ein, dass sie sich etwas vormachte, und räumte seufzend die Sachen weg. Mit hängenden Schultern verließ sie das Büro, passierte die weitläufige Anlage und ging auf die Bushaltestelle zu. Als ihr Blick neben das Häuschen fiel, riss sie die Augen auf und ihr Mund klappte sperrangelweit auf. Denn dort wartete Rainer auf einem prächtigen rotbraunen Pferd.

»Na, da bist du ja endlich. Wir zwei warten schon seit einer Stunde darauf, dass du kommst!«, stieß er aus und ein Lächeln erhellte sein Gesicht. Geschmeidig sprang er von dem Pferd, kam auf sie zu und schloss sie fest in seine Arme. Er strich sanft über ihr Gesicht, dann küsste er sie stürmisch. »Wie sehr habe ich mich darauf gefreut«, raunte er in ihr Ohr.

Einen Moment überließ Marlene sich der wilden Leidenschaft. Dann drückte sie ihn von sich weg. »Aber wieso hast du dich vorhin benommen, als wäre nichts zwischen uns?«

»Du hast es ja selbst gesagt: Gustav darf nichts von uns merken.« Ernst schaute er sie an. »Oder zweifelst du etwa an meinen Gefühlen für dich?«

Sie senkte kurz den Blick, horchte in sich hinein. Danach schüttelte sie den Kopf. »Nein, eigentlich nicht. Aber es fühlte sich so ... so fad an.« Sie seufzte schwer.

»Das tut mir leid, Liebste. Ich wollte dich nur nicht in Verlegenheit vor ihm bringen. Es geht nur um dich! Mir ist es egal, was Gustav von mir denkt.« Er zog sie wieder in eine Umarmung und küsste sie sanft und zärtlich.

Sofort verflog das ungute Gefühl. Sie schloss die Augen, um seine Berührungen noch intensiver wahrzunehmen. Sich auf das Prickeln konzentrieren zu können, das ihren Körper erfasste.

Als sie sich voneinander lösten, lächelte sie ihn an. Dann ließ sie den Blick zu dem herrlichen Pferd schweifen, das geduldig wie ein Hund auf sein Herrchen wartete.

»Ist das *Heartbreaker*?«

Als Rainer nickte, ging sie vorsichtig näher zu dem Tier, das ihr ruhig entgegenblickte und leise schnaubte. »Er ist wunderschön«, murmelte sie und tätschelte seinen Hals.

»Ich sehe es schon, er macht seinem Namen wieder alle Ehre. Du bist bereits seinem Charme verfallen.« Lachend stellte er sich neben sie, strich mit seinen Händen ebenfalls über den stolzen Hals des Pferdes.

»Und ich darf ihn wirklich reiten? Er ist so groß.« Sie schaute zweifelnd zu dem Widerrist hoch, der sie um eine Handbreit überragte. »Wie soll ich nur hochkommen?«

»Ich werde dir helfen. Aber vorher werde ich euch beide bekannt machen.« Er zog sie einen Schritt weg, zeigte auf sie. »*Heartbreaker*, das ist Marlene.« Er wiederholte die Geste in umgekehrter Richtung. »Marlene, das ist *Heartbreaker*.« Es wirkte, als wären sie auf einer Cocktailparty.

Marlene musste leise kichern. Dann machte sie einen Knicks. »Hoch erfreut, *Heartbreaker*.«

Das Tier schnaubte und sie lachten beide. Dabei stand Rainer so dicht bei ihr, dass sie seine Wärme spüren konnte. Nur zu gerne würde sie sich wieder in seine starken Arme schmiegen. Aber noch lieber würde sie ihren Traum vom Reiten verwirklichen, den sie sich nie hatten leisten können.

»Dann fangen wir mal mit deinem Training an.« Sanft umfing er Marlene, hob sie hoch. Sofort dankte sie dem lieben Gott im Stillen dafür, dass sie heute eine Caprihose anstelle eines Rockes trug. Sie hielt sich am Sattel fest, zog sich hoch, schob das rechte Bein hinüber. Schon saß sie oben. Auf dem Rücken eines Pferdes.

Sie erschrak, als sie hinabsah. »Himmel, ist das hoch! Was ist, wenn er mich abwirft?«

»Das wird er nicht. Er ist butterzart. Zumindest gegenüber schönen Frauen.« Er zwinkerte ihr zu und legte seine Hand auf ihren Oberschenkel. Durch den leichten Stoff der Hose spürte sie seine Finger ganz deutlich. Ihre Haut kribbelte und prickelte. Sie spürte bereits, wie ihr das Blut in die Wangen schoss. Hoffentlich sah er das von dort unten nicht.

»Als Erstes kümmern wir uns um deinen Sitz.« Er trat zwei Schritte zurück und betrachtete sie von oben bis unten. »Deine Haltung ist schon mal gut. Du musst nur noch deine Schultern straffen und dich aufrichten. Siehst du, so?« Er veranschaulichte ihr, was er meinte.

Sie versuchte, die Haltung im Sattel nachzumachen. Allerdings kam es ihr etwas unangemessen vor, ihren Busen so weit nach vorne zu pressen.

Aber er nickte zufrieden. »So ist es gut. Kommen wir zu deinen Beinen.« Er ging wieder auf sie zu, legte eine Hand auf ihr Bein und ließ sie federleicht vom Oberschenkel bis zu ihrer Wade gleiten. Sie biss sich auf die

Lippen, weil diese Berührung eine Explosion der Gefühle in ihr auslöste.

Als er ihre Ferse erreichte, zog er sie nach unten und drückte dafür ihre Fußspitze enger gegen den Hengst. Außerdem schob er den Steigbügel, den sie unterm Hacken hatte, weiter nach vorne, bis er an ihrem Ballen war.

»So stehst du richtig im Steigbügel. Dann kannst du deinen Fuß besser daraus lösen, wenn du fallen solltest.«

Ein Schock durchfuhr sie. »Ich kann doch stürzen?«

»Nicht heute. Wir gehen nur ganz gemütlich im Schritt.« Er lächelte ihr beruhigend zu. »Nimm jetzt die Zügel, und zwar so, dass die Schlaufe auf der rechten Seite ist.«

Ihr Herzschlag beschleunigte sich etwas, als sie die Zügel straffer fasste und *Heartbreaker* den Kopf hoch. Sie spürte die Spannung in dem Tier, das nur auf ein Zeichen wartete, sich in Bewegung zu setzen. Auf ihr Zeichen.

»Bereit?«, fragte Rainer sie.

Sie nickte, leckte sich über die Lippen. Aufregung erfasste sie. Auch wenn sie nur im Schritt reiten würden. Sie würde auf einem Pferd sitzen. Einem wundervollen Hengst, dessen Muskeln sie unter ihrem Leib spüren konnte.

»Dann los.« Er schnalzte mit der Zunge. Sofort kam Bewegung in *Heartbreaker.* Der mächtige braune Hengst bewegte erst einen Huf nach vorne und dann den nächsten. Marlene entwich ein leiser Schrei der Begeisterung. »Ich reite!«, rief sie aus. Ihre Wangen prickelten vor purer Lebensfreude. Sie begann zu erahnen, warum es hieß: *Das wahre Glück der Erde liegt auf dem Rücken der Pferde.*

Rainer lachte zu ihr auf. Wärme leuchtete aus seinen Augen. »Es scheint, dich hat der Rossvirus gepackt.«

»Ich habe Pferde schon immer geliebt. Und nun sitze ich wirklich oben. Dieses Gefühl ist unvergleichlich.« Wärme breitete sich in ihrem ganzen Körper aus und sie könnte schreien vor Glück. Und das war erst Schritt! Wie musste es sein, auf diesem edlen Tier zu galoppieren?

11

Hamburg, heute

Als Esther am späten Nachmittag ins Hotel zurückkam, beschloss sie, zunächst das Schwimmbad aufzusuchen. Zum Glück war außer ihr keiner hier. Vermutlich waren die wenigen anderen Hotelgäste, die es im Sommer hierherzog, entweder mit Städtebesichtigungen oder Meetings beschäftigt, immerhin waren viele der Gäste Geschäftsleute. Erleichtert legte sie den Bademantel ab und duschte sich ab, bevor sie in das Becken ging. Nach der Hitze des Tages fühlte sich das Nass angenehm kühl auf ihrer Haut an.

Wohlig tauchte sie ein, machte einige Schwimmzüge unter Wasser und kam schließlich wieder hoch. Gott, tat das gut. Sie legte sich auf den Rücken und ließ sich genüsslich treiben. Nach einer Weile drehte sie sich zurück auf den Bauch, um ein paar Bahnen zu ziehen. Das Schwimmbad war zwar nicht groß, dennoch reichte es, um sich etwas sportlich zu betätigen. Dabei dachte sie über das nach, was sie bisher erlebt hatte. Auf jeden Fall stand fest, dass sie keine geborene Detektivin war – im Gegensatz zu Philipp. Seine ersten Ideen waren fünfmal besser als all ihre Pläne.

Wie es wohl wäre, eine Suchaktion mit ihm zu starten? Hoffentlich legte er sein arrogantes Getue ab. Das fand sie ganz schön nervig. Dafür hatte ihr die aufmerksame, scharfsinnige Seite von ihm erstaunlich gut gefallen. Wenn dieser Teil die Oberhand gewann, machte die Suche sicher Spaß.

Sie runzelte die Stirn. Warum zerbrach sie sich überhaupt den Kopf über diesen Philipp? In wenigen Stunden würde sie Tobias wiedersehen. Ihr Herz schlug schneller, als sie an ihre erste große Liebe dachte. Sie versuchte, es unter Kontrolle zu bringen, indem sie sich einredete, das sei nur ein Treffen unter Freunden, nichts weiter. Und darauf sollte sie sich bald vorbereiten. Kurz entschlossen schwamm sie zum Beckenrand und stemmte sich hoch.

Nach dem Duschen hüllte sie sich in den Bademantel und ging zurück in ihr Zimmer. Dort legte sie sich ins Bett, um zu chillen. Weil die Klimaanlage lief, war ihr im Morgenmantel zu kalt und sie kuschelte unter die Bettdecke. Sie verband ihr Handy mit dem kleinen Bluetooth-Lautsprecher, den sie mitgenommen hatte, und ließ ihre Lieblingsplaylist laufen.

Vergnügt wippte sie mit dem Fuß mit und genoss die Entspannung. Da klingelte das Telefon. Hastig schaute sie auf das Display. Es war Sophie, die seit dem Tod von Oma Marlene noch öfter anrief als sonst.

»Hey, Süße, alles gut bei dir?«, fragte Sophie.

»Alles bella!«

»Und was macht die Hansestadt? Bist du schon hinter das große Geheimnis deiner Großmutter gekommen?«

»Noch nicht, aber ich habe Hilfe bekommen.« Haarklein berichtete sie von ihrer vergeblichen Recherche und dem Kennenlernen von Philipp. »Und gleich treffe ich mich zum Essen mit Tobias«, endete sie den Bericht.

Ihre Freundin seufzte. »Ich sage es nur ungern, aber er wird dir wieder dein Herz brechen! Lass dich bloß nicht auf ihn ein. Du weißt doch, wie manipulativ er ist – und wie wenig du ihm widerstehen kannst. Erzähl mir lieber von dem journalistischen Spürhund. Hat er einen knackigen Arsch?«

»Das weiß ich doch nicht! Ich will bloß etwas mit ihm herausfinden und ihn nicht daten.«

»Das eine schließt das andere nicht aus. Wenn er süß ist, dann lass dich von ihm ordentlich durchvögeln. Du weißt schon, auf der Reeperbahn nachts um halb eins ...«

Esther musste lachen. »Du bist unmöglich! Ich habe nicht vor, mit ihm in die Kiste zu springen. Außerdem bin ich hier sowieso in der Altstadt und nicht auf der Reeperbahn.«

»Auch da kann man sicher Spaß haben.«

Die beiden lachten.

Sophie wurde wieder ernst. »Du musst ja nicht gleich mit ihm schlafen. Flirte einfach mit ihm, das würde dir guttun. Und es hält dich hoffentlich davon ab, eine totale Dummheit mit Tobias zu begehen.«

»Keine Sorge, ich treffe mich ganz platonisch mit ihm.«

»Das ist Blödsinn und das weißt du auch«, schnaubte Sophie. »Männer und Frauen können nicht dauerhaft miteinander befreundet sein. Das dauert immer nur so lange, bis einer von beiden mit dem anderen ins Bett will. Danach ist das Thema ganz schnell durch.«

»Aber ... du bist doch auch mit Sascha befreundet.«

»Weil er immer noch hofft, er darf irgendwann mal ran«, meinte Sophie trocken.

»Das *weißt* du?«

»Na klar. Aber ich mag ihn trotzdem.« Die Freundin lachte leise am anderen Ende der Leitung. »Das ist hier allerdings nicht der Punkt. Es geht darum, dass *du* nicht mit deinem Ex vögelst. Der dir das Herz gebrochen hat.«

»Ich will nicht mit ihm ins Bett, sondern wissen, wie es ihm geht. Immerhin waren wir viele Jahre zusammen. Aber mehr als Reden wird da nicht laufen. Versprochen!«

»Das will ich dir auch geraten haben. Sonst gibt es Riesenärger mit mir, verstanden?«

»Aye, aye, Ma'am.«

Schmunzelnd legte Esther auf. Die gute Sophie machte sich zu viele Sorgen. Sie war mit dem Thema Tobias lange durch. Dazu hatte er sie zu sehr verletzt. Trotzdem schaute sie ihre Klamotten sorgfältig durch, die sie natürlich aufgehangen hatte, sobald sie angekommen war. Aber nichts davon passte für einen Besuch beim Italiener um die Ecke.

Die Sachen waren viel zu stylish. Konnte Tobias nicht mit ihr in eine hippe Bar gehen? Immerhin wollte sie etwas von den Großstadt-Vibes mitbekommen. Er war doch kein alter Mann. Meine Güte, dann war er mal einen Tag unausgeschlafen! Als ob davon die Welt unterginge. Sie runzelte die Stirn. Vielleicht hätte sie sich mehr gegen seinen Vorschlag wehren sollen. Allerdings wollte sie nicht, dass er das Treffen ganz abblies. Dann lieber das Restaurant ums Eck.

Seufzend blickte sie erneut auf die Klamotten. Nein, es tauchte nichts per Zauberhand auf, das ihr gefiel. Sie beschloss, bei einem der Modegeschäfte in ihrer Nähe zu schauen, ob sie vielleicht ein passendes Oberteil fand. Immerhin blieben ihr ja noch fast zwei Stunden Zeit.

Schnell schlüpfte sie in eine Jeansshorts und ein leichtes T-Shirt und machte sich auf den Weg. Zum Glück lag ein H&M nur wenige Hundert Meter entfernt. Das wäre doch gelacht, wenn sie hier nichts fand. Tatsächlich entdeckte sie nach einigem Suchen vier Oberteile, die ihr gefielen. Ohne sie anzuprobieren, kaufte sie alle vier und ging mit ihrer Ausbeute zurück ins Hotel. Dort probierte sie die Sachen an. Das erste, ein weißes Top, war ein Vollausfall. Das sah aus wie ein Sack. Das zweite, ein azurfarbenes Teil war schon deutlich besser. Allerdings fand Esther es zu sexy.

Das dritte Oberteil war schließlich perfekt. Es war pink, leicht figurbetont geschnitten und besaß oben herum ein feines Muster. Durch die Farbe strahlte es eine Frische und Unschuld aus, die ihr gefiel. Dennoch war der Ausschnitt tief genug, um vielleicht Tobias' Interesse zu erwecken. Ja, damit konnte sie sich sehen lassen. Auch wenn sie über ihn hinweg war, sollte er merken, was er aufgegeben hatte.

»Hey, Sternchen, bist du das?«, erklang Tobias' Stimme aus der Gegensprechanlage.

»Klar, oder erwartet du noch eine andere Frau?«

Er lachte. »Komm hoch und sieh dir die Bude an.«

»Besser nicht. Ich würde lieber gleich zum Italiener mit dir gehen«, gab sie verlegen zurück. Sophies mahnende Worte hielten sie davon ab, in die Intimität seiner Wohnung einzudringen. Sie wollte nicht zu sehr daran erinnert werden, wie vertraut sie einst miteinander gewesen waren.

Es kam keine Antwort und Esther fragte sich schon, ob er genervt wegen ihrer scheinbaren Zickigkeit war. Vermutlich wollte er ihr wirklich nur seine Bleibe zeigen.

»Alles klar, bin gleich unten«, sagte er schließlich.

Erleichtert atmete Esther aus. Das war schon mal geschafft. Während sie auf Tobias wartete, blickte sie sich um. Als er von seiner Wohnung an der Elbe sprach, dachte sie an eine coole Gegend, keine Spießerecke. Hier war echt der Hund begraben.

Die Tür öffnete sich und Tobias kam heraus. Wie immer sah er atemberaubend aus. Die schwarzen Haare lagen perfekt und die enge Jeans, die er trug, betonte seine schmalen Hüften. Ihr Mund wurde trocken.

Tobias schaute sie lange an, dann verzog er seine Lippen zu einem anerkennenden Lächeln. »Sternchen, du siehst einfach toll aus. Mit deiner neuen Frisur wirkst du so taff.«

Sanft strich er mit den Haaren über ihren Pixie Cut und ihre Haut kribbelte, als ob seine Finger elektrisch aufgeladen wären. Wem machte sie etwas vor? Sie stand immer noch total auf Tobias. Aber sie durfte sich nicht wieder in seinen Bann ziehen lassen. Auch wenn er von Giulia getrennt war.

Sie machte einen Schritt zur Seite, damit er die Berührung löste. »Wollen wir los? Ich habe Hunger.«

Er blickte sie seltsam an, als sei er überrascht, dass sie nicht sofort vor ihm dahinschmolz. Dann verzogen sich seine Lippen amüsiert. »Du bist dauernd hungrig. Danach kann man sich nicht richten.«

»Stimmt gar nicht.« Sie boxte ihn spielerisch, achtete aber darauf, wieder Abstand zu halten.

Lachend gingen sie durch die Straßen. Schon nach kurzer Zeit tauchte vor ihnen ein Italiener auf, der gemütlich und einladend wirkte. Esther wollte bereits auf den Eingang zusteuern, doch Tobias marschierte weiter.

»Ist es nicht hier?«, fragte sie erstaunt.

Tobias schüttelte den Kopf. »Nein, hinten kommt noch ein besseres Restaurant, warte nur ab.«

Nun, er kannte sich hier aus. Schweigend folgte sie ihm. Allerdings taten ihr nach einer Weile die Füße weh, denn der Absatz ihrer Schuhe war eigentlich zu hoch. Sie hatte schließlich angenommen, der Laden wäre gleich um die Ecke. Jetzt fiel ihr ein, dass sie auch früher andere Vorstellungen davon hatten, was Entfernungen betraf. Tobias verstand nicht, dass sie keine bequemen Sneakers trug, so wie er. Und Signora Giulia lief ganz sicher auch nicht in Turnschuhen, darauf wollte sie wetten. Die schöne Italienerin sah auf seinen Facebook-Posts stets wie aus dem Ei gepellt aus.

Gerade, als sie sich beschweren wollte, hielt er vor einem unscheinbaren Eingang mit einem verwitterten Schild. Hoffentlich sah es von innen lauschiger aus! Doch als sie eintraten, wurde Esther bitter enttäuscht. Das schlichte Holzmobiliar war schon in die Jahre gekommen und wirkte ranzig. Zu allem Überfluss hingen an den Wänden spießige Bilder mit Toskanalandschaften, die vergeblich versuchten, einen Hauch von italienischer Atmosphäre hineinzubringen. Kein Wunder, dass außer ihnen nur ein anderes Paar da war.

»Es ist besser, als es den Anschein hat«, sagte Tobias. Anscheinend merkte er ihr die Enttäuschung an.

»Warte nur ab, bis du die Pizza probiert hast. Die ist sensationell!«

Sie zwang sich zu einem Lächeln, obwohl sie lieber schlechteres Essen in Kauf nähme, wenn dafür das Ambiente stimmte. Doch sie schwieg. Stattdessen gingen sie auf den Kellner zu, der sie zwar freundlich anschaute, aber keinerlei Anzeichen eines Erkennens machte. Seltsam. Falls das sein Geheimtipp war, musste er schon einige Male hier gewesen sein. Früher war er mindestens einmal die Woche bei seinem Stammitaliener gewesen, der ihn jedes Mal mit Handschlag begrüßte. Denn Tobias ließ sich beim Essen nie lumpen, sondern verteilte immer ein großzügiges Trinkgeld.

Sie folgten dem Kellner zu einem Tisch am Fenster, wobei es hier nichts Spannendes zu sehen gab; ganz im Gegensatz zum Jungfernstieg, wo sie ihr Mittagessen eingenommen hatte. Und das Wetter war noch so schön. Wie viel lieber würde sie die laue Sommerluft spüren, als in diesem ranzigen Laden zu versauern. Sehnsüchtig sah sie nach draußen, doch sie sagte nichts, um Tobias nicht in Verlegenheit zu bringen.

Sie schwiegen, bis der Kellner mit den Speisekarten zurückkam, die wenig Innovatives beinhalteten. Pizza, Pasta, ein paar Fleischgerichte und Salate. Das war es an Auswahl. Sie überlegte kurz, die angepriesene Pizza zu nehmen, aber Tobias' Spruch, sie sei immer hungrig, hallte in ihr nach. Der Kellner kam und stellte ihnen einem Teller mit kleinen Bruschetta-Schnitten auf den Tisch.

»Ein Gruß des Hauses.« Anschließend zückte er Zettel und Stift. »Darf ich Ihre Bestellung aufnehmen?«

Tobias nickte Esther mit einem Lächeln zu. »Ladies First. Weißt du denn schon, was du möchtest?«

»Ja, ich nehme die Saltimbocca.«

»Bist du sicher?« Leise flüsterte er ihr zu: »Ich weiß nicht, wie das hier ist. Ich kenne nur die Pizzen.«

»Ach, das wird schon schmecken«, meinte sie leichthin.

»Sehr wohl, Signorina. Eine gute Wahl«, befand der Kellner. »Und für Sie?«

»Für mich die Pizza Quattro Staggioni, bitte.«

»Ah, bene. Einmal Pizza und einmal Saltimbocca. Was wünschen Sie zu trinken?« Er blickte Tobias auffordernd an, doch der lachte nur.

»Das muss Esther entscheiden. Sie ist die Weinexpertin.«

Sie studierte abschätzend die Karte. Toll war die Auswahl nicht. Schließlich meinte sie: »Wie wäre es mit einem Lugana? Wir können uns ja eine Flasche teilen.«

»Klar, wir müssen ja nicht fahren.«

»Kommt sofort«, sagte der Kellner und verschwand. Als er weg war, schwiegen sie sich eine Weile verlegen an.

Irgendwann seufzte Tobias leise. »Das mit deiner Oma tut mir echt leid. Ich weiß, wie sehr du an ihr gehangen hast. Sie hat immer genau das in dir gesehen, was du bist: ein absolutes Ausnahmetalent.« Er lächelte sie so warmherzig an, dass ihre Beklemmung automatisch verschwand.

»Ich danke dir«, gab sie leise zurück. »Omas Tod ist wirklich schlimm für Mama und mich. Aber sie hat uns ein Geheimnis hinterlassen – und das werde ich lüften!« Nun glitzerten ihre Augen unternehmungslustig.

Tobias lehnte sich vor. »Ah ja? Erzähl! Was hat die alte Dame euch denn verschwiegen? Ein riesiges Erbe etwa?«

»Viel besser! Eine geheime Liebe.« Ausführlich berichtete sie Tobias von Marlenes Brief. »Morgen treffe ich mich mit einem Redakteur, der mir bei der Suche helfen will.« Hoffentlich fragte er sie, woher sie den Journalisten kannte.

Aber Tobias nickte nur abwesend. »Schön, schön. Das wird sicher eine große Hilfe sein, um den mysteriösen Geliebten zu finden. Apropos Liebe: Du willst doch bestimmt wissen, wieso Giulia und ich auseinander sind, oder?«

»Klar«, gab Esther zurück, obwohl sie eigentlich gar nicht so viel über die Frau erfahren wollte, die ihr den Freund ausgespannt hatte.

Aber er fing schon an, ohne Punkt und Komma zu reden. »Das erste Jahr mit ihr war toll; voller Leidenschaft und Sinnlichkeit. Sie war so spontan, so impulsiv. Das fühlte sich so unfassbar gut an nach all dem durchstrukturierten Kram. Erst wird studiert, dann macht jeder eine Ausbildung und danach heiraten, Kinder kriegen und aus die Maus. Das war mir zu wenig! Und Giulia hat das verstanden.«

Es versetzte ihr einen Stich, wie er von früher sprach. So also hatte er ihre Beziehung gesehen – als langweilig und voller Verpflichtungen? Dabei war es für sie glücklichste Zeit ihres Lebens gewesen. Am liebsten würde sie ihm sagen, sie wollte das alles nicht hören. Aber er schien so begierig darauf zu sein, darüber mit jemanden zu sprechen, dass sie ihm schweigend zuhörte. Er erzählte erst detailreich von seinem Liebesrausch, dem ein Absturz folgte, weil seine schöne Italienerin sein Vermögen anscheinend überschätzt hatte.

»Giulia wurde immer anspruchsvoller«, jammerte er. »Unsere Wohnung ist ihr nicht elegant genug, meine Freunde findet sie flegelhaft und mein Gehalt ist ihr zu niedrig. Dabei verdiene ich als Unternehmensberater nicht schlecht. Aber ich habe ja erst vor ein paar Jahren angefangen. Das ist Giulia allerdings egal. Mein Vater soll dafür sorgen, dass wir einen angemessenen Lebensstandard haben. Was er natürlich nicht macht.« Er knirschte grimmig mit den Zähnen.

Esther nickte verstehend. Das Thema hatten sie früher auch oft gehabt. Tobias' Vater wollte, dass sein Sohn sich allein etwas erarbeitete. Esther fand das eigentlich gut, wenn er sich nicht nur auf dem Reichtum seiner Familie ausruhte. Das hatte sie ihm damals immer gesagt. Sie wollte ihm gerade eine entsprechende Antwort geben, als er schon weiterredete: »Na ja, du kennst ihn ja. Er weigert sich. Deswegen hatte ich immer öfter Stress mit Giulia. Nachdem sie letztes Jahr den Sohn eines reichen Medienmoguls kennengelernt hat, wurde es ganz schlimm. *Marcello.*« Er sprach den Namen übertrieben aus und verzog das Gesicht.

»Dauernd hingen sie miteinander herum, gingen essen oder waren auf Filmpremieren. Und dann ... wollte sie die Trennung. Das hat mich echt hart getroffen. Deswegen habe ich zugegriffen, als meine Firma jemanden für das Hamburger Büro gesucht hat.«

So traurig sah er aus, dass sie automatisch eine Hand auf seine legte. »Das tut mir leid für dich. Ehrlich. Das muss hart für dich sein.« Sie wusste schließlich, was es bedeutete, wenn man seine große Liebe an eine andere Person verlor.

Lächelnd tätschelte er ihre Hand mit seiner anderen. »Ach, Sternchen, du warst schon immer so mitfühlend. Das mochte ich so an dir.«

Warum hast du mich dann trotzdem verlassen?, schoss es ihr durch den Kopf und die Verzweiflung von damals ergriff sie erneut. Sie hatte diesen Mann so unfassbar geliebt. Es hatte ihr den Boden unter den Füßen weggezogen, als er sie schnöde gegen ein besseres Modell austauschte. Es sollte sie freuen, weil es ihm nun genauso erging. Aber seltsamerweise tat es das nicht. Weil sie verstand, was er durchmachte.

»Und was hast du nun vor?«

Er zuckte ratlos mit den Schultern. »Ich weiß es nicht...«

»Na ja, jetzt bist du ja erst einmal für eine Weile in Hamburg. Und machst dir eine tolle Zeit in good old Germany.«

»Stimmt. Hamburg ist spitze. Hier gibt es so coole Bars! Was hältst du davon, wenn ich dir nächstes Mal einige zeige? Du bist doch ein paar Tage hier, oder?«

Sie nickte aufgeregt. »Bis Sonntag.«

»Das ist toll. Dann sollten wir die Zeit nutzen und uns möglichst oft treffen, ja? Ich habe unsere Gespräche echt vermisst, Sternchen. Du verstehst mich wie kaum jemand.« Er lächelte sie an. Dabei erschienen wieder die Grübchen, die sie so mochte.

Sofort pochte ihr Herz wie verrückt und sie merkte, ihre Gefühle waren nicht so platonisch, wie sie sein sollten. Oh, verdammt, warum sah Tobias nur so heiß aus? Sie wusste, sie sollte höflich ablehnen. Aber dazu genoss sie die alte Vertrautheit zwischen ihnen zu sehr.

»Das würde mich freuen«, erwiderte sie daher und fragte sich, ob sie gerade einen riesengroßen Fehler beging.

12

Lüneburger Heide, 1965

Rainer ließ sie die ganze Strecke bis zu ihrem Zuhause reiten, während er neben ihr ging. Nachdem Marlene am Anfang hin und her schaukelte wie ein Matrose beim Landgang, wurde ihr Sitz allmählich sicherer und sie fand ihre Balance. Kurz vor ihrem Haus zügelte Rainer den Hengst und half ihr hinab vom Pferd. Sie glitt langsam hinunter und landete in seinen Armen, die er sogleich um sie schlang.

Fest drückte er sie an sich, küsste sie erst auf die Haare, dann auf die Augen, schließlich auf den Mund. Dabei legte er eine Hand in ihren Nacken, strich sanft darüber. Ein wohliger Schauer überlief Marlene. Nach einer Weile machte sie sich atemlos frei von ihm.

»Ich ... äh ... ich glaube, ich muss hineingehen«, sagte sie stockend, obwohl sie ihn viel lieber weiter küssen würde.

Er lehnte sich mit der Schulter gegen *Heartbreaker*, hielt sie locker mit einer Hand, während seine andere mit ihren Haaren spielte. »Wenn man dich erwartet, dann geh jetzt lieber.« Doch er hielt ihre Hand immer noch fest und sie schaffte es nicht, sich von ihm zu lösen. Stattdessen ließ sie sich von ihm erneut in eine Umarmung ziehen, genoss mit einem gehauchten Seufzen seine süßen Küsse.

»Ich könnte ewig so mit dir stehen«, murmelte sie schließlich, den Kopf an seine Schulter legend. Er drückte ihr einen Kuss auf die Haare, strich sanft über ihre Wange.

»Das wünsche ich mir auch. Aber im Moment solltest du besser noch machen, was deine Eltern von dir erwarten.«

Sie nickte und das Herz wurde ihr schwer. »Meine Mutter. Mein Vater starb im Krieg. Und Mama hat nicht mehr geheiratet. Das erspart mir zwar, jemanden als Vater akzeptieren zu müssen, den ich kaum kenne. Dafür bleibt alles an mir hängen, was Mama nicht schafft.« Und das wurde immer mehr, aber das wollte sie ihm nicht sagen. Warum sollte sie Rainer mit der Krankheit ihrer Mutter belasten?

»Wenn du Hilfe brauchst, dann kommst du demnächst zu mir«, sagte er mit fester Stimme.

Dankbar schmiegte sie sich an ihn. Auch wenn sie nicht vorhatte, dieses Angebot anzunehmen, so rührte es sie beinahe zu Tränen, dass er es gemacht hatte. Sie gab ihm noch einen langen Kuss, dann löste sie sich voller Bedauern von ihm und legte die letzten Schritte zu ihrem Haus zurück.

Bevor sie es erreichte, rief er ihr zu: »Morgen trainieren wir bei mir. Sag deiner Mutter, es wird ab jetzt jeden Abend zwei Stunden später. Damit sie Bescheid weiß.«

Überrascht blieb sie stehen und schaute zu ihm. Er saß bereits auf *Heartbeaker*, als sei er mit ihm verwachsen. Lächelnd tippte er gegen seine Mütze und wendete das Tier. Er stieß ihn leicht mit den Beinen an und der

Hengst setzte sich sofort in Bewegung, trabte mit eleganten Bewegungen davon. Einen Moment genoss Marlene noch das Bild des stolzen Tieres und des Mannes, der auf seinem Rücken saß, auf und ab sitzend. Jede Bewegung war auf die des Pferdes abgestimmt. Wie gerne würde sie einmal so reiten können!

Leise seufzend drehte sie sich um, nahm den Schlüssel und öffnete die Tür. Sie zog die Schuhe aus, betrat das Wohnzimmer, wo ihre Mutter mit halb geschlossen Augen auf dem Sofa lag. Langsam ging Marlene näher und ihr Herz blutete. Ihre Mutter war ganz blass, das Gesicht verkniffen, mit Schwellungen unter den Augen. Auch an den Knöcheln und Füßen war alles dick geworden.

»Marlene, bist du das?« Die Stimme ihrer Mutter klang so leise und schwach, dass sie die Worte kaum verstand.

»Ja, Mama.« Hastig ging sie zu ihr, legte ihr die Hand auf die Stirn, die eine normale Temperatur hatte. Ihre Mutter war in den vergangenen Monaten abgemagert. Sie fuhr sich mit den Händen durch das Gesicht, wo trockene Stellen waren.

»Ach, das juckt.« Sie verschränkte ihre Hände, vermutlich um nicht zu kratzen.

Arme Mama! Was hatte sie nur? Zu sehen, wie es ihr immer schlechter ging, ohne zu wissen, was sie zerfraß, war entsetzlich. »Kann ich etwas für dich machen?«

Ihre Mutter schüttelte den Kopf. »Leider nein. Die Ärzte wissen ja trotz der modernen Technik nicht, was es ist. Sagen nur, ich wäre überarbeitet.« Sie seufzte tief, dann richtete sie sich ein wenig auf. »Aber vielleicht kannst du mir einen Kamillentee machen? Selbst wenn er mir nicht wirklich hilft, er schadet nicht. Und ich trinke ihn so gern.«

»Natürlich.« Kurz drückte sie die Hand ihrer Mutter, stand auf und ging in die Küche. Sie nahm einen Wasserkessel und füllte ihn mit Wasser. Am Herd drehte sie das Gas auf, entzündete einen Funken und platzierte den Kessel darauf. Während sie darauf wartete, dass er kochte, bereitete sie das Abendbrot zu. Sie belegte Brote mit Käse und Wurst, schnitt einige Tomaten und Gurken und richtete es auf zwei Tellern an. Als der Tee fertig gezogen hatte, stellte sie alles auf ein Tablett und ging damit zurück ins Wohnzimmer.

Ihre Mutter hatte die Augen schon wieder geschlossen. Ihr Atem ging gepresst und eine Aura der Krankheit umgab sie, die Marlenes Kehle zuschnürte. Das waren doch keine Stresssymptome, wie Doktor Meyer behauptete. Ihre Mutter war zäh, sie hatte sogar die Kriegsjahre unbeschadet überstanden.

Mit einem Gefühl der Verzweiflung stellte sie das Tablett auf dem Esstisch ab. Sie nahm einen Teller und den Tee, ging damit zu ihrer Mutter. Lauter als nötig setzte sie beides auf dem Tisch ab. Als ihre Mutter verwirrt aufschaute, sagte Marlene munter: »Ich glaube, wir essen heute besser hier. Ich bin auch etwas müde, weil es spät geworden ist.«

Ihre Mutter sah auf die Uhr. »Das stimmt. Hattest du so viel zu tun?« Sie schüttelte bedrückt den Kopf. »Und dann kann ich dir noch nicht einmal helfen. Ich schaffe es ja gerade einmal, ein paar Stunden die Woche zu nähen.«

Marlene drückte ihre Hand. »Das brauchst du nicht, Mama. Ich kümmere mich doch gerne um dich.«

Sie kehrte zum Esstisch zurück, nahm ihre Brote und etwas Limonade und setzte sich dann auf den Sessel neben dem Sofa. Ihre Mutter trank sogleich den Tee, das Brot ließ sie jedoch unangetastet. Was machte sie nur mit ihr? Irgendwie musste sie doch wieder gesund werden.

»Vielleicht sollten wir einmal nach Hamburg zu einem Arzt gehen«, sagte sie zwischen zwei Bissen. »Gustav hat mir die Nummer von einem Arzt gegeben. Er soll sehr gut sein.«

Ihre Mutter schnaubte. »Die nehmen doch nur reiche Leute. Und was soll er schon machen? Nein, ich bleibe bei Doktor Meyer. Sicher wird bald alles wieder gut.« Sie warf Marlene ein Lächeln zu, das vermutlich beruhigend wirken sollte, es aber absolut nicht war. Denn darin lag dieselbe Verzweiflung, die sie auch spürte.

Da sie wusste, dass ihre Mutter nicht gerne über ihre unbekannte Krankheit sprach, wechselte sie das Thema. »Rainer wird mir übrigens das Reiten beibringen.«

»Der Pferdetrainer der Goldmanns?« Überrascht schaute ihre Mutter sie an; die Tasse halb am Mund.

Sie nickte und sah hastig zu Boden, als sie spürte, wie das Blut in ihre Wangen schoss. Ohne dass sie es wollte, musste sie wieder an seine weichen Lippen denken und den sanften Druck, mit dem er sie festhielt.

Der Blick ihrer Mutter wurde durchdringend. »Und warum?«

»Weil er findet, dass ich das als Mitarbeiterin des Gestüts können sollte.« Hoffentlich hörte man ihrer Stimme nicht an, dass das nicht der einzige Grund war.

Sie versuchte, fest zu klingen, doch es gelang ihr anscheinend nicht. Denn der Blick ihrer Mutter wurde weicher.

»Ich verstehe, dass du ihn magst, Schatz. Er sieht schneidig aus. Viele Frauen schwärmen für ihn. Aber vergiss nicht, wer unsere Brötchen bezahlt ...«

»Ja, ich weiß. Das sind die Goldmanns ... Daher darf ich Gustav nicht verärgern. Und leider hat er sich in den Kopf gesetzt, mein Ehegatte zu werden.« Sie gab nun auf, so zu tun, als ginge es nur ums Reiten. Mit einem seligen Lächeln schaute sie ihre Mutter an. »Aber was soll man denn machen, wenn man so verliebt ist? Rainer ist einfach wunderbar. Mein Herz spielt jedes Mal verrückt, wenn ich ihn sehe.«

Über das Gesicht ihrer Mutter glitt ein wehmütiges Lächeln. »Ach, mein Schatz, an das Gefühl erinnere ich mich auch noch. So ging es mir jedes Mal mit deinem Vater. Ich habe ihn wirklich sehr geliebt.«

»Dann verstehst du sicher auch, dass ich meinem Herzen folgen muss? Es drängt mich zu Rainer.«

»Natürlich verstehe ich das!« Sie beugte sich vor, um ihr sanft über die Hände zu streichen. »Wenn du so starke Gefühle für ihn hast, dann musst du ihnen folgen. Pass nur auf mit Gustav. Er wird nicht so leicht aufgeben.«

13

Hamburg, heute

Als der Wecker klingelte, brauchte Esther einen Moment, um richtig wach zu werden. Sie hatten nach dem Essen, das wie befürchtet nicht besonders gut war, noch einen Absacker in einer etwas schöneren Bar eingenommen. Dort sprachen sie angeregt über die Dinge, die sie schon früher miteinander verbunden hatte: ihre Liebe für schräge Serien.

Darüber war es reichlich spät geworden. Esther hätte sich lieber umgedreht, um weiterzuschlafen. Aber wenn sie pünktlich sein wollte, musste sie sich sputen. Sie stellte den Wecker aus und ging ins Badezimmer. Nachdem sie sich die Zähne geputzt und geduscht hatte, schlüpfte sie in kurze Kleidung. Schließlich präsentierte der Sommer immer noch sein schönstes Gesicht.

Sie nahm ein leichtes Frühstück ein und ließ sich von Oscar zur Zeitung chauffieren. Auf der Fahrt dorthin kamen sie wieder an der Binnenalster vorbei, die für Esther mittlerweile schon fast ein guter alter Bekannter geworden war. Allerdings fuhr Oscar tiefer in die City hinein, weg vom Wasser, hinein in die Häuserschluchten. Er wurde langsamer, als das Gebäude der Zeitung vor ihr auftauchte. Es war nichts Besonderes; ein großer, grauer Steinklotz. Doch ihr kam es darauf an, was sich darin befand: der Zugang zum Zeitungsarchiv. Aufgeregt stieg sie aus und ging zum Eingang, wo ein älterer Mann den Durchlass kontrollierte.

»Guten Tag. Wohin wollen Sie?«

»Guten Tag, mein Name ist Esther Rosenberg. Ich möchte zu Herrn Philipp Schumacher«, gab sie höflich zurück.

»Ich sage ihm Bescheid.« Der Mann tippte eine interne Nummer in sein Telefon. Nach einer Weile ging jemand heran und der Wachmann sagte: »Guten Tag, Herr Schumacher. Ich habe Besuch für Sie. Eine Frau Rosenberg.« Kurz schwieg er. Dann legte er auf und nickte Esther zu. »Herr Schumacher wird gleich kommen. Bitte warten Sie hier.«

»Danke.«

Sie trat einen Schritt vom Empfang weg. Es dauerte nicht lange, bis sich die Fahrstuhltüren öffneten und Philipp heraustrat. »Pünktlich auf die Minute.«

»Na klar! Ich brenne schließlich vor Neugier.«

Er schmunzelte. »Das geht mir genauso.«

Gemeinsam gingen sie durch die Schranke und fuhren hoch in den vierten Stock. Sie liefen den Gang entlang, bis Philipp abbog und in ein kleines Büro hineinging. Zwei Tische standen sich gegenüber, auf denen sich jeweils Berge an Unterlagen stapelten. Anscheinend waren Philipp und sein Kollege gleich chaotisch. Wie anders sah es doch hier aus als in ihrem akkurat aufgeräumten Atelier.

Als Philipp ihren Blick bemerkte, hob er die Hände in die Höhe und fuhr sich danach durch die lockigen Haare. »Viel zu tun im Moment.«

Esther lächelte verständnisvoll. »Kein Problem. Ich bin dir ja total dankbar, dass du mir dabei hilfst.«

»Klar, habe ich doch gesagt. Außerdem ist das eine willkommene Abwechslung zu den Kaninchenzüchterverbänden und den Schrebergärtnern«, feixte er.

»Hast du echt so viel mit denen zu tun?«

»Du würdest dich wundern.« Er lachte. »Aber man lernt oft interessante Leute dabei kennen; das macht den Job ziemlich spannend. Und manchmal hat man sogar Termine mit hübschen jungen Damen wie dir.« Er zwinkerte ihr zu und sie spürte, wie sie rot anlief.

Philipp löste ihre Befangenheit, indem er sich auf seinen Sitz fallen ließ und auf den freien Stuhl ihm gegenüber deutete. »Hier, nimm den Platz von Matthias, der ist heute sowieso nicht da. Wir haben also sturmfreie Bude.« Wieder grinste er. Er wirkte auf einmal richtig jungenhaft und gut gelaunt, ganz anders als der ätzende Typ, der ihr beim Essen den Tisch wegnehmen wollte.

Sie setzte sich hin und rollte hinüber zu ihm, achtete aber darauf, genug Abstand zwischen ihren Stühlen zu lassen. Er öffnete am Computer das Zeitungsarchiv und tippte den Namen Marlene ein. Dann verharrte er und sah Esther fragend an. »Wie hieß deine Oma denn früher? Sie hatte ja vor sechzig Jahren sicher einen anderen Nachnamen.«

»Jansen. Ihr Mädchenname war Jansen.«

Er gab Jansen als zweiten Suchbegriff ein und drückte auf Enter. Esther schluckte, als 1.370 Artikel erschienen.

»Junge, Junge, so wird das nichts«, stieß Philipp aus. »Ich befürchte, wir müssen die Suche ein wenig eingrenzen. Sonst sitzen wir noch morgen Abend hier.«

»Wie wäre es mit Marlene Jansen und Gustav?« So hieß der Mann schließlich, den sie suchten.

Er schlug sich mit der Hand gegen die Stirn. »Wieso bin ich darauf nicht selbst gekommen?« Er ergänzte Gustavs Namen. Doch es waren immer noch fast zweihundert Treffer.

Esther schüttelte den Kopf. »Die können wir doch nicht alle durchgehen.« Verzweifelt schaute sie Philipp an.

»Nur Ruhe. Eine saubere Recherche erfordert Geduld. Und Koffein. Viel Koffein.« Er schnalzte mit der Zunge. »Ich schlage vor, ich hole uns zwei labbrige Kaffees, mehr gibt unsere Küche nicht her. Derweil kannst du ja weiterlesen.«

»Wie – ganz allein? An deinem Computer?«

»Ich vertraue dir«, erwiderte er ernst. Während er Richtung Küche davon eilte, ging sie einen Artikel nach dem anderen durch. Doch weder ihre Großmutter noch ihr geheimnisvoller Geliebter tauchten irgendwo auf.

Schließlich kam Philipp mit zwei Tassen Kaffee zurück. Er stellte beide vor sich ab. Danach griff er in seine Hosentasche und holte Milch und Zucker hervor. »Ich wusste nicht, wie du deinen Kaffee magst ...« Fragend schaute er sie an.

»Mit etwas Milch und zwei Stück Zucker, bitte.«

»Sehr wohl, Madame«, witzelte er. Anstatt ihr alles hinüberzureichen, öffnete er die Milchverpackung, füllte den Inhalt ein und gab den Zucker dazu. Zum Abschluss rührte er sorgfältig herum. Erst danach gab er ihr den Becher.

»So, mit ausreichend Koffein im Blut fließt sicherlich auch die Kreativität. Oder bist du zwischendurch schon fündig geworden?«

Seufzend schüttelte sie den Kopf und nippte an ihrem Kaffee. Besonders toll war der tatsächlich nicht, aber er war immerhin heiß und stark.

Auch Philipp trank etwas. Eine Weile schwiegen sie. »Die Namen Gustav und Marlene waren damals extrem häufig. Könnte man es auf ein paar Jahre eingrenzen?«

Esther dachte nach. »Na ja, sie müsste ja schon alt genug für eine große Liebe gewesen sein. Oma ist 1942 geboren, da würde ich mal sagen, vor 1960 müssen wir nicht suchen. Und sie ist Mitte der Siebziger nach Düsseldorf gezogen. Also muss es irgendwann während dieser Zeit gewesen sein.«

»Ich sag's ja: Mit Koffein fließt die Energie.« Er schränkte den Suchzeitraum auf die Zeit zwischen dem 1. Januar 1960 und Dezember 1975 ein. Nun gab es nur noch zwei Dutzend Artikel. Esther rutschte unwillkürlich dichter an den Monitor und damit an Philipp heran.

Um seine Mundwinkel zuckte es. »Na, na, junge Dame, nun kommen Sie hier mal nicht auf dumme Gedanken.«

»Ich will nur etwas sehen«, gab sie verlegen zurück.

Er lachte und seine braunen Augen blitzten. »Ich ziehe dich bloß auf! Komm, rutsch an mich dran.« Er nahm ihren Stuhl an der Lehne und zog sie dicht neben sich, wobei ihre Arme sich berührten. Dies schien ihn aber keineswegs zu stören. Er konzentrierte sich ganz auf die Ergebnisse.

Gleich der zweite war ein Volltreffer. Es war ein ganzseitiger Bericht über ein Galopprennen, bei dem Marlene Jansen an der Seite von einem Gustav Goldmann zu sehen war. Aufgeregt beugte Esther sich weiter vor. Dabei rutschte ihr Arm an seinem entlang und sie spürte ein leichtes Kribbeln. Philipp verzichtete diesmal auf einen spöttischen Kommentar, sondern schaute sie von der Seite an.

Marlene stand neben einem etwas älteren Mann. Die Bildunterschrift lautete: »Gustav Goldmann mit seiner Assistentin Marlene Jansen.«

Er räusperte sich. »Interessant. Deine Großmutter war also die Sekretärin der Goldmanns. Weißt du, wer das ist?«

Sie schüttelte den Kopf.

»Ihm und seiner Familie gehörte früher ein renommiertes Gestüt. Allerdings waren sie in einige dubiose Wettvorfälle verwickelt. Später hat Gustav auf aggressives Wachstum gesetzt und sich verspekuliert. Das Gestüt wurde schließlich an irgendwelche reichen Araber verkauft.« Er sah Esther nachdenklich an. »Damals waren die Goldmann echte norddeutsche High Society. Sicher ein guter Fang ...«

»So war Oma Marlene nicht«, protestierte Esther. »Außerdem war er ja wohl ihr Chef und nicht ihr Lover. Wenn sie etwas miteinander gehabt hätten, würde ich das wissen.«

»Sicher? Ich meine, wenn sie keine Geheimnisse hätte, wärst du nicht hier. Ich wette zehn zu eins, deine

Großmutter hat sich das reiche Söhnchen geangelt. Darum geht es doch eigentlich immer: ums Geld.« Philipp schmunzelte, bevor er sich wieder auf den Monitor konzentrierte. »Dann wollen wir mal schauen, was der Computer ausgespuckt hat.«

Eine Weile kam nichts. Aber dann las Esther die Schlagzeile, die sie mittlerweile schon halb erhofft und halb befürchtet hatte: »Gustav Goldmann heiratet überraschend seine Sekretärin Marlene Jansen im kleinen Kreis.«

Überrascht riss sie die Augen auf. Also hatte sich ihre Großmutter einen reichen Gestütssohn geangelt. Ohne große Ankündigung. Diese Erkenntnis ließ ihren Magen auf Erbsengröße schrumpfen und ihr wurde totschlecht.

»Tja, bin ich gut oder nicht?« Philipp wirkte sehr zufrieden mit sich. Als er ihren erschütterten Blick bemerkte, erstarb sein Lächeln. »Hey, was ist denn los?«

Sie zuckte kläglich mit den Achseln. »Na, offensichtlich war meine Oma schon einmal verheiratet. Aber hat uns das nie gesagt! Noch nicht einmal meine Mutter wusste etwas davon. Wieso verschweigt man so etwas? Das muss doch Gründe haben. Und sicher keine guten … Vielleicht war sie wirklich nur scharf auf sein Geld.«

Sofort rutschte er zu ihr hinüber und legte eine Hand auf ihren Arm. »Du weißt gar nicht, was geschehen ist! Nimm doch meine Späße nicht so ernst.«

»Aber es ist schon komisch, oder?«

»Nicht unbedingt. Immerhin war sie ein echter Hingucker, wenn ich das so sagen darf.« Er warf einen vorsichtigen Blick zu ihr hinüber und ergänzte so scheu, wie sie ihn bisher noch nicht erlebt hatte: »Genau wie ihre Enkelin, im Übrigen.«

Überrascht schaute sie ihn an. »Findest du mich hübsch?«

Er verdrehte die Augen. »Jetzt tu nicht so, als ob du nicht wüsstest, wie gut du aussiehst. Natürlich finde ich dich attraktiv. Sehr sogar.«

Seine direkten Worte machten Esther genauso unsicher wie sein offener Blick und sein sanftes Lächeln. So viel Interesse war sie nicht gewohnt. Wenn sie neben Sophie stand, starrten alle immer nur ihre zarte Freundin an. Dass ausgerechnet der zynische Philipp ein Kompliment verteilte, machte sie ganz verlegen. »Danke«, murmelte sie.

»Kein Ding. Das ist einfach eine Feststellung.« Das Lächeln verschwand und er wandte den Blick wieder dem Monitor zu, suchte nach weiteren Informationen. Knappe neun Monate nach der Hochzeit las Esther den nächsten Knaller: »Gustav und Marlene Goldmann freuen sich über die Geburt ihrer Tochter Brigitte.«

Durch Esthers Kopf rauschte das Blut nun so laut wie die Niagara-Fälle. Es pochte und donnerte. Gleichzeitig verkrampfte sich ihr Magen so sehr, dass sie sich fast übergeben hätte. Das konnte nicht wahr sein. Aber da stand es schwarz auf weiß. Brigitte Goldmann. Ihre Mutter war Gustavs Kind.

Philipp legte eine Hand gegen ihre Schulter und sah sie mitleidig an. »Hey, alles gut mir dir? Ist das ...?«

»Das-das ist der Name meiner Mutter«, krächzte Esther. Ihre Kehle war so trocken, dass sich die Worte wie ein Reibeisen darauf anfühlten.

Stumm füllte er etwas Wasser in ein Glas und hielt es ihr hin. Sie trank dankbar, während die Gedanken durch ihren Kopf rasten. Wie konnte es sein, dass niemand das Geheimnis kannte? Oder hatte Opa Hubertus etwas davon gewusst? Ihre Mutter sogar? Aber nein, das konnte nicht sein. Dann hätte sie gleich geahnt, wer dieser Gustav war. Sie hatte keine Ahnung, darauf könnte Esther schwören.

»Geht es wieder?«

Sie nickte langsam. Wobei das eigentlich nicht stimmte. Sie fühlte sich, als habe sie jemand mit Absicht vor einen Wagen gestoßen. »Wieso hat Oma das nur niemals gesagt?«, murmelte sie leise. »Das ist doch ...« Sie verstummte.

»Mysteriös?«, schlug Philipp vor.

Sie lächelte schwach. »Also, mir würden dazu einige andere Bezeichnungen einfallen. Unfair. Unfassbar. Unvorstellbar. Aber ja, mysteriös ist es auch.«

Er musterte sie. »Vielleicht hat er sich ja später in eine andere verknallt und sich deswegen getrennt.«

»Zu dieser Zeit? Da ging das doch nicht so leicht. Außerdem würde er sicher sein Kind sehen wollen. Meine Mutter! Sie ist ja immer noch ein Teil der Familie.«

Er nickte. »Das stimmt. Außerdem wäre das ein Riesenskandal gewesen. Also warum hat niemand darüber geschrieben?« Er rollte mit dem Stuhl zurück und drehte sich zu ihr.

Esther zuckte mit den Schultern. »Vielleicht hat die Familie Goldmann das ja verhindert. Weil sie nicht dumm in der feinen Gesellschaft dastehen wollten.«

»Das könnte sein. Umso mehr interessiert mich natürlich, was da passiert ist«, murmelte Philipp. »Zum

Glück wohnt Gustav Goldmann in Hamburg, wie ich zufälligerweise weiß. Er ist danach in die Politik gegangen. Sicher können wir ihm mal auf den Zahn fühlen.«

Er wechselte vom Zeitungsarchiv zu den Suchmaschinen und suchte dort nach der Telefonnummer von Gustav Goldmann. »Hier schau. Es gibt nur einen Eintrag in Blankenese. Na, dann machen wir mal einen Termin mit ihm.«

Bevor Esther irgendetwas sagen konnte, tippte er die Nummer schon ins Telefon ein und stellte auf Lautsprecher. Nach dem fünften Klingeln ertönte eine geschäftige Damenstimme: »Die Villa Goldmann hier, guten Tag.«

»Guten Tag, mein Name ist Philipp Schumacher von der Hamburger Zeitung«, schnarrte Philipp mit einer ungewohnt geschäftstüchtigen Stimme in das Telefon. Auf einmal merkte man ihm den professionellen Journalisten an.

»Dürfte ich bitte mit Gustav Goldmann sprechen?«

»Worum geht es denn?«, fragte die Assistentin oder Haushälterin, um eine von beiden musste es sich handeln.

»Wir planen einen größeren Artikel über bedeutende Persönlichkeiten Hamburgs und darin würden wir gerne Herrn Goldmann aufnehmen.«

Esther hielt sich die Hand vor den Mund, um nicht loszuprusten. Aber der Trick zog. Die Dame klang nun deutlich freundlicher, als sie sagte: »Das würde ihm sicher gefallen. Ich werde sie mit Herrn Goldmann verbinden.«

Die Leitung wurde unterbrochen und für einige Sekunden erklang die Wartemusik. »Gustav Goldmann hier«, hörten sie eine volle Herrenstimme.

»Guten Tag Herr Goldmann. Hier ist Philipp Schumacher von der Hamburger Zeitung.«

»Ich grüße Sie, Herr Schumacher. Wie ich höre, planen Sie einen Artikel über mich.« Dabei klang seine Stimme äußerst selbstgefällig.

Philipp blieb jedoch geschäftig. »Richtig. Wir planen eine Seite über bedeutende Persönlichkeiten Hamburgs und dabei dürfen Sie, Herr Goldmann, natürlich nicht fehlen.«

»Das haben Sie gut erkannt. Immerhin haben meine Familie und auch ich persönlich viel Gutes in dieser Stadt bewirkt«, plusterte der Mann sich auf. »Ich weise meine Assistentin an, einen Text vorzubereiten und ihn Ihnen zuzuschicken. Bis wann brauchen Sie das?«

So ein Mist. Das würde Ihnen nicht die Bohne weiterhelfen. Verzweifelt schaute Esther zu Philipp hinüber, der ihr ein aufmunterndes Lächeln schenkte. »Das ist ein überaus freundliches Angebot«, sagte er mit fester Stimme. »Aber wir von der Hamburger Zeitung pflegen unsere Artikel selbst zu schreiben. Ich würde mich daher gerne mit Ihnen treffen.«

Kurz war Stille am anderen Ende der Leitung. Ob er sich jetzt wohl gerade mit seiner Assistentin abstimmte? »Gut. Ich könnte Ihnen einen Termin nächste Woche anbieten. Wie wäre es am Donnerstag in einer Woche um zehn Uhr?«

Esther schüttelte den Kopf. So lange konnte sie nicht in Hamburg bleiben. Das würde Gisele nicht erlauben.

»Diese Woche wäre es besser. Wir planen die Geschichte bereits für die nächste Wochenendausgabe. Und es wäre doch schade, wenn Ihre Familie nicht dabei ist ...«

»Nun, vielleicht könnte ich heute Nachmittag etwas freiräumen. Wie wäre es um vier Uhr?«

Esther fragte sich, ob ein Mann seines Alters wirklich so schwer beschäftigt war, dass es nur zwei mögliche Termine gab oder ob er sich bloß wichtigmachen wollte. Letztlich war es auch egal. Hauptsache, er empfing sie.

Fragend schaute Philipp sie an. Als Esther nickte, sagte er: »Vielen Dank, Herr Goldmann. Das passt bei mir. Ich werde mit meiner Assistentin kommen.«

»Sehr gut. Ich werde mein Personal informieren.«

Damit beendete er das Gespräch. Sicherheitshalber hob Esther den Hörer noch einmal auf und legte ihn wieder ab, um ganz sicher zu sein, dass niemand mehr in der Leitung war. »Hast du mich echt zu deiner Assistentin degradiert?«

Er zuckte mit den Schultern. »Irgendwie muss ich ja erklären, warum du mit dabei bist.«

»Du hättest ihm doch sagen können, wer ich bin!«

Philipp runzelte die Stirn. »Ich glaube nicht, dass das zielführend wäre. Irgendetwas muss vorgefallen sein, über das anscheinend niemand reden will. Also lass es uns lieber auf meine Weise versuchen, ja? Nicht alle Ex-Paare verstehen sich so gut wie du und dein Lover.«

Esther verdrehte die Augen. »Er ist nicht mein Lover.«

»Dann sind gestern keine alten Gefühle aufgeflammt?«

»Das geht dich gar nichts an!«

Er lachte leise. »Liegt am Job. Ich frage jeden aus, daran wirst du dich die nächsten Tage gewöhnen müssen. Aber jetzt lass uns schauen, was das Archiv alles zu deiner Oma hat. Vielleicht finden wir ja noch irgendetwas anderes heraus.«

Noch einmal suchten sie im Zeitungsarchiv, diesmal ohne den Bezug zu Gustav Goldmann, aber sie fanden nichts. Philipp schob seinen Stuhl etwas weg und reckte sich. Dabei fiel Esther auf, wie breit seine Schultern waren. Er besaß sogar eine ziemlich gute Figur.

Als er ihren Blick bemerkte, feixte er. »Und wie lautet dein Urteil? Bin ich würdig genug für dich?«

Sie merkte, dass das Blut in ihre Wangen schoss. »Ich ... äh, wollte nur nach der Uhr schauen.«

»An meinem Oberkörper?«

Da war er wieder, der arrogante Fatzke, dem sie am liebsten eine verpassen würde. »Bild dir bloß nichts ein«, gab sie hochmütig zurück. »Ich habe auf den Monitor gesehen.«

»Und wie spät ist es?«

»Fast zwölf Uhr«, antwortete sie. Zum Glück hatte sie in der Zwischenzeit wirklich nach der Uhrzeit geguckt, sonst stünde sie jetzt ganz schön doof da.

»Dann haben wir ja noch gut vier Stunden. Wie wäre es, wenn ich dir in der Zwischenzeit Hamburg zeige? Interessiert dich etwas Besonderes?«

»Ich würde mir gerne den Hafen und die Landungsbrücken näher anschauen«, erwiderte sie automatisch. »Aber kannst du denn einfach weg von der Arbeit?«

»Klar. Ist doch alles Recherche.« Er zwinkerte ihr zu.

14

Lüneburger Heide, 1965

In den nächsten Wochen und Monaten fuhr sie jeden Abend nach der Arbeit mit dem Bus zu Rainer. Dann ritt sie erst eine Stunde auf *Heartbreaker*, bevor sie sich mit Rainer auf die Veranda seines Hofes setzte. Das Areal, das sein Gut umgab, war zwar fast so weitläufig wie das der Goldmanns, aber es war nicht so aufwendig mit Beeten und Kieswegen aufbereitet. Es gab nur eine Koppel, einen Reitplatz und einen kleinen Stall für eine Handvoll Pferde.

Marlenes Blick fiel auf *Black Storm*, der mit hochgerecktem Kopf und aufgestelltem Schweif über die Koppel galoppierte. »Er fühlt sich wohl bei dir, oder?«

Rainer, der auf der Bank neben ihr saß, zog sie an sich. »Das hoffe ich zumindest. Ich glaube, die Hengste hätten nur gerne etwas weibliche Gesellschaft. Manchmal giften sie sich ganz schön an. Ich überlege, ob ich Tiere zur Pflege aufnehmen soll. Dann käme auch etwas Geld herein.«

»Hättest du denn Zeit, dich noch um weitere Pferde zu kümmern?« Marlene rutschte etwas von ihm weg und schaute zu ihm auf. »Du arbeitest doch jetzt schon so viel. Bei den Goldmanns, danach in deinem Stall und mit mir.«

Er nahm ihre Hand, führte sie an seine Lippen und hauchte ihr einen federleichten Kuss auf. »Das ist keine Arbeit, meine Schöne. Das ist Vergnügen. Ich liebe es zu sehen, wie du deine Bewegungen immer besser an die von *Heartbreaker* angleichst. Wie du deine Balance findest. Du bist ein Naturtalent, Marlene. Ich freue mich auf unseren ersten gemeinsamen Ausritt. Wenn wir über die Stoppelfelder der Bauern galoppieren. Nichts ist damit vergleichbar. Höchstens die Rennbahn.« In seine blauen Augen traten Sehnsucht und Bedauern.

»Warum bist du eigentlich kein Jockey?«

Er lachte bitter. »Sieh mich doch an. Ich bin fast ein Meter achtzig und wiege knapp achtzig Kilo. Damit kann ich kein Rennen gewinnen. Jockeys sind meist noch kleiner als du und bringen höchstens fünfzig Kilogramm auf die Waage.« Seufzend zündete er sich eine Zigarette an. Sie mochte diesen Geruch, zumindest wenn er frisch war.

Er ließ den Rauch durch die Nase entweichen und schwieg. Nach einem weiteren Zug schaute er sie gequält an. »Früher dachte ich, ich würde der beste Jockey aller Zeiten werden. Ich war klein und leicht, wie man es sich wünschte. Niemand konnte Pferde so zum Rennen bringen wie ich. Aber dann, kurz nach meinem siebzehnten Geburtstag, machte ich einen Schuss. Ich wuchs und wuchs und wuchs. Und damit blieb nur noch der Trainer.«

Wütend warf er die Zigarette auf den Boden, trat sie aus. Die Muskeln in seinem Gesicht zuckten und seine Augen wurden dunkel. »Ich stand so kurz davor, meinen ersten Titel mit *Dreamdancer* zu holen. Beim Deutschen Derby. Aber dann wurde ich zu schwer und das

Gestüt, auf dem ich früher war, hat einen anderen Jockey genommen.« Er verzog den Mund. »Der natürlich gewonnen hat.«

Seine Schultern sackten hinab und er tat Marlene unfassbar leid. Sie nahm seine Hand, strich darüber. »So hast du die Möglichkeit, mit vielen Pferden zu trainieren. Und du hast jetzt *Black Storm*. Er ist ein wunderbarer Hengst.«

Er lächelte versonnen. »Ja, das ist er. Ein echter Champion. Einer, um dessen Nachkommen sich alle reißen werden. In ein paar Monaten wird er in Köln laufen und ich werde all mein Geld auf ihn setzen. Er wird gewinnen, das weiß ich! Danach kann ich voll durchstarten mit der Zucht. Aber ohne die Mittel, die die Goldmann den Tieren verabreichen. Letztens haben sie einem Hengst sogar einen Cocktail aus Schmerzmitteln, Entzündungshemmern und Blutdopingmitteln gegeben, damit er noch schneller wird. Das arme Tier wäre fast gestorben, sein Herz ratterte wie ein Schlagbohrer.« Die Muskeln zuckten in seinem Gesicht und seine Augen verengten sich.

»Siehst du! Die Pferde werden es bei dir viel besser haben als bei den Goldmanns. Vielleicht solltest du deswegen kein Jockey werden. Damit du eine neue Art Gestüt begründest. Eins, das die Tiere respektiert und sie mit Liebe fördert. Wie sie es verdienen.« Sanft legte sie die freie Hand an seine Wange.

Er lehnte sein Gesicht an ihre Hand, schloss die Augen und seufzte leise. Dann öffnete er die Augen wieder und schaute sie an, tiefe Liebe im Blick. »Und zu noch etwas war es gut: Ich habe dich kennengelernt, Marlene Jansen. Du bist das Beste, was mir jemals passiert ist. Du hast ein wunderbares, warmherziges Wesen und liebst Pferde genauso sehr wie ich – als lebendige, fühlende Wesen. Die man behütet, nicht zerstört. Wo warst du nur all die Jahre in meinem Leben?« Er beugte sich vor und küsste sie mit zärtlicher Süße auf den Mund. »Meine Liebste, ich kann und will mir mein weiteres Leben nicht mehr ohne dich vorstellen.«

Ihr Herz klopfte wie verrückt bei diesen Worten. Das klang ja beinahe wie ein Hochzeitsantrag. Er hob seine Hand und für einen Moment hoffte sie schon, er würde einen Ring hervorzaubern und sie um ihre Hand bitten. Doch anstelle einer Schatulle holte er die Schachtel mit den Zigaretten und nahm sich eine weitere heraus.

Fragend hielt er ihr die Packung hin. Sie zögerte, griff dann jedoch zu. Nur selten rauchte sie einen dieser Glimmstängel, weil danach ihre ganzen Kleider nach dem Rauch stanken. Aber heute hatte sie den Eindruck, damit eine zusätzliche Verbindung zu Rainer zu schaffen. Er hatte sich ihr eben so weit geöffnet wie noch nie zuvor.

Ein wenig ging es ihr wie ihm – sie würde für ihr Leben gern nach Hamburg ziehen; den Pulsschlag der Hansestadt erleben, ihre Lebendigkeit fühlen. Doch sie konnte ihre Mutter nicht im Stich lassen. Sonst würde sie noch das Haus verlieren, das Papa vor seinem Tod gekauft hatte. Das Leben gab einem nicht immer das, was man sich wünschte. Aber man konnte aus dem, was man besaß, etwas Erstrebenswertes machen. Wenn man sich darauf einließ.

15

Hamburg, heute

Der Wind wehte Esther ins Gesicht, als sie neben Philipp über den Kai des Hamburger Hafens schlenderte. Die Schreie der Möwen erfüllten die Luft und das Wasser der Elbe glitzerte in der Sonne. Überall herrschte geschäftiges Treiben – Containerkräne bewegten sich wie riesige mechanische Arme, entluden oder beluden gigantische Schiffe. Es war unglaublich, diese schwimmenden Giganten zu sehen.

Plötzlich durchdrang ein lautes Tuten die Luft. Esther zuckte zusammen, drehte sich um und sah, wie sich ein gewaltiges Kreuzfahrtschiff dem Hafen näherte. Es glitt majestätisch durch die Elbe, steuerte auf eines der dafür vorgesehenen Terminals zu. »Schau mal, ein Kreuzfahrtschiff!« Sie zeigte aufgeregt auf das schwimmende Hotel. »Ich wusste gar nicht, dass die auch hier anlegen.«

Philipp nickte. »Ja, Hamburg ist ein beliebter Anlaufhafen für Kreuzfahrtschiffe. Sie bringen jedes Jahr Tausende von Passagieren in die Stadt, damit sie Hamburg erkunden können. Immerhin gilt die Stadt seit dem Mittelalter als eines der wichtigsten Handelszentren. Heute ist der Hafen einer der größten und wichtigsten der Welt.«

Sie schlenderten weiter am Wasser entlang. Esther sog tief die Luft ein; ein Geruch nach salziger Meeresluft, frischem Fisch und Maschinenöl. Ein Geruch nach Freiheit.

»Wusstest du, dass der Hamburger Hafen eine der ältesten künstlichen Hafenanlagen der Welt ist?«, setzte Philipp seine kleine Geschichtslektion fort. »Im zwölften Jahrhundert wurde begonnen, den Flusslauf der Elbe zu kanalisieren, um einen sicheren Hafen für die Schiffe zu schaffen. Und von dort an wuchs der Hafen stetig. Bis heute.«

Esther spürte den Stolz des Journalisten auf seine Heimat und sie konnte es ihm nicht verübeln. Diese Stadt war einfach atemberaubend. Bei seinen bildlichen Erzählungen konnte sie sich lebhaft vorstellen, wie die Kaufleute vergangener Zeiten ihre Waren entlang der Kaistraßen schleppten und wie der Hafen im Laufe der Jahrhunderte zu einem Symbol für Handel, Wohlstand und Innovation wurde.

Plötzlich unterbrach Philipp seine Erzählung und deutete auf ein altes Lagerhaus, das am Ufer des Hafens stand. »Siehst du dieses Gebäude dort? Das ist das Chilehaus, eines der berühmtesten Wahrzeichen des Hamburger Hafens. Es wurde in den 1920er-Jahren im expressionistischen Stil erbaut und gilt als Meisterwerk der Architektur.«

Esther hob den Blick und bewunderte die imposante Fassade des Gebäudes, die sich majestätisch gegen den blauen Himmel abzeichnete. »Woher weißt du so etwas nur?«, murmelte Esther. »Wenn mich jemand in Düsseldorf besucht, besuche ich mit ihm gerade mal die

Altstadt, die Kö' und den Rhein. Aber frag mich nicht nach der Geschichte.«

»Das ist halt mein Job. Ich brauche Allgemeinbildung, um gut schreiben zu können.«

Esther nickte. Seltsam, wie bescheiden er sich auf einmal gab. Sicher interessierte sich nicht nur wegen seines Berufs für die Geschichte diese Stadt.

Langsam schlenderten sie weiter am Hafen entlang. Auf einmal hielt Philipp an und nickte hinüber zu einem kleinen Imbissstand, der zwischen einigen größeren Restaurants versteckt war. »Komm, wir gehen etwas essen.«

»Dort?«, fragte sie zweifelnd.

Philipp schmunzelte. »Sieh dir die lange Schlange an. Glaub mir, das ist ein echter Geheimtipp unter uns Hamburgern. Die Fischbrötchen sind phänomenal.«

Sie trat näher, um einen Blick auf das Menü zu werfen, das an der Wand des Imbissstands hing. Es gab frisch gegrillten Fisch, geräucherte Garnelen, Muscheln in Weißweinsauce, Pommes und die besagten Fischbrötchen. Na ja, zumindest die Auswahl klang ganz gut. Geduldig warteten sie auf ihre Bestellung, wobei der Geruch von frisch gegrilltem Fisch und knusprigen Pommes ihr mächtig Appetit machte.

Als sie an der Reihe waren, bestellte sie ein Fischbrötchen und Nordseegarnelen, Philipp nahm Fish & Chips. Sie erhielten ihre Bestellung und fanden einen Platz an einem der wenigen Tische neben dem Imbissstand. Dort stellten sie sich hin und genossen ihren köstlichen Imbiss, umgeben von der lebhaften Atmosphäre des Hafens. Sie fragte sich, ob ihre Oma früher auch oft hier gewesen war. Vielleicht sogar mit Gustav Goldmann.

Allmählich wuchs in ihr die Spannung. Was würde er wohl über ihre Großmutter sagen? Warum hatte sie bloß ein Geheimnis aus ihrer ersten Ehe gemacht?

***

Später rief Esther Oscar an, damit er sie beide nach Blankenese brachte. Durch das Fenster beobachtete sie, wie sich die geschäftige Hafenstadt langsam zu einer ruhigen, gediegenen Vorstadt wandelte. Erst wurde es etwas grüner, malerischer, bis sie das pompöse Villenviertel erreichten, das sich auf den Hügeln oberhalb der Elbe erstreckte. Prächtige Herrenhäuser säumten die Straße, bei denen Esther sich ganz klein fühlte.

Vor einem besonders beeindruckenden Anwesen wurde Oscar langsamer und bog schließlich ab. Er wartete vor der Mauer, bis ihnen aufgemacht wurde. Dann fuhr er über eine breite Kiesauffahrt, die länger war als manche Straßen in Düsseldorf. Im Hintergrund erhob sich ein gewaltiges Herrschaftshaus. Anscheinend hatte Gustav Goldmann nicht all sein Geld verloren.

Zum Glück hatte sie in weiser Voraussicht die Jeansshorts und das Shirt gegen Leinenhose und Bluse getauscht. Philipp trug sowieso eine klassische, dunkle Hose und dazu ein blau kariertes Hemd, was sie eigentlich spießig fand. Doch für diesen Anlass war das genau richtig. Oscar hielt an und sie gingen auf die prächtige, doppelflügelige Eingangstür zu. Sie bemerkte, dass sich Philipp genauso selbstbewusst und lässig bewegte wie immer, als ließe der ganze Pomp ihn kalt.

Bevor sie die Klingel erreichten, erschien ein vornehmer Butler. Er neigte den Oberkörper leicht. »Guten

Tag. Sie müssen Herr Schumacher und seine Assistenten sein.«

»Ganz recht«, gab Philipp zurück.

»Herr Goldmann erwartet Sie bereits. Ich bringe Sie zu ihm.« Geschäftig eilte er einen breiten Korridor entlang, den prunkvolle Ölgemälde schmückten.

Sie folgten ihm; Philipp lautlos mit seinen Sneakern, während die Absätze von Esthers Pumps auf dem Marmor widerhallten. Am Ende des Ganges bog der Butler ab und führte sie in einen halbrunden Raum, der fast vollständig verglast war. Goldmann erwartete sie an einem wuchtigen Schreibtisch aus Palisanderholz. Für sein Alter hatte er sich gut gehalten. Sein schlohweißes Haar hatte nur einige lichte Stellen, und das schmale, faltige Gesicht war nicht so eingefallen wie bei vielen anderen seines Alters. Er saß aufrecht im Stuhl und schaute sie aufmerksam aus blassblauen Augen an. War das ihr Großvater?

»Ich grüße Sie, Herr Schumacher«, sagte er und erhob sich leicht aus seinem Sitz.

Philipp ahmte die Begrüßung nach, indem er seinen Oberkörper vorbeugte. »Guten Tag, Herr Goldmann.«

Der Ältere ließ den Blick zu Esther weiterschweifen. »Und Sie sind?« Dabei musterte er sie abschätzig, als sei es ihm unangenehm, Zeit mit der vermeintlichen Assistentin zu verschwenden. Was für ein Ekelpaket. Oder musste sie ihn mögen, weil er ihr leiblicher Großvater war? Allerdings hielt er keinen Vergleich mit Opa Hubertus aus. Nein, beschloss sie. Die DNA war ihr egal. Sie konnte ihn nicht leiden.

»Ich heiße Esther.« Sie deutete einen Knicks an. Philipps Worte hielten sie davon ab, mit ihrem Nachnamen herauszuplatzen. Sicher wusste er, welchen Namen Marlene nach der Hochzeit angenommen hatte.

»Also gut – Esther.« Man merkte seiner Stimme an, er war es nicht gewöhnt, andere Menschen so vertraulich anzusprechen. Aber zum Glück interessierte er sich sowieso nur für Philipp, da er der Redakteur war. Er wandte den Blick gleich wieder ab von ihr und richtete seine ganze Aufmerksamkeit auf ihn. Er verzog den Mund zu einem viel zu breiten Lächeln. »Bitte setzen Sie sich. Ich bin schon sehr gespannt auf Ihre Fragen zu meinem Wirken.«

Dabei klang er so arrogant, dass er ihr spontan noch unsympathischer wurde. Wie hatte ihre Großmutter sich in diesen Mann verlieben können? Oder war sie doch nur auf sein Geld aus gewesen, wie Philipp vermutete? Fragen über Fragen! Hoffentlich würde Goldmann sie beantworten.

Sie ließ sich auf einen der lederbezogenen Stühle fallen, die ihm gegenüber standen, und Philipp tat es ihr gleich.

»Was wünschen die Herrschaften zu trinken?«, fragte der Butler ruhig, der hinter ihnen stehen geblieben war.

»Ich hätte gern ein Wasser«, sagte Philipp.

»Für mich bitte auch«, meinte Esther.

Der Butler schaute seinen Herrn an, der nickte.

»Bringen Sie bitte eine Flasche Wasser für uns alle.«

»Sehr wohl.« Der Butler ging.

»Ich hoffe, Sie haben gut hierher gefunden«, fragte Gustav Goldmann sie höflich. Allerdings merkte Esther ihm an, wie lästig dieser Small Talk ihm war. Er brannte offensichtlich darauf, über sich selbst zu reden.

»Danke der Nachfrage«, gab Philipp zurück. »Die Fahrt war angenehm. Wie haben uns einen Wagen genommen.«

Dann herrschte einige Sekunden Stille.

»Sie wohnen sehr schön hier. Reicht Ihr Grundstück bis zur Elbe?«, fragte Esther schließlich.

Goldmann nickte. »So ist es. Wir haben unseren privaten Anlegesteg. Schon als Junge habe ich hier gesegelt; so wie meine Kinder und meine Enkel.« Sein Blick glitt zu den Bildern auf seinem Schreibtisch, auf denen Kinder unterschiedlichen Alters mit ihren Eltern zu sehen waren. »Ich habe zwei Töchter und zwei Söhne, die mir fünf Enkel und drei Enkelinnen geschenkt haben. Jasmin, die Älteste, könnte bald schon eigene Kinder bekommen.« Er lächelte versonnen und die Arroganz schwand aus seinem Gesicht.

Die Tür ging auf und der Butler erschien wieder. Er stellte drei schwere kristallenen Gläser und zwei dazu passende Karaffen auf dem Tisch. Er wandte sich an Esther. »Wünschen Sie Ihr Getränk mit oder ohne Sprudel?«

Sie entschied sich für ein stilles Wasser. Nichts wäre peinlicher, als wenn sie während des Interviews aufstoßen müsste. Die Männer schienen ähnliche Gedanken zu haben, denn auch sie nahmen ihr Wasser ohne Sprudel.

Nachdem der Butler gegangen war, fragte Goldmann geschäftig: »Nun, Sie haben doch sicher eine Liste mit Fragen vorbereitet.« Er schaute Philipp so auffordernd

an, als sei dieser sein Angestellter, der eine Pflicht er-
füllte. Der kurze Anflug an Freundlichkeit erlosch.

»Sicher. Ich habe sie alle im Kopf.« Er tippte sich gegen die Stirn an. Goldmann erwiderte das Lächeln
nicht, sondern zog die Augenbrauen zusammen.

Philipp ignorierte dessen offensichtliche Unzufrie-
denheit jedoch. Ruhig nahm er sein Handy und hielt es
in die Höhe. »Ich darf doch mitschneiden, oder?«

Goldmann nickte. »Von mir aus gerne. Ich bekomme
den Artikel ja selbstverständlich vorher zu lesen.«

»Ihre Zitate schicke ich Ihnen natürlich, nicht aber
den ganzen Text. Das ist nicht der Stil unseres Hauses«,
gab Philipp selbstbewusst zurück.

Eine leichte Zornader erschien auf Goldmanns Stirn.
»Ich bin es gewöhnt, die Artikel komplett zu sehen.«

»Ich bin mir sicher, wir werden eine Lösung finden.
Ich werde später mit meinem Ressortleiter darüber
sprechen.«

»Wer ist das denn?«, erkundigte der Adlige sich spitz.

»Martin Mertens.«

»Ach, Herr Mertens. Nun, mit ihm habe ich schon
mehrfach zu tun gehabt. Seien Sie gewiss, das wird kein
Problem darstellen.« Er verzog seine Lippen.

Für Esther wurde er von Minute zu Minute unaus-
stehlicher. Er war einer dieser typischen Reichen, die
glaubten, dass für sie andere Regeln gelten würden als
für andere und dass sie immer das bekamen, was sie
wollten. Schreckliche Leute! Sie runzelte die Stirn, versucht aber, sich nichts anmerken zu lassen.

Philipp zückte einen Schreibblock und einen Stift. Als
er Goldmanns und Esthers fragende Blicke bemerkte,
sagte er: »Die Aufnahme ist für Detailfragen. Ich mache

mir immer zusätzlich Notizen, so merke ich besser, ob ich alle Informationen habe, die ich brauche. Herr Goldmann, erzählen Sie uns bitte, wie Sie dazu gekommen sind, in die Politik zu gehen. Ich habe gelesen, das war eigentlich eher zufällig?«

Goldmann räusperte sich. »Nun, so würde ich das nicht nennen. Als Gestütsbesitzer war ich schon immer an den Zusammenhängen zwischen Wirtschaft und Politik interessiert. Ich habe gesehen, wie politische Entscheidungen Auswirkungen auf die Wirtschaft und das tägliche Leben der Menschen haben können. Das hat mich inspiriert, einen aktiven Beitrag zur Gestaltung unserer Zukunft zu leisten.«

Irgendwie konnte Esther ihn sich nicht als Menschenfreund vorstellen. Sie vermutete eher, dass es um das Prestige dieser Stellung ging. Aber Philipp nickte beifällig, als kaufe er ihm das Gesülze ab. »Was betrachten Sie denn als Ihre größten Erfolge während Ihrer Politikerkarriere?«

»Ich habe mich immer besonders für Programme und Initiativen eingesetzt, die das Wachstum und die Entwicklung lokaler Unternehmen fördern. Wir haben Investitionen in die Infrastruktur getätigt, Steueranreize geschaffen und Partnerschaften mit Unternehmen eingegangen, um Arbeitsplätze zu schaffen und die Wirtschaft anzukurbeln.«

Esther tat so, als höre sie aufmerksam zu. Allerdings interessierte sie sich viel mehr für die Zeit, bevor Goldmann nach Hamburg gezogen war. Für die Sechzigerjahre, als er noch Besitzer eines Gestüts und mit ihrer Großmutter zusammen gewesen war.

Philipp feuerte wie aus der Pistole geschossen jede Menge Fragen ab, als ob sie tatsächlich ein Porträt über ihn bringen wollten. Dabei klang der Politiker wie eine Mischung aus Gordon Gekko aus *Wall Street* und Mutter Theresa. Ersterer entsprach allerdings seinem Naturell wohl eher. Irgendwie konnte sie sich nicht vorstellen, dem geltungsbedürftigen Mann ging es um Wohltätigkeit.

»Aber kommen wir nun zu Ihren früheren Jahren. Ihnen gehörte damals ein Gestüt in der Lüneburger Heide. Ein sehr renommiertes Gestüt, voller Tradition. Könnten Sie uns vielleicht etwas genauer erläutern, wie es zu dem Verlust Ihres Gestüts gekommen ist?«

Goldmann verzog unwillig das Gesicht und schwieg eine Weile. Esther befürchtete schon, er werde die Antwort verweigern. Aber dann seufzte er schwer und rieb sich über die Stirn. »Es war Mitte der Siebzigerjahre, eine Zeit wirtschaftlicher Turbulenzen. Ich hatte mich in riskante Spekulationen verstrickt, in der Hoffnung, mein Gestüt zu erweitern und größere Gewinne zu erzielen. Doch die Dinge liefen nicht wie geplant, und ich geriet in finanzielle Schwierigkeiten. Am Ende konnten wir die Schulden nicht mehr begleichen und mussten das Gestüt aufgeben.«

Er wirkte eher verärgert als betrübt. Dabei hatte er eben zugegeben, dass er aus Gier ein Traditionsunternehmen gegen die Wand gefahren hatte. Zu dem keine Dinge gehörten, sondern Tiere. Wertvolle Rennpferde. Leidenschaft für diesen Sport, der ihn und seine Familie reich gemacht hatte, schien er jedoch nicht zu besitzen. Er zuckte mit den Achseln. »Nun, es waren harte

Zeiten. Und wir müssen aufpassen, dass wir nicht wieder in eine Rezession kommen!« Er holte tief Luft, wollte anscheinend politische Tiraden abfeuern.

Aber Philipp unterbrach ihn geschickt. »Ich danke Ihnen für Ihre Offenheit. Ihre Geschichte kann sicher Menschen inspirieren, die ähnliche Herausforderungen durchmachen.«

»O ja, bestimmt.«

»Ich habe gelesen, Sie waren damals mit einer Marlene Jansen verheiratet ...«, warf Philipp unvermittelt ein.

Goldmann presste die Lippen zusammen. »Das ist wahr. Aber das war ... nun, eine jugendliche Dummheit.«

Am liebsten wäre Esther ihm ins Gesicht gesprungen. Wie konnte er die Zeit mit ihrer Großmutter, an die sich diese anscheinend gerne erinnert hatte, so abtun?

»Darf man fragen, warum?«, setzte Philipp nach.

Goldmann presste die Lippen noch fester zusammen. »Ich wüsste nicht, welche Bedeutung meine Beziehungen für diesen Artikel haben.«

»Nun, es ist eine Facette in Ihrem Leben, die mich neugierig macht. Und so wird es unseren Leserinnen und Lesern sicherlich ebenfalls gehen.« Philipp lächelte ihn an.

Aber der Politiker schüttelte den Kopf. »Ich möchte Sie bitten, meinen Wunsch nach Privatsphäre zu respektieren. Ich will diese Episode nicht mehr in die Öffentlichkeit rücken. Es war zu unangenehm für meine Familie.«

Nun konnte sich Esther nicht mehr zusammenhalten und platzte heraus: »Bitte, Sie müssen mir sagen, was damals zwischen Ihnen und meiner Großmutter geschehen ist. Immerhin hatten Sie ein Kind miteinander. Meine Mutter!«

Er warf ihr einen scharfen Blick zu. »Darum geht es hier also! Sie versuchen, etwas über mich und Marlene Jansen herauszufinden. Weil Sie Ihre Enkelin sind?«

Esther senkte betreten den Kopf. »Ja.«

»Nicht nur«, ergänzte Philipp geistesgegenwärtig. »Ich recherchiere zu beiden Themen. Aber interessanter fände ich tatsächlich das, was damals geschehen ist.«

Goldmann blickte ihn zornig an. »Sie haben mich hereingelegt! Das werden Sie mir noch büßen. Ich werde verhindern, dass Sie auch nur ein Wort über diese Sache schreiben! Ich rufe Ihren Chef an und beschwere mich, weil Sie sich einen Termin unter Vorspiegelung falscher Tatsachen erschlichen haben.«

Philipp wurde blass, doch er reckte den Kopf selbstbewusst. »Es war keine Lüge. Ich möchte über dieses Thema schreiben. Nur nicht so, wie es Ihnen passt.«

»Unverschämtheit!« Goldmann schnaubte und verschränkte die Arme vor der Brust. »Das wird noch ein Nachspiel haben, seien Sie sich dessen gewiss. Und nun gehen Sie gefälligst!« Er stand auf und drückte auf einen Knopf.

Philipp drehte sich gehorsam um.

Aber Esther wollte nicht so schnell aufgeben. Sie sprang von dem Stuhl auf und hastete zu Goldmann. »Warten Sie! Meine Oma hat Ihnen einen Brief geschrieben – an Sie, die Liebe ihres Lebens. Bitte nehmen Sie ihn.« Sie kramte in der Handtasche und hielt ihm das blütenweiße Kuvert entgegen.

Doch anstatt dass dies den Politiker versöhnlich stimmte, explodierte er nun. Seine Halsschlagader pochte wie verrückt und er herrschte sie an: »Pah, von wegen – die Liebe ihres Lebens! Ausgenutzt hat das Biest mich. Und hintergangen. Ich will nie wieder etwas mit dieser Schlange zu tun haben. Verschwinden Sie aus meinem Haus! Sofort!«

Der Butler, der gerade erschien, sah sie scharf an und bedeutete ihnen mit einer Handbewegung, voranzugehen. Esther setzte sich nur zögernd in Bewegung, sie spürte den Butler dicht hinter sich. Kurz vor der Tür, wollte sie sich umdrehen, um Goldmann anzuflehen, mit ihr zu reden. Aber Philipp stieß sie in die Seite. »Du wirst seine Meinung nicht ändern können. Ich kenne solche Leute«, flüsterte er ihr zu.

Gehorsam schwieg Esther und folgte dem Butler, der sie wie zwei Straftäter abführte. Oscar, der im Wagen auf sie wartete, startete den Motor und fuhr zur Einfahrt.

Schweigend stiegen sie ein. Auch als sich das Auto in Bewegung setzte, sprachen sie kein Wort. Esther war wie vom Donner gerührt. Nun hatten sie den ersten Ehemann ihrer Großmutter – ihren wahren Großvater!– gefunden, und er wollte nichts mehr von ihr wissen. Das war doch nicht fair. Sie konnte ihm ja noch nicht einmal sagen, dass sie gestorben war. Wie sollte sie denn nun ihren letzten Wunsch erfüllen?

Die Enttäuschung war zu viel für Esther und sie begann hemmungslos zu schluchzen. Philipp legte tröstend den Arm um sie. Er sagte nichts, sondern strich ihr nur über das Haar. Sie lehnte sich gegen seine Schulter und weinte sich ausgiebig aus. Dabei wusste sie nicht, ob sie traurig war wegen der verpassten Chance, den Brief weiterzugeben, oder wegen ihres eigenen Verlusts. Sie vermisste Oma Marlene so sehr!

Philipp blieb ganz ruhig, während sie sich an ihn drückte. Erst nach einer Weile rutschte sie wieder weg von ihm. Es war ihr etwas unangenehm, sich vor einem fast Fremden gehen zu lassen, aber er blieb so gelassen, als wäre das ganz selbstverständlich. »Geht es dir wieder besser?«

Sie nickte, während sie in ihrer Handtasche nach einem Taschentuch suchte. Sicherlich sah sie furchtbar aus! Ihre Wimperntusche musste völlig verschmiert sein. Aber es war ihr zu peinlich, ihren kleinen Spiegel herauszuholen, um ihr Aussehen zu überprüfen.

Außerdem schien das Philipp in keinerlei Weise zu stören. Er legte ihr vielmehr eine Hand beruhigend auf die Schulter. »Nicht jeder schaut gerne in die Vergangenheit zurück. Das habe ich schon ein paarmal erlebt.«

»Aber wie sollen wir denn herausfinden, was passiert ist? Und wie bringe ich ihn dazu, den Brief anzunehmen?« Esther fand den Gedanken furchtbar, dass Gustav Goldmann ihrer Großmutter immer noch grollte, obwohl sie schon tot war – und dieser Brief vermutlich eine Erklärung für ihre Handlung beinhaltete. Das könnte auch ihm Frieden geben.

»Ich weiß es nicht«, gab er gelassen zurück. »Aber eins weiß ich genau.« Er verharrte und sie schaute zu ihm auf.

Ihre Gesichter waren sich jetzt so nahe, dass nur wenige Zentimeter fehlten, bis sich ihre Lippen berührten. Seine Züge wurden weicher und er strich über ihre Wange. »Wir finden es heraus. Das verspreche ich dir.«

»Ich danke dir!« Erleichtert legte sie eine Hand auf seine. Daraufhin bewegte er seinen Kopf leicht herunter, als ob er sie küssen wollte. Hastig drehte Esther ihr Gesicht weg. Sie konnte unmöglich mit Philipp herumknutschen, jetzt wo Tobias Single war und vielleicht doch die Hoffnung bestand, sie würden wieder zusammenkommen ...

Ein verletzter Ausdruck erschien auf Philipps Gesicht. Aber er verschwand so rasch, wie er gekommen war. Er drehte sich ebenfalls weg und lehnte sich gegen das Fenster. »Was auch immer dort geschehen ist, es hat offensichtlich einen Eklat ausgelöst. Für solche Ereignisse findet man meist andere Quellen. Wir müssen nur ein wenig tiefer graben.«

»Wenn du das sagst.« Sie seufzte. »Aber ich habe echt keine Ahnung, wo wir weitermachen können.«

»Nun gib mal nicht so leicht auf.« Er wirkte wieder voller Tatendrang. Offenbar nahm er es ihr nicht übel, dass sie seine Annäherung im Keim erstickt hatte. »Wir könnten es noch einmal bei ihrer alten Wohnung versuchen.«

»Klar können wir. Allerdings wollten die meisten nicht mit mir sprechen.«

Er grinste. »Aber sicher reden sie mit der Zeitung.«

Daran hatte sie noch gar nicht gedacht, dass sich auch Otto Normalverbraucher gebauchpinselt fühlten, wenn die Presse auf ihn oder sie zukam. »Das ist ein guter Plan.«

»Na klar. Ich mache nur tolle Vorschläge. Oder hast du je daran gezweifelt?«

Esther lachte und boxte ihn in die Seite. »Natürlich nicht.«

Grinsend strich er sich eine Strähne seines gelockten Haares aus der Stirn und ihr fiel wieder auf, wie angenehm seine Gesichtszüge waren. Seine Attraktivität sprang einem nicht so ins Auge wie die von Tobias. Doch er sah eindeutig gut aus. Schade, dass sie ihn nicht schon früher kennengelernt hatte. Aber nun, wo sie es eine vorsichtige Chance auf eine Annäherung an Tobias gab, wollte sie die Sache keineswegs verkomplizieren und mit ihm anbandeln.

Sie war erleichtert, weil er weiter unbefangen mit ihr umging. Oscar fuhr Philipp zuerst nach Hause, der im Schanzenviertel wohnte. Als sie durch die quirligen Straßen kurvten, packte Esther sofort die Unternehmenslust. Nur zu gerne würde sie sich hier ein wenig umsehen.

Philipp schien ihr Interesse zu bemerken, denn er fragte: »Na, hast du Lust auf noch eine kleine Sightseeing-Tour? Ich könnte dir ein paar Designer zeigen und danach nehmen wir einen Frustdrink. Hier gibt es jede Menge coole Bars.«

Bedauernd schüttelte sie den Kopf. »Ich kann leider nicht. Ich bin mit Tobias verabredet.«

»Gegen deinen Super-Lover kann ich natürlich nicht anstinken.« Philipp verdrehte gespielt genervt die Augen, aber Esther sah ihm die Enttäuschung an. Dabei hätte sie viel mehr Lust, mit Philipp das Schanzenviertel unsicher zu machen, als erneut zu einem altbackenen Laden in Tobias' Umgebung zu gehen. Mal abwarten, wo er sie diesmal hinführte. Darüber hatten sie gar nicht gesprochen.

»Also gut, deine Entscheidung. Treffen wir uns wieder um halb zehn in der Redaktion? Vielleicht spuckt das

Archiv noch ein paar Sachen aus. Ich werde das Gefühl nicht los, dass dieser arrogante Goldmann etwas vor uns verbirgt.«

Sie nickte. »Klingt gut.«

»Dann bis morgen.« Er trat aus dem Wagen heraus. Bevor er die Tür schloss, legte er seine Hand wieder an ihre Wange. »Lass dir die rüde Art von Gustav Goldmann nicht so zu Herzen gehen. Wir erfüllen den letzten Wunsch deiner Großmutter noch.« Zart strich er über ihre Wange.

Bevor Esther etwas sagen konnte, zog er die Hand zurück und schloss die Tür schwungvoll. Während Oscar wendete, blickte sie ihm nach, wie er mit leichten Schritten mit der Menge verschmolz. Am liebsten hätte sie ihn zurückgehalten, um sein Angebot doch anzunehmen. Da fuhr Oscar schon in die entgegengesetzte Richtung.

16

Hamburg, 1965

Als Marlene am Samstagabend zu Rainer ging, erwartete er sie bereits mit dem gesattelten *Heartbreaker.* Sie spürte, dass etwas anders war als sonst. Er wirkte angespannt, nicht so lässig wie sonst. Mit ungewohnt steifen Schritten lief er auf sie zu, griff nach ihrer Hand und küsste sie zur Begrüßung. Selbst der Kuss war anders als sonst.

Was hatte er nur? Hatte Gustav etwa von ihnen erfahren und er wollte sich von ihr trennen? Alleine bei dem Gedanken wollte ihr Herz regelrecht entzweibrechen. In den Monaten, die sie sich nun trafen, hatte er sich fest in ihrer Seele verwurzelt. Sie wollte immer bei ihm sein.

»Du wirkst so nervös. Ist etwas?« Sie spürte, wie sich ihr Magen vor Angst verkrampfte.

Er schüttelte den Kopf. »Nein, alles ist in Ordnung. Aber ich möchte dir einen besonderen Ort zeigen«, hauchte Rainer in ihr Ohr. »*Heartbreaker* wird uns hinbringen.«

Eine Mischung aus Aufregung und Vorfreude überfiel sie, als Rainer sich auf den Hengst schwang. Er beugte sich vor, reichte ihr die Hand und half ihr, ebenfalls aufzusitzen. Mittlerweile konnte sie das. Marlene schlang die Arme fest um seine Taille, während sie sich fragte, was er wohl plante.

Er schnalzte leise und drückte die Beine gegen den Hengst, der sofort los trottete, Richtung Wald, der sich um den Hof erstreckte. Das Licht der untergehenden Sonne schien durch die Blätter der Bäume und tauchte den Wald in ein sanftes, goldenes Licht. Es war mystisch. Beinahe erwartete sie, kleine Elfen herumfliegen zu sehen.

Nach einer Weile hielt Rainer an einer wunderschönen Lichtung an, die von Bäumen umgeben war. Marlenes Herz machte einen Sprung, als sie sich umsah. Denn überall waren Lichter aufgehängt, die sanft im Wind flackerten. Blumen und Kerzen säumten den Boden. »Was ... W...wann hast du das denn gemacht? Und vor allem: Wie?«, stammelte sie.

»Mit viel Arbeit.« Rainer stieg schmunzelnd vom Pferd und half Marlene beim Absteigen. Zärtlich nahm er ihre Hand und zog sie sanft in die Mitte der Lichtung, wo eine wunderschöne rot und Gold verzierte Decke ausgebreitet war. Um die Decke herum standen Dutzende von Teelichtern, die ein Herz bildeten. Marlenes Puls raste und ihr Magen verknotete sich. Hatte er das vor, was sie glaubte? Hoffte?

Schweigend führte er sie auf die Decke, dann ließ er sich vor ihr auf die Knie sinken. Ihre Augen brannten. O Gott, sie wollte nicht weinen. Aber die Rührung ergriff sie.

»Marlene«, begann er und nahm ihre Hand. »Seit dem Tag, an dem wir uns im Stall das erste Mal geküsst haben, wusste ich, dass du mein Champion bist. Du hast mein Herz im Sturm erobert, genau wie das von *Heartbreaker*. Ich kann mir kein Leben mehr ohne dich vorstellen.«

Nun war es vorbei mit Marlenes Beherrschung. Die ersten Freudentränen kullerten über ihre Wange. Rainer lächelte sanft und drückte ihre Hand. »Nicht weinen, Schatz. Das ist etwas Schönes. Zumindest hoffe ich, dass du das so siehst.«

Er räusperte sich und zog eine kleine Schachtel aus seiner Tasche. Seine Augen strahlten vor Liebe, als er die Schachtel öffnete und einen Ring präsentierte. Er war schmal und schlicht, aber für Marlene bedeutete er alles. Er war das Symbol von Rainers Liebe. »Marlene, Frau meiner Träume, Licht meines Lebens, Weide meiner Glückseligkeit – willst du mich heiraten? Willst du dein Herz für immer an mich binden und die Meine werden?«

Überwältigt vor Glück und Liebe, nickte Marlene heftig und umarmte Rainer stürmisch. »Ja, ja, tausendmal ja«, flüsterte sie, während sie sich zu ihm sinken ließ. Ihr Schwung riss ihn mit und sie sanken lachend auf die Decke.

Ihre Lippen suchten und fanden seine. Ihre Münder vereinten sich, sogen sich mit der Süße des jeweils anderen voll. Nach einer gefühlten Ewigkeit, in der es nichts gab außer ihren sich zärtlich liebkosenden Lippen, schoss ein Gedanke durch Marlenes Kopf und sie löste sich erschrocken von Rainer. »Was ... was ist mit Gustav? Unsere Verlobung können wir ihm nicht verheimlichen. Das gehört sich nicht.«

Rainer strich zärtlich mit dem Daumen über ihre Wange und küsste sie auf die Nase. »Das möchte ich auch nicht. Dazu bin ich viel zu stolz darauf, dass du meine Ehefrau werden willst. Ich will dich niemals verstecken, sondern es in die Welt hinausschreien. Diese wunderbare Frau liebt mich.« Er schaute sie mit so viel Liebe im Blick an, dass ihre Kehle eng wurde.

»Also sagen wir es ihm?«, fragte sie scheu.

Er zuckte mit den Achseln. »Wenn es sich ergibt, ja. Aber, meine wunderschöne Geliebte, an Gustav möchte ich jetzt nicht mehr denken. Sondern nur noch an dich. Daran, dass wir bald Mann und Frau sind. Dass wir eins werden. Du bist mein größtes Geschenk, weißt du das?« Er zog sie wieder an sich und küsste sie mit so viel Leidenschaft, dass die Sorge vor Gustavs Reaktion innerhalb von Sekunden verschwand. Marlene seufzte leise vor Glück, als seine Hände über ihre Seite strichen, forschend und bewundernd zugleich.

»Ich liebe dich, Marlene«, murmelte er zwischen zwei Küssen und presste sie immer enger sich. Sein Atem wurde schneller, heißer. Er umwehte ihren Hals, spielte mit ihren aufgelösten Haaren und ließ Hitze in ihr ansteigen. Es fühlte sich so gut an, ihm so nahe zu sein. Jeden Zentimeter seines Körpers zu spüren, muskulös und fest. Ein leichtes Stöhnen entwich ihren Lippen und sie merkte, wie Rainer erbebte.

»Bei Gott, ich will dich so sehr, dass es schmerzt«, raunte er an ihrem Hals. Seine Lippen strichen heiß und verführerisch über ihre Haut, brannten wie das süßeste Feuer, das Marlene sich nur vorstellen konnte.

»Ich ... wir sollten warten.« War das ihre Stimme, die da so heiser und rau erklang? »Was ist mit Gustav? Er gibt nicht auf, mich zu bedrängen. Er wird dir kündigen.«

»Das ist mir egal. Lieber verliere ich meine Stelle als dich.« Noch enger zog er sie an sich, bis sie einen Teil seines Körpers fühlte, den sie nur einige wenige Male gestreichelt hatte. Er drängte sich hart, wild und heiß an sie und sie stöhnte leise. Ein unbekannter Hunger stieg in ihr auf.

»Wir heiraten doch sowieso bald«, murmelte er, während seine Finger quälend langsam über ihr Schlüsselbein glitten. Marlene konnte kaum noch klar denken, so sehr erregte sie seine sanfte Berührung. Ihr Unterleib kribbelte, forderte mehr von diesen leidenschaftlichen Liebkosungen. Ohne dass sie es gezielt steuerte, schob sie sich enger an ihn. Mitte gegen Mitte, Verlangen gegen Verlangen.

Rainer stöhnte heiser. »Sag mir, dass ich aufhören soll, und ich stehe auf. Aber dann mach es jetzt. Lange kann ich mich nicht mehr zurückhalten, süße Marlene. Dazu begehre ich dich viel zu sehr.« Er drehte sie sanft um, fuhr mit heißen Lippen über ihren Nacken und das Pochen in ihrem Unterleib verstärkte sich.

»Nein, mach weiter.« Ihre Stimme war kaum mehr als ein heiseres Hauchen. »Bitte.«

»Wenn du es willst«, wisperte er, mild wie eine sanfte Brise im Sommer. Er schob sich von hinten an sie heran, die Lippen weiter an ihrem Nacken. Seine Hände wagten sich weiter vor, tasteten nach ihrer Brust und massierten sie, erst sanft, dann fester. Ein leiser Aufschrei der Lust entwich ihr, als er ihr Oberteil wegschob und seine Fingerspitzen ihre Brustwarzen stimulierten. Keuchend schloss sie die Augen, um seine sinnlichen Berührungen noch intensiver zu spüren.

Er ließ eine Hand hinabgleiten, strich über ihre Taille, die Hüfte entlang, bis zum Saum ihres Kleides. Nach kurzem Zögern schob er es sanft und zärtlich hoch, streichelte gleichzeitig ihre Oberschenkel. Marlene seufzte leise, als er ihren Slip abstreifte. Sollte sie nicht besser bis nach der Hochzeit warten? Aber es fühlte sich so gut, so richtig an.

Er drehte sie auf den Rücken, legte sich auf sie und schaute sie zärtlich an. »Noch können wir aufhören, Liebste. Ich möchte nichts machen, was du später bereust.«

»Ich werde es niemals bereuen, dich zu lieben«, flüsterte sie. Und das meinte sie genauso, wie sie es sagte. Egal, was das Leben ihr noch brachte, diese Liebe – dieser Mann! – war ein Geschenk des Himmels. Und sie war fest entschlossen, es bis zum Äußersten auszukosten.

»Ich will dich – als meinen Mann, meinen Gefährten, meinen Geliebten.« Ungeschickt nestelte sie an seiner Hose. Er half ihr mit sanfter Hand. Dann gab es nur noch ihre Körper, die einander erkundeten.

17

Hamburg, heute

Als der Wecker am nächsten Morgen um acht Uhr klingelte, kam Esther sich wie gerädert vor. Sie hatte sich gestern erneut mit Tobias getroffen, der sie diesmal in eine schicke Szene-Kneipe entführt hatte. Und dabei ständig Selfies von ihnen beiden gemacht hatte. Weil er sich über ihre Reunion freute, wie er sagte. Die er ganz offensichtlich im Bett mit ihr zelebrieren wollte. Aber das war ihr zu schnell gegangen. Trotzdem konnte sie nicht verhindern, dass ihr Puls beim Gedanken an ihn etwas schneller ging.

Da kam eine neue WhatsApp-Nachricht. Hastig nahm sie ihr Telefon und entsperrte es. Die Nachricht war von Tobias!

Guten Morgen, Sternchen, ich hoffe, du hattest eine süße Nacht. Es war wieder schön mit dir. Ich habe von dir geträumt. Sehen wir uns heute?

Ein Lächeln stahl sich auf ihr Gesicht. Also hatte er doch Gefühle für sie! Sofort war ihre Müdigkeit wie weggeblasen. Sie schrieb ihm zurück.

Danke für den tollen Abend gestern. Ich freue mich schon, dich nachher wiederzusehen.

Danach checkte sie die sozialen Netzwerke. Als Erstes fielen ihr die Bilder von Tobias und ihr auf, der er gepostet hatte. Sie sahen darauf beide so glücklich aus, wie sie sich fühlte. Schadenfroh bemerkte sie, dass Giulia einen ironischen Kommentar dazu hinterlassen hatte.

So sieht also ein Treffen mit guten Freunden aus, ja?

Tja, Pech gehabt, dachte sie. *Hättest du dir mal keinen anderen geangelt.*

Beschwingt stand sie auf und lief ins Bad, wo sie sich erst die Zähne putzte, um danach zu duschen. Anschließend schlüpfte sie in leichte Kleidung und ging nach unten in die Lobby. Oscar erwartete sie bereits in einem Sessel.

Hastig sprang er auf. »Guten Morgen, Fräulein. Wieder zur Hamburger Zeitung?«

Als sie nickte, lächelte er breit. »Ganz recht so! Lassen Sie sich nicht unterkriegen. Sie finden sicher noch heraus, was mit Ihrer Oma war.«

Wie lieb, dass er sich Gedanken machte, ob sie ihr Ziel erreichte oder nicht. Sein unerwarteter Zuspruch gab ihr wieder ein wenig Zuversicht zurück. »Danke, Oscar.«

Auf dem Weg zu Philipps Redaktion bat sie ihn, bei einem Bäcker anzuhalten. Dort besorgte sie zwei Cappuccino, zwei Croissants und vier belegte Brötchen. Nach kurzem Nachdenken wählte sie eins mit Putenbrust, eins mit Salami, eins mit Käse und eins mit Ei. Sie wusste nicht, ob Philipp ein typischer, männlicher

Fleischliebhaber war oder ob er sich vegetarisch ernährte. Vorstellen könnte sie es sich, es gab schließlich viele Intellektuelle, die auf Fleisch verzichteten. Aber damit wäre für beide Varianten etwas dabei. Nur Veganer durfte er nicht sein. Allerdings hatte sie gesehen, wie er Milch in seinen Kaffee gegeben hatte.

Sie fuhren weiter und erreichten das Zeitungsgebäude um Punkt halb zehn. Am Eingang gab man ihr wieder ihren Ausweis, dann rief der Mann am Empfang Philipp an, der sie nach kurzer Zeit abholte. Seine Augen funkelten, als er ihre Mitbringsel sah. »Ah, endlich einmal vernünftiger Kaffee und etwas zu essen, das ist gut. Ich sterbe vor Hunger.«

Sie fuhren mit dem Aufzug hoch und gingen zu seinem Büro. Dort schnappten sie sich jeder einen Cappuccino, um genüsslich einen Schluck zu nehmen. Danach zerriss Esther die Tüte, faltete sie auf und legte somit die Brötchen frei. »Es gibt Salami, Putenbrust, Käse und Ei«, erklärte sie. Sie hielt die andere Tüte hoch. »Und Croissants.«

»O Mann, willst du mich mästen?« Philipp rieb sich stöhnend über seinen nicht vorhandenen Bauch.

Sie kicherte. »Das verträgst du schon.«

Sie wartete ab, bis er sich ein Salamibrötchen nahm, dann griff sie selbst nach dem Brötchen mit Putenbrust und ließ es sich schmecken.

»Wonach möchtest du eigentlich suchen?«, fragte sie, als sie fertig war. »Wir haben doch gestern schon alles nach Goldmann durchforstet.«

Philipp hob die Hand, um anzudeuten, dass er noch aß. Esther wartete ungeduldig ab, bis er zu Ende gekaut und hinuntergeschluckt hatte. Vorher spülte er die Bissen aber mit einem Schluck Kaffee hinunter. Endlich antwortete er ihr: »Wir haben nur nach gemeinsamen Artikeln über ihn und deine Großmutter geschaut. Wir sollten jetzt allerdings versuchen, alles Mögliche über ihn selbst herauszufinden. Vielleicht finden wir dort einen Anhaltspunkt.«

»Okay«, sagte Esther. »Das klingt einleuchtend. Wollen wir jetzt gleich loslegen?«

»Deswegen bist du doch hier. Oder wolltest du nur mal Zimmerservice spielen? Dann muss ich dir leider sagen, der Orangensaft hat gefehlt.« Philipp grinste.

»Haha.« Sie boxte ihn spielerisch.

Noch immer feixend rollte Philipp seinen Stuhl zum Schreibtisch hinüber und öffnete die Suchmaske des internen Zeitungsarchivs. Er hatte gerade den Namen Gustav Goldmann eingegeben, als ein Mann Mitte, Ende vierzig in sein Büro hineinstürmte. »Was hast du dir nur dabei gedacht?«, brüllte er ihn an. Als er bemerkte, dass Philipp nicht allein war, mäßigte er seinen Ton. »Oh, Entschuldigung. Sie sind sicherlich Esther Rosenberg.«

»Die bin ich in der Tat.« Woher kannte der Mann sie nur?

Als habe er ihre Gedanken erahnt, stellte er sich ebenfalls vor. »Ich bin Martin Mertens, Philipps Chef.« Er drehte sich zu dem Journalisten um und funkelte ihn an. »Rate mal, welchen wütenden Politiker ich eben am Apparat hatte.«

Philipp verdrehte die Augen und seufzte. »Gustav Goldmann, vermute ich mal.«

»Richtig! Er hat sich lautstark darüber beschwert, weil du ihn angeblich über den Zweck des Interviews belogen hast. Du hättest ihm gesagt, du planst einen Artikel über die Verdienste seiner Familie. Dabei willst du hinter das Geheimnis von Marlene Jansen kommen, wie wir wissen.«

»Auch«, gab Tobias zurück. »Aber wenn bei den anderen Recherchen etwas Interessantes herausgekommen wäre, hätte ich das für ein Zweitartikel verwertet. Ich würde einen Interviewpartner niemals anlügen, das weißt du doch.«

»Trotzdem war das nicht der eigentliche Zweck deines Besuches und darüber ist er sauer. Mit Recht!« Mertens' Stimme wurde wieder schärfer. »Das kann ich dir nicht durchgehen lassen. Ich verbiete dir daher, weiter zu diesem Thema zu recherchieren. Goldmann hat mir klargemacht, seine Familie werde mit allen Mitteln verhindern, dass unsere Zeitung darüber schreibt. Ich muss dir ja nicht erzählen, wie wichtig ihr Wohlwollen für uns ist.«

»Ich weiß«, murmelte Philipp.

Mertens seufzte und setzte sich auf die Schreibtischkante, um ihm in die Augen zu schauen. »Hast du denn etwas Greifbares herausgefunden, etwas, das zwei unabhängige Quellen voneinander bestätigen? Damit es wasserdicht ist.«

Philipp schüttelte den Kopf. »Nicht wirklich. Wir wissen nur, Gustav Goldmann und Marlene Jansen waren in den frühen Sechzigern verheiratet. Und sie hatten ein Kind miteinander. Danach gibt es nichts mehr über diese Liaison.«

Sein Chef runzelte die Stirn. »Nun, das ist natürlich schon ungewöhnlich. Zumal das ja wohl offenbar ein Geheimnis war. Zumindest für Sie.« Er nickte Esther zu. »Aber letztlich ist es seine Sache, ob er darüber reden möchte.«

»Stimmt. Aber warum nicht? Ich meine, das ist jetzt fast sechzig Jahre her, verdammt! Selbst wenn meine Großmutter ihm das Herz gebrochen hat – wer ist denn so lange wütend auf jemanden? Sicher will er etwas verbergen.«

Mertens drehte sich zu ihr herum. »Sie dürfen niemals vergessen, wie sehr Reiche auf ihre Reputation aus sind. Vielleicht hat Ihre Großmutter ihn zum Gespött der Leute gemacht. Oder vielleicht war er ja der Böse. Hat sie betrogen. Oder geschlagen. Was auch immer.« Er erhob sich und schüttelte entschlossen den Kopf. »Dennoch reicht das nicht aus, um weiterzumachen. Sie haben herausgefunden, mit wem Ihre Großmutter liiert gewesen ist. Dass derjenige nicht mit Ihnen reden will, ist zwar ärgerlich, aber sein gutes Recht.«

Bedrückt schaute Esther zu ihm auf. »Also war es das?«

Mertens zuckte mit den Achseln. »Aus Zeitungssicht ja. Wir können es uns nicht leisten, noch mehr Zeit in eine Geschichte zu investieren, die mehr Staub aufwirbelt, als sie wert ist.« Sein Gesichtsausdruck wurde weicher. »Ich verstehe ja, wie unzufrieden Sie mit diesem Ergebnis sind. Mir wäre es auch lieber, es hätte ein Happy End gegeben, über das wir berichten können. Aber nicht immer läuft alles wie geplant. Warum engagieren Sie keinen Privatdetektiv?«

Weil ich vor meiner Mutter nicht zugeben will, dass ich versagt habe, dachte Esther, sprach es jedoch nicht aus. Außerdem wollte sie noch ein wenig in Hamburg bleiben, um zu sehen, wie sich die Sache mit Tobias weiterentwickelte.

»Wie wäre es, wenn ich ein paar Tage Urlaub nehme? Ich könnte auf eigene Faust mit Esther recherchieren«, schlug Philipp auf einmal vor.

Mit hochgezogenen Augenbrauen schaute sein Chef ihn an. »Wieso willst du das machen? Den Artikel kannst du nicht veröffentlichen. Es sei denn, du stößt auf eine echte Knallergeschichte, die einen Eklat wert ist.«

»Ich weiß. Aber mich interessiert die Geschichte mittlerweile selbst. Außerdem möchte ich jetzt erst recht wissen, was Gustav Goldmann uns verschweigt. Gerade ein Vollblutjournalist wie du sollte das doch verstehen.«

»Touché.« Mertens lachte. »Natürlich kann ich das nachvollziehen. Du hattest schon immer einen guten Riecher für eine Story. Also gut, ich gebe dir bis Freitag frei. Unter einer Bedingung.« Mertens hob einen Finger in die Höhe. »Untersteh dich, noch einmal bei der Familie Goldmann aufzutauchen. Zumindest nicht ohne handfeste Fakten.«

Philipp nickte. »Geht klar, Chef.«

Esther schaute strahlend zu Mertens. »Vielen herzlichen Dank. Das ist sehr freundlich von Ihnen.«

»Bedanken Sie sich bei Philipp. Er opfert seine wertvollen Urlaubstage für Sie.« Er lächelte.

»Dürfen wir trotzdem von hier weiter recherchieren? Unser Archiv könnte noch etwas auf Lager haben.«

Sein Chef lachte und schlug ihm mit der flachen Hand auf die Schulter. »Natürlich! Du hast Urlaub und bist nicht suspendiert. Ihr könnt gerne von hier aus recherchieren und du darfst auch als Redakteur unserer Zeitung auftreten.« Er beugte sich zu Philipp hinunter. »Und als dein Freund wünsche ich dir viel Glück! Ich hoffe, ihr findet heraus, was damals wirklich geschehen ist. Diesem Goldmann traue ich so ziemlich alles zu.« Pfeifend ging er aus dem Raum.

Esther sah ihm verwundert hinterher. Mit dieser Wendung hätte sie nicht gerechnet. Danach drehte sie sich zu Philipp um. »Danke, dass du dir extra Urlaub nimmst. Das ist total lieb von dir. Aber ich könnte auch allein weitermachen.«

Philipp schüttelte lachend den Kopf. »Und mich um den ganzen Spaß bringen? Auf keinen Fall. Jetzt hat mich der Ehrgeiz gepackt. Ich will herausfinden, was geschehen ist.« Er zwinkerte ihr zu. »Außerdem verbringe ich ganz gerne Zeit mit dir. Und ich weiß auch schon, wo ich mit dir hingehen werde.«

Esther lächelte scheu zurück. Philipp konnte echt süß sein. Aber ihr Herz schlug nun einmal wieder für Tobias. Dennoch fragte sie sich, warum sich jemand, den sie gerade erst kennengelernt hatte, für sie freinehmen konnte – und Tobias schaffte das nicht. Das ließ tief blicken.

18

Lüneburger Heide, 1965

Ihre Mutter schlief schon, als Marlene um kurz vor zwölf nach Hause kam. Zum Glück war Wochenende, deswegen konnte sie am nächsten Tag ausschlafen. Was sie auch tat, sie wachte erst um kurz nach neun auf. Eine halbe Stunde blieb sie noch liegen, um sich an jede Sekunde des gestrigen Abends zu erinnern. Rainers Antrag. Ihr Beisammensein. Die Liebe, mit der er sie danach in seinen Armen gehalten hatte.

Ein Lächeln legte sich auf ihre Lippen. Sie würden bald heiraten. Sie konnte es gar nicht erwarten, ihrer Mutter davon zu erzählen! Sicher würde sie sich für sie freuen. Sie hörte, wie sie unten in der Küche beschäftigt war. Hastig warf Marlene sich einen Morgenmantel über und rannte herunter.

»Mama! Es gibt wunderbare Neuigkeiten«, jubelte sie, als sie in die Küche lief.

Ihre Mutter ließ das Messer sinken, mit dem sie gerade Gemüse für eine Suppe schnitt, und blickte sie erstaunt an. »Was gibt es denn, Marlene?« Dann sah sie das glückliche Lächeln ihrer Tochter und sie begann zu strahlen. »Hat Rainer etwa um deine Hand angehalten?«

Marlene nickte voller Glück und hob ihre linke Hand an. Der kleine Diamant darin funkelte im Sonnenlicht, das durch die Fenster einfiel. Mit einem leisen Schrei drückte ihre Mutter sie an sich. »Oh, mein Schatz, das freut mich ja so sehr für dich!«

»Also ... erlaubst du es?« Für einen Moment hielt sie den Atem an, sie wünschte sich so sehr, dass sie ja sagte.

Ihre Mutter trat einen Schritt zurück, umfasste ihre Schultern. »Marlene, du bist über einundzwanzig. Du brauchst meine Erlaubnis nicht.«

»Aber ich hätte sie gerne.«

»Natürlich hast du sie!« Ihre Mutter küsste sie sanft auf die Wange. »Rainer ist ein guter Mann. Er wird sicher gut für dich sorgen. Ihr müsst es nur Gustav irgendwie beibringen.«

Marlene seufzte. Wie sie das machen sollte, ohne dass einer von ihnen die Anstellung verlor, war ihr schleierhaft. Aber darum würde sie sich am Montag kümmern. Jetzt wollte sie sich erst einmal mit ihrer Mutter freuen.

Die drückte sie ein weiteres Mal fest an sich. »Wie wäre es, wenn Rainer heute zu uns zum Essen kommt? Ich besorge einen schönen Braten und dann stoßen wir darauf an, dass wir bald eine Familie sind.«

Heute strahlte ihre Mutter regelrecht vor Lebensfreude und es schien, als habe sich ihre Krankheit in Luft aufgelöst. Marlene nickte glücklich. »Ich bin mir sicher, das macht er sehr gerne. Ich werde nachher zu ihm fahren.«

»Wann wollt ihr denn eigentlich heiraten?«

Marlene lachte leise. »Das weiß ich gar nicht. Darüber haben wir gestern gar nicht mehr gesprochen.«

Ihre Mutter legte erstaunt die Stirn in Falten. »Nicht? Was habt ihr denn die ganze Zeit gemacht?«

Marlenes Kopf explodierte regelrecht, als das Blut in ihre Wangen schoss. Das wollte sie ihrer Mutter schließlich keinesfalls auf die Nase binden. »Wir ... äh ... haben über unsere Zukunft gesprochen.« Was auch stimmte. In den blühendsten Farben hatten sie sich ihr gemeinsames Leben ausgemalt; wenn *Black Storm* erst einmal seine ersten Rennen gewinnen und Rainer seine eigene Zucht begründen würde.

»Ich wünsche euch, dass sie ebenso voller Liebe sein wird wie meine Zeit mit deinem Vater. Allerdings hoffe ich, dass euch mehr Jahre beschieden sein werden als mir und meinem lieben Rüdiger.« Sie senkte den Kopf schnell, aber Marlene erkannte, dass ihre Augen feucht glitzerten.

Sie vermisste ihren Mann immer noch sehr. Im Gegensatz zu Marlene, die ihren Vater nie kennengelernt hatte. Er starb vor ihrer Geburt. Schweigend nahm sie ihre Mutter in den Arm und drückte sie an sich. Eine Weile blieb ihre Mutter in der Umarmung, dann löste sie sich vorsichtig.

»Nun, dann werde ich gleich wohl einkaufen gehen, damit wir heute Abend ein Festmahl haben.« Sie lachte leise, allerdings lag ein trauriger Zug auf ihrem Gesicht.

***

Gustavs Augen wurden groß und er schnappte hörbar nach Luft, als Marlene ihm die gewünschten Unterlagen reichte. Er hatte nur noch Augen für den Ring, der schmal und unscheinbar auf ihrem linken Ringfinger saß. »Ist es das, was ich glaube?«, fragte er schließlich betont ruhig.

Sie legte hastig die Unterlagen auf den Tisch und verschränkte die Finger miteinander. »Es stimmt. Rainer und ich ... wir haben uns verlobt.«

Ein unbestimmter Ausdruck huschte über Gustavs Gesicht, als er aufschaute und statt des Rings Marlene betrachte. Sein Schweigen machte sie nervös, gab ihr das Gefühl, sich erklären zu müssen.

»Wir treffen uns schon seit einer Weile und wir lieben uns. Deswegen haben wir uns nun verlobt«, plapperte sie drauflos, wusste nicht, ob sie es besser oder schlechter machte. Gott, warum hatte er nur den Ring bemerkt?

Schweiß erschien auf Gustav Stirn. Er drückte den Handballen gegen seine Schläfe, mustert sie schweigend. Unter seinem durchdringenden Blick wurde sie ganz verlegen, überlegte, ob sie gehen oder auf einen Glückwunsch oder eine ähnliche Reaktion warten sollte.

Dann schob er mit energischer Miene den Stuhl zurück und erhob sich. Statt ihr nun endlich zu gratulieren, ging er an ihr vorbei zur Tür, um sie zu verschließen. Langsam drehte er sich um, trat auf sie zu. Marlene erschrak und wich einen Schritt zurück, obwohl sie nicht wusste, wovor sie Angst hatte. Er würde sie kaum aus Wut erwürgen. Trotzdem wollte sie nicht, dass er ihr zu nahe kam.

Gustav blieb stehen und seufzte, die Schultern fielen hinab. Dann hob er den Kopf an, schaute sie flehentlich an. »Marlene, ich freue mich natürlich für dich. Aber ich ... Ich weiß nicht, ob es dir aufgefallen ist ... ich ...

äh ... Nun ... auch ich empfinde etwas für dich. Sehr viel sogar ...« Hoffnung mischte sich in seinen Blick – und Verzweiflung.

Marlene schaute hilflos zu Boden. Was sollte sie dazu sagen? Natürlich wusste sie das. Jeder, der Augen im Kopf hatte, kannte seine Gefühle für sie. Wie konnte sie ihm nur einfühlsam erklären, dass sie über seine Gefühle Bescheid wusste, sie aber nicht erwiderte? Immerhin war er ihr Chef, sie durfte ihn nicht verprellen. Seufzend blickte sie wieder auf.

»Ich ... hatte schon so etwas geahnt«, sagte sie vorsichtig und verschränkte ihre Finger noch fester miteinander. »Und ich mag dich auch sehr. Als Chef ... und Freund. Aber mein Herz gehört nun einmal Rainer.« Sie trat noch einen Schritt weiter zurück und lächelte ihn zaghaft an. »Ich hoffe, du verstehst das. Denn ich möchte nicht, dass etwas zwischen uns steht ... Also, zwischen unserer dienstlichen Beziehung.«

»Das wird es nicht. Ich wollte nur, dass du es weißt«, sagte er betont lässig, obwohl die Muskeln in seinem Gesicht heftig zuckten. Er hob eine Hand, als wollte er nach ihrer greifen. Dann ließ er sie mit einem leisen Seufzer wieder fallen. »Nun, ich gratuliere und wünsche euch viel Glück.«

»Vielen Dank.« Marlene wusste nicht, wie sie reagieren sollte. Sollte sie ihn umarmen? Ihm die Hand geben? Beides fände sie seltsam. Sie entschloss sich, einfach stehen zu bleiben. »Danke, Gustav. Das bedeutet mir viel.«

Als er nickte, drehte Marlene sich erleichtert zur Tür. Bevor sie diese öffnen konnte, rief er: »Warte, Marlene.«

Die Hand nach der Türklinke ausgestreckt, verharrte sie und drehte sich um, die Augen auf ihn gerichtet. »Ja?«

Er kam hastig auf sie zu, blieb kurz vor ihr stehen. Er schluckte sichtbar, schien einen Moment mit seiner eigenen Schüchternheit zu ringen. »Nur weil du meine Gefühle nicht erwiderst, verschwinden meine nicht«, sagte er stockend. »Marlene, ich liebe dich und wenn du jemals deine Meinung änderst, wäre ich der glücklichste Mann der Welt. Aber ich werde es akzeptieren, wenn du einen anderen erwählst. Denn letztlich möchte ich nur, dass du glücklich wirst.«

Impulsiv beugte sie sich vor und schlang ihre Arme um ihn. »Das ist so lieb von dir«, flüsterte sie in sein Ohr und spürte, wie er sich unter der Berührung anspannte. Es wirkte, als müsste er gegen den Impuls ankämpfen, sie fest an sich zu pressen. Stattdessen drückte er sie leicht.

»Das freut mich.« Sie löste sich aus der Umarmung, machte einen Schritt zurück. Ernst lag in seinen Augen und Bedauern. Aber auch Verständnis. Erleichterung überflutete Marlene, denn sie hatte schon halb befürchtet, dass er sie entlassen würde, aus Ärger über die verschmähte Liebe.

19

Hamburg, heute

Nach den Recherchen in der Zeitung gingen sie zum Standesamt, wo Philipp versuchte, etwas über die Ehe von Gustav und Marlene herauszufinden. Aber obwohl man ihnen dort freundlich weiterhalf, fand sich nichts dazu. Es war, als wären sie niemals miteinander verbunden gewesen. Wobei sie doch wussten, dass dem so war.

Auch in den Polizeiakten gab es keine Einträge, die zum Beispiel über häusliche Gewalt informiert hätten. Wobei das sowieso nicht ganz zu Gustavs Entrüstung gepasst hätte, fand Esther. Er schien furchtbar wütend auf ihre Großmutter gewesen zu sein – und mindestens ebenso enttäuscht.

Am späten Nachmittag schlenderten sie zur alten Wohnung von Oma Marlene. Hoffentlich war der unfreundliche Mann jetzt zu Hause und behandelte Philipp nicht so barsch wie sie. Nervös zupfte sie an ihrem Oberteil herum und betrachtete die Gegensprechanlage furchtsam, als könnte sie beißen.

»Es wird alles gut«, flüsterte Philipp und legte ihr eine Hand auf die Schulter. Wieder einmal wunderte sie sich darüber, welch ein warmherziger Mensch sich hinter seiner distanzierten Schale verbarg. Es war bewundernswert, wie viel Zeit und Mühe er auf sich

174

nahm, um einer völlig Fremden zu helfen, den letzten Wunsch ihrer Oma zu erfüllen. Tobias hätte das nie gemacht.

Sie schüttelte den Gedanken an ihren Ex-Freund ab und drückte auf die Klingel. Eine Weile warteten sie, doch nichts geschah. »Er ist nicht da. Oder will nicht aufmachen«, meinte Esther bedrückt. Sie wollte sich schon wegdrehen. Aber Philipp hielt sie zurück. Er zwinkerte ihr zu, dann drückte er wahllos bei anderen. Der zweite Nachbar reagierte. Es war Frau Siebenstein, die junge Frau vom ersten Mal.

»Hallo, ich habe mich ausgesperrt. Lassen Sie mich bitte rein?«, log Philipp dreist.

»Sicher.« Schon surrte es an der Tür.

Esther konnte nicht fassen, wie leicht Frau Siebenstein öffnete. Das hätte sie nie gedacht. In Düsseldorf würde das niemand machen, bevor man nicht mit dem Personalausweis bewiesen hätte, dass man hier wohnte.

»Geht doch.« Philipp hielt ihr triumphierend die Tür auf.

Hastig schlüpften sie hinein.

»Aber wie willst du Herrn Decker dazu bringen, uns aufzumachen?«, flüsterte sie.

Er grinste voller Selbstbewusstsein. »Das kriege ich schon hin. Ich habe da so meine Methoden. Vertrau mir einfach.«

Sie gingen bis ganz nach oben. Ein verwittertes Schild zeigte an, wo Herr Decker wohnte. Energisch drückte Philipp auf die Klingel, er presste den Knopf regelrecht fest. Selbst durch die Tür konnten sie den durchdringen Ton hören.

Plötzlich riss jemand die Tür auf und blaffte sie an: »Jetzt reicht es aber! Ein alter Mann ist doch kein D-Zug.«

Herr Decker war wie erhofft ähnlich alt wie Gustav Goldmann. Im Gegensatz zum Politiker waren die Jahre nicht sehr gnädig zu ihm gewesen. Er hatte dicke Tränensäcke, Falten wie eine Bulldogge und nur noch einige wenige graue Haare, die strähnig über seinem Kopf lagen. Sein grimmiger Blick weckte in Esther den dringenden Wunsch, auf der Stelle kehrtzumachen.

Philipp blieb allerdings gänzlich unbeeindruckt. »Guten Tag Herr Decker, mein Name ist Philipp Schumacher von der Hamburger Zeitung«, sagte er mit einer wohldosierten Mischung aus Freundlichkeit und Professionalität. »Ich würde gerne mit Ihnen sprechen.«

»Sicher wollen Sie mir nur ein Abo andrehen. Danke, kein Bedarf!« Decker lachte rau und machte Anstalten, die Tür ins Schloss fallen zu lassen.

»Nein, nein. Ich bin keiner von den Verkaufs-Fuzzis«, schob Philipp hastig nach. »Ich bin Redakteur. Wir wollen einen Artikel über Sie schreiben!«

Die Tür verharrte einen Spaltbreit vor der Zarge.

»Es geht um Ihre Erlebnisse, Ihre Erfahrungen. Wir möchten von Ihnen wissen, wie es war, im Hamburg der Nachkriegszeit aufzuwachsen«, sagte Philipp.

Esther schaute ihn erstaunt an. Sein Chef hatte ihm doch eingebläut, auf keinen Fall zu lügen. Allerdings erzielten Philipps Worte zumindest Wirkung.

Die Tür öffnete sich wieder und Herr Decker musterte sie misstrauisch. »Wirklich? Ein ganzer Artikel – über mich?«

»Als ein Schicksal von vielen«, schränkte Philipp ein. »Aber ja, ein Teil geht nur über Sie.«

Decker plusterte sich auf, was seltsam aussah, denn er reichte Philipp gerade eben bis zum Kinn. »Oh, ich habe so einiges zu erzählen«, verkündete er schließlich stolz. »Dann kommen Sie mal beide rein in die gute Stube.«

Er schloss die Tür so schnell hinter ihnen, als ob er Angst hätte, andere könnten noch hineinstürmen. Er machte eine abwehrende Bewegung mit der Hand, als er Esthers verwirrten Blick bemerkte. »Man muss immer aufpassen, dass hier keine Vertreter kommen oder Bettler. Wimmelt nur so davon in letzter Zeit.« Er schüttelte genervt den Kopf.

Der Flur, der mit allerlei Möbeln aus den fünfziger und Sechzigerjahren zugestellt war, roch muffig, als ob hier nur selten gelüftet wurde. Decker ging voran und führte sie ins Wohnzimmer. Der helle Raum mit Naturdielen und den typisch hohen Decken der Altbauten quoll ebenfalls über vor lauter schweren Möbeln und kitschigen Andenken.

Aber über Geschmack ließ sich bekanntlich nicht streiten. Und es wirkte, als habe der alte Mann die Sachen sorgfältig gesammelt. »Schön haben sie es hier«, log sie daher höflich. »Sie haben so viele persönliche Dinge untergebracht.«

Anscheinend traf sie den richtigen Ton, denn Decker lächelte sie nun zum ersten Mal freundlich an. »Ich weiß, es ist eine Menge Kitsch. Aber das meiste davon haben mir die Kinder geschenkt oder meine Enkel.« Sein Blick wurde auf einmal weich. »Ich kann das nicht wegwerfen. Also suche ich Platz für alles. Nehmen Sie bitte Platz.« Er deutete auf einen Esstisch mit etlichen Dellen.

Esther setzte sich vorsichtig auf einen der vier Stühle und Philipp ließ sich neben ihr nieder. Decker blieb weiterhin stehen. »Darf ich Ihnen einen Kaffee anbieten?«

»Ich nehme einen«, sagte Philipp.

Esther nickte dankbar. »Ich hätte auch gerne einen Kaffee. Aber nur, wenn's keine Umstände macht.«

»Ach was«, meinte der Alte. »Meine älteste Enkelin hat mir so ein neumodisches Ding geschenkt. Da packt man nur eine Kapsel rein, drückt einmal drauf und schon kommt alles Mögliche raus.« Er kicherte und ging hinüber in die benachbarte Küche. Von dort aus rief er: »Ich könnte Ihnen Milchkaffee, Cappuccino oder Espresso anbieten.«

»Gerne einen Cappuccino«, gab Esther zurück.

Philipp sagte: »Für mich bitte einen Espresso.«

Während Decker in der Küche herumwuselte, spielte Esther nervös mit ihren Fingern. Philipp strich sanft über ihre Hand. »Wir finden heraus, was damals geschehen ist zwischen deiner Oma und Goldmann«, raunte er ihr zu.

Esther nickte zweifelnd. Sie glaubte so langsam nicht mehr daran, jemals herauszufinden, warum die große Liebe ihrer Großmutter den Brief nicht lesen wollte. Dabei wollte sie ihr so gerne diesen letzten Wunsch erfüllen.

»Wir müssen einfach nur dranbleiben – wie ein Dackel auf der Jagd. Reinbeißen und nicht mehr loslassen.« Philipp fletschte knurrend die Zähne.

Sie musste lachen. Verlor er seine Zuversicht nie?

Nach einigen Minuten kam Herr Decker wieder zurück mit einem Tablett, auf dem zwei Kaffeebecher und eine kleinere Tasse standen. Die kleinere Tasse stellte er vor Philipp, die beiden Größeren vor Esther und sich selbst.

»Einmal Espresso und zweimal Cappuccino«, sagte er. »Ich dachte mir, ich versuche es selbst auch mal. Bisher habe ich den immer nur für meine Enkel gemacht.«

»Dann hoffe ich, er schmeckt Ihnen«, meinte Esther und lächelte ihn an. Diesmal erwiderte er die Freundlichkeit. Esther staunte nicht schlecht darüber, wie liebenswert er auf einmal wirkte. Das musste an der Aussicht auf einen Zeitungsartikel liegen. Oder vielleicht freute er sich auch einfach, mit jemandem reden zu können.

Philipp griff in seine Jackentasche und holte einem Schreibblock, seinen Stift und das Handy heraus. Er hielt das Telefon kurz hoch. »Ich würde das Gespräch gern aufzeichnen, falls es Sie nicht stört.«

»Nein, nein«, gab Decker zurück, obwohl er sichtlich nervös wirkte. Hatte er etwa Angst, er würde irgendwelche Geheimnisse ausplaudern? Oder war das eine ganz normale Wirkung, die ein Journalist auf Menschen ausübte?

»Keine Sorge, ich werde nichts hineinschreiben, was Ihnen herausrutscht«, meinte Philipp, der dieses Verhalten offensichtlich kannte. »Sagen Sie es mir einfach, dann lasse ich es heraus. Sie sollen einen schönen Artikel bekommen.«

Decker nickte und wirkte gleich ruhiger.

Philipp startete die Aufnahmefunktion und schaute den alten Mann erwartungsvoll an. »Erzählen Sie mir bitte etwas über Ihre Jugend in Hamburg. Wie war das so?«

»Womit fange ich da nur?«, gab Decker ratlos zurück.

»Ganz vorne.«

»Na dann. Also, ich bin waschechter Hamburger; geboren im Januar 1930. War keine schöne Zeit damals, die Weltwirtschaftskrise war ja in vollem Gange. Das habe ich als kleiner Steppke zwar nicht mitbekommen, aber Hunger hatten wir oft. Daran erinnere ich mich. Und ich weiß, mein Vater hat fast jeden Job angenommen, für den es ein bisschen Geld gab. Unter Adolf Hitler wurde das besser. Mutter und Vater hatten wieder echte Jobs.«

Esther versteifte sich bei dieser Aussage. Bitte kein braunes Geschwafel, wie toll der Adolf das Land im Griff hatte und dass früher sowieso alles besser war. Als ob ein vorübergehender wirtschaftlicher Aufschwung all die späteren Gräueltaten entschuldigen konnte. Sie machte schon den Mund auf, um zu protestieren. Doch Philipp schüttelte leicht den Kopf. Hastig nahm Esther einen Schluck von ihrem Cappuccino, damit ihr nichts herausrutschte.

»Tja, und dann kam der Krieg«, redete Decker weiter. »Da wussten wir auf einmal alle, was der Hitler in Wirklichkeit wollte: Macht und Ruhm. Wir einfachen Menschen waren ihm völlig gleich.« Er verstummte, runzelte die Stirn. Langsam trank auch er an seinem Heißgetränk. Er lächelte Esther zu. »Gut schmeckt das. Das werde ich jetzt mal öfter selbst trinken. Nicht immer nur anderen geben.«

Sie nickte ihm zu und verkniff sich einen erleichterten Seufzer. Zum Glück war er kein Nazi, sondern sah

die Nationalsozialisten als das, was sie gewesen war:
eine braune Pest.

»Meinen Vater haben sie eingezogen und meine Mutter musste arbeiten gehen. Für uns blieb da fast keine Zeit. Aber immerhin haben wir alle fünf überlebt, dafür muss man dankbar sein.« Er schaute sie aus trüben, grünen Augen an, in denen Demut und Erleichterung standen.

Esthers Magen zog sich zusammen. Sie konnte sich gar nicht vorstellen, in was für einer Zeit dieser Mann und ihre Großmutter aufgewachsen waren. Ihr Leben war von Leid und Entbehrungen gekennzeichnet gewesen, dennoch waren sie dankbar zu leben. Davon sollten sie und ihre Generation sich manchmal eine Scheibe abschneiden. Für viele ihrer Freunde brach schon die Welt zusammen, wenn sie mal keinen W-LAN-Empfang hatten.

Philipp ließ den Mann einfach erzählen. Nur hin und wieder stellte er eine Frage, um Deckers Redefluss allmählich zu der Zeit zu lenken, für die sie sich interessieren. Aber das dauerte. Nach einer guten dreiviertel Stunde wussten sie fast alles über seine Schulzeit, die Ausbildung und Marianne, seine große Liebe, die vor zehn Jahren dahingeschieden war. Dann kam er endlich bei den 1960er-Jahren an.

Er schwadronierte eine gefühlte Ewigkeit über diese goldene Zeit, in der die Wirtschaft wuchs und die Deutschen den neuen Wohlstand genossen. Aber er verlor kein Wort über Esthers Großmutter. Allmählich wurde sie nervös. Wusste er vielleicht doch nichts? Sie wechselte einen besorgten Blick mit Philipp, der die Gelassenheit in Person war.

»Wir haben gehört, dass in diesem Haus früher eine Marlene Jansen gelebt hat«, sagte Philipp schließlich so beiläufig, als wäre es ihm gerade erst eingefallen.

Der Alte nickte. »Marlene, sicher, die hat hier gewohnt. War ein hübsches junges Ding. Ich muss zugeben, ich habe ein bisschen für sie geschwärmt, bevor ich meine Marianne kennengelernt habe.« Dabei lächelte er versonnen.

»Das ist sehr interessant. Wir würden Marlene auch gerne in unsere Serie einbauen, sie ist nämlich ihre Großmutter.« Esther nickte dem Mann zu.

Röte färbte seine Wangen. »Oh, dann entschuldigen Sie, was ich gesagt habe mit dem Schwärmen und so ...«

Sie winkte ab. »Kein Problem. Aber wissen Sie etwas über Ihre erste Ehe – mit Gustav Goldmann?«

Der Alte schüttelte den Kopf. »Nein, davon weiß ich leider nichts. Muss vor ihrer Zeit in Hamburg gewesen sein. Hier hat sie erst alleine gelebt. Bis sie dann den Hubertus kennengelernt hat. Das wissen Sie aber, oder?«

Esther nickte. »Natürlich. Sie haben sehr lange glücklich zusammengelebt.« Oder zumindest hatte sie gedacht, sie waren glücklich. Bis sie herausgefunden hatte, dass Oma Marlene noch immer an einem anderen Mann hing. Ausgerechnet dem Widerling Gustav Goldmann.

»Haben Sie vielleicht eine Idee, wer mehr darüber wissen könnte?«, setzte Philipp nach.

Decker musterte ihn argwöhnisch. »Was hat das denn mit mir zu tun? Ich dachte, Sie wollen einen Artikel über mich schreiben und nicht über Marlene.«

»Wie ich bereits sagte, soll der Text über mehrere Einzelschicksale im Nachkriegs-Hamburg gehen. Eine Berühmtheit wie das Gestüt Goldmann einzubauen, würde den Text bestimmt aufwerten. Dann lesen ihn sicher mehr.«

Decker lächelte wieder beruhigt. »Also ein wenig Werbung brauchen Sie. Ja, das kann ich verstehen. Die Leute sind ja ganz verrückt auf Promis. Auch wenn die jetzt ja eher von YouTube und diesem Tiktak kommen.«

Esther verkniff sich ein Lachen. Sicherlich meinte der alte Mann TikTok. Auch ihre Oma hatte sich nie merken können, dass das Videoportal nichts mit den Süßigkeiten zu tun hatte.

»Vielleicht fragen Sie mal Frieda Nauenstein, die hat früher auch hier gewohnt und war ganz dicke mit der Marlene«, schlug Decker nach einigem Nachdenken vor. »Sie lebt heute in einem Altersheim in Wedel.«

»Vielen Dank für diesen Hinweis«, sagte Philipp. »Wir werden es dort einmal versuchen. Wissen Sie, wie es heißt?«

Der Alte kratzte sich am unrasierten Kinn. »Hm, weiß nicht. Irgendetwas mit Sonne. Oder so.«

Philipp und Esther wechselten einen Blick. Mehr würden sie hier sicher nicht mehr herausbekommen. Der Journalist stoppte die Aufnahme und hielt das Handy in die Höhe. »Dürften wir ein Foto von Ihnen für den Artikel machen?«

»Natürlich.« Decker straffte seine Schultern. »Gleich hier im Sitzen?«

»Ja, gerne.« Er nahm das Gerät, visierte den alten Mann an und machte einige Bilder. »Können wir auch

noch eins neben dem schönen Schrank dort machen?«
Seine Blicke glitten zu einem wuchtigen Schrank im
Chippendale-Stil.

Geschmeichelt stand Decker auf und posierte neben
dem Möbelstück. Als sie fertig waren, nickte Philipp
ihm zu. »Ich danke Ihnen ganz herzlich für Ihre Zeit.«

»Und wie läuft das jetzt mit dem Artikel?«

Philipp schmunzelte. »Er wird Ihr Leben angemessen
beschreiben, machen Sie sich keine Sorgen. Ihre
Freunde werden Sie sicher beneiden, dass Sie so einen
schönen Artikel haben. Kaufen Sie die Wochenendausgabe am besten ein paarmal.«

Sie nickten Decker noch einmal zu, dann gingen sie.
Als sie etwas entfernt von dem Haus waren, sagte Esther: »Den hast du aber ganz schön angelogen.«

»Wieso?« Sein Gesicht war pure Verwunderung.

»Na, dass du einen Artikel über ihn machen willst.«

»Das war nicht gelogen«, gab Philipp zurück. »Das interessiert mich wirklich. Ich finde, man darf nicht vergessen, was früher passiert ist. Er hatte interessante Sachen zu erzählen. Das kann ich sehr gut nutzen.«

Verblüfft schaute Esther ihn an. Die ganze Zeit dachte
sie, er sagte das, um dem alten Mann zu gefallen. Aber
in Wahrheit hatte ihn dessen Geschichte fasziniert.
Verrückt.

20

Lüneburger Heide, 1965

Aufregung erfasste Marlene, als sie *Heartbreakers* Fell striegelte. Heute würden sie das erste Mal ausreiten. Auf den Stoppelfeldern, die überall in der Lüneburger Heide zu sehen waren. Verheißung pur. Ihr Herz klopfte wie verrückt in einer Mischung aus Vorfreude und Angst. Immerhin wäre sie das erste Mal außerhalb der geschützten Umgebung des Reitstalls. Sie konnte sich Hals und Bein brechen. Immer wieder hörte sie in letzter Zeit schreckliche Geschichten über Menschen, die nach einem Reitunfall querschnittgelähmt waren. Was, wenn sie *Heartbreaker* ausbrach und sie abwarf?

Der Hengst schnaubte und knibbelte an ihrer Hose. Lachend tätschelte sie ihm den Hals. Nein, *Heartbreaker* war so sanftmütig, dass er gut auf sie achten würde. Außerdem war Rainer ja bei ihr. Sie schaute hinüber zu ihm. Er striegelte *Black Storm*, den er vor kurzem eingeritten hatte, mit ruhigen Bewegungen. Das Tier zuckte nur hin und wieder mit den Ohren oder machte eine Bewegung mit den Hufen. Ansonsten benahm er sich unter den erfahrenen Händen des Pferdetrainers butterzart. Als er ihren Blick bemerkte, zwinkerte Rainer ihr zu. »Bereit für unser Abenteuer?«

Marlene nickte, obwohl ihr Puls raste. Aber vermutlich war das normal. Immerhin war das eine Premiere für sie. Sie beendete das Striegeln des Hengsts, reinigte seine Hufe und sattelte ihn. Zum Schluss zog sie ihm noch die Trense über. Nun waren sie bereit. Für ihren ersten Ausritt. Ein leichter Druck legte sich auf ihren Magen. Gleichzeitig fühlte sie sich federleicht, glaubte zu schweben, wollte schreien vor Glück.

Auch *Black Storm* war so gut wie fertig; anstelle der Trense trug er aber noch das Halfter, mit dem er an einem Haken am Mauerwerk angeleint war. Rainer strich über seinen Hals, dann kam er zu Marlene, schob eine kleine Leiter hinüber. »Zeit, aufzusitzen.«

Sie nutzte die Hilfe, die sie leider immer noch brauchte. Aber immerhin kam sie damit jetzt halbwegs elegant hoch. Sie schob sich tief in den Sattel, drückte automatisch die Hacken durch und nahm eine aufrechte Haltung an.

Rainer schmunzelte. »Perfekt. Sieht so aus, als hättest du einen ziemlich guten Trainer gehabt.«

»Angeber«, murmelte sie.

»Ich ziehe dich doch nur auf. Dein Sitz ist tadellos. Du wirst den Ausritt lieben. Glaub mir. Nichts ist damit vergleichbar, wenn du die Weite der Felder vor dir siehst und die Hufe der Pferde im donnernden Stakkato ertönen.« Seine Augen glänzten und sein Blick wurde sehnsüchtig.

Schnell drehte er sich um, zog *Black Storm* erst das Halfter ab und danach die Trense über. So elegant, wie Marlene es niemals gelingen würde, saß er auf dem Vollblut auf. Der Hengst tänzelte nun nervös, als ahnte er, dass heute etwas Besonderes anstand. Seine Aufregung übertrug sich auch auf den sonst so ruhigen *Heartbreaker*. Er machte schnaubend ein paar Schritte zur Seite.

»Brrr, *Heartbreaker*. Alles ist gut.« Marlene verkürzte die Zügel und versuchte, ihn wieder zu beruhigen.

Dasselbe machte Rainer mit *Black Storm*. Doch der Hengst stieg und setzte alles daran, ihn loszuwerden. Dazu war Rainer allerdings ein zu erfahrener Reiter. Schon nach kurzer Zeit hatte er sein Tier wieder unter Kontrolle und auch *Heartbreaker* beruhigte sich.

»Sieht so aus, als könnten sie es auch nicht erwarten. Dann mal los!« Er drückte seine Unterschenkel gegen den Hengst, der sofort in einen Trab fiel. *Heartbreaker* folgte ihm, ohne dass Marlene ihn hätte antreiben müssen.

Eine Weile trabten sie vom Hof über die Straße, danach bog Rainer ab Richtung Felder. Die Welt um sie herum war noch still, abgesehen vom rhythmischen Klappern der Hufe und dem gelegentlichen Vogelgesang. Die Luft war frisch und klar, und Marlene atmete tief ein, den Duft der Heide und der Erde in sich aufnehmend.

Als sie die Felder erreichten, zügelte Rainer seinen Hengst und drehte sich zu ihr. »Wollen wir?«

»Nichts lieber als das!« Die Angst war wie weggeblasen. Sie spürte nur noch reine Freude daran, auf einem Pferd zu sitzen, umgeben von der Weite der Lüneburger Heide. *Heartbreaker* schnaubte und zog am Zügel, als wüsste er, was kam.

»Verkürz nun die Steigbügel um zwei oder drei Löcher. Dadurch kannst du dein Gewicht besser ausbalancieren. Das ist gerade beim unebenen Gelände ein großer Vorteil. Das wirst du gleich merken.« Schon machte er sich ebenfalls an seinem Sattel zu schaffen.

Marlene folgte seiner Aufforderung mit klopfendem Herzen. Die kürzeren Steigbügel fühlten sich ungewohnt an, hoben sie nahezu automatisch in den leichten Sitz, bei dem sie den Sattel nicht mehr mit dem Hintern berührte. Ihr Körper neigte sich nach vorne, startbereit.

Rainer warf ihr einen beruhigenden Blick zu, während er ebenfalls hochging und dem tänzelnden Hengst über den Hals strich. »Dann los. Du voran! Ich zügele *Black Storm* auch, damit er nicht an dir vorbeischießt.«

Er hatte es kaum ausgesprochen, als *Heartbreaker* schon losraste, als wollte er beweisen, wie schnell er war. Marlene schnappte nach Luft, als die Schritte des Hengsts ausgreifender wurden, schneller und immer schneller. Die Welt verschwamm zu einem Strudel aus Farben und Geräuschen. Die Erde, auf der *Heartbreakers* Hufe trommelten, war lediglich ein ferner Gedanke. Sie lockerte die Zügel, trieb ihn mit den Schenkeln weiter an, und der Hengst wurde schneller.

Hinter sich hörte sie Rainer, der ihr mit *Black Storm* dicht folgte. Aber sie bekam es kaum mit, zu sehr war sie auf ihr Tier konzentriert. Sie genoss das Gefühl totaler Verschmelzung und purer Energie, die sich von *Heartbreaker* auf sie zu übertragen schien. Sie war nur noch Bewegung, der Rhythmus des Galopps. Der Wind umspielte ihr Haar und trug alle störenden Gedanken davon. Ein Gefühl der Freiheit und Unbesiegbarkeit durchströmte sie.

Als sie schließlich anhielten, um Atem zu schöpfen, blickte Marlene über die Heide und fühlte sich, als gehöre sie zu dieser alten, wilden Landschaft. Sie streichelte *Heartbreakers* schweißnassen Hals. »Danke für diesen wundervollen Ritt«, flüsterte sie ihm leise zu.

Sie drehte sich schwer atmend zu Rainer um. »Das ist unglaublich«, rief sie ihm zu, ihre Stimme überschlug sich fast vor Begeisterung. »Das ist reine, unverfälschte Freiheit!«

»Ich weiß. Es gibt nichts auf der Welt, was ich lieber mag. Außer dich natürlich.« Ein warmherziger Ausdruck legte sich auf sein Gesicht. Er dirigierte *Black Storm* zu ihr, brachte ihn neben *Heartbreaker*, obwohl man dem zitternden Körper des Hengstes anmerkte, dass er am liebsten weiterrennen würde.

Rainer beugte sich vor zu ihr, zog sie an sich und küsste sie mit einer Heftigkeit, die sie überraschte. »Ich bin so dankbar, dass du es genauso fühlst wie ich. Die Verbundenheit zu den Pferden, die Weite der Natur. Wenn ich dir nicht schon einen Antrag gemacht hätte, würde ich das jetzt nachholen!«

21

Hamburg, heute

Kaum waren sie im Wagen, suchten sie auf Philipps Tablet nach dem Altersheim. Schnell stellte sich heraus, dass es sich nur um die Seniorenresidenz Sonnenhof handeln konnte. Sie befand sich wie erwähnt in Wedel, einem Städtchen, das rund zwanzig Kilometer entfernt lag.

»Was meinst du – fahren wir heute noch hin oder lieber erst morgen mit frischer Kraft?«, fragte Philipp.

Esther knabberte auf der Unterlippe, während sie auf die Uhr schaute. »Ich würde gerne jetzt hin. Aber es ist schon vier Uhr. Da gibt es bestimmt Besuchszeiten.«

»Ach, das regele ich. Ich kann sehr überzeugend sein.« Er zwinkerte ihr zu. Ernster fuhr er fort: »Ich weiß nur nicht, ob das nicht etwas viel an einem Tag ist. Vielleicht warten wir doch besser bis morgen? Und trinken jetzt einfach in Ruhe etwas oder so.«

Esther schüttelte den Kopf. »Ich würde es gerne versuchen. Ich habe das Gefühl, wir stehen ganz kurz davor, herauszufinden, warum Gustav Goldmann meine Großmutter so hasst.« Wie traurig. Sie hatten sich doch damals geliebt. Und nun nahm er noch nicht einmal den Brief an.

»Gut, probieren wir es aus. Wedel ist ja nicht ganz so weit weg.« Philipp nickte ihr aufmunternd zu.

Sie gab Oscar die Adresse, der losfuhr. Während der Fahrt sah sie durch das Fenster, wie Hamburg seinen Großstadtflair allmählich gegen ein dörfliches Ambiente tauschte. Vor einem größeren Gebäudekomplex wurde Oscar langsamer und hielt. Beim Aussteigen musterte Esther die Fassade. Es war noch relativ neu und sah entsprechend modern aus; mit großzügigen Glasfronten. Wenn schon Altersheim, dann war das sicherlich nicht das Schlechteste.

»Bereit?«, fragte Philipp sie. In seinen braunen Augen stand eine erwartungsvolle Vorfreude.

Sie nickte, obwohl sie sich gerade fragte, ob sich die alte Dame wohl noch im Vollbesitz ihrer geistigen Kräfte befand. Wenn sie dement wäre, nutzte sie ihnen kaum. Sie verdrängte die Anspannung und folgte Philipp, der bereits auf den Eingang zuging. Vor der Tür wartete er auf sie, um ihr ein ermutigendes Lächeln zuzuwerfen. Dann gingen sie gemeinsam durch die Schiebetür, die automatisch aufglitt. Auch die Eingangshalle war modern und großzügig. Die Dame an der Rezeption, die selbst schon nicht mehr zu den Jüngsten gehörte, blickte sie stirnrunzelnd an.

»Wollen Sie noch zu Ihren Angehörigen? Dafür ist es ja mittlerweile ganz schön spät.« Sie warf einen angelegentlichen Blick auf ihre Uhr und schüttelte missbilligend den Kopf. »Bald gibt es bereits Essen.«

Philipp lächelte sie entwaffnend an. »Das tut uns wirklich leid. Aber wir sind heute erst wieder in unserer alten Heimat angekommen. Wir haben irgendwie die Zeit vergessen, als wir unsere Erinnerungen haben aufleben lassen. Nicht wahr, Schatz?« Bei diesen Worten griff er plötzlich nach ihrer Hand und zog sie an sich heran.

Esther war erst verwirrt, spielte aber mit. Außerdem fühlte sich die Berührung ganz und gar nicht unangenehm an. Also strahlte sie Philipp an und säuselte: »Man vergisst alles um sich herum, wenn man sich wieder an den ersten Kuss erinnert.« Um ihrem Spiel mehr Dramatik zu verleihen, gab sie ihm spontan einen Kuss auf die Wange.

Das Gesicht der Rezeptionistin wurde weich. »Ach, junge Liebe ist ja so schön! Ich war auch mal verliebt. Vor einer halben Ewigkeit. Also gut, dann will ich mal nicht so sein. Zu wem wollen Sie denn?«

»Zu Frieda Nauenstein.«

Schlagartig lief über das Gesicht der Rezeptionistin ein Schatten. »Oh, das tut mir aber leid. Frieda ist vor ein paar Wochen von uns gegangen. Mein Beileid.«

Fassungslos starrte Esther die Frau an. »Sie ... sie ist tot?«, fragte sie tonlos.

»Ja, leider. So eine nette alte Dame. Aber irgendwann hat ihr Herz einfach aufgegeben. Mit 92 darf es das auch. Trotzdem; sehr schade um sie.« Sie seufzte schwer. Dann schaute sie Philipp und Esther neugierig an. »Woher kannten Sie Frieda denn? Ich hoffe, Sie standen sich nicht zu nahe.«

»Nein, sie war eine frühere Nachbarin, die hin und wieder auf unsere Katze aufgepasst hat.« Er machte eine traurige Miene. »Wir waren gerade in der Nähe und wollten sehen, wie es ihr geht. Sie war immer so nett. Wie schade, dass sie gestorben ist, bevor wir sie noch einmal gesehen haben. Aber da kann man leider nichts machen.«

Esther nickte und kämpfte gegen die Enttäuschung an. Verdammt, sie hatte gedacht, sie hätten endlich eine Spur. Und nun versandete das wieder im Nichts.

Die Rezeptionistin seufzte leise. »Ach, wie süß von Ihnen. Die arme Frieda hätte sich bestimmt sehr darüber gefreut. Sie war ganz allein hier. Wissen Sie, in den letzten Jahren gab es niemanden mehr, der sie besucht hat. Sie hatte ja keine Kinder und Enkel. Wie traurig. So sollte ein Leben nicht enden.« Betrübt schüttelte sie den Kopf. Dann schien sie ein Gedanke zu durchzucken, denn sie schaute sie auf einmal mit neuem Interesse an. »Wir haben noch einige von ihren Andenken hier. Vielleicht möchten Sie die mitnehmen?«

Esther wollte abwehrend den Kopf schütteln.

»Sicher gerne«, sagte Philipp hastig. »Geben Sie uns alles mit. Wir kümmern uns darum, dass es in die richtigen Hände gelangt.«

»Das wäre schön! Warten Sie, ich hole die Sachen aus unserer kleinen Rumpelkammer. Dort verwahren wir die persönlichen Gegenstände unserer verstorbenen Bewohner, die niemand haben will, für einige Monate. Bald hätten wir Friedas Kiste weggeschmissen. Was soll man auch sonst damit machen – obwohl es mir jedes Mal das Herz bricht.« Seufzend stand sie auf und verschwand in einem Nebenraum. Nach einer Weile kam sie mit einem Pappkarton, nicht größer als eine Schuhverpackung, wieder. »Hier sind die Gegenstände, die wir verwahrt haben.«

Das also war die letzte Hinterlassenschaft von einem ganzen Leben. Der Gedanke machte Esther traurig. Vorsichtig griff sie nach dem Karton.

»Ich danke Ihnen«, sagte die Rezeptionistin und lächelte sie warmherzig an. »Das würden nicht viele für eine alte Nachbarin machen. Sie sind gute Menschen – und ein sehr schönes Paar. Sie werden sicher hübsche Kinder haben.«

Prompt lief Esther knallrot an. Wie peinlich, dabei waren sie ja noch nicht einmal zusammen!

Aber Philipp spielte die Rolle eisern weiter. Er strahlte hinab zu ihr. »Das sage ich ihr ja auch die ganze Zeit! Wozu sind wir denn sonst auf der Welt, wenn nicht, um zu lieben und eine Familie zu gründen?«

»Mein Reden!«, rief die Rezeptionistin aus. »Schließlich wollen Sie sicher nicht im Alter allein sein. Wo dann Ihre persönlichen Gegenstände weggeworfen werden.«

»Nein, auf keinen Fall! Ich möchte, dass es Menschen gibt, denen mein Leben und meine Erinnerungen etwas bedeuten.«

Das sagte er nicht einfach so dahin, das merkte Esther ganz genau. Philipp wünschte sich wirklich eine Familie und Kinder – so wie sie auch. Damals, als sie noch mit Tobias zusammen gewesen war. Hastig schob sie den Gedanken an frühere Zeiten beiseite.

»Das wünsche ich Ihnen«, sagte die Rezeptionistin.

Dann gingen sie hinaus, wo Oscar auf sie wartete. Wortlos ließen sie sich auf den Rücksitz fallen.

»Das war aber schnell«, meinte Oscar erstaunt. »Haben Sie denn etwas herausgefunden?«

Esther schüttelte immer noch schweigend den Kopf.

»Frieda ist schon tot«, erklärte Philipp schließlich.

»Oje, das tut mir leid. Und wie wollen Sie nun rausfinden, was geschehen ist mit ihrer Oma?« Aus großen Augen schaute der Chauffeur sie an.

Er wirkte so deprimiert über ihren Fehlschlag, dass es Esther trotz ihrer Enttäuschung ein Lächeln aufs Gesicht zauberte. Sein Mitgefühl rührte sie an. »Ich weiß es nicht. Ich befürchte, wir haben unseren letzten Kontakt zu Marlenes Vergangenheit verloren.«

»Vielleicht finden Sie ja doch noch was.« Oscar seufzte leise und startete den Wagen.

»Eher unwahrscheinlich«, murmelte sie und spürte die Tränen, die mit aller Macht in ihr aufsteigen wollten.

»Du darfst nicht immer gleich aufgeben«, erklärte Philipp fest. »Lass uns doch erst mal die Kiste aufmachen. Vielleicht ist hier ja noch eine heiße Spur versteckt.«

Der Gedanke machte ihr wieder Mut. Entschlossen nahm sie den Deckel ab und schaute in die Kiste. Sie war bis oben hin gefüllt mit Bildern, auf denen eine völlig fremde Frau zu sehen war: als Mädchen, zusammen mit ihren Geschwistern oder Freunden und mit ihrem Mann. Weiter unten lagen noch einige Dokumente und ein paar Kinderzeichnungen. Das war es.

Diese letzte Enttäuschung war zu viel für Esther und sie fing hemmungslos an zu schluchzen.

Philipp klopfte ihr zögerlich auf die Schulter, bevor er sie schließlich an sich heranzog. »Alles gut. Das ist doch kein Grund zu weinen«, murmelte er.

Esther schämte sich zwar, weil sie schon wieder die Fassung vor ihm verlor, aber sie konnte nicht aufhören. Stattdessen schluchzte sie in sein Hemd, während er sie an sich drückte und ihr dabei sanft über die Haare strich. »Es wird alles wieder gut, du wirst schon sehen.«

»Wie... wie sollen wir denn ... mehr herausfinden?«, schniefte sie. »Ich habe nur noch drei Tage, dann muss ich zurück nach Düsseldorf.« Sie waren Marlenes Geheimnis schon so nahegekommen. Warum konnten sie nicht auch das letzte Puzzlestück finden? Was genau war vorgefallen? Und wie konnten sie Gustav dazu bringen, den Brief anzunehmen?

»Scht, alles gut. Bis dahin kann viel passieren.« Tröstend strich er über ihr Haar, während sie weiterheulte.

Nach einer Weile versiegten ihre Tränen endlich und sie machte sich verlegen von ihm los. »Danke, es geht wieder.«

»Gut. Also, es gibt immer eine Spur. Wir könnten auch einfach den Brief lesen. Er enthält bestimmt Hinweise darauf, was geschehen ist und warum sie Kontakt mit Gustav aufnehmen wollte.« Fragend schaute Philipp sie an.

Esther schüttelte entschlossen den Kopf. »Nein, das können wir nicht machen. Das Kuvert ist versiegelt, Goldmann würde also wissen, dass wir ihn gelesen haben. Dann wäre er noch wütender auf uns. Außerdem ... es wäre ein Vertrauensbruch gegenüber meiner Großmutter. Briefe sollten nur die Menschen lesen, für die sie bestimmt sind.«

»Obwohl derjenige ihn nicht haben will?«

Esther hob die Schultern. »Ich finde ja.«

Philipp sah zwar alles andere als überzeugt aus. Aber er drang nicht weiter in sie, wofür sie ihm dankbar war. »Dann geht es auch anders. Wir finden das ganze Geheimnis deiner Großmutter heraus. Versprochen!«

Sanft strich er über ihre Wange. Die Berührung fühlte sich gut an, vermittelte Wärme und Geborgenheit. Sie blickte auf, um ihm in die Augen zu sehen. Die aufrichtige Anteilnahme, die darin lag, haute sie fast um. Esther konnte sich nicht daran erinnern, dass Tobias sie jemals jemand so angeschaut hatte.

Mit der anderen Hand, die noch auf ihrer Schulter, lag, zog er sie an sich heran, bis ihre Gesichter sich nun so nahe, dass sie sich fast berührten. »Vertrau mir, Esther.«

Sie wusste nicht, ob er damit nur seine journalistischen Fähigkeiten meinte. »Das tue ich«, hauchte sie.

»Das ist gut.« Er beugte sich eine Winzigkeit weiter vor, schaute sie fragend an. Sie zögerte kurz, bevor sie ihn einladend anlächelte. Es erschien ihr so richtig für den Moment. Schon drückten sich seine Lippen warm und weich gegen ihre. Automatisch schloss sie die Augen. Philipp schlang beide Arme um sie und zog sie so dicht an sich heran, wie das in dem Auto möglich war. Dann legte er eine Hand an ihren Hinterkopf und strich sanft mit den Fingerspitzen darüber. Esthers Körper begann sofort zu prickeln und verzehrte sich nach mehr. Sie öffnete den Mund. Zart umspielte seine Zunge die Ihre, lockte und streichelte sie. Esther entfuhr ein leiser Seufzer und sie drängte sich dichter an Philipp heran.

Sein Kuss war unfassbar sanft und süß, ganz anders als die Küsse von Tobias, in denen stets die Leidenschaft und das Verlangen mitschwangen. Der Gedanke an Tobias und ihre aufkeimende Romanze brachte sie zur Besinnung. Was machte sie da nur? Sofort versteifte sie sich und drückte Philipp von sich. »Das dürfen wir nicht machen.«

»Wieso nicht? Ich fand schon im Café, dass du verdammt süß bist. Trotz deiner lauten Stimme.« Er ließ seine Hand von ihrem Hinterkopf über ihre Wange gleiten, strich mit dem Daumen ihr Kinn entlang. Dabei schaute er sie so zärtlich an, dass ihre Entschlossenheit ins Wanken geriet. Verdammt, Philipp war ein toller Kerl, nett, zuverlässig und verdammt süß! Wenn Tobias nicht wäre, würde sie keine Sekunde zögern, ihn weiter zu küssen und zu sehen, was geschah. Aber das konnte sie nicht machen. Mit einem leichten Bedauern schob sie ihn von sich. »Das kann ich Tobias nicht antun.«

Als er sie fragend ansah, stotterte sie: »Er und ich … nun ja, ich glaube, wir finden gerade wieder zueinander.«

Er seufzte tief, schaute sie mit besorgtem Ernst an. »Esther, pass auf, dass du dir nichts einredest. Das habe ich alles hinter mir. Mit meiner Ex-Freundin Vicky.«

»Hat sie dich auch wegen eines anderen verlassen?«

»So ähnlich. Sie hat nach einigen Jahren mit mir erkannt, dass sie etwas anderes sucht.« Ein Hauch von Traurigkeit glitt über seine Züge. »Sie hat mich mit einer Frau betrogen.«

Esther starrte ihn an und fragte sich, ob das nun besser oder schlechter war als das, was sie erlebt hatte. Einerseits könnte es tröstlich sein zu wissen, dass es nicht an einem selbst lag. Andererseits musste es einen faden Beigeschmack haben. Zu wissen, dass die geliebte Person eigentlich ein falsches Leben gelebt hatte. Eins, das sie nicht wollte.

»Das tut mir leid für dich«, sagte sie.

Er winkte ab. »Das ist Jahre her.«

Sie spürte, dass es ihn belastete. Denn er biss seine Zähne fest zusammen und in seinem Gesicht zuckte es. Nein, das war nicht vergessen. Vielleicht verjährt, aber immer noch schmerzhaft. Trotzdem nickte sie. »Bei mir ist es anders. Weil er anscheinend wieder erkennt, was er an mir hat.«

Philipps Gesicht verfinsterte sich und er nahm die Hand von ihrer Wange, als habe er sich verbrannt. »Glaubst du das, ja? Wenn er dich jetzt auf einmal wieder so toll findet – warum hilft er dann nicht bei der Suche?«

»Er muss halt arbeiten.« Wütend verschränkte sie die Arme vor der Brust und brachte etwas Abstand zwischen sie.

»Und er kann sich keine zwei Tage freinehmen für dich? So wie ich das mache?« Philipp schnaubte höhnisch.

Esthers Herz verkrampfte sich, als er das aussprach, was sie sich selbst schon gedacht hatte. Aber das wollte sie vor Philipp nicht zugeben. Stattdessen verteidigte sie Tobias. »Er sagt, er hätte ein wichtiges Projekt.«

»Das ist eine Lüge! Wenn ein Mann eine Frau will, nimmt er sich Zeit für sie. Der Typ spielt nur mit dir.

Und du ... du merkst es noch nicht einmal, sondern schmachtest ihn an.«

»Was bildest du dir ein?« Sofort rutschte sie noch weiter weg. Was fiel Philipp nur ein, sie so anzugreifen? »Du weißt nichts von Tobias und mir. Du kennst ihn ja gar nicht.«

»Darauf lege ich auch keinen Wert. Ich habe genug von dir mitbekommen, damit ich weiß, was das für ein Typ ist. Die habe ich bis zum Erbrechen erlebt: gutaussehend, reich und völlig oberflächlich. Der schaut nur nach Titten und Kohle. Wenn es das ist, was du willst, bitte.«

Bevor Esther etwas darauf erwidern konnte, wandte sich Philipp an Oscar. »Halten Sie bitte an. Ich fahre mit der Bahn weiter, dieser Selbstbetrug reicht mir.«

Gehorsam steuerte Oskar eine Parkbucht an. Philipp riss die Tür mit versteinerter Miene auf und sprang aus dem Wagen. Dann drehte er sich wieder um und sah Esther eindringlich in die Augen. »Überleg dir gut, was du willst. Ich habe schon bei unserem ersten Treffen gemerkt, dass dir dieser Tobias nicht guttut. Er respektiert dich nicht, weil du ein toller Mensch bist, sondern nur weil du hübsch und willig bist. Du bist mehr wert als *das*. Komm zu mir, wenn du jemanden suchst, mit dem du wachsen kannst.« Er beugte sich runter, drückte ihr einen Kuss auf die Wange, bevor er verschwand.

Esther sah ihm sprachlos hinterher, während ihr Herz ihr leise zurief, sie sollte ihn aufhalten. Aber dazu war sie viel zu verwirrt. Was meinte er bloß damit, er wollte ihr helfen, sich weiterzuentwickeln? Das klang, als nähme er sie nicht für voll. Allerdings schien er es nett gemeint zu haben. Verdammt, warum dachte sie überhaupt so viel über ihn nach? Und wieso hatte sie zugelassen, dass er sie küsste?

Wieder erinnerte sie sich an das warme Gefühl, als sich Philipps Lippen auf ihre gelegt hatten. So süß, so liebevoll. Trotzdem: Wie konnte er nur sagen, sie würde Tobias anschmachten und *willig* sein? Der Zorn kehrte zurück.

Allerdings hatte er in dieselbe Kerbe wie Sophie gehauen. Esther fragte sich, ob die beiden vielleicht doch recht hatten. Wie hieß es noch so schön: Wenn etwas aussieht wie eine Ente, schwimmt wie eine Ente und quakt wie eine Ente, dann ist es wahrscheinlich eine Ente.

Nutzte Tobias sie wirklich nur aus?

22

Lüneburger Heide, 1965

»Was meint ihr – könnte mir das Kleid stehen?« Marlene deutete auf ein schlichtes weißes Kleid in A-Linie. Es dauerte nur noch wenige Wochen bis zur Hochzeit, aber sie hatte trotz längerem Suchen bisher kein Kleid gefunden. Sie wollten im Februar heiraten, bevor die nächste Saison startete.

Ihre Mutter brummelte Zustimmung, doch Tante Charlotte schnaubte lediglich abfällig. »Viel zu streng. Du brauchst etwas Romantisches, Verspieltes, was deine Schönheit unterstreicht. Marlene, du bist so hübsch. Zeig das!«

»Warum fällt es mir nur so schwer, ein Brautkleid auszusuchen? Es ist doch nur ein Kleid ...« Sie seufzte.

Ihre Mutter tätschelte ihre Hand. »Du wirst es immer mit dem wichtigsten Tag deines Lebens verbinden. Deswegen muss es etwas Besonderes sein, mein Schatz.«

Marlene nickte. Ja, es ging um die Hochzeit mit Rainer. Darum, ein Leben lang miteinander verbunden zu sein. Ihr Herz schlug so heftig wie immer, wenn sie an ihn dachte.

Sie drückte die Hand ihrer Mutter. »Danke, Mama. Ich will mich wie eine Königin fühlen, denn genau dieses Gefühl vermittelt Rainer mir. Aber diese Kleider sind leider alle viel zu teuer.« Ein Seufzer entwich ihr, als ihr Blick zu den prächtigen, spitzenbesetzten Kleidern glitt, die alle jenseits ihres Budgets lagen.

»Oh, ich glaube, da habe ich etwas für Sie! Warten Sie kurz.« Die Verkäuferin lächelte sie aufmunternd an, drehte sich um und verschwand in einem Nebenraum. Nach kurzer Zeit kam sie strahlend zu ihnen zurück. »Hier, sehen Sie. Das ist gestern angekommen, deswegen hängt es noch im Lager.«

In den Händen hielt sie einem Traum aus wollweißer Spitze und Tüll. Marlenes Augen wurden groß und sie strich über das feine Material. Spürte seine Weichheit. Noch vor der Anprobe wusste sie, dass es wunderschön aussehen würde. Sie schluckte. »Das ... ist doch viel zu wertvoll für mich.«

Die Verkäuferin lächelte noch breiter. »Es ist leicht beschädigt. Sehen Sie hier, die Ärmel? Und das Oberteil? Die Enden sind nicht sauber vernäht und das Ganze zerfasert nun.« Sie schaute mit einem Kopfschütteln auf die kleinen Mängel. Wenn sie Marlene nicht darauf hingewiesen hätte, wäre ihr das niemals von selbst aufgefallen.

»Schatz, das musst du anprobieren«, stieß ihre Mutter begeistert aus. Doch ihr Gesicht, das seit kurzem einen Gelbstich angenommen hatte, wurde noch blasser und ihr Atem ging schwer. Sie stützte sich heimlich an der Wand ab.

Marlene tauschte einen Blick mit ihrer Tante, deren Brauen sich besorgt zusammenzogen. Ob sie die Suche nach einem Brautkleid besser abbrachen? Das war heute immerhin schon das dritte Geschäft. Sicher war das zu viel für ihre Mutter. Aber sie mussten bald etwas finden. Sonst hatte sie am Ende nichts zu tragen.

Tante Charlotte tat so, als ob ihr nichts aufgefallen wäre. »Komm, wir setzen uns auf das Sofa, während Marlene sich umzieht.«

Ihre Mutter ließ sich widerstandslos auf das Sofa ziehen. Marlene nickte Tante Charlotte dankbar zu. Ein Kleid konnten sie bestimmt noch wagen. Zumal sie das Gefühl hatte, dass dieses Exemplar genau das war, was sie suchte. Sie verschwand mit der Verkäuferin in der Umkleidekabine.

Es dauert ewig, die ganzen Schnüre und Raffungen zu befestigen. Aber zu spüren, wie der edle Stoff ihren Körper umspielte, war einfach unglaublich. Ja, das war das Gefühl, das sie sich gewünscht hatte und von dem sie gedacht hätte, es wäre unerschwinglich. Wobei sie den Preis noch nicht kannte, denn ein Schild konnte sie nirgendwo entdecken, obwohl sie heimlich mit den Blicken danach suchte.

»So, fertig«, sagte die Verkäuferin nach einer gefühlten Ewigkeit und trat einen Schritt zurück. »Sie sehen bildschön aus. Dieses Kleid lässt Sie zart und weiblich aussehen.«

Marlene verrenkte sich fast den Hals, um irgendwo einen Spiegel zu entdecken. Die Verkäuferin lachte leise. »Sie müssen noch eine Sekunde warten. Draußen, im Licht und mit ausreichend Platz kann das Kleid viel besser wirken.«

Sie öffnete den Vorhang, trat hinter Marlene und sie gingen langsam heraus, wobei die Verkäuferin ihre Schleppe trug. Als sie ihr Bild im Spiegel erblickte, blieb sie stehen. Das Prinzessinnenkleid schmiegte sich oben ganz eng an sie, formte ein unfassbares Dekolletee. Unten bauschte es sich wie eine Mischung aus Watte und weichen Wolken. Die feine Spitze verlieh dem Kleid etwas Verspieltes.

»O mein Gott, bin das ich?«, stieß Marlene aus. Hastig drehte sie sich um, sah in die Gesichter von ihrer Mutter und Tante Charlotte. Ein Anflug von Ehrfurcht lag darin.

Die Augen ihrer Mutter nahmen einen verklärten Gesichtsausdruck an und sie seufzte leise. »Nun sieh dir bloß Marlene an! Sie ist so schön. Meine Kleine wird groß.«

Tante Charlotte drückte sie an sich. »Das passiert. Und das ist gut so. Sie strahlt regelrecht vor Glück.«

»Ja, das tut sie«, sagte ihre Mutter voller Enthusiasmus.

Marlene trat etwas zur Seite, drehte sich leicht. Der zarte Stoff schwang mit, wie eine weiche Wolke. Ein Traum!

»Was ... wie viel soll es denn kosten?« Marlene hielt den Atem an. Hoffentlich konnten sie sich dieses Kleid leisten.

Die Verkäuferin legte den Kopf schief und dachte nach. »Nun, der Stoff ist natürlich exquisit, aber es hat fraglos Mängel. Und ich mag Sie«, sagte sie schließlich. »Also, ich würde sagen, ich gebe es Ihnen für zweihundertfünfzig Mark.«

Marlenes Blick huschte zu ihrer Mutter. Eigentlich wollte sie nicht mehr als zweihundert für das Brautkleid ausgeben. Aber dieses Kleid war jeden Groschen wert!

Ihre Mutter betrachtete sie eine Weile ernst, bevor sie seufzend nickte. »Es steht Marlene so gut –«

»Aber Sie müssen noch einen Schleier drauf legen«, unterbrach Tante Charlotte. Sie stand auf, zog ihre perfekt sitzende, smaragdgrüne Bluse gerade und fixierte die Verkäuferin mit festem Blick. »Sonst wird es zu teuer.«

Die Verkäuferin rang offensichtlich mit sich. Nach längerer Zeit nickte sie. »Gut. Zusammen für zweihundertsiebzig.«

»Zweihundertfünfundsechzig.« Tante Charlotte grinste.

Die Verkäuferin lachte. »Sie sind hartnäckig. Aber ja. Auf den Preis kann ich mich einlassen. Ist das –«

Sie kam nicht mehr dazu, ihre Frage auszuformulieren, weil auf einmal ein dumpfes Geräusch erklang, als wäre ein Sack Kartoffeln umgefallen. Ein Schatten der Vorahnung legte sich auf Marlenes Seele, schlug seine Krallen in sie. Sie ruckte herum zu ihrer Mutter, erkannte entsetzt, dass sie nicht mehr auf dem Sofa saß, sondern daneben lag. Sie krümmte sich zusammen, Schweißperlen auf der Stirn, die Augen geschlossen, und ihr Atem ging rasselnd.

»Mama!« Sie rannte zu ihr, warf sich auf den Boden, ohne einen Gedanken daran zu verschwenden, ob das Kleid Schaden nahm. »Mama, was ist denn nur mit dir?«, schluchzte sie.

Keine Antwort kam. Ihre Mutter schien nur noch aus Schmerzen und Krämpfen zu bestehen. Hilflos starrte sie ihre Tante an, deren Lippen fest zusammengepresst waren.

***

»Ihre Mutter hat anscheinend seit längerem ein unentdecktes Nierenleiden«, sagte der behandelnde Arzt einige Stunden später mit sorgenvoller Miene. »Die ersten Tests weisen darauf hin. Endgültig werden wir es aber erst in ein paar Tagen wissen. So lange behalten wir sie hier. Eine Niereninsuffizienz im späten Stadium ist gefährlich.«

Marlene schnappte nach Luft. Eisige Finger krampften sich um ihr Herz und drückten genüsslich zu. »Niereninsuffizienz?«, brachte sie schließlich heraus. Ihre Finger krallten sich regelrecht um Rainers Hand. Ihr Onkel hatte ihn hergeholt, damit er Marlene Beistand leistete.

»Und was kann man dagegen machen?«

Der Arzt seufzte schwer und fuhr sich durch die dichten, aschblonden Haare. »In diesem späten Stadium hilft leider wenig. Wir können ihr blutdrucksenkende Medikamente geben und Mittel, um überschüssige Flüssigkeit aus dem Körper zu entfernen und Schwellungen zu reduzieren. Aber das löst nicht das Problem mit der Niereninsuffizienz.«

»Gibt es denn gar nichts, was wir machen können? Keine Medikamente? Keine Operation?« Die Eisfinger drückten noch fester zu, ließen ihr Herz fast erstarren.

»Nichts außer einer Nierentransplantation. Aber das bezahlen die Krankenkassen nicht. Die Kosten gehen in die Zehntausende. Hätten Sie dieses Geld zur Verfügung?« Er schaute sie prüfend an.

Marlene schnappte nach Luft. Zehntausende. Mehrzahl! Niemals im Leben konnten sie so viel Geld aufbringen. Sie lehnte sich gegen Rainer, spürte, wie die

Tränen aus ihren Augen quollen. Sie hielt sich nicht zurück, denn gegen dieses Gefühl der Ohnmacht konnte sie nichts ausrichten. Weil es nicht nur ein Gefühl, sondern die harte, eiskalte Realität war.

Rainer drückte sie enger an sich, strich ihr über das Haar. »Vielleicht kann ich euch helfen«, flüsterte er, als ihre Tränen allmählich abebbten. »Ich habe immer noch ein wenig Geld. Um meinen Traum von einem Gestüt zu verwirklichen ...«

Sie schüttelte den Kopf. »Nein, das darfst du nicht! Es ist das, was du mehr willst als alles andere. Dein Lebenstraum! Ich ... wir finden schon irgendeine Möglichkeit.«

Er betrachtete sie skeptisch, erwiderte aber nichts darauf. Was ihr mehr als recht war. Wie sollten sie so viel Geld aufbringen, wie sie vielleicht in ihrem ganzen Leben verdiente?

***

Als Rainer und sie viel später an diesem Tag auf der Veranda saßen, nahm er das Thema wieder auf. »Marlene, ich meine es ernst, dass ich euch helfen will.«

Sie seufzte schwer. »Ich weiß. Aber es ist einfach zu viel Geld. Mutter kann jetzt erst einmal nicht mehr arbeiten und ich weiß nicht, ob ich das Haus alleine bezahlen kann. Von den Kosten für die Operation ganz zu schweigen.« Sie spürte wieder diese grenzenlose Verzweiflung. Tränen kullerten über ihre Wangen.

»Und wenn ich *Black Storm* verkaufe? Er wird bald sein erstes Rennen laufen. Da wird er allen zeigen, was er kann. Und ich werde viel Geld für ihn bekommen.«

Sie nahm seine Hand, hob sie hoch und küsste ihn auf die schwielige Innenfläche. Danach schmiegte sie ihre Wange gegen seine Hand und legte ihre darüber. »Du bist so großzügig. Aber das kann ich nicht von dir verlangen. Es würde deinen Lebenstraum zerstören. Und dann ... dann hasst du mich vielleicht. Das würde ich nicht ertragen«, flüsterte sie.

Er drehte ihren Kopf so zu sich herum, dass sie ihm direkt in die Augen sah. Wärme lag darin und absolute Entschlossenheit. »Ja, soll ich denn zusehen, wie deine Mutter stirbt? Für was für einen Menschen hältst du mich?«

Sie wollte nicht der Grund dafür sein, dass er alles aufgab, was er sich jemals gewünscht hatte. Außerdem wäre der Verkauf von *Black Storm* nur ein Tropfen auf dem heißen Stein. Sie brauchten Zehntausende. Das war Wahnsinn!

23

Hamburg, heute

Trotz der Zweifel, die Philipp in ihr geweckt hatte, konnte Esther es nicht erwarten, Tobias am Abend zum Essen zu treffen. Um nicht wie die willige Beute auszusehen, als die der Journalist sie bezeichnet hatte, suchte sie nach etwas Geschlossenem. Was nicht so einfach war, weil sie für Hamburg coole Ausgeh-Outfits mitgenommen hatte, die alle nicht gerade bieder waren. Ihre Wahl fiel letztlich auf einen schlichten, weißen Sommerrock, der bis über die Knie reichte, und ein silbergraues Shirt, das metallisch glänzte.

Anscheinend schrie dennoch alles an ihrem Outfit nach einem heißen Date. Als sie hinunter ins Foyer ging, wo Oscar auf sie wartete, pfiff er leise durch die Zähne. »Alle Achtung, da haben Sie sich ja wieder ganz schön schick gemacht.«

Gemeinsam gingen sie zu seinem Wagen, der auf einem reservierten Parkplatz des Hotels stand. Keine halbe Stunde später bogen sie in Tobias' Straße ein. Ein wenig nervös stieg Esther aus und klingelte. Vielleicht sollte sie ihn bitten, gleich nach unten zu kommen? Allerdings ertönte der Summer, ohne dass Tobias fragte, wer hinein wollte. Schließlich war es Punkt acht Uhr und er wusste ja, wie pünktlich Esther immer war. Damit ging jedoch ihr Plan flöten, gar nicht erst mit nach oben zu kommen. Aber vermutlich hätte er ihr das sowieso ausgeredet. Seufzend fuhr sie mit dem Aufzug nach oben.

Diesmal machte Tobias sich noch nicht einmal mehr die Mühe, an der Tür auf sie zu warten – er hatte sie sperrangelweit offen stehen lassen. Dieser Mangel an Basis-Höflichkeit versetzte ihr einen Stich. Wut braute sich in ihr zusammen, während sie den Flur entlangging. Dem würde sie gleich ordentlich die Meinung sagen!

Aber als sie das Wohnzimmer betrat, erstarb ihr Zorn augenblicklich. Denn dort duftete es nicht nur köstlich nach indischem Masala, Tobias hatte sich obendrein in ein traditionelles indisches Oberteil, eine Kurta, geworfen. Das schwarze, leicht glänzende Kleidungsstück reichte fast bis zu den Knien und besaß am Ärmel und der Knopfleiste goldene Verzierungen. Dazu trug Tobias eine schlichte schwarze Hose. In dieser Verkleidung hantierte er hektisch am Herd herum. Überrascht blieb sie stehen.

Da drehte er sich um und lächelte sie an. »*Namaste.*« Er presste die Hände zusammen und neigte den Kopf, genau wie in den indischen Filmen, die sie so gerne sah. »Ich hatte mir gedacht, wir machen uns heute einen privaten Bollywood-Abend. Was meinst du? Bin ich passend angezogen?«

Sie musste lachen. »Du wärst echt Konkurrenz für Shah Rukh Khan. Da komme ich mir richtig deplatziert vor.«

»Oh, darum habe ich mich gekümmert. Ich habe für dich ein Kostüm organisiert.« Er deutete auf ein Paket, das auf einem Stuhl lag. Zärtlichkeit lag in seinem

Blick. »Weißt du noch, wie wir das in unsere Anfangszeit gemacht haben?«

Esthers Herz begann zu klopfen. Und wie sie sich an diese Abende erinnerte, vor allem an ihre erste Bollywood-Nacht. Das war der erste Abend, den sie beide in seiner Wohnung miteinander verbracht hatten. Sie erinnerte sich ganz deutlich daran, wie nervös sie gewesen war, weil sie nicht wusste, ob sie schon ein Paar waren oder nicht. In dieser Nacht hatten sie das erste Mal miteinander geschlafen.

»*Dhanyavaad*«, bedankte sie sich auf Hindi. Dabei legte sie ebenfalls die Handflächen gegeneinander und senkte den Kopf. Anschließend nahm sie das Paket und ging damit ins Badezimmer. Wie nicht anders zu erwarten war, befand sich darin ein wunderschöner, rotgoldener Sari mit einem dazu passenden Oberteil und einem Innenrock.

Esther zog zunächst das klassisch bauchfreie Top und den Rock an, was der einfache Teil dieser Angelegenheit war. Danach nahm sie die riesige Stoffbahn und faltete sie zusammen, bevor sie anfing, den Sari am Innenrock zu befestigen und ihn so zu drapieren, dass er elegant an ihr hinabfiel. Sie war leider ein wenig aus der Übung, schließlich war ihre letzte Bollywood-Nacht schon ein paar Jahre her. Aber nach einigen Anläufen gelang es ihr.

Sie schaute prüfend in den Spiegel. Das auffällige Rot passte gut zu ihren schwarzen Haaren und ihrem Hauttyp. Aber geschlossen war das Teil nicht wirklich; durch die Seite, die nicht vom Schleier verdeckt wurde, blitzte jede Menge nackter Haut hervor, wie es nun einmal dazu gehört.

So viel also zu ihrem Vorsatz, nicht so sexy daher zu kommen. Aber immerhin hatte Tobias sich Gedanken darüber gemacht, womit er ihr eine Freude machen konnte. Wie süß! Dass dies allerdings auch hieß, sie würden wieder hierbleiben, blendete sie aus. Langsam ging sie hinüber zu Tobias. Sie baute sich vor ihm auf und machte eine kleine Pirouette vor ihm. »Na, wie gefalle ich dir?«

»Du bist wunderschön«, gab er zurück und strich sanft über ihre Arme. »Warte, davon brauche ich ein Foto!«

»Nicht schon wieder für Insta posieren.« Esther stöhnte.

»Nachher bist du froh, wenn du so viele Andenken an unsere Reunion hast.« Er zückte das obligatorische Smartphone und schoss ein Dutzend Fotos, von denen er das Beste sofort hochlud. Er zeigte es ihr. »Schau, wie toll du darin aussiehst. Wie eine echte Bollywood-Schauspielerin.«

»Dann muss ich wohl jetzt für dich tanzen«, witzelte sie.

»Unbedingt!«, gab Tobias bierernst zurück. »Alexa, spiel meine Bollywood-Playlist.« Sofort erklangen die typisch rhythmischen Klänge der indischen Filmmusik. Tobias machte eine auffordernde Handbewegung. »Na los, schwing die Hüften und erfülle dein Versprechen.«

Lachend hob Esther die Hände über ihren Kopf und legte die Handflächen so zusammen, dass sie eine Art Raute bildeten. Dazu bewegte sie den Kopf im Rhythmus der Musik von links nach rechts, wie sie es aus dem Tanzkurs kannte, den sie für ein paar Monate belegt hatte. Tobias lachte und klatschte.

Nun machte Esther einige hüpfende Tanzschritte, wobei sie darauf achtete, möglichst viel Körpereinsatz zu zeigen, während sie ihre Bewegungen mit Händen und Kopf in typischer Bollywood-Manie unterstrich. Sie tanzte auf Tobias zu, damit er mitmachte. Doch er winkte lachend ab. »Das konnte ich noch nie so gut wie du. Aber dafür kann ich etwas anderes.«

Mit einem Ruck zog er sie an sich heran und gab ihr einen verzehrenden Kuss, der ihr den Atem und beinahe auch den Verstand raubte. Küssen konnte er schon immer verdammt gut. Als sich ihre Lippen voneinander lösten, ließ Tobias erst seine Hände über ihren Rücken hinabgleiten, bevor er sie ganz eng an sich zog. »Sollen wir noch etwas essen oder gleich zum Dessert übergehen?«, raunte er.

Sofort ärgerte Esther sich, weil er annahm, dass sie mit ihm schlafen würde. Wofür hielt er sie eigentlich? »Ich weiß nicht, was du meinst«, gab sie pikiert zurück. Als sie die Enttäuschung in seinem Blick bemerkt, ergänzte sie sanfter: »Ich möchte doch probieren, was so köstlich duftet.«

Nun lächelte Tobias wieder. »Wäre ja auch eine Schande drum. Ich stehe hier schon seit einer Stunde, um ein gescheites Vindaloo aus Lammfleisch hinzubekommen. Allerdings befürchte ich, wir werden bestellen müssen. Das ist mir leider ganz schön daneben gegangen.« Er seufzte. »Vermutlich ist das nur etwas für den Mülleimer.«

»Das kann ich mir nicht vorstellen. So schlimm wird es schon nicht sein.« Sie ging zum Küchenblock und tauchte den Kochlöffel ein. Vorsichtig probierte sie von der Sauce. Es kostete sie einige Beherrschung, ihr Gesicht nicht zu verziehen. Tobias hatte es etwas gut mit den Chilis gemeint. Die Schärfe trieb selbst ihr die Schweißperlen auf die Stirn, obwohl sie scharfes Essen sonst immer vertrug. »Also, das Gericht ist reichlich gewürzt«, meinte sie diplomatisch. »Hast du vielleicht noch ein bisschen Kokosnussmilch da?«

»Ja, in dem Schrank links von dir.« Tobias machte Anstalten, zu ihr zu kommen.

Doch sie winkte ab. »Das finde ich schon. Du weißt, ich wusele lieber allein am Herd herum.«

»Dann feel free«, gab er grinsend zurück. Mit sichtlicher Erleichterung ließ er sich auf einem Hocker fallen.

Nach kurzem Suchen fand Esther die Kokosnussmilch und schüttete immer mehr in die Sauce, um das Feuer zu vertreiben. Fast die komplette Dose musste sie dazugeben, damit es ihr nicht mehr die Zunge verbrannte. Allerdings fehlte nun die typisch sämige Konsistenz. Automatisch öffnete sie das Regal oberhalb des Herds, wo sich wie erwartet einige Gewürzfächer befanden. Sie nahm Kreuzkümmel, Koriander, Kurkuma und eine indische Würzmischung heraus. Diese Gewürze gab sie nun ebenfalls zur Sauce.

»Meinst du, du kannst es noch retten?« Tobias sah sie besorgt an. »Ich wollte dich doch so gerne überraschen. Und nun verderbe ich alles.«

Wie süß von ihm. Esther schmolz dahin. »Quatsch, da ist nichts dran verdorben. Das kriege ich schon hin.«

Nach einiger Zeit hatte sie aus dem höllisch scharfen Gericht ein pikantes, aber schmackhaftes Vindaloo gezaubert. »Das passt«, sagte sie zufrieden. »Komm her und probier.«

Er tat wie befohlen und tauchte einen Löffel in das Essen. Mit einem vorsichtigen Gesichtsausdruck kostete er es. Dann leuchteten seine Augen auf. »Sternchen, ich weiß schon, warum ich dir den Kochlöffel übergeben habe. Du bist einfach die beste Köchin der Welt!« Er gab ihr einen schmatzenden Kuss auf die Wange.

Esther freute sich über sein Kompliment. Sie hatte es immer genossen, wenn sie gemeinsam kochten. Wobei das auch damals hieß, sie stand am Herd und er schaute zu. Er half höchstens beim Zwiebelschneiden oder Essen anrichten. Für das Hauptgericht war sie zuständig gewesen.

»Das muss aber noch eine gute viertel Stunde vor sich hin köcheln, damit sich die Aromen richtig entwickeln.«

»Das passt. Jetzt kommt sowieso erst einmal die Vorspeise dran. Samosas mit verschiedenen Dips. Die habe ich fertig gekauft und auch schon frittiert.« Er fuhr sich lachend mit der Hand durch seine Haare. »Also kein Risiko.«

Er deutete auf eine Schüssel, die mit Alufolie zugedeckt war. Als er sie abzog, kamen darunter köstliche Samosas zum Vorschein. Drum herum standen vier Glasschälchen, in denen sich die Dips befinden mussten.

»Wir können also loslegen«, meinte er. »Setz dich.«

Nur zu gerne folgte Esther der Anweisung. Sie war bereits ziemlich hungrig, weil sie mittags nur eine Kleinigkeit zu sich genommen hatte. Sie häufte jedem von ihnen einige Samosas auf den Teller, während er den Weißwein einschenkte. Erwartungsvoll griff Esther nach der ersten Kartoffeltasche und tippte sie in die grüne Minzsauce. Köstlich!

»Und wie war dein dritter Tag in Hamburg?«

»Gut«, gab sie zurück. Bevor sie allerdings von ihren Erlebnissen anfangen konnte, erzählte er bereits ohne Punkt und Komma von einem Projekt. Er berichtete von seinem Meeting mit dem oberwichtigen Kunden, bei dem er die Antwort auf eine entscheidende Frage gekannt hatte. »Stell dir vor: Keiner der Senior-Berater wusste, von wem die das Lithium beziehen. Aber ich. Ich meine, ist doch klar, dass die beim Marktführer einkaufen, oder?«

»Na sicher«, gab Esther zurück, obwohl seine Ausführung sie nicht interessierten. So war er schon immer gewesen. Unterhaltungen bestanden für ihn vor allem darin, anderen zu verdeutlichen, wie toll er war. Früher hatte sie abgewartet, bis er mit seiner Lobeshymne auf sich selbst fertig war und danach mit ihm über die Dinge gesprochen, die ihr auf dem Herzen lagen. Nun wollte sie jedoch nicht mehr das schweigende Klatschäffchen machen.

Stattdessen wartete sie darauf, bis er irgendwann einmal Luft holte, um die Sprache auf ihre Großmutter zu bringen. »Wir haben heute übrigens mit einem früheren Nachbarn meiner Oma gesprochen«, warf sie hastig ein.

Er sah sie mit mäßigem Interesse an. »Und wisst ihr jetzt endlich mehr über diese Affäre?«

Das Wort störte sie, obwohl sie nicht sagen konnte, warum. »Das ist keine *Affäre*. Sie war mit Gustav Goldmann verheiratet!«, erwiderte sie entsprechend gereizt.

»Tut mir leid.« Tobias strich mit seinem Finger über ihre Hand. »Das war nicht angemessen. Ich weiß ja, wie nahe ihr euch standet.« Er schaute ihr nun direkt in die Augen.

Sie nickte, obwohl sie immer noch angefressen war. In knappen Worten berichtete sie ihm, was geschehen war – und von ihrer Enttäuschung, dass die alte Frieda schon tot war.

»Also seid ihr nicht wirklich weitergekommen.«

Es ärgerte Esther, dass Tobias es so knallhart aussprach. Er verhielt sich so ganz anders als Philipp, der immer versuchte, ihr Hoffnung zu geben. Allerdings hatte Tobias dummerweise recht. »Leider ja«, sagte sie seufzend.

Er tätschelte ihre Hand. »Ist doch nicht schlimm. Wenn ihr es nicht schafft, Marlenes Geheimnis zu lüften, könnt ihr ja immer noch einen Detektiv engagieren. Ich bin mir sicher, deine Mutter bezahlt das schon.«

Wie zuvor machte seine unverblümte Wortwahl Esther sprachlos. Aber sie schwieg. Was sollte sie auch dazu sagen? Außerdem war das Thema für Tobias damit sowieso gegessen und er erzählte ihr nun von dem neuen Supercomputer, den er sich kaufen wollte. Das interessierte sie überhaupt nicht und entsprechend einsilbig reagierte sie.

Irgendwann schien er ihr Desinteresse zu bemerken und sein Redefluss versiegte. Eine Weile schwiegen sie sich an. Bevor diese peinliche Stille den Abend ruinierte, fragte sie: »Und was ist aus Karsten geworden?«

Das war damals sein bester Freund gewesen, so unzertrennlich wie Sophie bei ihr. So richtig Zugang hatte sie zu ihm nie gefunden, weil sie ihn oberflächlich und arrogant fand. Wenn sie sich irgendwo trafen, redeten sie zwar miteinander, jedoch selten mehr, als die Höflichkeit verlangte. Vor zwei Jahren war er nach Amerika gezogen, wie sie durch einen Facebook-Post wusste. Von einem Tag auf den anderen verschwand er aber aus den sozialen Netzwerken und seitdem hatte sie nichts mehr von ihm gehört.

»Oh, du wirst lachen«, gab Tobias zurück. »Der hat sich um hundertachtzig Grad gedreht.« Mehr verriet er jedoch nicht, sondern schaute sie belustigt an.

»Na, was denn? Mach es doch nicht so spannend!«

»Er lebt jetzt in Pennsylvania und ist dort einer erzkonservativen religiösen Gemeinschaft beigetreten.«

Fast hätte sich Esther an ihrem Samosa verschluckt, den sie gerade kaute. »Du nimmst mich auf den Arm!«, brachte sie schließlich hervor.

»Nope.«

»Echt jetzt? Ist der etwa bei den Amish gelandet?«

Er nickte. »Bingo! Er ist dort irgendeiner Gemeinde beigetreten, die fast alle Technik ablehnt. Auch Handys.«

»Und das bei Karsten!« Esther konnte es nicht fassen. Karstens Beziehung zu seinen iPhones, die nie älter als ein bis zwei Jahre waren, war beinahe intim gewesen.

»Krass, oder? Ich hätte es auch nicht geglaubt, wenn er es mir nicht selbst erzählt hätte, bevor er konvertiert ist.«

»Erzähl! Warum hat er das gemacht? Und wie ist es dazu gekommen?« Esther beugte sich neugierig vor.

Tobias grinste. »Wusste ich doch, dass dich das interessiert. Ich schlage vor, wir holen uns jetzt das Hauptgericht, dann hörst du von mir die Geschichte, wie aus Karsten Hellwig, dem Playboy, nahezu ein Heiliger wurde.«

Schnell räumten sie die leeren Teller weg und holten das Vindaloo, den Reis und das Naan-Brot. Die Dips hatten sie extra für das köstliche indische Brot dagelassen. Während sie sich das Essen, das nun genau über die richtige Schärfe verfügte, schmecken ließen, erfuhr Esther, wie Karsten in Amerika erst durch Drogen abgerutscht war, bevor er über eine gute Freundin zum *wahren Glauben* gefunden hatte. Nachdem er eine ganz Zeit lang bei einer Amish-Familie gelebt hatte, erlaubten die Kirchenmitglieder schließlich, dass er in die Gemeinschaft aufgenommen werden durfte.

Danach tauschten sie sich munter darüber aus, was aus ihren jeweiligen Freundeskreisen geworden war. Das meiste hatte Esther zwar auf Facebook und Co. mitbekommen, aber trotzdem war es spannend, so manch eine Geschichte ohne die Schönfärbereien der sozialen Netzwerke zu hören.

Natürlich kam dabei auch Sophie zur Sprache. »Sie macht bei ihrer Firma einen wirklich guten Job. Und sie hat ein irres Marketing-Konzept für meine junge Modelinie entworfen. Die es nun vielleicht niemals geben wird.« Sie seufzte.

»Sag das nicht. Du schaffst das schon«. Er lächelte ihr zu. »Ist sie noch mit Alex zusammen?«

Esther nickte. »Ja, das ist sie. Mittlerweile seit fast sechs Jahren. Wir warten alle darauf, wann sie sich endlich das Ja-Wort geben. Aber du kennst Sophie ja. Es ist ihr viel zu uncool, ihren allerersten Freund zu heiraten.«

»Kann ich mir lebhaft vorstellen. Ich hoffe nur, sie ist nicht so dumm wie ich und wirft ihr Glück weg.« Er senkte seine Stimme und murmelte: »Die erste Liebe ist etwas Besonderes. Du warst das Beste, was mir je passiert ist! Und ich habe es verbockt. Kannst du mir jemals verzeihen, dass ich auf eine italienische Sirene hereingefallen bin?«

Dabei schaute er sie unfassbar zärtlich an. Das Herz sprang Esther fast aus der Brust. Also erkannte er wieder, was er an ihr hatte. »Sicher«, hauchte sie glücklich.

Er streckte seine gespreizte Hand nach ihrer aus. Zögernd kam Esther ihm näher und wartete darauf, bis sich ihre Finger miteinander verschränkten. Bittend schaute er sie an. »Und ... nimmst du mich wieder zurück? Ich vermisse dich so!«

»Ich dich auch.« Esther könnte schreien vor Glück. Er liebte sie also doch noch. War das ein Traum?

Langsam stand Tobias auf und ging auf sie zu, wobei er ihre Hand die ganze Zeit über festhielt. Erst als er sie erreichte, ließ er sie los, aber nur, um seine Arme um sie zu schlingen und ihr einen Kuss voller heißer Leidenschaft zu geben. Sofort reagierte Esthers Körper auf ihn, seine verführerische Anziehungskraft. Ihr Herz wummerte und pumpte das Blut immer schneller durch ihre Adern. Sie fühlte sich leicht und schwer zugleich, als er sie immer fester an sich zog.

Stürmisch presste er seine Lippen auf ihre, drängte sie, ihm Einlass zu gewähren. Sie folgte der Aufforderung nur zu gerne. Hitzig schob er seine Zunge in ihre Mundhöhle, während er seine Hände über ihren Rücken gleiten ließ. Nicht langsam, sondern schnell und zielstrebig bis zu ihrem Gesäß. Dann griff er fest mit beiden Händen zu, schob sie gegen sich, sodass sie spürte, wie sehr er sie wollte.

Esther seufzte lustvoll und ihr Atem ging rascher. Auch Tobias atmete schwerer. Er ließ eine Hand von ihrem Hintern weiter nach vorne wandern, über ihre Taille bis zu ihrer Mitte. Keuchend rieb er ihren Unterleib. Sofort sammelte sich Hitze zwischen ihren Beinen und sie konnte an nichts anderes mehr denken als an ihn, seinen wunderbaren Körper.

Oh, wie gerne würde sie ihn wieder spüren. Er löste seinen Mund von ihrem und glitt mit seinen Lippen ihren Hals entlang, während er unablässig weiter ihren Lustpunkt massierte. Esther stöhnte leise. Ihr Körper stand vom Scheitel bis zu Sohle unter Strom. Sie spürte, wie sich alles in zusammenzog. Er nahm seine Hand von ihrer Mitte hoch, strich nur mit den Fingerspitzen über den Ansatz ihrer Brust. Esther zitterte bereits vor süßer Begierde.

»Soll ich aufhören?« Seine Finger verharrten kurz vor ihren Brustwarzen.

»Nein, mach weiter.« Alles in ihr lechzte danach, seine Finger auf ihrer nackten Haut zu spüren.

Er schob seine Hand unter das Oberteil und umschloss ihre Brustwarze. Mit leichtem Druck stimulierte er sie, bis Esther vor Lust stöhnte. Plötzlich hörte sie Philipps Stimme: Der Typ spielt nur mit dir. Und du ... du merkst es noch nicht einmal, sondern schmachtest ihn an.

Das wirkte wie eine kalte Dusche auf sie. Was machte sie hier? Sie durfte sich nicht wieder in Tobias verlieben. Noch einmal würde sie den Schmerz einer Trennung nicht ertragen. Sie hielt seine Hand fest. »Nein ... besser nicht.«

»Warum nicht?«, gab er rau zurück. Erneut presste er sie so gegen sich, dass sich seine Erektion hart gegen ihre Mitte drängte. Natürlich wollte sie ihn. Gott, wie sehr sie ihn wollte! Ihr ganzer Körper stand in Flammen. Aber würde er sie diesmal nicht verletzen?

»Sag, dass du nicht willst, und ich höre sofort auf«, flüsterte er. Sein Atem brannte regelrecht an ihrem Hals und er rieb sich weiter an ihr, verlangte pochend Einlass.

Alles in Esther schrie danach, ihn zu spüren. Für sie war er immer noch *ihr* Tobias, der Mann, mit dem sie hatte alt werden wollen. Und er liebte sie immer noch! Sie und nicht Giulia. Er fühlte sich so gut an, als wäre er ein Teil von ihr. Ein Teil, der zurückgekommen war. Mit seinen Lippen fuhr er von ihrem Hals bis zu ihren Ohrläppchen, saugte daran. Ein heiseres Keuchen entwich ihr und ein Lustschauer überfiel sie.

»Das kann ich nicht«, flüsterte sie

»Dann genieß es, Sweetheart.« Er zog sie von dem Stuhl hoch und griff nach dem Stoff des Saris. Ganz langsam schob er ihn aus dem Bund heraus, um ihn ihr

Stück für Stück auszuziehen. Mit jedem Zentimeter Stoff, der sich löste, wummerte Esthers Herz lauter. Dann hatte er die Stoffbahnen gelöst und schob erst ihren Rock hinunter, danach das Oberteil hinauf. Nun stand sie splitterfasernackt vor ihm. Es war seltsam, dass er noch völlig bekleidet als indischer Maharadscha vor ihr stand. Aber auch erregend.

»Wie schön du bist«, raunte er und dirigierte sie mit sanftem Druck zu dem unbenutzten Esstisch.

Darauf schob er sie. Die Glasplatte fühlte sich kalt unter ihrem nackten Po an, was ihre Erregung nur noch mehr anheizte. Lächelnd zog er seine Kleidung aus und Esther schluckte. Gott, er hatte immer noch diesen unfassbaren Body mit dem Sixpack und diesem anbetungswürdigen Oberkörper. Er griff nach ihr, küsste sie wild und hungrig. Esther schob sich an ihn heran, voller Verlangen, ihn in sich aufzunehmen. Doch er schüttelte nur leicht den Kopf und drückte ihren Oberkörper hinunter auf den Tisch. Nun fühlte sie auch an ihrem Rücken das kühle Glas, gleichzeitig drückte Tobias' Spitze hart und fordernd gegen ihren sensibelsten Punkt.

Esther stöhnte. Sie war schon so bereit für ihn, dass es schmerzte. Aber anstatt in sie einzudringen, senkte er seinen Kopf und ließ Lippen und Zunge über ihren Körper wandern. Tiefer und immer tiefer fuhr er hinab, bis sie seine Zunge an ihrem Kitzler spürte. Sofort zog sich alles in ihr zusammen. Verlangen schoss durch ihren Körper.

Sie krallte keuchend die Hände in seine Schultern, während er ihr Lustzentrum mit der Zunge verwöhnte. Dann schob er zwei Finger in sie hinein. Esther entfuhr ein heiserer Schrei. Alles in ihr vibrierte, verzehrte sich nach ihm. Er bewegte seine Finger in ihr, schob sie so tief hinein, wie es nur ging, und wieder hinaus. Dabei hörte er keine Sekunde auf, sie weiter zu lecken. Esther stöhnte und keuchte, fast besinnungslos vor Verlangen nach ihm. Sie bog den Unterkörper durch, um seine Zunge und seine Finger noch besser zu spüren. O Gott, und wie sie ihn fühlte!

Er fand genau die richtige Stelle und den richtigen Druck, um sie zum Beben zu bringen. Ihr ganzer Unterleib zuckte, krampfte sich um seine Finger. Sie spürte jede Bewegung in ihr und den sanften, feuchten Druck seiner Zunge auf ihrer Lustperle. Stöhnend überließ sie sich der Hitze, die sie überflutete, bis sie mit einem gewaltigen Schrei kam.

Der letzte Ton war noch nicht ganz verhallt, als er seine Finger herauszog und in sie eindrang. Dann hob er ihre Beine an, legte sie über seine Schulter. Er stieß tief und hart in sie hinein, jeder Stoß war härter als der davor. Esther zitterte vor Lust und sie schloss stöhnend die Augen. Schon bald fand er mit einem kehligen Schrei seinen Höhepunkt.

Danach ließ sich Tobias halb auf sie sinken und zog sie fest in seine Arme. »Sternchen, allein dafür hat es sich gelohnt, auf dich zu warten«, murmelte er in ihr Ohr.

Sie nickte und wagte kaum zu atmen vor Glück.

Sie zogen um ins Schlafzimmer, wo sie sich erneut liebten. Dabei war Tobias so leidenschaftlich, wie sie ihn noch nie erlebt hatte. Es war, als wollte er nachholen, was sie in den vergangenen Jahren verpasst hatten. Als er ins Bad ging, holte sie hastig ihr Handy, um Oscar zu schreiben, dass er nicht auf sie warten musste, sondern nach Hause fahren konnte. Dabei sah sie eine ungelesene Nachricht von Philipp. Wollte er sich für seine Unverschämtheit entschuldigen?

Sie tippte auf die Meldung. Aber dort stand lapidar:

Hi Esther, ich kann morgen Vormittag leider nicht. Ich muss etwas erledigen. Ich melde mich, sobald ich Zeit habe.

Wie betäubt starrte sie auf das Handy. Ließ er sie etwa im Stich, weil er merkte, er konnte bei ihr nicht landen? Das hätte sie nie von ihm erwartet. Aber anders konnte sie dieses Verhalten nicht interpretieren. Schließlich hatte er ja frei; es konnte also nichts für seinen Job sein.

Sie dachte darüber nach, ob sie ihm eine entsprechende Antwort geben sollte. Aber da kam Tobias schon zurück. Als er sie mit dem Handy im Bett sah, lachte er leise. »Na, schreibst du eine Nachricht an Sophie, dass das Dream-Team von früher wiedervereint ist?«, witzelte er.

»Du hast mich ertappt«, log sie. Schließlich wollte sie die Stimmung nicht verderben, indem sie von Philipp anfing. »Aber das kann ich auch morgen machen.«

Er kam auf sie zu, immer noch nackt. »Ganz recht. Ich bin nämlich noch nicht fertig mit dir!«

24

Lüneburger Heide, 1965

»Marlene, was ist denn los mit dir? Ich hatte dich um die Zuchtunterlagen von _Sundown_ gefragt, nicht um die Tierarztrechnungen.« Tadel schwang in Gustavs Stimme mit.

»Oh, das tut mir leid«, stammelte sie. »Ich hole die Papiere sofort.« Ihre Finger glitten durch die Akten im Registerschrank. Ihre Augen brannten und sie konnte nur mühsam ein Schluchzen unterdrücken. Es gelang ihr, nicht zu weinen. Allerdings waren ihre Augen anscheinend unfähig, Buchstaben zu lesen. Sie starrte darauf, konnte sie jedoch nicht zusammensetzen. Nichts ergab Sinn.

Alles in ihrem Inneren war durchdrungen von purem, kalten Schmerz. Denn die Tests hatten bestätigt, was der Arzt gleich vermutet hatte: Die Nieren ihrer Mutter versagten allmählich. Ohne die teure Transplantation hätte sie höchstens ein paar Jahre zu leben, schlimmstenfalls sogar nur noch einige Monate. Weil ihr dämlicher Arzt, dieser Doktor Meyer, ihr Leiden so lange verharmlost hatte. Dieser Umstand frustrierte sie am meisten. Ihre Mutter hätte noch eine Chance gehabt, wenn er sie ernst genommen hätte. Und es gab kaum Spendernieren. Sie schluchzte erstickt und presste die Hand vor den Mund.

»Was ist denn mit dir? Geht es dir nicht gut?« Gustavs Stimme erklang plötzlich ganz dicht neben ihr. Sie drehte den Kopf zur Seite. Tatsächlich stand er neben ihr. Anscheinend hatte sie nicht mitbekommen, wie er aufgestanden und zu ihr gegangen war. Weil das Blut so laut durch ihre Adern rauschte und eine Stimme in ihrem Kopf schrie: *Sie wird sterben. Weil ihr zu arm seid.*

»Nein, nein, alles ist gut«, erwiderte sie hastig. Allerdings bemerkte sie selbst, wie dünn und zittrig ihre Stimme klang.

»Das stimmt doch nicht.« Er legte ihr eine Hand auf den Unterarm. »Nun sag mir bitte, was dich bedrückt. Ich bin nicht nur dein Chef. Sondern hoffentlich auch dein Freund.«

Das Mitgefühl ließ ihre Beherrschung zusammenbrechen. Die Schleusen, die ihre Tränen bisher versperrt hatten, öffneten sich. Heiß und wild schossen sie heraus, schüttelten Marlenes ganzen Körper. Schweigend legte Gustav den Arm um sie, drückte sie an sich. Allerdings nicht so, dass sie sich bedrängt fühlte. Es war genau die richtige Dosis Mitgefühl.

Marlene schmiegte sich in seinen Arm und weinte. Nach einer Weile, in der er sie hielt, erzählte sie stockend, immer wieder von Schluchzern unterbrochen, von der Krankheit ihrer Mutter und der Operation. »Das können wir uns nicht leisten ... Selbst wenn wir das Haus verkaufen – wovon sollen wir leben? Wir haben nur noch mein Gehalt.«

Er strich ihr über den Rücken. »Ich kann es euch leihen«, bot er so ruhig an, als wollte er ihr ein Eis kaufen.

Sie löste sich von ihm, trat einen Schritt zurück und starrte ihn ungläubig an. »Zehntausende Mark?«

Er nickte. »Warum nicht? Das Geld liegt auf den Konten, wie du weißt.« Ernst schaute er sie an. »Wozu ist es gut, wenn nicht, um denen zu helfen, die man li- mag?«

Sie bemerkte das kurze Zögern, das angedeutete Wort. Hatte er von Liebe sprechen wollen? Nun, sie kannte seine Gefühle für sie. Und deswegen konnte sie es nicht annehmen. Sie seufzte. »Das ist furchtbar nett von dir. Aber wir können es dir niemals zurückzahlen. Es ist viel zu viel Geld.« Sie spürte erneut ein Brennen in den Augen. »Es-es geht einfach nicht.« Sie senkte den Blick, ballte die Fäuste. Warum entschied nur der Besitz von Menschen darüber, ob sie leben oder sterben sollten?

Gustav räusperte sich und seine Wangen färbten sich dunkelrot. »Ich ... wüsste einen Weg, bei dem du mir das Geld nicht zurückzahlen musst. Wenn du meine Frau wirst ... Dann gehört alles dir. Mein Herz und mein Geld.«

Sie starrte ihn fassungslos an. »Ist dir bewusst, was du mir anbietest? Obwohl du weißt, dass ich einen anderen liebe? Ihn sogar heiraten möchte – und zwar sehr bald?«

Er lächelte traurig und fuhr sich mit den Fingern durch das Haar, das trotz seiner Mitte dreißig bereits schütter wurde. »Wenn das der einzige Weg ist, dich zu bekommen, will ich ihn akzeptieren. Marlene, ich liebe dich so sehr, dass ich alles für dich machen würde. Du musst nur ein Wort sagen und ich gehe morgen mit dir zum Standesamt.«

Seine Worte glichen einem Brocken der Verantwortung, der sich auf sie legte, sie zu erdrücken schien. Sie schloss die Augen und atmete tief durch. Das könnte ihre Mutter retten. Als Gustavs Frau verfügte sie über ausreichend Geld, um die Operationen spielend zu bezahlen. Denn wie Gustav gesagt hatte: Sie kannte die Bücher, und das Vermögen der Goldmanns war schwindelerregend. Sie würde sich nie wieder Gedanken machen müssen, wovon sie die nächste Rate bezahlen sollte. Es wäre verführerisch, einfach zuzustimmen.

Aber ihr Herz protestierte heftig. Sie liebte Rainer mit jeder Faser ihres Körpers. Wie sollte sie das Versprechen brechen, das sie ihm gegeben hatte? Was würde eine Vernunftehe mit ihrem Leben machen? Es wäre kein Leben voller Glück und Liebe, sondern eines der stillen Duldung. Das konnte sie nicht. Langsam ließ sie die Luft entweichen, die sie angehalten hatte, ohne es zu merken.

Sie legte eine Hand auf seine. »Gustav, du hast ein wunderbares, großes Herz. Ich bin mir sicher, deine zukünftige Frau wird sich sehr geliebt von dir fühlen. Aber – das werde nicht ich sein. Ich werde Rainer nächste Woche heiraten. Denn ich liebe ihn über alles.«

Schmerz huschte über Gustavs Gesicht, doch er versuchte offensichtlich, seine Fassung zu bewahren. »Wie du möchtest, Marlene. Ich hoffe sehr für dich, dass du diese Entscheidung niemals bereust. Das Herz kann rasch entflammen, aber unterschätze nicht die Sicherheit, die das Vermögen meiner Familie dir geben kann.« Er nickte ihr zu und ging mit gesenktem Kopf in sein Chefbüro.

****

Bei ihrer Mutter war keine Besserung in Sicht. Marlene besuchte sie jeden Tag in der bangen Hoffnung, dass es besser würde. Aber das geschah nicht. Stattdessen schien sie stetig weiter zu entschwinden. Die Hochzeit hatten sie bereits verschoben. Denn sie sorgte sich viel zu sehr um ihre Mutter, um diesen Tag als den schönsten ihres Lebens zu feiern.

Gustav begegnete ihr mit freundlicher Distanz, als hätte er ihr nie einen Antrag gemacht. Was sein seltsamer Vorstoß ja irgendwo gewesen war. Aber ihr war es nur recht so.

»Marlene, hast du das Preisgeld von *Sundown* schon verbucht?«, fragte er sie. Der Hengst war auf dem besten Weg, der neue Champion des Gestüts zu werden. Wobei Rainer sich sicher war, dass *Black Storm* ihn schlagen konnte.

Sie schaute in die Bücher. »Ja, das habe ich.«

»Dann rechne doch bitte –« In seine Worte mischte sich das Schrillen des Telefons. »Gustav Goldmann hier«, sagte er geschäftig. Seine Miene wurde erst ernst, dann besorgt. Er schaute zu Marlene, reichte ihr den Hörer hinüber. »Marlene, es ist für dich. Das Krankenhaus ...«

Schockwellen erfassten ihren Körper, rissen ihn mit sich. Ihr Puls raste und ihre Kehle wurde eng, als sie den Hörer nahm und ihn gegen ihr Ohr hielt. »Guten Tag, hier ist Marlene Rosenberg. Was ist mit meiner Mutter?«

»Es tut mir leid, Ihnen mitteilen zu müssen, dass Ihre Mutter aufgrund eines akuten Nierenversagens ins Koma gefallen ist. Sie braucht dringend eine Dialyse.

Bitte kommen Sie schnell, damit wir den Behandlungs-
plan und die Kostenfrage besprechen können.«

»Ich … äh … Kosten? Ich … äh … weiß nicht …«, stammelte sie, da nahm Gustav ihr den Hörer ab. »Wir sind
in einer halben Stunde da.« Schon legte er auf, sprang
von seinem Stuhl auf und schaute sie auffordernd an.
»Na, los beeil dich. Oder wartest du noch auf etwas?«

Ihr Blick huschte hinaus zu den Trainingsanlagen, wo
Rainer sicherlich gerade trainierte. Ihn hätte sie gerne
an ihrer Seite. Gustav bemerkte ihren Blick und seufzte.
»Marlene, wir haben keine Zeit, ihn zu suchen. Ein Nie-
renversagen ist eine ernste Angelegenheit. Ich sage ihm
nachher Bescheid.«

»Danke«, sagte sie mit zittriger Stimme. Sie folgte ihm
wie in Trance zu seinem Wagen, einer schicken,
schwarzen Limousine. Vermutlich ein Mercedes. Aber
sie achtete nicht darauf. Jetzt war es nur wichtig, das
Leben ihrer Mutter zu retten. Die kurze Fahrt zum
Krankenhaus war von Stille erfüllt, während Marlenes
Gedanken wild umherwirbelten. Was sollten sie nur
machen, wenn ihre Mutter jetzt sofort eine teure Operation brauchte? Sie konnte sie doch nicht sterben lassen. Sie musste sie retten. Irgendwie.

Ihr Blick huschte zu Gustav, der den Wagen sicher
lenkte. Er war kein schlechter Mann. Freundlich. Hilfsbereit. Wäre es so schlimm, seine Frau zu werden, um
ihre Mutter zu retten? Aber vielleicht waren die Kosten
für eine Dialyse ja nicht so hoch wie für die Transplantation. Und vielleicht ging es ihrer Mutter danach so
gut, dass sie ihr Herz entscheiden lassen konnte und
nicht Kalkül.

25

Hamburg, heute

Als der Wecker am nächsten Morgen um acht klingelte, fühlte sich Esther wie gerädert und hatte einen unfassbaren Muskelkater. Dennoch war sie so glücklich wie schon lange nicht mehr, als sie Tobias' schwarze Haare neben sich sah. Verschlafen tastete er nach dem Wecker und fummelte daran herum. Nur, um sich anschließend noch einmal umzudrehen, wobei er sie an sich zog. Nicht lange, und er war anscheinend wieder eingeschlafen.

Ein Frühaufsteher war Tobias noch nie gewesen. Auch Esther schlief zwar gern aus, aber wenn sie einmal die Augen aufgeschlagen hatte, dann war sie wach. Eine Weile genoss sie es, neben ihm zu liegen. Doch irgendwann konnte sie nicht mehr ruhig bleiben.

Vorsichtig machte sie sich frei von ihm und wollte aus dem Bett schlüpfen. Aber er hielt sie zurück. »Nicht gehen. Bleib noch etwas bei mir.«

Lächelnd legte sie sich wieder zu ihm und schmiegte sich an ihn. Er strich über ihre Haare und ihre Schultern, hielt die Augen jedoch geschlossen.

»Hast du gut geschlafen?«, fragte er sie.

»Wenn du mich mal gelassen hast.«

Er wackelte mit den Augenbrauen und zog sie auf sich. »Damit können wir gerne weitermachen«, murmelte er in ihr Ohr. Dann klingelte der Wecker erneut. Tobias verzog das Gesicht. »Das war es wohl mit Morgensex. Ich muss pünktlich sein. Du weißt ja, mein Projekt ...« Seufzend stand er auf und verschwand im Badezimmer.

Derweil ging Esther ins Wohnzimmer, wo sie ihre Kleidung hingelegt hatte, als sie sich umgezogen hatte. Hastig zog sie sich an. Im Gäste-WC spritzte sie sich Wasser ins Gesicht. Vorsichtig entfernte sie die Überreste von Kajal und Wimperntusche, die ein wenig ansprechendes Bild um ihre Augen herum gezeichnet hatten. Zum Schluss fuhr sie sich mit den Fingern durch die Haare, bis dieses halbwegs saßen. Das musste reichen, duschen wollte sie lieber in Ruhe im Hotel.

Sie ging hinüber in die Küche und machte mit Tobias' Hightech-Kaffeemaschine zwei Cappuccino. Eine viertel Stunde später kam er dazu. Er sah so frisch und ausgeruht aus, als ob sie in der Nacht nur geschlafen und sich nicht mehrfach in verschiedensten Stellungen geliebt hätten. Zum Glück wirkte die Spirale immer noch, die sie sich damals hatte einsetzen lassen. Sie hätten sonst eine Großpackung Kondome verbraucht.

Als sein Blick auf die Heißgetränke fiel, huschte ein warmherziges Lächeln über sein Gesicht. Er setzte sich zu ihr und drückte sie kurz. »Das ist ja lieb von dir.«

»Ist doch selbstverständlich«, wehrte sie ab.

Er nickte. »Sollte es sein. Aber ich habe mittlerweile vergessen, wie schön es ist, wenn die Herzdame sich auch um einen kümmert – und nicht nur um sich selbst.« Dabei verzog er sein Gesicht düster.

Esthers Herz hingegen raste. Er hatte sie als *seine Herzensdame* bezeichnet. Sie wollte ihn fragen, ob sie das wirklich für ihn war. Doch sie traute sich nicht. Sie wusste ja, wie ungern er über so etwas sprach. Außerdem: Was würde sie machen, wenn er Nein sagte? Stattdessen nippte sie an ihrem Cappuccino und Tobias tat es ihr nach.

Eine Weile saßen sie schweigend da, während sie ihre Heißgetränke zu sich nahmen. Dann sprang Tobias auf und stellte seine Tasse in die Spülmaschine. »So, ich muss los.«

Es war unschwer zu erkennen, er wollte sie damit aus der Wohnung komplementieren. Allerdings hatte sie sowieso nicht vorgehabt, hierzubleiben. Dazu war ihre neue Beziehung noch zu frisch. »Gut. Ich würde mir nur gerne noch die Zähne putzen. Hast du eine frische da?«

»Ich hatte so meine Pläne mit dir«, erwiderte er und seine Mundwinkel zuckten dabei. »Sie liegt im Spiegelschrank.«

Schnell ging Esther ins Bad, öffnete den Schrank und fand die Zahnbürste im mittleren Teil. Während sie die Zahnpasta großzügig verteilte, lächelte sie selig vor sich hin. Er hatte sie gewollt. Weil er noch an ihr hing. Sie beließ es bei einer kurzen Putzeinheit, dann ging sie zurück zu Tobias. Er hatte bereits seine Schuhe und das Jackett an. »Hast du Oscar schon gerufen?« Die Ungeduld war ihm anzumerken.

Esther schüttelte den Kopf. »Es wäre mir zu peinlich, ihm so derangiert unter die Augen zu treten.«

»Kann dir doch egal sein, ob er weiß, was du in dieser Nacht getrieben hast. Hauptsache, du treibst es mit mir.«

»Du bist furchtbar!« Spielerisch schlug sie nach ihm. »Mir ist das nicht egal. Ich fahre lieber Bahn.«

»Damit noch mehr Leute sehen, dass du eine heiße Nacht hattest?« Grinsend zog er eine Augenbraue hoch.

»So schlimm sehe ich nun auch nicht aus.«

»Das nicht. Aber das hier«, er tippte auf ihr Oberteil, »solltest besser richtig herum anziehen.«

Erschrocken blickte sie an sich herunter. Tatsächlich, da waren die Nähte. Sofort schoss ihr die Schamesröte in die Wangen. Wie gut, dass Tobias das aufgefallen war! Nicht auszudenken, wenn sie das mitten in der Bahnfahrt bemerkt hätte, wo sie nichts dagegen machen konnte.

Hastig ging sie ins Gäste-WC, während Tobias ihr hinterherrief: »Du kannst dich auch gerne vor mir umziehen. Ich weiß schließlich, wie sexy du aussiehst.«

Das stimmte zwar. Trotzdem wollte Esther lieber allein sein, wenn sie das Oberteil richtete. Sie zog es aus, drehte es um und schlüpfte dann hinein. Zum Abschluss vergewisserte sie sich, dass sie es diesmal richtig herum trug. Als sie wieder bei Tobias war, hatte er bereits die Schuhe an und die Laptoptasche in der Hand. »Wollen wir?«

Sie nickte, schlüpfte in ihre Schuhe und griff schnell die Handtasche, dann traten sie aus der Wohnung heraus. Gemeinsam gingen sie zur nächsten U-Bahn. Esther hatte gehofft, er würde ihre Hand halten, doch das tat er nicht. Das dämpfte ihre Euphorie ein wenig. Aber sie tröstete sich damit, dass er noch nie der große Händchenhalter gewesen war. Schon allein, weil er viel schneller lief als sie.

Gemeinsam fuhren sie die Rolltreppe hinunter.

Tobias Finger deutete nach links. »Du musst jetzt dort entlang, Richtung City. Bei mir geht es in die andere Richtung. Sehen wir uns heute Abend wieder?«

Sie nickte.

»Dann bis später.« Er hauchte ihr einen flüchtigen Kuss auf die Wange und verschwand. Esther sah ihm nachdenklich hinterher. Das war nicht die Verabschiedung, die sie sich nach dieser Nacht gewünscht hätte.

Unwirsch runzelte sie die Stirn. Sie sollte aufhören, zu viel in alles hinein zu interpretieren. Stattdessen sollte sie sich lieber darüber freuen, weil sie ihre große Liebe zurückerobert hatte. Bei diesem Gedanken raste das Blut durch ihre Adern und sie fühlte sich, als wäre sie high.

Sie war wieder mit Tobias zusammen! Sie konnte es kaum erwarten, Sophie davon zu erzählen. Aber damit würde sie warten, bis sie in ihrem Hotelzimmer war. Es musste ja nicht die ganze Bahn ihr Privatleben mitbekommen.

»Hallo Süße«, flötete sie ins Telefon, kaum dass sie im Zimmer angekommen war.

Sophie stöhnte. »Lass mich raten. Ihr hattet Sex.«

Die Reaktion ihrer besten Freundin holte Esther auf den Boden der Tatsachen. Aber dann kam ihre Zuversicht zurück. »Hatten wir, ja. Doch er nutzt mich nicht aus. Sondern wir sind jetzt wieder zusammen!«

»Nein.« Sophie stöhnte. Eine Weile sagte sie nichts weiter. Dann hakte sie nach: »Bist du dir da ganz sicher?«

»Natürlich. Das hat er gesagt. Oder ... so gut wie. Er hat mich gefragt, ob ich ihn zurücknehme. Weil er mich vermisst. Und er hat mich als seine Herzensdame bezeichnet.«

Noch während sie es aussprach, merkte sie, wie wenig diese Phrase aussagte. Das konnte alles heißen. »Er liebt mich, das weiß ich!«, setzte sie bockig nach.

Doch Sophie antwortete nicht darauf. Das Schweigen am anderen Ende der Leitung machte Esther misstrauisch. »Hast du denn etwas anderes gehört?« Sophie hatte noch zu deutlich mehr früheren Freunden Kontakt als sie selbst.

Sophie seufzte. »Vielleicht ist es zwischen Tobias und Giulia doch nicht ganz vorbei. Ihr Medienprinz hat sie nämlich abserviert. Angeblich will sie sich nun tränenreich bei Tobias entschuldigen und ihn zurückerobern.«

»Pah, das hat sie sich zu spät überlegt. Schließlich haben sie sich scheiden lassen«, meinte Esther zuversichtlich.

»Bist du dir da ganz sicher?«

Esther stutzte und dachte nach. »Äh, ja ... also eigentlich schon. Er hat mir gesagt, sie hätten sich getrennt.«

»Getrennt oder geschieden? Süße, das ist ein himmelweiter Unterschied.«

Ihr Magen zog sich zusammen, bis er einen festen Knoten bildete. Hatte sie das falsch verstanden? Machten Tobias und Giulia nur eine Ehepause? Sie rang nach Luft. »Er-er hat das Wort Scheidung nie ausgesprochen«, flüsterte sie schließlich, als sie wieder sprechen konnte.

Anstelle einer Antwort seufzte Sophie. »Du solltest ganz schnell herausfinden, wie offiziell diese Trennung ist.«

Esther fühlte sich auf einmal so leer, als hätte ein großes Vakuum alles in ihr aufgesaugt. Dahin war die ganze Freude über ihre Wiedervereinigung. Aber dann straffte sie die Schultern. Immerhin hatten sie eine wunderbare Nacht verbracht. »Tobias liebt mich. Das hat er mir gesagt! Diese blöde Giulia ist abgehakt. Er weiß jetzt, was er an mir hat.«

»Ich wünsche es dir, glaub mir das. Du hast es so verdient, wieder glücklich zu sein«, gab Sophie ernst zurück. »Aber ich würde an deiner Stelle aufpassen. Sonst verletzt er dich am Ende doch wieder. So wie damals.«

Bevor sie etwas erwidern konnte, meinte Sophie: »Ich würde ja gerne weiter mit dir reden, aber ich bin im Büro. Ich bin kurz rausgegangen, weil ich befürchtet habe, dass Tobias dich mies behandelt hat. Es scheint ja alles okay zu sein. Oder brauchst du meine seelische Unterstützung? Du weißt, dann bin ich immer für dich da.«

»Das weiß ich doch«, erwiderte Esther gerührt. »Es ist alles gut. Mir geht es bestens. Geh du wieder zurück ins Büro und verkauf weiter Spültabs.«

Sophie lachte. »Das werde ich. Wir reden nachher, ja?«

»Bis dann.«

Nachdenklich legte Esther auf. Also war Giulia vielleicht doch noch nicht ganz aus dem Rennen. Würde Tobias ihr diesmal wirklich widerstehen können? So überzeugt, wie sie sich eben gegeben hatte, war sie nicht. Auch damals hatte sie versucht, ihn zurückzuerobern, allerdings vergebens. Aber mittlerweile war er älter und reifer. Er wusste, wie egoistisch und kapriziös sie war. Das konnte er nicht wiederhaben wollen. Sicher wollte er jemanden, der ihn umsorgte. Oder?

Nervös knabberte sie an der Unterlippe. Sie fühlte sich so hilflos, dass sie dringend raus musste. Aber es war gerade einmal zehn Uhr. Bis Philipp anrief, würde es sicher noch ein paar Stunden dauern. Falls er sich überhaupt meldete.

Sie beschloss, erst eine Runde im Hotelpool zu schwimmen und danach endlich das zu machen, weswegen sie ja eigentlich auch noch in der Hansestadt war: um sich von coolen Hamburger Designern inspirieren zu lassen.

Die morgendliche Schwimmeinlage vertrieb die letzten Reste der Müdigkeit und Esther war wieder voller Tatendrang. Zumal sie sich darauf freute, sich bei den Hamburger Jungdesignern umzuschauen. Sie suchte Kleidung heraus, die ausdrückte: Seht her, ich habe modischen Geschmack, aber ich muss es nicht übertreiben.

Mit der Bahn fuhr Esther in den Osten Hamburgs, wo sich die meisten Labels befanden, die sie interessierten. Auf dem Weg zu dem ersten Namen auf ihrer Liste kam sie an einem kleineren Laden vorbei, dessen Auslage sie faszinierte und sie musste hineingehen. Obwohl sie sich vorgenommen hatte, sich auf eine Handvoll Favoriten zu konzentrieren. Aber an diesem Geschäft kam sie einfach nicht vorbei.

Innerhalb kürzester Zeit fand sie ein gutes Dutzend Klamotten, die sie zur Kabine schleppte. Kurz davor fing die Verkäuferin sie jedoch ab; eine junge Frau mit knallroten Haaren, die kaum älter war als sie. »Sorry, mehr als drei Teile darfst du nicht in die Kabine mitnehmen.«

Esther schaute sie entsetzt an. »Wie soll ich mich denn bei all euren tollen Sachen für *drei* Teile entscheiden?«

Die andere musste lachen. »Sehe ich ganz genau so. Aber du glaubst nicht, wie dreist die Leute zum Teil sind. Die klauen wie die Raben.«

»Ach so.« Esther nickte verstehend. »Na, das ist natürlich bitter. Das Problem kenne ich ja nicht. Mein Job ist beendet, bevor die Kleidung in den Laden kommt.«

»Wieso? Was machst du denn?« Die Frau musterte sie neugierig. Dann schnippte sie mit den Fingern. »Ha, ich hab's. Du bist auch eine Designerin.«

Esther nickte.

»Für welches Label?«

»Ich entwerfe Mode für verschiedene Läden«, wandte sich Esther heraus. Sie wollte vor der Inhaberin, um die es sich bei der Rothaarigen bestimmt handelte, nicht zugeben, dass sie für eine Spießermarke wie La Dame tätig war. Sie sollte nicht glauben, sie wäre genauso bieder. Und ihre Kleidung ging ja tatsächlich an mehrere Modeketten; wenn auch nicht an irgendwelche hippen Labels.

»Ah, wie cool. Eine Kollegin! Wie heißt du denn?«

»Esther.«

»Hi Esther. Ich bin Ella.« Also war sie wie vermutet die Inhaberin. »Na, für eine Kollegin mache ich natürlich eine Ausnahme. Nimm ruhig alles rein, was dir gefällt. Bin gespannt, wie du das kombinierst.«

Esther grinste. »Willst du mich etwa testen?«

»Nur beraten«, gab Ella lachend zurück. »Da hat es sich ja gelohnt, dass ich selbst hier bin. Eigentlich sollte heute eine Aushilfe kommen, damit ich mir Stoffmuster anschauen kann. Doch die ist krank geworden. Eine Freundin von ihr übernimmt später. So lange halte ich die Stellung.«

»Was für ein Zufall!« Esther lachte nun auch. »Ich wollte mir eigentlich andere Läden ansehen – aber dein Schaufenster hat mich so angelacht, da konnte ich nicht vorbei.«

»Anscheinend sollten wir uns wohl begegnen.« Ella zwinkerte ihr zu.

Grinsend ging Esther in die Kabine und probierte die Kleidungsstücke an, die fast alle spitzenmäßig an ihr aussahen. Sie waren frech und frisch und trotzdem sexy. Wie sollte sie sich da nur entscheiden? Zu allem Überfluss kam Ella auch noch mit immer neuen Sachen, von denen eins besser war als das andere.

Irgendwann stoppte Esther sie. »Oje, du musst aufhören. Bitte! Ich weiß ja jetzt schon nicht, was ich kaufen soll.«

»Na, alle natürlich«, erwiderte Ella ungerührt.

»Das geht nicht.« Esther seufzte.

»Klar! Ich gebe sie dir auch zum Einkaufspreis.«

»Ehrlich? Das würdest du machen?«

Ella nickte.

»Wow, danke. Das ist echt cool.«

»Irgendwie musst du La Dame doch aufpeppen.«

Esther verdrehte die Augen. »Also hast du es herausgefunden, bei welchem Label ich arbeite.«

»Na klar. War nicht schwer, Esther Rosenberg. Ich habe es eben gegoogelt.«

»Tja, die bin ich. Und ja, du hast recht: Wir brauchen dringend mehr Pep. Aber Gisele lässt mich nicht.«

»Kannst du dich denn nicht durchsetzen? Du hast so ein tolles modisches Gespür, das ist der Wahnsinn!«

Esther winkte verlegen ab. »Woher willst du das wissen?«

»Die Art, wie du die Klamotten miteinander kombinierst, ist sensationell. Nutz das und bring Pfeffer in dieses angestaubte Label.« Ellas Augen leuchteten regelrecht.

Esther lächelte geschmeichelt. »Das will ich ja. Ich habe Pläne für eine coole Nebenlinie. Meine Oma wollte mir helfen, damit ich sie umsetzen kann. Aber dann starb sie leider.« Sie seufzte traurig und der Kummer kam wieder hoch. Tränen stiegen in ihr auf. »Sie hat immer an mich geglaubt. Mir den Rücken gestärkt. Sie fehlt mir sehr.«

»Das tut mir leid für dich«, sagte Ella und legte ihr eine Hand auf den Arm. »Vielleicht finden wir zwei ja eine Lösung, wie du deine Ideen verwirklichst. Komm, ich mache den Laden dicht und wir gehen einen Kaffee trinken, ja?«

»Bist du sicher? Und was ist, wenn jemand kommt?«

»Na, dann kommt er später wieder.«

Esther schüttelte fassungslos den Kopf. So etwas hätte es in Düsseldorf niemals gegeben. Diese Hamburger wurden ihr immer sympathischer. Esther zog ihre eigene Kleidung an und legte alles, was sie kaufen wollte, auf einen Stapel. Insgesamt fünfzehn Teile waren es geworden, die selbst mit dem Einkaufspreis ein hübsches Sümmchen kosteten. Aber das waren sie wert, denn Esther liebte diese Mode. Danach gingen sie in ein benachbartes Café, wo sie sich Kaffee und Bagels bestellten, immerhin war es schon fast Mittag.

Sie redeten ausgiebig über Modetrends und Designideen. Es kam Esther so vor, als ob sie sich schon Ewigkeiten kannten, so lebhaft war die Unterhaltung. Nur selten hatte sie mit jemanden auf Anhieb eine solche Verbindung gespürt.

Offensichtlich ging es Ella genauso. »Ich könnte noch stundenlang mit dir reden, aber ich befürchte, ich muss so langsam wieder zurück. Ich schmeiße am Wochenende eine Party, komm doch vorbei!«

»Das mache ich sehr gerne.« Wie cool war das denn?! Eine Einladung von einer angesagten Hamburger Modedesignerin. Da konnte sie sicher massig weitere Kontakte knüpfen. Sie würde Tobias fragen, ob er sie begleitete.

»Klasse. Ich gebe dir nachher im Laden eine Karte.« Sie winkte der Kellnerin zu, damit sie bezahlen konnten.

»Das übernehme ich«, sagte Esther. »Als Dankeschön für den Freundschaftspreis.«

»Habe ich gerne gemacht. Vielleicht färbt ja ein bisschen davon auf deine neue Linie ab.«

»Ganz bestimmt«, erwiderte Esther.

Schwer bepackt kehrte Esther am frühen Nachmittag zurück ins Hotel. Summend legte sie alle Klamotten so auf das Bett, damit sie sie in ihrer ganzen Pracht sehen konnte. Je länger sie sie betrachtete, desto mehr faszinierte sie ihr Stil. Die Sachen waren irgendwie frischer, moderner als das, was es in Düsseldorf üblicherweise gab. Vielleicht konnte sie Elemente davon in ihre neue Linie mit einbauen? Kurz entschlossen rief sie beim

Concierge an und bat darum, ihr einen DIN-A3-Bogen Papier und einen guten Bleistift zu besorgen.

Keine zehn Minuten später war das Gewünschte bei ihr auf dem Zimmer und Esther konnte mit ihren Skizzen loslegen. Wie im Fieberwahn arbeitete sie ein Design nach dem anderen aus, mit denen man durchaus ins Büro gehen konnte, die trotzdem klar machten: Hier kommt jemand mit Stil.

Sie war so vertieft, dass sie anfangs gar nicht mitbekam, dass ihr Telefon klingelte. Erst nach einer Weile registrierte sie den Ton. Hastig ging sie zum Tisch, wo das Gerät lag. Die Nummer sagte ihr nichts, sie sah nur, dass es sich um eine Hamburger Nummer handelte. »Esther Rosenberg hier, schönen guten Tag«, meldete sie sich daher formell.

»Hey, wieso so offiziell?«, ertönte eine vertraute Stimme.

»Hallo, Philipp«, gab sie reserviert zurück. »Was gibt es?«

»Na, was wohl? Ich will mehr mit dir darüber herausfinden, was zwischen deiner Oma und Gustav Goldmann passiert ist. Hast du etwas anderes gedacht?«

»Nein, nein natürlich nicht«, erwiderte Esther und ließ sich auf einen Stuhl fallen. »Das ist toll.«

So ganz überzeugend wirkte sie offensichtlich nicht, denn Philipp hakte nach: »Trotzdem klingst du anders.«

»Na ja ... Weißt du, deine Nachricht gestern klang irgendwie so abweisend. Ich dachte, du bist vielleicht sauer, weil ich nichts von dir will.«

Er stöhnte. »Ach, darum geht es hier. Mach dir darüber keine Sorgen, damit komme ich klar. Natürlich finde ich es nicht toll, dass du wieder zu deinem Ex zurückrennst. Aber ich muss dir nicht an die Wäsche gehen, um dich zu mögen.«

»Da fällt mir echt ein Stein vom Herzen. So ähnlich sehe ich das auch. Obwohl ich vermutlich eine andere Wortwahl benutzt hätte.« Esther lachte und Philipp fiel mit ein.

»Dann ist ja alles klar mit uns beiden und ich kann dir endlich sagen, was ich herausgefunden habe.«

»Natürlich, schieß los!«

»Ich habe einige meiner älteren Kontakte bemüht, um jemanden zu finden, der Goldmann von früher kennt. Das musste ich aber vom Büro aus machen, weil die etwas eigen sind, wenn sie eine Nummer nicht einordnen können.«

Also wegen dieses Termins hatte er abgesagt! Er wollte ins Büro, um seine Anrufe zu tätigen. Obwohl er offiziell Urlaub hatte. Esther fiel ein Stein vom Herzen. Ohne den Journalisten hätte sie keine Chance, noch irgendetwas herauszufinden. Außerdem mochte sie ihn wirklich gern.

»Na ja, die alten Damen und Herren sind kaum zu stoppen, wenn sie einmal in Fahrt sind, daher hat es etwas gedauert. Aber jetzt halt dich fest: Ich habe einen alten Bekannten von früher gefunden, der etwas über die beiden wissen müsste. Er heißt Rainer Hansen.«

»Ist nicht wahr! Oh, du bist der Beste.«

»Daran erinnere ich dich nächstes Mal.« Philipp lachte. »Wir sollen ihn morgen Abend um sechs treffen.«

»M-morgen?«, stotterte Esther. Sie hatte sich schon auf ein schönes Essen und eine noch schönere Nacht mit Tobias gefreut. In der sie sich die ganze Nacht beweisen konnten, wie sehr sie sich liebten. Schließlich war am nächsten Tag frei.

»Hey, dann hat er wenigstens genug Zeit für uns. Er wird sicher danach keinen anderen Termin mehr haben. Außerdem müssen wir ja auch noch rausfahren. Das Gestüt ist schließlich in der Lüneburger Heide. Und ich habe mir etwas Schönes für den Nachmittag überlegt. Oder hast du keine Lust?«

»Doch, klar, natürlich. Es ist nur ...«

Philipp seufzte. »O Mann, ich kann es mir schon vorstellen. Die Engel spielen immer noch Geige, was? Und du willst morgen eine kleine Zugabe hören.«

Zum Glück hatten sie keine Videokonferenz, denn Esthers Wangen brannten wie Feuer. »Das geht dich nichts an.«

»*Das* nicht. Aber dass dir dein Loverboy wichtiger ist als das Geheimnis deiner Großmutter, fass ich nicht.«

»Natürlich ist er mir nicht wichtiger!« Alleine der Gedanke, dass sie jetzt kurz vor dem Ziel aufgeben würde wegen Tobias, glich einer Beleidigung. »Wir haben zwar noch nichts vereinbart, aber jetzt, wo wir wieder zusammen sind, werden wir uns bestimmt sehen.« Schließlich war sie ja nicht immer in Hamburg. Das mussten sie ausnutzen.

»Na und, wo ist das Problem? Dann sag ihm halt, du hast etwas Wichtiges zu erledigen. Was ja auch stimmt. Das wird er ja wohl verstehen. Oder etwa nicht?«

Würde er das? So wenig Interesse, wie Tobias ihrer Recherche entgegenbrachte, bezweifelte sie das. Allerdings brannte es ihr unter den Fingernägeln, mehr über die Vergangenheit ihrer Oma zu erfahren. Und sie konnte nicht am Sonntag wegfliegen, ohne alles versucht zu haben. »Das wird er bestimmt. Ich rede heute Abend mit ihm.«

»Gute Entscheidung. Deine Oma ist schließlich wichtiger als dein Verflossener oder Wieder-Freund.«

Ein wenig herablassend klang dieser Kommentar. Aber Esther ignorierte das. Vermutlich war er eifersüchtiger, als er zugeben wollte. Irgendwie fand sie das sogar süß.

»Hallo, Sternchen.« Tobias lächelte sie sinnlich an, als sie kam, gab ihr aber keinen Begrüßungskuss wie früher. Esther schluckte die Enttäuschung herunter, die sich als Kloß in ihrer Kehle festsetzte. Zäh, dick und pampig.

»Komm rein.« Er zog sie mit sich ins Wohnzimmer. Dort blieb er stehen, schob sie vor sich. Seine Hände wanderten ihre Seiten entlang, bis zu den Hüften. »Was meinst du?«, fragte er rau. »Wo starten wir heute?« Eine Hand näherte sich ihrer sensibelsten Stelle, während seine Lippen über ihren Hals glitten.

Einen Moment schloss sie die Augen. Verdammt, in seiner Nähe konnte sie kaum noch klar denken. Er besaß einfach diese prickelnde Wirkung auf sie, die sie am ganzen Körper spürte. Ganz besonders in der Mitte ihres Körpers. Dabei musste sie doch dringend etwas mit ihm klären. Was war das noch? Sie keuchte, als seine andere Hand sich fest um ihre Brust schloss. Dann fiel es ihr siedend heiß wieder ein.

»Stopp!« Sie machte sich fast schon fluchtartig von ihm los. »Wir-wir sollten erst miteinander reden.«

Er hob eine Augenbraue an. »Wieso, willst du mich erst noch besser kennenlernen?« Er drehte sie um und küsste sie so leidenschaftlich, dass ihr Hören und Sehen verging. »Sternchen, ich bin's: Tobias. Der Mann, den du heiraten wolltest. Mit dem du viele, viele Mal Sex hattest. Und es war jedes Mal der Kracher, oder? «

Er wollte sie wieder küssen, aber sie rückte ein Stück zurück. »Weich mir nicht aus. Was ist mit dir und Giulia?«

»Wir sind getrennt, das habe ich dir doch gesagt.« Eine Falte erschien auf seiner Stirn.

»Getrennt oder geschieden; was davon?«

»Ist das so ein großer Unterschied?«

»Natürlich!« Sprachlos starte sie ihn an. Und wie es das war. Es machte den Unterschied zwischen Ehebrecherin und einem Neuanfang. »Bitte sag es mir, Tobias: Wie ist der Stand zwischen euch beiden?« Sie hoffte so sehr, sie wären geschieden, befürchtete aber das Schlimmste.

»Na, wie wohl? Wir haben uns getrennt. Wegen dieses Medientypen.« Einen Moment verkrampfte sich alles an ihm und seine Augen wurden dunkel vor Zorn. Dann schaute er sie sanft an und strich ihr über die Wange. »Sternchen, jetzt kann ich mir vorstellen, wie schlimm das alles für dich gewesen sein muss. Es tut mir so unfassbar leid.« Er hauchte ihr einen Kuss auf, der diesmal voller Zärtlichkeit war.

Esther schluckte. O ja, und wie schlimm das für sie gewesen war. Es hatte ihr ganzes Weltbild zerstört. Den Glauben daran, dass man gemeinsam alt werden könnte. Tränen stiegen in ihr auf, drängten gegen ihre Lider und forderten den Weg hinaus. Sie versuchte verzweifelt, sie zu verdrängen. Aber ein paar schoben sich heraus.

»Nicht weinen, Schatz«, sagte Tobias. »Das ist doch etwas Gutes, dass ich dich wieder zurückhaben will, oder?«

»Sicher.« Sie nickte unter halb erstickten Tränen. »Und ... und diesmal ... wirst du mich nicht mehr verletzen?«

Er erwiderte ihren bangen Blick mit einem sanften Lächeln. »Nein, mein Augenstern. Wenn du mich wieder zurücknimmst, lasse ich mich sofort von Giulia scheiden.«

Da waren sie, die Worte, auf die sie gewartet hatte. »Würdest du das wirklich machen?« Sie lehnte sich an ihn.

»Natürlich, mein Schatz. Warum sollte ich jemanden wollen, der mich wegen eines reichen Arschs verlassen hat?« Er sah genauso traurig aus, wie sie sich damals gefühlt hatte.

Sie wagte kaum zu atmen vor lauter Glück. »Vielleicht braucht es manchmal einen zweiten Anlauf.«

»Du bist wundervoll, weißt du das?« Er nahm sie in die Arme und küsste sie. Diesmal mischte sich wieder mehr Leidenschaft in seinen Kuss. »Sag mir, Sternchen: Wie sehr willst du mich?« Langsam schob er ihr das Oberteil hoch, zog mit den Fingerspitzen heiße Linien über ihren Bauch.

Esther seufzte leise, als auch der letzte Rest von Gegenwehr in ihr erstarb. Sie war Wachs in seinen Händen und er wusste das ganz genau. Sie wollte ihn nur noch spüren. Seinen Körper. Seine Nähe. Und seine Liebe.

***

Nachdem sie auf dem Sofa übereinander hergefallen waren, lagen sie nebeneinander, kuschelnd. Ihre Körper gingen fast ineinander über. Sie hatten ihre Hände fest zusammengepresst. Ihr Herz zersprang fast vor Glück. Dann fiel ihr ein, dass sie ihm ja für morgen absagen musste. »Tobias, ich-ich muss dir noch etwas sagen. Wegen morgen ... Wir treffen am Abend einen früheren Bekannten von meiner Oma. Aber ich kann danach noch kommen, wenn du willst.«

»Ach, du, das passt ziemlich gut. Da muss ich sowieso zu einem Konzert. Ist eine Veranstaltung meiner Firma.« Er zuckte mit den Schultern. »Wir gehen mit wichtigen Kunden in unsere Loge. Und ... ja, die Jungs sind dann das ganze Wochenende da. Also, da muss ich die bespaßen.«

»Äh ... das ganze Wochenende? K-kannst du das nicht absagen? Ich meine, jetzt, wo wir uns wiedergefunden haben ... können wir nicht etwas Zeit zusammen verbringen? Ich bin doch das erste Mal in Hamburg.«

»Das geht leider nicht, Süße. Obwohl ich dich natürlich viel lieber sehen würde als unsere Kunden.«

Esther fühlte sich wie vor den Kopf gestoßen. Für sie war klar gewesen, dass er sich am Wochenende Zeit für sie nehmen würde, um ihr Hamburg zu zeigen. Aber nun stellte sich heraus, er war bereits verplant.

Tobias schien ihre Enttäuschung zu bemerken, denn er sagte besänftigend: »Hey, das tut mir leid. Das war alles schon lange geplant, bevor du hergekommen bist. Außerdem konnte ich nicht ahnen, was zwischen uns läuft.«

Natürlich, das verstand sie. Es war alles nur ein schlechtes Timing. An diesen Gedanken klammerte sie sich eisern fest.

»Aber vielleicht können wir ja vorglühen, damit wir uns nicht zu sehr vermissen.« Tobias warf ihr ein verführerisches Lächeln zu und ließ seine Hände über ihren Körper wandern.

Esther verdrängte ihre Enttäuschung und zwang sich, ihn kokett anzusehen. Sie wollte nicht wirken wie eine spießige, eifersüchtige Freundin. Nein, sie würde cool und locker reagieren. So wie er sich seine Zukünftige wünschte.

»Können wir das?«, neckte sie ihn daher.

Er warf sich lachend auf sie. »Fordere mich nicht heraus.«

26

Lüneburger Heide, 1965

Marlenes Herz begann heftig zu schlagen, als sie durch die Eingangshalle gingen und zur Station hasteten. Sie mussten noch eine Weile warten, bis der behandelnde Arzt mit sorgenvoller Miene und wehendem weißen Kittel auf sie zukam.

»Frau Rosenberg, gut, dass Sie da sind! Die Nieren Ihrer Mutter haben so plötzlich versagt, dass sie ins Koma gefallen ist. Nun haben wir sie stabilisiert. Aber wir müssen sofort handeln, um ihr Leben zu retten.«

Marlenes Herz schlug schneller und ein Gefühl der Panik ergriff sie. »Und was genau müssen Sie tun?«

»Ihre Mutter braucht dringend eine Dialyse. Dazu müssen wir sie in eine Spezialklinik nach Hamburg überstellen, hier sind wir für diese Technik nicht ausgestattet. Und danach wird sie mehrere Behandlungen bekommen müssen, um sie zu stabilisieren. Da werden jede Menge zusätzliche Kosten entstehen, die nicht gedeckt sind.« Er musterte sie ernst.

Marlene schluckte und versuchte, ihre aufkommende Verzweiflung zu unterdrücken. »Aber warum? Die Krankenkasse bezahlt die Behandlung doch sicher ...«

»Die Kosten für die Dialyse selbst werden natürlich übernommen. Aber für die Überstellung nach Hamburg und eventuelle zusätzliche, sehr spezielle Behandlungen werden diverse Kosten entstehen, die nicht mehr gedeckt sind.«

»Und-und wie viel?« Marlene schluckte.

»Der Betrag wird sich vermutlich auf ein paar tausend Mark belaufen. Es ist schwer zu sagen, was die Kassen übernehmen und was nicht.« Er wog bedächtig den Kopf hin und her. »Aber rechnen Sie lieber mit einem höheren Betrag. Nichts wäre schlimmer, als mit der Behandlung anzufangen und dann aus finanziellen Gründen aufhören zu müssen.«

Ein paar Tausende. Das war immer noch viel. Aber vielleicht konnte sie dieses Geld irgendwie zusammenkratzen? Mit einer Hypothek auf das Haus und etwas Hilfe von Rainer? Noch während sie im Geiste zusammenrechnete, sagte Gustav mit ruhiger Stimme: »Ich bezahle das.«

Marlene riss den Kopf herum, starrte ihn an. Auch der Arzt wirkte für einen Moment verwundert. Aber dann überwog anscheinend die Erleichterung darüber, dass er ihre Mutter nicht aus Kostengründen sterben lassen musste.

»Gut, ich werde alle Unterlagen vorbereiten und mit Hamburg telefonieren.« Ein leichtes Lächeln zog über sein Gesicht. »Die Dialyseklinik ist etabliert. Ihre Mutter wird dort in guten Händen sein. Langfristig sollten sie aber ernsthaft über die Transplantation nachdenken. Das wäre die beste Lösung.« Er nickte ihnen zu, dann verschwand er.

Durch Marlenes Kopf wirbelten die Gedanken. An die Kosten für die Transplantation wollte sie gar nicht denken. Wichtig war, dass ihre Mutter vorerst gerettet war.

Aber was sollte sie von Gustavs Großzügigkeit halten? Welche Gegenleistung erwartete er? Musste sie ihn jetzt heiraten? Sie hatte doch noch gar nicht zugestimmt. Sie wusste nicht, ob sie ihre Liebe zu Rainer einfach vergessen konnte.

Gustav lächelte schwach. »Keine Sorge, Marlene, das verpflichtet dich zu nichts. Ich schenke dir das Geld. Als Geschenk zu deiner Hochzeit mit Rainer. Falls du an diesem Plan festhältst. Wie gesagt: Ich würde dich immer noch mit Freuden heiraten und alle Hebel in Bewegung setzen, damit deine Mutter eine neue Niere erhält. Ich habe gelesen, dass die Amerikaner schon viel weiter damit sind als wir. Ich kenne ein paar Gestütsbesitzer dort. Sicherlich können sie mir helfen, einen fähigen Arzt zu finden und deine Mutter auf die Warteliste zu setzen.«

»Ich-ich weiß nicht, was ich sagen soll«, erwiderte Marlene. »Das ist so verwirrend. Und ich –«

Er legte ihr beruhigend eine Hand auf die Schulter. »Du musst noch gar nichts entscheiden. Um die Dialyse kümmere ich mich so oder so. Mit allem Weiteren kannst du dir Zeit lassen. Mein Herz ist treu.«

Ein Kloß sammelte sich in ihrer Kehle an, machte das Schlucken schwer und das Atmen. Wie sollte sie eine Entscheidung treffen, die über vier Leben entschied: ihr eigenes, das ihrer Mutter, Rainers und auch Gustavs, in dessen Augen ein Anflug von Hoffnung zu erkennen war. Stimmte es – war er der einzige Ausweg?

27

Hamburg, heute

Tobias verabschiedete sich am nächsten Morgen mit einem schnellen Kuss auf die Wange von ihr, bevor er sie hinauskomplementierte. Dabei schien er sorgfältig zu prüfen, dass sie ja nichts da gelassen hatte. Er suchte den Bereich, wo sie ihre Kleidung abgelegt hatte, mit den Augen ab. Seltsam. Erwartete er Besuch? Aber selbst wenn, wen interessierte das? Sie waren schließlich wieder zusammen.

Da sie sich heute erst um elf mit Philipp traf, hatte sie noch etwas Zeit, die sie im Wellness-Bereich des Hotels verbrachte. Nach einem ausgiebigen Frühstück fuhr sie in die Redaktion. Dort lasen sie einige Artikel über Rainer Hansen. Bevor er sein eigenes Gestüt gründete, war er Trainer beim Gestüt Goldmann gewesen. Er kaufte den Goldmanns einen nervösen, schwer zu bändigenden Hengst namens *Black Storm* ab, den niemand haben wollte – und verdiente Millionen mit ihm. Genug Geld für ein eigenes Gestüt, das anscheinend immer noch einträglich war.

Während die Goldmanns ihr Gestüt aufgeben mussten. Da Esther den arroganten Ex-Ehemann ihrer Großmutter unmöglich fand, freute sie das irgendwie. Sie betrachtete einen der Artikel, die sie ausgedruckt hatten. Hansen sah sympathisch aus. Er lächelte freundlich in die Kamera und seine Augen hatten einen herzlichen Ausdruck. Sie war gespannt, wie er wohl war. Hoffentlich netter als Goldmann. Und vielleicht konnte er ihr erklären, was ihre Großmutter damals an dem blöden Kerl gefunden hatte.

»So, wir sollten jetzt mal los«, sagte Philipp schließlich.

»Und wohin?«

Er zwinkerte ihr zu. »Das wirst du nachher sehen.«

Esther zog einen Flunsch. »Aber ich bin so neugierig. Kannst du es mir nicht jetzt schon sagen?«

»Nope.« Er schüttelte lachend den Kopf. Dann beugte er sich zu ihr vor, um ihr die Hand auf die Schulter zu legen. »Es wird dir gefallen. Bestimmt. Und wenn nicht, darfst du mich schlagen.«

»So richtig fest?«, feixte Esther.

»Na ja, ich will nicht im Krankenhaus landen.«

Sie mussten beide lachen. Esther griff nach den Ausdrucken und verstaute sie in der Tasche, bevor sie rausgingen. Diesmal fuhr Philipp mit seinem eigenen Wagen. Es war ein E-Auto, ein kleiner BMW. Er startete fast lautlos. Für Esther war das immer noch ungewohnt. Sie war zwar hin und wieder Elektroautos gefahren und fand dieses Fehlen der typischen Benzinermotorgeräusche strange. Aber besser für die Umwelt war es ja. Zumindest ein wenig.

Philipp lenkte den Wagen sicher durch Hamburg, in das Esther sich ein bisschen verliebt hatte. Der Verkehr in der Stadt war dicht, doch Philipp behielt die Nerven. Esther wäre sicher schon x-mal ausgeflippt. Aber ihn schien kaum etwas aus der Ruhe zu bringen. Ein Lächeln lag auf seinen Lippen. Wo es wohl hinging?

»Verrätst du mir jetzt endlich, wo wir hinfahren?«, fragte sie, während sie versuchte, Hinweise auf ihr Ziel zu erspähen.

»Das wirst du gleich sehen.« Philipp schmunzelte.

Esther verdrehte die Augen, freute sich aber insgeheim, dass er sich so nett um sie kümmerte und ihr eine Freude machen wollte. Im Gegensatz zu Tobias, der sie so schnöde allein ließ. Wo sie darauf brannte, ihre Wiedervereinigung zu zelebrieren. Sie hatte Sophie schon haarklein erzählt, was Tobias ihr gesagt hatte. Ihre Freundin hatte sich zwar für sie gefreut, aber irgendwie fehlte ihr die rechte Begeisterung. Sie hatte nur geseufzt und gesagt: »Wenn Tobias das alles ernst meint, ist das wirklich toll. Aber Süße: Bitte vertrau ihm nicht blind. Du weißt schließlich selbst am besten, wie gut er lügen kann. Pass also auf!«

Nun, das hatte sie vor. Sie würde ganz genau darauf achten, ob etwas auf eine Lüge hindeutete. Aber sie konnte auch nicht in allem, was er sagte, Böses vermuten. Das mit dem Kundentermin musste sie ihm glauben. Diese Termine waren bei ihm keine Seltenheit. Da sein Arbeitgeber eine Loge in der Barclays Arena besaß, führten sie öfter mal Kunden dorthin aus. Einige Male durfte sie ihn begleiten. Also war alles bella. Aber trotzdem vermisste sie ihn.

Sie verließen nach einer schier endlosen Zeit im Stau das Stadtzentrum von Hamburg und fuhren Richtung Norden. Die Gebäude wurden allmählich von grüneren Flächen abgelöst. Schließlich bog Philipp in eine Straße ein, die sie in ein weitläufiges, ländliches Gebiet führte.

Esther sah sich neugierig um. Sie erkannte einen hohen weißen Zaun und dahinter gepflegte Rasenflächen. Das war die Rennbahn!

Aufgeregt drehte sie den Kopf zu Philipp. »Ist es das, was ich vermute?«

»Yes.« Mit einem sichtlich zufriedenen Lächeln nickte er. »Willkommen auf der Hamburger Rennbahn! Wie es der Zufall will, ist gerade Derby-Woche. Das ist etwas ganz Besonderes. Die Atmosphäre, die Spannung – Hammer!«

Er parkte den Wagen auf einem Parkplatz und dann liefen sie zum Areal, wo die Rennen stattfinden sollten. Als sie näherkamen, öffnete sich die Sicht auf die weitläufige Rennbahn, flankiert von Tribünen, die sich majestätisch in den Himmel erhoben. Das ganze Gelände war voller Menschen, die lachend und schwatzend herumliefen. Aufregung lag in der Luft und Begeisterung. Es roch nach gebratenem Fleisch, kandierten Früchten und nach Pferd.

Manche Besucher waren elegant gekleidet mit gut sitzenden Anzügen und die Damen mit todschicken Kleidern und großen Hüten, wie man es aus Filmen kannte. Doch die meisten Leute sahen ganz normal aus. Dazwischen rannten Kinder begeistert umher. Die Atmosphäre erinnerte Esther an ein Volksfest. Alle Leute waren gut gelaunt. Was sicher auch an dem strahlenden Sonnenschein lag, der den Tag begleitete. Was selbst im Sommer keine Selbstverständlichkeit war. Aber heute schien der Himmelskörper voller Kraft. Ein Lächeln stahl sich auf ihre Lippen.

»Wow«, sagte sie leise. »Das hätte ich nie erwartet.«

Philipps Blick wurde warmherzig. »Ich dachte mir, es würde dir helfen, dich ein wenig auf die Vergangenheit deiner Großmutter einzustimmen.«

Ein warmes Gefühl breitete sich in ihrer Brust aus. Philipp war unter seiner Zyniker-Schale so ein lieber Kerl. Wie schade, dass sie ihn nicht schon früher getroffen hatte. Etwas an dem Journalisten reizte Esther. Schnell schüttelte sie den Gedanken ab. Sie war jetzt schließlich wieder mit Tobias zusammen. »Ganz bestimmt! Das ist so nett von dir.«

»Ich bin nett.« Er zwinkerte ihr zu.

Lachend gingen sie weiter, mischten sich unter die Menschen. Im Moment liefen keine Rennen. Dafür umstanden diverse Menschen einen ovalen Bereich zwischen dem Besuchergelände und der Rennbahn, der von gepflegtem Grün und einem weißen Zaun umgeben war.

»Ah, du hast den Führring entdeckt. Komm, lass uns hin«, sagte Philipp und setzte sich schon in Bewegung.

»Den was?«

»Dort werden die Pferde vor dem Rennen vorgestellt. Die Besucher, Trainer und Besitzer können sich hier einen Eindruck von ihrer Verfassung machen. Man sieht sie aus nächster Nähe. Das ist sensationell.« In seinen Augen funkelte es. Anscheinend wollte er nicht nur ihr eine Freude machen, sondern ihn hatte auch der Pferdevirus gepackt.

Als Kind hatte Esther alle Pferdebücher verschlungen, die es gab, und alle möglichen Serien gesehen. Sie hatte unbedingt reiten lernen wollen, aber ihre Mutter hatte es ihr verboten. Sie hatte Angst, dass ihr etwas passierte. Eine Freundin arbeitete in der Unfallchirurgie und erzählte ihr alle möglichen Horrorgeschichten. Später hatte sie dann die Liebe zum Design entdeckt und damit war das Thema erledigt. Aber sie liebte die edlen Tiere immer noch. Das spürte sie hier, auf der Rennbahn ganz deutlich. Aufregung packte sie, als sie dem Führring näherkamen, der dicht belegt war.

»Da, gleich kommen sie!«, rief ein Mädchen mit blonden Zöpfen aufgeregt und stürmte zur Absperrung.

Am liebsten wäre Esther ihr nachgerannt. Aber sie beherrschte sich und trat langsam mit Philipp voran. Sie suchten sich einen Platz, der nicht ganz so voll war, doch das war schwer. Der Führring schien eins der Highlights der Rennbahn zu sein und entsprechend belagert war er. Überall standen Erwachsene und Kinder – überwiegend Mädchen herum –, um einen Blick auf die Galopper zu erhaschen. Nach einer Weile fanden sie noch einen Platz vorne.

Esther lehnte sich über das Gelände und sah sich aufgeregt um. Noch war alles leer, doch an der allgemeinen Spannung erkannte sie, dass es bald so weit sein musste. Alle reckten die Hälse und murmelte leise vor sich hin, die Programmhefte in der Hand. Auch Esther und Philipp hatten sich eins mitgenommen, um zu wissen, welche Pferde bei welchen Rennen liefen. Wobei ihr die Namen nichts sagten. Egal, es ging ja nur um den Spaß – und das Gefühl. Die Verbindung zu Großmutter Marlene.

Sofort musste sie an ihre Oma denken. Sicher war sie auch oft bei Rennen gewesen, als sie noch auf einem Gestüt gearbeitet hatte. Wie war es wohl für sie gewesen, wenn die Tiere, die sie kannte, um den Sieg rannten? Deren Namen sie in Listen eintrug? Anträge geschrieben hatte, oder was auch immer sie beim Gestüt Goldmann gemacht hatte. Hatte sie auch das Adrenalin gespürt, das Esther gerade erfasste?

Wärme durchflutete sie, als sie sich vorstellte, wie ihre zurückhaltende Großmutter Marlene sich mit glänzenden Augen und klopfendem Herzen umgesehen hatte. Sicher hatte sie auch die edlen Vierbeiner geliebt. Wie könnte man sich ihrem Reiz verschließen? Dann kamen die ersten Pferde in die Bahn und Esther fühlte Ergriffenheit angesichts der edlen Tiere. Sie waren wunderschön mit schlanken Beinen, stolzen Köpfen und kraftvollen Bewegungen.

Schnaubend schritten sie den Ring entlang, ihre muskulösen Körper glänzend im Sonnenlicht. Sie trat näher an den Zaun heran, um die Tiere besser sehen zu können. Die Mischung aus Eleganz und Kraft, die von den Pferden ausging, faszinierte sie. Sie vermittelten pure Lust an der Bewegung. Am liebsten würde sie sie streicheln, doch natürlich wurden die Pferde zu weit weggeführt. So musste sie sich damit begnügen, ihre Blicke über die Tiere schweifen zu lassen. Sie hoffte, dass sie später auf dem Gestüt die Gelegenheit hatte, eines der Tiere zu streicheln.

»Es ist wundervoll, oder?« Philipp beugte sich etwas zu ihr herunter, und sie fühlte seine Nähe ganz intensiv. Viel intensiver, als gut für sie war.

Sie nickte und spürte, dass ihr ganzes Gesicht strahlte. »Ich liebe diese Stimmung hier! Und die Pferde ...«

»Dann warte nur den Moment ab, wenn sie gleich auf der Rennbahn sind. Der Anblick, wie sie aus den Startboxen schießen und über die Strecke donnern, ist unvergesslich.«

Mit glänzenden Augen schaute sie sich um. Ja, das konnte sie sich lebhaft vorstellen. Eins der Pferde tänzelte aufgeregt und musste von dem Pfleger beruhigt werden. Esther notierte sich die Nummer des Tieres. Fünf. Sie liebte eigenwillige Geschöpfe. So wie ihren Kater Julius, einen Britisch-Kurzhaar-Kater, der noch dickköpfiger war, als man es Katzen nachsagte. Dieses Pferd beugte sich keinem Reiter, darauf wollte sie wetten. Nicht er würde es reiten, sondern es erlaubte ihm, auf seinem Rücken zu sitzen.

Philipp lächelte. »Hast du dich verliebt?«

»Ein bisschen.«

Er schaute ins Programmheft. »Das ist *Pure Magic*. Er gehört eher zu den Außenseitern. Aber er ist bildschön.«

»Ich will auf ihn wetten!«, sagte Esther.

»Mach das, das gehört doch zur Rennbahn dazu. Wer weiß, vielleicht wirst du hier noch steinreich.«

Sie grinste. »Tja, wer weiß.«

»Na, du angehende Millionärin, dann vergiss mal nicht, zu setzen. Wir sollten uns beeilen, bald geht's los.« Sie gingen mit schnellem Schritt zu den Wettkassen. Auf dem Weg dorthin erklärte er ihr geduldig, wie das Wetten funktionierte. »Es gibt verschiedene Arten von Wetten. Bei einer Siegwette setzt man darauf, welches Pferd als erstes ins Ziel kommt. Bei einer Platzwette gewinnt man, wenn das Pferd unter den ersten drei landet. Dann gibt es noch die Zweier-, Dreier- oder

Viererwette und 2 aus 4. Aber ich würde sagen, fang erst mal mit der Platz- oder Siegwette an.«

Esther nickte. Sie suchten sich an den Tischen die Wettvorlagen. Einen Stift hatte Esther dabei. Schwungvoll machte sie ein Kreuz bei der Nummer fünf. Und dann – zur Sicherheit – noch eins bei der Platzwette.

Philipp lachte leise. »Du willst seinen Sieg, oder?«

»Den wird er auch holen!«, sagte sie selbstbewusst.

Er hob die Augenbrauen. »Na, wollen mal schauen. Ich verlasse mich da auf die Tipps der Experten. Zwei von ihnen empfehlen die Nummer drei, *Angel Walk*. Ich wette auf ihn.«

»Wenn du verlieren willst ...«

Lachend knuffte er sie in die Seite. Dann stellten sie sich an der Schlange an. Als sie an der Reihe waren, starrte der Kassierer auf Esther Wettschein. »Wissen Sie, dass Sie hier vier Wetten platziert haben?«

Esthers Magen zog sich zusammen. »Äh, was?«

Der Mann tippte unwirsch auf den Zettel. »Sie haben fast alles markiert, was es hier gibt. Das ist nicht eindeutig.« Seufzend holte der Mann einen neuen Wettschein. »Nun sagen Sie mal, was es sein sollte. So geht das nicht.«

Ihre Wangen brannten und sie kam sich ziemlich blöd vor. War sie echt nicht in der Lage, einen Wettschein auszufüllen? »Ich wollte eine Siegwette für die Nummer fünf machen und eine Platzwette. Auch für die fünf.«

Der Mann nickte, kreiste die richtigen Felder ein. »So muss das aussehen. Wie viel setzen Sie denn?«

»Vier Euro jeweils.« Sie hatte sich vorgenommen, nicht zu viel auf der Rennbahn auszugeben. Dabei flüsterte ihr Herz ihr ein, dass *Pure Magic* sicher siegen würde. »Oder warten Sie, nehmen Sie jeweils sechs.« Mehr wollte sie dann doch nicht investieren, nur aus einer Laune heraus.

Der Mann murrte zwar etwas, änderte den Betrag aber doch. Vermutlich nur, weil er höher war.

»Komm, es geht bald los.« Philipp griff nach ihrem Unterarm und zog sie durch die Menschenmenge. Ein Anflug von schlechtem Gewissen überkam sie, weil ihr die Berührung gefiel. Verdammt, sie war wieder mit Tobias zusammen! Und sie hielt ja gar nicht wirklich Händchen mit Philipp. Aber sie ertappte sich bei dem Gedanken, dass sie es gerne würde.

An der Rennbahn war es brechend voll, überall drückten sich Menschen herum, um einen Blick auf die Tiere zu erhaschen. Philipp fand eine kleine Lücke und drängte sich mit ihr hinein. Esther war das schon etwas unangenehm, aber er sagt leise zu ihr: »Glaub mir, ich bin sonst nicht so. Allerdings habe ich bei meinem ersten Mal alles nur aus der Distanz gesehen, doch dann macht es keinen Spaß. Du brauchst die Nähe zur Rennbahn, um es richtig zu genießen.«

Zum Glück waren die Menschen neben ihnen nicht sauer, sondern machten ihnen Platz. Aufregung erfasste Esther, als der Kommentator verkündete, dass die Tiere sich nun der Startbox näherten. Auf einem Bildschirm konnten sie das mitverfolgen – und sahen, wie *Pure Magic* sich sträubte, in die Box zu gehen. Erst nachdem ein Helfer geschickt Hand anlegte, verschwand er in dem zugewiesenen Platz.

»So, meine Damen und Herren, es geht weiter mit dem zweiten Rennen des heutigen Tages. Erleben Sie gleich, wie diese Pferde Ihnen zeigen, was wahre PS bedeuten. Nur noch wenige Minuten bis zum Startschuss.«

Die Gespräche erstarben, alle Blicke richteten sich nach vorne. Esther spürte, wie ihr Herz vor lauter Aufregung raste. Sie musste innerlich lachen. Gerade einmal zwölf Euro hatte sie gesetzt, warum tat sie dann so, als ob ihr Leben davon abhing? Auf dem Monitor sah sie, wie die Jockeys in Stellung gingen, fast über den Sätteln schwebend. Wie konnten sie sich so nur auf den Tieren halten?

Die Glocke schrillte und vierundzwanzig Hufe setzten sich fast zeitgleich in Bewegung. Wirbelnde Körper und Beine. Unterstützende Bewegungen der Jockeys, die fast schwerelos wirkten, tief über die Hälse der Tiere gebeugt. Sie galoppierten in einem atemberaubenden Tempo, alle dicht beieinander. Zumindest am Anfang. Dann setzen sich zwei Pferde von den anderen ab – und eins davon war die Nummer fünf. *Pure Magic*. Ihr Herz hämmerte wie verrückt und sie freute sich über jeden Zentimeter, den das Pferd vor einem anderen lag. Sie fieberte mit, als wäre es ihr Pferd. Verrückt!

In atemberaubendem Tempo näherten sich die Pferde dem Bereich, an dem sie standen. Esther rechnete mit einem Donner, aber der Hufschlag ging unter auf dem Rasen, dem Gemurmel der Gäste und den Erläuterungen des Kommentators, der kaum glauben konnte, was er sah.

»*Pure Magic* rennt wie ein alter Hase. Dieser Hengst will heute anscheinend gewinnen, sehen Sie das?«

Ja, das sah Esther. Ein Glücksgefühl erfasste sie, als das schöne Pferd in Führung ging – und dann an ihnen vorbeiraste, zusammen mit fünf anderen Pferden. *Pure Magic* schien auf einmal noch einen Schub zu bekommen, er setzte sich in der Ziellinie von seinen Konkurrenten ab. Erst war es nur ein bisschen, aber nachher lag eine ganze Pferdelänge zwischen ihm und dem Zweitschnellsten. Esther konnte nicht anders. Sie umarmte Philipp und jubelte, als ob sie den Hauptgewinn der Lotterie gewonnen.

Lachend drückte er sie an sich. »Na, da dürftest du einen netten Gewinn abgestaubt haben. Bei der Quote. Ich sage es ja, du gehst heute als reiche Frau vom Platz.«

»Wohl kaum bei meinem lumpigen Einsatz. Aber es wird reichen, um dich als Dank auf einen Drink einzuladen.

Philipp hob die Augenbrauen. »Und noch auf eine Pommes. Darauf bestehe ich. Wenn schon, denn schon.«

Esther lachte. »Auch die.« Erst jetzt fiel ihr auf, dass sie Philipp immer noch im Arm hielt. Hastig machte sie einen Schritt zurück. Sie ignorierte seinen enttäuschten Blick ebenso wie das leise Seufzen ihres Körpers.

***

Der Nachmittag verging wie im Flug. Sie wetteten, lachten und genossen die besondere Atmosphäre der Derby-Woche. Dann war es an der Zeit, zu Rainer Hansen zu fahren. Zu dem Mann, der ihnen vielleicht sagen konnte, warum Oma Marlene Gustav Goldmann geheiratet hatte – und warum er heute nichts mehr von ihr wissen wollte.

Sie fuhren noch weiter ins Umland. Dann erschienen vor ihnen die ersten Ausläufer der Lüneburger Heide. Esther richtete sich auf und sah neugierig aus dem Fenster. Es sah so ganz anders aus als die sanften Hügel, die Düsseldorf umgaben, vor allem, wenn man Richtung Bergisches Land fuhr. Hier schien die Landschaft beinahe bis zum Horizont zu reichen, flach und weit. Alles war durchzogen von dem Heidekraut, das der Gegend seinen Namen verlieh. Die ganze Umgebung leuchtete in sattem Violett. Es war wunderschön.

Nach einer Weile, in der sie in einer Flut aus Lila schwelgten, erreichten sie das Gestüt. Sie fuhren über einen breiten Weg, vorbei an weitläufigen Weiden, die von weiß gestrichenen Zäunen umrahmt waren. Pferde grasten friedlich, ihre Mähnen wehten leicht im Wind. Esther schluckte, denn diese Tiere sahen genauso schön aus wie die von der Rennbahn. Langbeinig, sehnig und voller anmutiger Eleganz. Wieder überkam Esther die Sehnsucht, doch eines Tages reiten lernen zu können. Wie schön musste es sein, eins mit diesen wundervollen Tieren zu sein?

Esthers Herz klopfte bis zum Hals, als sie ausstiegen und auf das rustikal gehaltene Gebäude zugingen. Es wirkte nicht wie ein Ort, in dem es um die Präsentation ging, sondern darum, echte Geschichten und Erlebnisse zu teilen. Die Wände waren aus roten Backsteinen, die trotz ihres Alters gut gepflegt wirkten, und die Fenster mit ihren schmiedeeisernen Gittern verliehen dem Gebäude einen nostalgischen Charme. Der Duft von frisch gebackenem Brot lag in der Luft.

Je näher sie der Tür kamen, desto nervöser wurde Esther. Was wäre, wenn auch Hansen nicht mit ihr reden wollte? Weil ihre Großmutter etwas Schreckliches, etwas Unverzeihliches getan hatte? Wie könnte sie damit leben?

Philipp schaute sie prüfend an. »Bist du bereit?«

Als sie nickte, drückte er auf die Klingel. Nach nur wenigen Sekunden öffnete sich die Tür, ganz so, als habe ihr Gastgeber nur auf sie gewartet. Rainer Hansen, den Esther auf Mitte achtzig schätzte, hielt sich auffallend aufrecht und seine blauen Augen sahen klar und wach aus. Falten durchzogen sein Gesicht, verrieten Gespür für Humor.

»Ich freue mich, dass Sie zu mir herausgefunden haben«, sagte er heiter. Dann fiel sein Blick auf Esther und das Lächeln gefror in seinem Gesicht. Er starrte sie an, als habe er einen Geist gesehen. »Marlene?«, stieß er verwirrt aus. Er schüttelte den Kopf und rieb sich die Augen. »Verzeihen Sie«, stammelte er schließlich. »Ich weiß ... Marlene ist vor kurzem gestorben. Herr Schumacher hat es mir gesagt. Mein herzliches Beileid. Ich bedauere das wirklich sehr.« Er schenkte ihr einen so warmherzigen Blick, dass Esthers Kehle sich sofort wieder zusammenschnürte. »Aber ... Sie sehen genauso aus wie sie, als sie in Ihrem Alter war.«

»Sie war meine Großmutter. Man hat mir schon oft gesagt, wie ähnlich wir uns wären.«

»Sie sind also Marlenes Enkelin ...« Wie vom Donner gerührt ließ er die Arme sinken und starrte sie an.

Dann erinnerte er sich an die Gepflogenheiten. »Entschuldigen Sie, ich haben mich noch gar nicht vorgestellt. Mein Name ist Rainer Hansen und ich kannte Ihre Großmutter gut.«

»Guten Tag, Herr Hansen. Ich bin Esther Rosenberg und Sie müssen uns alles über sie erzählen!«

»Natürlich.« Hansen nickte. »Das ist das Mindeste, was ich Marlene schulde. Außerdem ist Herr Schumacher ja ein Freund von Wilhelm von Frauenfeld und er hat mir eingeschärft, ich solle ihm ja alles sagen, was ich weiß. Sonst würde er nie mehr eines meiner Pferde kaufen.« Er nickte Philipp zu. »Der hat mir ganz schön zugesetzt.«

Philipp runzelte die Stirn. »Das tut mir leid, das wollte ich nicht.« Er streckte Hansen die Hand hin. »Guten Abend, auch wenn Sie bereits erraten haben, wer ich bin, möchte ich mich vorstellen. Mein Name ist Philipp Schumacher von der Hamburger Zeitung. Und natürlich ist es nicht Stil unseres Hauses, unsere Informanten zu erpressen.«

»Keine Sorge, diese Drohung meint er sowieso nicht ernst. Das ist nur ein kleiner Scherz unter Freunden.« Der Ältere lachte fröhlich, wodurch sich viele kleine Fältchen um seine Augen herum bildeten. Er öffnete die Tür bis zum Anschlag und trat einen Schritt zurück. »Kommen Sie bitte herein! Ich freue mich schon darauf, in meiner glorreichen Jugend schwelgen zu dürfen.«

Seine Selbstironie machte ihn Esther sofort sympathisch; er war so ganz anders als Goldmann. Kaum konnte sie sich vorstellen, dass die Männer tatsächlich befreundet waren. Nur zu gerne trat sie bei ihm ein und schaute sich neugierig um. Das Haus verriet deutlich, dass hier jemand wohnte, der es zwanglos liebte. Es besaß eine warme, einladende Atmosphäre. In einer Ecke stand ein großer Kamin, der perfekt zu den rustikalen Holzmöbeln und den dicken Teppichen passte, die den Boden bedeckten. Unzählige Fotos standen darauf – und eins davon stellte ihre Großmutter dar, wie Esther beim Näherkommen erkannte. Ihr Herz setzte beinahe einen Schlag aus, als sie ihre Oma in jungen Jahren erblickte. Sie stand neben einem wunderschönen Pferd und hatte wirklich fast genau dieselbe Frisur wie sie. Auf dem Bild lächelte sie so fröhlich, dass es mit Esthers Selbstbeherrschung vorbei war.

»Oma«, hauchte sie und spürte bereits, wie die Tränen herausströmen wollten. Doch sie drängte sie energisch zurück. Sie konnte ja schlecht bei jemandem zu Besuch kommen und zur Begrüßung erst mal heulen. Philipp legte tröstend eine Hand auf ihre Schulter und drückte sie leicht.

»Ja, das ist sie. Mit *Black Storm*. Sie liebte dieses Pferd fast so sehr wie ich.« Rainer trat zu ihr und strich zärtlich mit den Fingerspitzen über das Bild. Dabei wurde seine Miene so weich, dass sie sich fragte, ob er vielleicht damals in ihre Großmutter verliebt gewesen war. Forschend schaute sie ihm ins Gesicht, doch er erwiderte ihren Blick nur ernst.

»Geht es wieder?«, fragte er voller Sorge.

Sie nickte und rieb sich die Augen, um den letzten Weinimpuls zu unterdrücken. Langsam schaute sie sich um. Auf den Regalen aus Massivholz stapelten sich Bücher und Zeitungen, auf den Tischen lagen persönliche Sachen.

Hansen lächelte entschuldigend und räumte ein paar Dinge weg. »Verzeihen Sie das Chaos. Mit Ordnung hab ich es leider nicht so sehr.« Dann machte er einen Schritt auf die Terrassentür zu, die weit offen stand. »Aber ich bitte Sie, setzen wir uns doch lieber nach draußen. Die Sonne scheint so schön.«

»Vielleicht können wir noch Ihre Pferde besichtigen?«, fragte Esther scheu. »Wir waren eben beim Hamburg-Derby und es war so toll. Die Pferde waren so schön.«

»Da treten am Sonntag zwei meiner Pferde an.« Ein warmherziger Ausdruck trat in die Augen des Älteren. »Also hat Sie auch der Pferdevirus befallen. Sicher, wir können noch in die Stallungen gehen, wo der Hauptteil der Pferde steht. Aber nur kurz, die Tiere brauchen Ruhe.«

»Sicher, das verstehe ich.«

Hansen führte sie über den Hof. Die Stallungen waren sauber und ordentlich, aus den Boxen schauten neugierige Pferdeköpfe heraus. Esther konnte die Wärme der Tiere spüren, das leise Schnauben und die gedämpften Schritte auf dem Stroh erfüllten die Luft. Es kam ihr vor, als käme sie nach Hause, so wohl fühlte sie sich hier.

Eines der Pferde steckte seinen Kopf aus der Box und wieherte leise. Esther ging auf ihn zu, streckte die Hand aus, und das Tier schnupperte neugierig daran. Seine großen, braunen Augen sahen sie an. Durch die dichten Wimpern wirkte sein Blick so sanft und tief, dass sie darin ertrinken könnte. Dann drückte das Tier schnaubend seine samtige Schnauze gegen ihre Hand und knibbelte sanft daran. Ein warmes Gefühl durchströmte sie, als sie das Pferd streichelte.

Rainer Hansen beobachtete sie wohlwollend. »Das ist *Storm Wind*, ein Enkel von *Black Storm*. Er scheint Sie zu mögen. Die Pferde spüren, wenn jemand sie mit dem Herzen sieht.«

Esther nickte nur. Sie fühlte sich in dieser Stallung auf einmal völlig eins mit Großmutter Marlene.

28

Lüneburger Heide, 1965

»Marlene, das kann nicht dein Ernst sein! Du denkst nicht ernsthaft darüber nach, Gustavs Antrag – wenn man ihn überhaupt so nennen kann – anzunehmen? Du liebst schließlich mich. Und ich liebe dich aus der Tiefe meiner Seele.«

Die Qualen in Rainers Gesicht ließen Marlenes Magen auf Erbsengröße schrumpfen und ihr wurde totschlecht. »Ich weiß.« Ein leichtes Schwindelgefühl ergriff sie. Vor lauter Sorge um ihre Mutter war sie in den letzten Tagen kaum dazu gekommen, etwas zu essen. »Aber ... Was soll ich denn machen? Die Dialyse ... Sie mussten sie abbrechen, weil Mamas Herz mittlerweile auch zu schwach ist.«

Sie schlug die Hände vors Gesicht und weinte bitterlich. Die Ärzte hatten es einige Male mit der Behandlung versucht: mal mit einem reduzierten Volumenentzug pro Dialysesitzung, mal mit speziellen Verfahren, die schonender für das Herz waren – und die nur zum Teil von der Krankenkasse bezahlt wurden. Die Kosten summierten sich immer mehr. Marlene hatte schon ein unfassbar schlechtes Gewissen gegenüber Gustav. Wie lange würde er das noch machen?

Mit tränenblinden Augen schaute sie Rainer an. »Mama braucht die Nierentransplantation. Und zwar schnell! Gustav hat bereits seine Kontakte spielen lassen. Sie könnte nächste Woche in Amerika operiert werden. Allerdings muss er heute Bescheid sagen. Sonst vergeben sie den Platz neu. Und wer weiß, wann Mama dann wieder ein Spenderorgan bekommt.«

Rainer ballte die Hände zu Fäusten und atmete stoßweise ein und aus. »Ich komme auch an Geld. Der Hof ist einiges wert. Und das Gestüt Moordeich hat schon Interesse an *Black Storm* bekundet. Da kann ich vielleicht zehntausend Mark herausholen.«

»Was ist, wenn das nicht reicht? Weil es weitere Komplikationen gibt? Was ist dann? Willst du dann auch noch *Heartbreaker* verkaufen? Oder deinen Wagen?« Sie schüttelte den Kopf, kämpfte erneut gegen Tränen und Verzweiflung. »Gustavs Familie kann diesen Weg bis zum Ende finanzieren.« Es kostete sie nur ihre Ehre.

»Bitte, Marlene. Das ist doch Wahnsinn. Lass uns wenigstens versuchen, das Geld aufzutreiben.« Flehentlich schaute er sie aus diesen wundervollen, blauen Augen an, in denen die Seele der See zu liegen schien.

Am liebsten würde sie Rainer sagen, er sollte ruhig alles verkaufen, um die Operation ihrer Mutter zu bezahlen. Nur damit sie ihn nicht verlassen musste. Aber das durfte sie nicht. Sie musste stark sein, sonst ruinierte sie zu viele Leben. Rainer musste seinen Traum aufgeben und ihre Mutter würde sterben. Wenn sie Gustav heiratete, würde nur ihr Herz bluten. Doch es würde heilen. Ebenso wie Rainers. Er würde eine andere Frau finden, die er liebte. Und sie selbst würde sich schon mit Gustav arrangieren. Irgendwann.

»Es geht nicht.« Obwohl sie ihre Stimme kaum hob, fuhr Rainer zusammen, als hätte sie ihn angebrüllt.

Er betrachtete sie ernst. Die Muskeln in seinem Gesicht zuckten und seine Augen verdunkelten sich. »Also hast du deine Entscheidung eigentlich schon getroffen, oder?«

Sie blickte auf den Boden, verschränkte die Finger miteinander und ignorierte eisern die Stimme in ihrem Kopf, die sie anschrie: *Was machst du denn da?*

Nach einer gefühlten Ewigkeit schaute sie auf, versuchte, Entschlossenheit in ihren Blick zu legen. »Ich weiß einfach keinen Ausweg. Ich muss mich zwischen meinem Liebesglück und dem Leben meiner Mutter entscheiden. Was würdest du machen, wenn es um deine Familie ginge? Würdest du sie sterben lassen?« Sie musterte ihn eindringlich.

Er seufzte schwer und schloss seine Hände um ihre. Sanft umfasste er sie. Dann öffnete er sie, nahm die Hand mit dem Verlobungsring und drückte seine Lippen auf den Handrücken. Ein Schauder überlief sie. Wieder seufzte er, fuhr sich mit der freien Hand durch die Haare. »Meine Liebste, ich weiß es nicht. Natürlich würde ich versuchen, alles möglich zu machen. Aber wenn es hart auf hart käme ...« Er hob die Schultern an. »Nichts geht über Familie, oder?«

»Eben.« Sie spürte gleichzeitig Erleichterung und unendliche Traurigkeit. »Also ... verstehst du mich?«

Eine gefühlte Ewigkeit begegnete sein Blick dem ihren schweigend. Kein Vorwurf lag darin, sondern nur Bitterkeit und stille Resignation. Er wusste genauso gut wie sie, dass in diesem Fall das Bankkonto wichtiger war als das Herz.

»Ja, das tue ich«, sagte er schließlich leise. Er ließ ihre Hände los und Kälte kroch ihre Glieder hinauf. Ihr Herz fühlte sich an, als toste ein Schneesturm drum herum. Mit steifen Bewegungen streifte sie den Ring von ihrem Finger und legte ihn in seine Hand. Es zuckte in seinem Gesicht, aber er sagte nichts mehr, sondern ballte die Hand zur Faust, mit dem Ring darin. Er wusste anscheinend, dass ihr Entschluss feststand. Auch wenn es ihr Innerstes zerriss.

Sie schluckte. »Es gibt aber eine Bedingung. Dass du ... dass du ...« Sie konnte es nicht aussprechen, es war zu grausam.

Rainer ahnte ohnehin schon, worauf sie hinauswollte. Sein Blick wurde hart und seine Kiefermuskeln mahlten. »Ich soll meine Stelle aufgeben. Damit ich nicht störe.«

Wieder brannten die Tränen heiß in ihren Augenwinkeln. Und wieder drängte sie sie mit all der Beherrschung, zu der sie noch fähig war, zurück. »Ich glaube, er hat Angst, dass ich dich dann niemals ganz aufgebe.« Was auch stimmte. Wie sollte Marlene jemals ihre Gefühle für Rainer vergessen, der alle ihre Sinne berührt hatte? Der ihr das Gefühl gab, die Königin seines Herzens zu sein?

Rainer senkte den Kopf, ein Bild des Kummers. Marlenes Hals wurde so eng, als drückten unsichtbare Finger ihn zusammen. Sie atmete gepresst ein und aus.

»Nun, dann gibt es wohl nichts mehr zu sagen, nicht wahr?« Er stand langsam auf, richtete sich zu seiner vollen Größe auf. Schatten lagen auf seinem Gesicht, als er flüsterte: »Ich wünsche dir alles Gute mit Gustav.« Ruckartig drehte er sich um und ging mit langen Schritten davon.

Mit jedem Schritt, den er sich von ihr entfernte, zersprang ihr Herz etwas mehr. Als er um die Ecke gebogen war, bestand es nur noch aus tausenden kleiner Teilchen, die irgendwo auf dem Boden lagen. Marlene war es egal. Wenn sie Rainer nicht haben konnte, brauchte sie es nicht mehr.

29

Lüneburger Heide, heute

Nach dem Besuch in den Stallungen setzten sie sich auf die Holzveranda. Esther und Philipp belegten Stühle nebeneinander, während Hansen gegenüber Platz nahm.

»Was möchten Sie trinken?« Der Ältere deutete auf einen Behälter, der bis zum Rand mit Eis gefüllt war. »Ich kann Ihnen Bier, Wein, Wasser oder Cola anbieten.«

»Ich nehme ein Bier«, rief Philipp und klang so durstig, dass ihr Gastgeber lachen musste.

»Dem schließe ich mich an.« Hansen nahm zwei Flaschen heraus. »Trinken Sie auch aus der Flasche?«

»Gerne. Ich bin da nicht so.« Philipp grinste.

»Für mich bitte einen Weißwein, wenn es geht«, warf Esther ein. »Aber ich bräuchte schon ein Glas.«

Hansen schmunzelte. »Natürlich.« Er erhob sich und ging zu einem Servierwagen, der in einer Ecke stand und nahm ein Weinglas. Danach zog er eine Flasche Wein aus dem Eis heraus und schenkte ihr großzügig ein.

»Auf Marlene!« Er hob seine Bierflasche leicht an. Sein ganzes Gesicht drückte Trauer aus und grenzenlosen Schmerz. Was war damals nur zwischen ihnen gewesen?

Sie prostete ihm zu, spürte wieder den Schmerz in sich zwicken und zwacken. »Auf Oma.«

»Auf alle Rosenbergs«, ergänzte Philipp und ihr Puls beschleunigte sich. Verdammt, warum war er nur so süß?

Sie nahmen jeder einen Schluck.

Eine Weile sagte keiner etwas. Schließlich fragte sie Hansen: »Woher kannten Sie eigentlich meine Großmutter? Und wie standen Sie zu ihr?«

Hansens Finger schlossen sich enger um das Glas und in seinem Gesicht zuckte ein Muskel. Dann seufzte er leise und darin lag solch eine Qual, dass es tief in Esthers Herz schnitt. »Ich habe sie geliebt. Wir wollten heiraten.«

Die Worte hallten in Esther wider wie Donner. Mit allem Möglichen hatte sie gerechnet, aber nicht damit. Sie konnte den Älteren nur noch anstarren, kein Ton kam über ihre Lippen. Hansen lächelte schwach. »Ich denke, Sie wollen sicher die ganze Geschichte hören. Aber ich warne Sie, das könnte eine Weile dauern. Vielleicht essen Sie derweil?«

Auf einem Tablett standen Brote mit verschiedenen Wurst- und Käsesorten sowie Obst und Gemüse. »Lassen Sie es sich schmecken, während ich Ihnen unsere Geschichte erzähle.«

Dieser Einladung folgte Esther gerne. Auf der Rennbahn hatten sie nur einige Kleinigkeiten gegessen, sodass ihr Magen in den Kniekehlen hing. Sie nahm sich etwas Schinken und Käse und machte sich damit zwei Brothälften. Auch Philipp und Hansen bedienten sich, wobei sie weniger zimperlich mit der Menge waren.

»Marlene arbeitete auch beim Gestüt Goldmann, wo ich für eine kurze Zeit Trainer war. Sie war ein Engel. Immer ein freundliches Wort für andere. Niemals verlor sie die Geduld. Sie war die gute Seele des Gestüts. Ich bewunderte sie vom ersten Tag an. Doch sie war zwar höflich, aber distanziert. Dann kam sie eines Abends an die Koppel, wo ich mit *Black Storm* trainierte. Und damit begann alles ...«

Hansen nahm einen Schluck von seinem Bier. Seine Augen hatten einen so sehnsüchtigen Ausdruck, dass Esther schon wieder mit den Tränen kämpfte. Er vermisste Oma. Immer noch. Nach wie vielen Jahren?

Sein Essen ließ er unangetastet. Er nahm noch einen Schluck, räusperte sich. »Wir redeten miteinander und sie erzählte mir, wie gerne sie reiten wollte, dass sie sich das aber nie leisten konnte. Ich brachte es ihr bei, bei mir zu Hause, auf meinem Pferd. Dabei verliebten wir uns ineinander. Bis ich ihr einen Antrag machte. Und dieses wunderbare Wesen nahm ihn an. Wollte meine Frau werden. Gott, wie sehr habe ich mich auf die Ehe mit ihr gefreut!« Wieder machte Hansen eine Pause, diesmal dauerte sie noch länger.

Esther wechselte einen Blick mit Philipp. Der aß zwar sein Brot, verfolgte sie beide aber aufmerksam. Ohne darauf zu achten, was es war, nahm Esther sich auch ein Brot. Sie biss hinein und merkte nur am Rande, dass es sich um Leberwurst handelte. Eine feine, sehr gut schmeckende. Der süßlich-herbe Geschmack passte zu ihrer jetzigen Stimmung. Auch Hansen nahm sich ein Brot und kaute darauf herum. An seinem Gesicht konnte sie ablesen, dass er sich erneut an die Zeit mit ihrer Großmutter erinnerte. Und zwar voller Freude.

Esthers Brust zog sich zusammen. Sie verstand gar nichts mehr. Was war damals auf diesem Gestüt geschehen? Ihre Großmutter war erst mit dem Trainer liiert und schnappte sich danach den Sohn des Besitzers? War sie so berechnend gewesen? Kälte fuhr durch sie hindurch. Doch sie riss sich zusammen. Nein, das konnte nicht sein. Oma Marlene war nicht so. Dazu war sie ein viel zu gütiger Menschen gewesen.

Eine Weile sagte niemand etwas. Sie aßen schweigend, jeder hing eigenen Gedanken nach. Schließlich seufzte Hansen noch einmal tief und seine Augen verloren den Glanz, der sie bis eben hatte strahlen lassen. »Es war ein Traum. Unser Traum! Aber wie so viele Träume musste auch er leider platzen. Marlenes Mutter wurde schwer krank. Sie brauchte eine teure Operation, die sie sich nicht leisten konnten. Gustav ... Er war schon lange in sie verliebt ... Nun sah er seine Chance gekommen. Wenn sie ihn heiratete, würde er die Operation bezahlen.« Seine Kiefermuskeln mahlten.

Esther riss die Augen auf. Sie konnte kaum glauben, was der Ältere erzählte. »Wie ... Was? Er hat Oma zur Ehe genötigt? Um das Leben ihrer Mutter zu retten? Also hat er sie quasi *erpresst?*« Das letzte Wort kreischte sie beinahe.

Hansen runzelte gequält die Stirn. »Das kann man so sagen. Sie hat ihr Glück verkauft für ihre Mutter. Sie ertrug es nicht, sie zu verlieren. Und ich ... ich wollte ihnen helfen. Damals hatte ich aber kaum Geld. Ich hatte nur ein wenig für mein Gestüt zurückgelegt. Das bot ihr an. Ich wollte es ihr mit Freuden geben. Aber sie wies es zurück. Weil sie meinen Traum nicht zerstören wollte. Stattdessen willigte sie ein, Gustavs Frau zu werden. Und stieß mich in tiefste Verzweiflung.«

Esther fühlte seinen Schmerz so greifbar, dass er sich wie ein Gewicht auf ihre Brust legte. Was für eine tragische Geschichte! Die beiden hatten sich aufrichtig geliebt. Aber sie konnten nicht zusammen sein – weil dieser eklige Gustav Goldmann ihre Großmutter wie ein Rennpferd gekauft hatte. Für seine eigene Zucht. Sie legte die zweite Brotscheibe weg, die sie sich eben genommen hatte. Keuchend rang sie nach Luft, unterdrückte Übelkeit und Seelenschmerz.

Hansen hob seine Bierflasche an, sah, dass sie leer war, und nahm eine neue. Dann redete er mit tonloser Stimme weiter: »Gleich am Tag nach der Hochzeit feuerte Gustav mich. Weil ich angeblich meine Ziele nicht erfülle. Ha!« Der Ältere sah sie voller Wut und Frustration an. »Er hatte sicher Angst, dass Marlene mich noch liebt und ihm dann keine gute Frau wäre. So hoffte er, dass sie mich vergisst. Was sie irgendwann wohl auch gemacht hat.« Seufzend starrte er auf seine Bierflasche, spielte damit, den Blick in sich gekehrt.

»Wir verloren schon bald den Kontakt. Wohinter sicher auch Gustav stand. Diesem Kerl war jedes Mittel recht. Also lebte ich irgendwann mein eigenes Leben. Suchte mir eine neue Frau. Johanna. Eine gute Frau. Ich habe sie geliebt. Aber niemals so wie Marlene. Sie war einfach etwas Besonderes. Sie hat mein Leben in einer Weise bereichert, wie ich es nie für möglich gehalten hätte. Ich habe mir immer vorgestellt, dass wir eines Tages wieder das Glück erleben können. Aber dazu ist es nie gekommen.« Seine Stimme wurde zum Ende hin immer leiser, bis er nur noch flüsterte. Esther musste sich vorbeugen, um ihn zu verstehen. Eine Weile schwieg er, wobei er sichtlich gegen seine Emotionen kämpfte. In Hansens Augen erschienen Tränen.

Ihr Herz verkrampfte sich, bis es ein kleiner, fester Klumpen der Trauer war. Warum war das Leben bloß so ungerecht? Ihre Oma und dieser Mann, der sie so sehr geliebt hatte, dass er nun sogar weinte, hätten es verdient, miteinander glücklich zu sein. Doch die grausame Bitch namens Schicksal hatte es mit einem eiskalten Grinsen verhindert.

Wobei das immer noch nicht erklärte, welchem der beiden Männer Oma geschrieben hatte. Sie könnte sich im Nachhinein unsterblich in Gustav verliebt haben. Auch wenn Esther sich das nur schwer vorstellen konnte. Aber sie wusste es nicht. Nicht mit Bestimmtheit. Seufzend griff sie in ihre Handtasche und zog das Kuvert heraus, auf dem in der Handschrift ihrer Großmutter stand:

Für die Liebe meines Lebens.

»Und wem gebe ich den Brief nun?«

Hansen schaute sie eine Weile nur stumm an, die Augen feucht vor Tränen. »Darf ich?«, fragte er schließlich mit erstickter Stimme und streckte die Hand nach dem Schriftstück aus.

Esther zögerte, doch dann reichte sie ihm den Brief. Als sie sah, wie zart Hansen mit den Fingern darüber strich, war sie sich auf einmal ganz sicher: Er sollte die Botschaft darin bekommen, nicht Gustav Goldmann.

Hansen war die große Liebe ihrer Großmutter gewesen. Der arrogante Bonze war von Anfang an eine falsche Fährte gewesen.

»Machen Sie ihn auf«, drängte sie ihn.

Zu ihrer Überraschung schüttelte er den Kopf.

»Wollen Sie nicht wissen, was Marlene Ihnen geschrieben hat?«, fragte Philipp ihn erstaunt.

»Natürlich will ich das! Aber ich möchte, dass ihre letzten Worte in die richtigen Hände kommen. Wer weiß schon, wie sich ihre Gefühle im Laufe der Jahre entwickelt haben? Das Herz ist wie ein Rennpferd; immer in Bewegung und bereit, Höchstleistungen zu geben. Aber es braucht einen Stall, in dem es Ruhe findet. Vielleicht fand es das in *ihm*.«

Die Art, in der Hansen das Wort betonte, ließ erahnen, wie wenig er daran glaubte. Aber er sprach letztlich aus, was Esther dachte. Man wusste nie, wie sich Dinge weiterentwickelten. Und Goldmann musste nicht immer so unsympathisch gewesen sein. Vielleicht hatte er einmal Güte und Großmut besessen? Andererseits ... warum hatte ihre Oma diese Ehe konsequent verschwiegen, wenn sie Gustav Goldmann so sehr geliebt hatte? Was war bloß geschehen?

Esther seufzte und starrte auf den Brief. Irgendetwas musste Marlene für ihn empfunden haben, immerhin hatte sie auch den Ring aufbewahrt. Trotzdem schüttelte sie den Kopf. »Das glaube ich nicht! Der Brief ist sicher für Sie.«

»Das mag sein. Leider weiß es keiner von uns.« Mit Bedauern in der Miene gab er ihr das Kuvert wieder.

»Aber irgendjemandem muss ich den Brief geben! Nur dann wissen wir, wer die Liebe ihres Lebens war.«

Hansen beugte sich vor und legte ihr eine Hand auf die Schulter. »Ich kann Ihre Hilflosigkeit gut verstehen. Allerdings habe ich im Moment keinen besseren Rat für Sie als den, eine Nacht darüber zu schlafen.«

Zögernd nickte Esther und steckte den Brief wieder ein. Sie wollte einen Schluck Wein nehmen, stellte aber fest, dass das Glas leer war. Hansen stand sofort auf, holte die Weinflasche und schenkte ihr ein. »Für Sie auch noch ein Bier?«, fragte er an Philipp gewandt.

Der zögerte. »Ich würde schon gerne, aber ich brauche meinen Führerschein ziemlich dringend ...«

Hansen winkte ab. »Warum bleiben Sie nicht über Nacht? Ich habe genügend Platz. Und vielleicht haben wir bis morgen eine Idee, was Sie mit dem Brief machen.« Fragend schaute er erst Esther und danach Philipp an.

Sie dachte kurz nach. Eigentlich sollte sie wieder zurück. Allerdings hatte Tobias sowieso keine Zeit für sie. Und er wollte auch nicht, dass sie nachts noch zu ihm kam. Warum nicht? Er hätte ja den Schlüssel irgendwo deponieren können und sie hätte auf ihn gewartet. Er hätte sie mit einem Kuss wecken können ... Aber all das wollte er nicht. Seufzend warf sie einen Blick auf ihr Handy, das auf dem Tisch lag. Oh, es blinkte. Hatte er ihr eine Nachricht geschrieben? Schnell entsperrte sie das Gerät.

Tatsächlich hatte sie eine WhatsApp von Tobias bekommen. Er hatte ihr ein paar Bilder geschickt vom Konzert – mit den Worten:

Ich wünschte, du wärst bei mir.

Ein schlechtes Gewissen kroch in ihr hoch, weil sie den Abend viel mehr genoss, als sie sollte. Dann schaute sie noch einmal auf eines der Bilder und ihr Herz blieb beinahe stehen: Weiter vorne in der Loge, Richtung Bühne, erkannte sie eine Frauengestalt, die ihr nur allzu vertraut vorkam. Eine schlanke, aber dennoch weibliche Figur. Weiche, herabfließende Haare. Ihr wurde schlecht. Das war Giulia! Ganz eindeutig war sie das. Tobias hatte sie versetzt, weil er Zeit mit seiner Ex- oder Immer-noch-Ehefrau verbrachte. Ein leises Keuchen entwich ihr.

Philipp und Hansen sahen sie verwirrt an.

»Ist etwas passiert?«, fragte der Ältere.

Sie zwang sich zu einem Lächeln. »Nein, es ist nichts. Nur eine Kleinigkeit im Büro. Meine Chefin hat etwas gesucht … Na, Sie wissen ja, wie das manchmal ist.«

Hansen nickte lachend, aber Philipp sah sie durchdringend mit seinen braunen Augen an. Deutlich erkannte sie, dass er ihr nicht glaubte. Doch er sagte nichts.

Noch einmal starrte Esther auf das Bild, hoffte auf einen Irrtum. Aber nein, das war Giulia. Auch wenn sie ihre Rivalin nur von hinten sah, würde sie sie doch immer wiedererkennen. Da sah sie eine Nachricht von Sophie, die ihr einen Insta-Post weitergeleitet hatte mit den Worten:

Süße, das sieht nicht nach Scheidung aus …

Es war ein Post von Giulia, der sie lachend mit Tobias zeigte. Bei einem Konzert.

Esther hatte das Gefühl, innerlich zu zerbrechen, aber sie setzte sofort alle Stücke wieder zusammen und verband sie mit Sekundenkleber. Am liebsten würde sie in ihr Hotelzimmer fahren, um sich auszuweinen. Aber das würde sie nicht machen. Sie würde sich von Tobias nicht diese Gelegenheit zerstören lassen, mehr über ihre Großmutter zu erfahren. Und obendrein etwas Zeit mit einem verdammt süßen Journalisten zu verbringen.

Sie nickte. »Sehr gerne würde ich über Nacht bleiben. Wenn es für dich okay ist?«

»Klar. Vergiss nicht, ich bin der Autofahrer.« Er lachte leise. Dann wurde er wieder ernst. »Und ich möchte ebenfalls gerne mehr über diese Geschichte wissen. Es macht mich wirklich traurig, dass Geld eine Liebe zerreißen kann.«

Seine Einfühlsamkeit ließ Esther schlucken. Dieser Mann war ganz und gar nicht so zynisch, wie er sich manchmal gab. Nein, darunter schlug ein weiches, empfindsames Herz. Ganz anders als bei Tobias, diesem Mistkerl! Wut kochte in Esther hoch. Wie konnte er nur so grausam sein?

»Also, dann ist es beschlossen.« Hansen wechselte die Flaschen, voll gegen leer, nahm sich selbst noch ein Bier und schaute Esther an, Bitterkeit in seinem Blick. »Nun kennen Sie also die tragische Liebesgeschichte Ihrer Großmutter. Es tut mir leid, dass ich Ihnen nicht mehr helfen kann.«

Sie wischte den Gedanken an Tobias weg und schaute den älteren Herren an. »Das war schon viel mehr, als ich geglaubt hatte. Danke, dass Sie so offen waren.« Sie nahm einen Schluck von dem Wein, ließ die köstlich kalte Flüssigkeit durch ihre Kehle rinnen. »Können Sie mir denn mehr über meine Großmutter erzählen? Wie sie damals war?«

Nun zog ein breites Lächeln über sein Gesicht. »Natürlich, das mache ich sehr gerne.« Lebhaft erzählte er von der Zeit auf dem Gestüt, mit Marlene. Er berichtete von ihren ersten Treffen, von den ausgedehnten Ausritten, die sie gemeinsam machten. Und auch von der Liebe, die sich zwischen ihnen entwickelt hatte. Immer mehr Details fielen ihm ein, die ein einzigartiges Bild ihrer Oma zeichneten.

Esther lauschte seinen Worten fasziniert. In manchen Aspekten erkannte sie ihre Großmutter so sehr wieder. Ihre Güte. Ihre Herzlichkeit. Andere Sachen hätte sie ihr kaum zugetraut. Ihre Spontanität, die er so bewunderte. Ihre Oma als Reiterin. Hoch zu Ross, mit Rainer die Gegend erkundend. Sie hatte gar nicht gewusst, dass sie das konnte.

Die Zeit verflog bei den Erzählungen und sie tranken munter weiter. Der Alkohol half Esther, mit ihrer Wut und ihrer Enttäuschung umzugehen. Auch wenn beides sie von innen zerriss. Der Ältere berichtete von seiner Zeit mit Marlene und auch, wie es ihm danach ergangen war. Er erzählte von *Black Storm*, dem Pferd, das keiner haben wollte und das ihm Millionen an Gewinnen brachte.

»Das war genug Geld für mein eigenes Gestüt«, sagte Hansen und nahm einen Schluck von seinem Bier. Dem dritten oder vierten des heutigen Tages. »Damit hätte ich leicht die Operationen von Marlenes Mutter bezahlen können. Aber da war schon alles lange vorbei. Marlene hatte ein Kind geboren. Ihrer Mutter ging es wieder gut – und ich, nun, ich lebte mein neues Leben. Baute mir mein Gestüt auf. Eins, in dem Pferde keine Beruhigungsmittel bekamen, wenn sie nervös waren. Oder Aufputschmittel, um schneller zu laufen. Oder beides.« Er ballte die Hände zu Fäusten. »Wie bei Gustav, der in Pferden nur Gelddruckmaschinen sah und nicht die wunderbaren Wesen, die sie sind. Und wenn sie ihm nichts mehr brachten, wurden sie verkauft. Zur Zucht. Oder zum Schlachten. Das war ihm gleich. So wollte ich mein Gestüt nicht führen, das hatte ich mir geschworen.«

Die Leidenschaft, mit der er sprach, hallte in Esther wider.

»Deswegen setzen Sie sich auch heute so für das Wohl von Rennpferden ein, nicht wahr?«, fragte Philipp, ganz der geschäftige Journalist. »Sie haben Ihren eigenen Verband gegründet, dem Sie heute noch vorstehen.«

»Ganz genau.« Er stellte sein Bier ab und nickte. »Den Verband für die Rechte von Rennpferden. Sehen Sie – diese Tiere bringen Höchstleistungen. Sie werden trainiert bis zum Erbrechen. Rennen, bis sie nicht mehr können. Und bringen ihren Besitzern dabei viel Geld. Im Gegenzug sollten sie danach ein schönes Leben haben, oder?«

»Das sehe ich auch so«, sagte Esther und schenkte ihm ein Lächeln. »Pferde sind wunderbare Wesen. Man kann sie nicht einfach wegwerfen, wenn sie ihren Dienst verrichtet haben.«

Hansen schaute sie ernst an. »Das hat man früher zum Teil leider anders gesehen. Da wurde die Peitsche auch viel stärker eingesetzt als heute. Mittlerweile gilt die Regelung maximal drei Schläge vor den Zielgeraden. Und das ist gut so.«

»Sie können stolz darauf sein, so viel für die Tiere erreicht zu haben«, warf Philipp ein.

»Das war nicht allein mein Verdienst«, winkte der Ältere ab. »Die Zeiten haben sich geändert.«

Dennoch erkannte Esther in seinem Gesicht, wie sehr er sich darüber freute, seinen Teil dazu beigetragen zu haben.

***

Eine Weile sprachen sie noch weiter über sein Gestüt, die Entwicklungen der Zeit und Marlene. Immer wieder fiel ihm noch etwas über ihre Großmutter ein. Und jedes Mal leuchteten seine Augen auf. Es war herzergreifend.

Irgendwann verstummte Hansen und gähnte. »Ich glaube, wir haben mittlerweile alle reichlich Alkohol im Blut. Und ich für meinen Teil werde langsam müde.« Er schüttelte den Kopf. »Alte Leute. Wir können nicht mehr Nächte lang durchreden. Aber es ist sehr schön, diese Erinnerungen aufleben zu lassen. Auch wenn sie leider mit viel Bitterkeit verbunden sind.« Er seufzte tief. »Doch ich muss mich nun entschuldigen. Ich mache nur noch eben Ihre Zimmer fertig.«

Während Hansen im Haus entschwand, um ihre Betten herzurichten, starrte Esther abwesend in den Garten. Die Sonne war mittlerweile schon untergegangen, aber durch die Solarlampen, die in den Bäumen und dem Weg angebracht waren, konnte sie zumindest et-

291

was sehen. Sprechen konnte sie im Moment nicht. Hansens Erzählung hatte ihr die Sprache verschlagen. Und das passierte ihr selten.

Philipp stand schweigend auf, holte die Flasche Wein aus dem Kühler und schüttete ihr, ohne sie zu fragen, den letzten Rest ein. Anschließend nahm er sich ein Bier und hielt es in die Höhe. »Auf eine Frau voller Geheimnisse!«

Esther hob ihr Glas automatisch auch an und trank einen Schluck. Dann schüttelte sie den Kopf. »Das hätte ich nie von meiner Großmutter gedacht! Sie hat jemanden geheiratet, nur um die Operation ihrer Mutter bezahlen zu können. Und dafür hat sie die Liebe ihres Lebens geopfert. Sie-sie hat sich verkauft. An einen reichen Mann.«

»Immer noch besser, als wenn sie ihre eigene Mutter hätte sterben lassen, oder?«, konterte Philipp.

Überrascht schaute Esther ihn an. Damit hatte er eindeutig recht. Wie hätte sie selbst wohl in dieser Situation entschieden? Eine Weile schwiegen sie beide und hingen ihren Gedanken nach, während sie an ihren Getränken nippten.

Dann kam Hansen zurück zu ihnen. »Ich habe für Sie zwei Zimmer fertig gemacht. Sie sind nichts Besonderes, aber für eine Nacht reicht es hoffentlich.«

»Ganz bestimmt! Vielen, vielen Dank«, sagte Esther und setzte ihr Weinglas ab, das noch halb voll war.

»Nehmen Sie das ruhig mit hoch. So ein Schlummertrunk ist auf den Schock nicht verkehrt«, meinte Hansen. »Den brauche ich auch.« Er hielt einen kleinen Flachmann in die Höhe. »Na, dann kommen Sie mal mit.«

Esther schnappte sich ihr Weinglas und folgte dem Älteren ins Haus. Auch Philipp nahm sein Bier mit, wie sie aus den Augenwinkeln mitbekam. Sie gingen nach oben.

Hansen deutete auf zwei Türen, die direkt gegenüber lagen. Esther warf einen Blick in den Raum, der ihr am nächsten war. Er war nicht besonders groß, aber das Bett sah gemütlich und äußerst einladend aus.

»Vielen herzlichen Dank«, sagte sie. »Es ist wunderbar.«

»Etwas spartanisch, aber hier übernachten nur meine Geschwister ab und an mit ihren Kindern. Also passen Sie auf, dass Sie nachts nicht in ein Legosteinchen hineintreten.« Er schmunzelte. »Ich werde mich jetzt zurückziehen. Es gibt viel, über das ich nachdenken muss. Ich wünsche Ihnen beiden eine gute Nacht.«

»Gute Nacht«, erwiderten Esther und Philipp unisono.

Esther sah zu, wie er wegging. Dann standen sie unschlüssig im Gang. »Welches Zimmer möchtest du?«, fragte Esther.

Philipp zuckte mit den Schultern. »Ist mir egal. Du kannst dir gerne eins aussuchen.«

»Puh. Ich nehme das hier.« Sie nickte hinüber zu dem Raum, in den sie bereits hineingespäht hatte.

»Alles klar. Dann schlafe ich in dem anderen.«

Allerdings ging keiner von ihnen in ihren Schlafraum. Esther widerstrebte es zutiefst, so früh am Abend ins Bett zu gehen. Und zu wissen, dass Tobias sich gerade bestens mit Giulia amüsierte. Der Kummer kam sofort zurück.

Philipp grinste. »Lass mich raten: Du bist nicht müde.«

»Weit davon entfernt«, erwiderte sie leichthin. Außerdem hatte sie eine gute Entschuldigung für ihre Rastlosigkeit. »Ich weiß gar nicht, wie ich überhaupt schlafen soll, so sehr galoppieren alle möglichen Gedanken durch meinen Kopf.«

»Geht mir ähnlich. Außerdem ist es ja erst halb elf. Was meinst du; wollen wir unseren Schlummertrunk zusammen einnehmen?«

»Das ist eine gute Idee.« Der Journalist vertrieb vielleicht die Gedanken an eine wunderschöne, rassige Italienerin, die schon wieder über sie triumphierte. Und sie sicher auslachte.

Philipp legte den Arm lässig um sie und wackelte anzüglich mit den Augenbrauen. »Na, Baby, wollen wir zu dir oder zu mir?«

Sie knuffte ihn lachend, wobei sie darauf achtete, ihren Wein nicht zu verschütten. Zum Glück war das Glas nicht mehr voll, sonst wäre sicher etwas auf dem Boden gelandet. »Darling, folge mir in meinen Raum.« Mit übertrieben huldvoller Pose ging sie voraus in das Zimmer, das sie als ihres deklariert hatte.

Weil es dort keine andere Sitzgelegenheit gab, setzten sie sich beide auf das Bett. Esther nahm einen Schluck von ihrem Wein, bevor sie den Kopf schüttelte. Allmählich verschwand Tobias wieder aus ihren Gedanken und sie dachte über das Gehörte nach. »Gott, ich kann es nicht glauben, dass es vor Opa Hubertus zwei Männer im Leben meiner Oma gab.«

Sie legte den Brief auf die Nachtkommode und betrachtete ihn nachdenklich. »Ich wünsche mir so sehr, dass dieser Brief für Herrn Hansen ist. Aber was ist, wenn meine Großmutter doch diesen Goldmann geliebt hat? Obwohl ich mir das beim besten Willen nicht vorstellen kann.«

»Das geht mir genauso«, sagte Philipp und seufzte. »Dieser Gustav Goldmann ist echt unsympathisch. Aber das muss bei euch Frauen ja nichts heißen ...«

»Spielst du damit etwa auf Tobias an?«

Philipp grinste. »Wenn du das aus den Worten herausliest, steckt bestimmt ein Körnchen Wahrheit drin. Aber das ist deine Sache. Wir wollen über deine Großmutter sprechen.«

»Richtig.« Esther räusperte sich, froh über den Themenwechsel. »Ich möchte den Brief gerne Rainer Hansen geben. Aber das könnte auch daran liegen, dass er mir einfach sympathischer ist. Was mache ich nur?« Verzweifelt griff sie in ihre Haare, als ob sie die Antwort daraus herausschütteln könnte.

»Und wenn du ihn doch öffnest und liest? Du bist ihre Enkelin. Besser, du liest ihn, um ihn dem richtigen Mann zu geben, als dass er in falsche Hände gerät, oder?«

»Mag sein. Es kommt mir trotzdem falsch vor, den Brief einfach zu öffnen.« Zweifelnd schaute Esther auf das Kuvert, das immer noch Marlenes Siegel trug.

»Wäre es dir denn lieber, wenn ihre Botschaft niemals den Mann erreicht, den sie anscheinend über alles geliebt hat?«

Wieder wunderte sie sich über seine Feinfühligkeit. »Du hast recht«, sagte sie entschlossen. Sie nahm noch einen Schluck Wein, dann nickte sie. »Ich werde ihn jetzt öffnen.«

»Tu das.« Philipp schickte sich an, zu gehen.

»Wohin willst du?«

»Ich wollte dich allein lassen, damit du den Brief in Ruhe lesen kannst.«

Esther legte eine Hand auf seinen Arm. »Bitte bleib! Ich habe doch nur deinetwegen zwei mögliche Kandidaten.« Sie lachte. »Auch wenn das einer mehr ist, als mir lieb ist. Aber im Ernst: Ich weiß gar nicht, wie ich dir danken soll.«

»Ich bin zufrieden, wenn wir erfahren, wer nun die wahre Liebe deiner Großmutter war.« Er drückte ihre Hand und Esther spürte, wie der leichte Druck ihre Seele wärmte.

30

Dank der Beziehungen von Gustavs Eltern war es ihm gelungen, einen kurzfristigen Termin beim Hamburger Rathaus zu bekommen. Natürlich, nur dieses denkwürdige Gemäuer war der geeignete Rahmen für seine Vermählung. In zehn Tagen würden sie heiraten. Alfons Goldmann nahm sie herzlich auf, als sie es ihnen am selben Tag gesagt hatten. Doch Greta Goldmanns Augen waren so kalt wie Eis. Ihre zukünftige Schwiegermutter war offensichtlich ganz und gar nicht begeistert von der Wahl ihres Sohnes.

Marlene erschauerte, als sie daran dachte, dass sie bald mit ihr unter einem Dach leben musste. Wenn sie geahnt hätte, wie schwer dieses Päckchen war, das sie nun für den Rest ihres Lebens tragen musste, hätte sie es vielleicht nicht gemacht. Andererseits: Den amerikanischen Ärzten war es bereits durch ein innovatives Verfahren gelungen, eine Dialyse an ihrer Mutter durchzuführen. Dadurch war sie immerhin bald stabil genug, um operiert zu werden. Und Gustav und sie würden sie besuchen. Als Mann und Frau. Ihre Hand als Unterpfand für das Leben ihrer Mutter.

Stöhnend ließ sie sich auf das Bett sinken. Noch wohnte sie zu Hause und genoss die Ruhe, auch wenn sie ihre Mutter schmerzlich vermisste. Sie lag noch eine

Weile auf dem Bett, bis sie einen Druck auf ihrer Blase spürte. Sie stand auf und ging ins Bad, um sich zu erleichtern.

Als sie ihren weißen Baumwollslip hochzog, fiel ihr etwas auf. Er war leicht rötlich verfärbt. Natürlich, das war ihre Monatsblutung. Das passte genau vom Zeitpunkt her. Aber warum war das Blut so hell und nicht tiefrot wie sonst? Außerdem spürte sie ein ungewohntes Ziehen in ihrem Unterleib. Es könnten lediglich die Regelschmerzen sein. Aber irgendwie fühlte es sich anders an. Eher wie ein Ziehen als wie die Krämpfe, die sie sonst immer quälten. Eine Ahnung stieg in ihr auf. Keuchend ließ sie sich auf den WC-Sitz sinken. O mein Gott, war sie etwa schwanger?

Der Gedanke jagte wie ein Stromstoß durch ihren Körper, ließ sie regelrecht erzittern. Nein, es durfte nicht sein! Sie konnte kein Kind von Rainer unter ihrem Herzen tragen. Sie würde Gustav heiraten. Musste ihn heiraten, immerhin hatte er schon viel Geld für die Überfahrt nach Amerika und die ersten Behandlungen bezahlt. Kaltes Entsetzen schnürte ihr die Kehle zu.

Es könnte passen. Bevor ihre Mutter ins Koma gefallen war, hatten sie miteinander Sex gehabt. Leidenschaftlich. Zärtlich. Wundervoll. Sie zwang sich, ihre Gefühle wegzusperren und nur an die Fakten zu denken. Das war vor zwei Wochen gewesen. Sie hatte gedacht, es wäre unproblematisch, weil ihre Regelblutung davor schon zu lange her gewesen war. Aber anscheinend hatte sich durch den ganzen Stress mit ihrer Mutter ihr Zyklus irgendwie verändert.

Was machte sie denn nun? Sollte sie die Hochzeit mit Gustav abblasen? Es ihm beichten? Zurück zu Rainer gehen? Sie wusste es einfach nicht, weil ihr Kopf schwirrte. Und es gab nur einen Menschen, der ihr helfen konnte: ihre beste Freundin Annegret. Hastig stand sie auf, nahm eine neue Unterhose und legte eine Binde hinein. Dann setzte sie sich auf ihr Fahrrad und fuhr, so schnell sie nur konnte, zu ihrer Freundin. Zum Glück wohnten sie und ihr Mann Bernd nur einen Kilometer entfernt. Trotzdem war Marlene ziemlich aus der Puste, als sie endlich das gepflegte Einfamilienhaus erreichte. Sie stellte ihr Fahrrad ab und rang erst einmal nach Atem, bevor sie zur Tür ging und klingelte.

31

Beherzt nahm Esther das Kuvert und versuchte, das Siegel möglichst vorsichtig zu öffnen. Doch das wollte sich partout nicht lösen. Schließlich hielt Philipp ihr ein Taschenmesser vor die Nase. »Hier, damit kannst du es sauber aufschneiden.«

Esther griff sich das Messer, atmete einmal tief ein und aus, dann schnitt sie das Kuvert auf. Zwei blütenweiße Blätter aus feinsten Leinen fand sie darin, die mit der klaren Handschrift ihrer Großmutter beschrieben waren.

Halb hoffte Esther, dass das Geheimnis schon mit der Anrede gelüftet würde. Doch dort stand nur: *Mein Liebster,* womit sie genauso schlau war wie zuvor. Also mussten sie wohl oder übel den Brief ganz lesen.

Laut las sie vor: »Ich habe lange gezögert, dir zu schreiben. Doch du musst die Wahrheit kennen. Ich trage sie schon zu lange mit mir herum und will sie nicht mit ins Grab nehmen, denn die Bürde lastet zu schwer auf mir.«

Esther ließ den Brief sinken und schaute Philipp hilfesuchend an. »Sie spricht von einer Bürde und einem weiteren Geheimnis. Ich weiß nicht, ob ich stark genug dafür bin.«

»Das bist du, das weiß ich.« Er legte den Arm um sie und drückte sie an sich. Die Berührung war ebenso tröstend wie aufregend. Ganz deutlich spürte sie den festen Druck. Die weiche Haut. Seine Körperwärme. Was stellte er bloß mit ihr an? Machte er das mit Absicht? Aber das passte nicht zu ihm. Nein, er wollte einfach nur für sie da sein.

Er drückte aufmunternd ihre Hand. »Mach dir keine Sorgen, meist ist die Angst vor den Dingen viel schlimmer als das Ereignis selbst«, sagte er sanft.

So recht überzeugte Esther das nicht. Zumal das, was ihre Großmutter mitteilen wollte, etwas Schlimmes zu sein schien. Zögerlich las sie weiter vor, während Philips Arm auf ihrer Schulter ruhte, was sie als seltsam tröstend empfand.

Marlene schrieb, sie habe ihre gemeinsame Zeit niemals vergessen. Auch wenn Esther sich mittlerweile fast hundertprozentig sicher war, dass ihre Großmutter damit Rainer Hansen meinte, sie nannte niemals seinen Namen. Daher las sie weiter. Einerseits, um es genau zu wissen, andererseits, weil sie die Neugierde gepackt hatte.

»Aber leider hatte das Schicksal andere Pläne mit uns. Es gab keine Zukunft für uns. Ich hätte niemals damit leben können, deinen Traum von einem eigenen Gestüt zu zerstören. Einem Gestüt, in dem Pferde mit Respekt und Würde behandelt werden. So wie es sein soll. Das verdienen diese wunderbaren, sanften Geschöpfe. Du hast ihnen eine Heimat gegeben. Eine Stimme! Der andere gefolgt sind. Dieser Traum war so groß, du musstest ihn umsetzen. Dagegen war meine Hoffnung auf ein wenig Glück viel zu unbedeutend.«

Bei diesen Worten schluchzte Esther erstickt auf. Wie selbstlos ihre Großmutter doch war! Noch mit ihren letzten Atemzügen verteidigte sie ihren Entschluss, der sie zu einer ungewollten Ehe gezwungen hatte. Anstatt damit zu hadern, wie Esther das vermutlich getan hätte, freute sie sich darüber.

Philipp strich sanft über ihre Schulter. Beinahe hätte sie noch mehr geweint. Er war so lieb, so süß zu ihr. Warum hatte sie sich bloß für Tobias entschieden? Der sie vermutlich jetzt schon mit Giulia betrog. Noch heftiger flossen ihre Tränen, aber zum Glück schrieb Tobias sie dem Brief zu.

»Soll ich weiterlesen?«

Sie schüttelte den Kopf. »Nein, es-es geht schon.« Sie räusperte sich und las weiter vor: »Gustav war damals ein anständiger Mann. Ein wenig willensschwach und leider mehr aufs Geld bedacht als auf das Wohl der Pferde, aber zu mir war er gut. Anfangs. Ich dachte, ich könnte es ertragen. Bis ich gemerkt habe, dass ich von dir schwanger war. Zu dem Zeitpunkt war schon alles entschieden, die Würfel gefallen, die ersten Kosten für die Operation bereits bezahlt. Die so hoch waren, dass keiner von uns sie jemals hätte bezahlen können. Und Gustav oder vielmehr seine Mutter hätte jeden Pfennig zurückverlangt. Mit Zinsen! Daher – Gott verzeih mir! – habe ich es einfach verschwiegen.«

Esther stieß einen leisen Schrei aus und ließ den Brief sinken. »Also ist Hansen ... mein Opa.«

Philipp starrte sie mit offenem Mund an. »Das hätte ich jetzt auch nicht erwartet. Wie es wohl dazu gekommen ist?«

»Vielleicht erzählt Hansen es uns ja morgen. Wobei ... es ist ja auch egal. Fakt ist, sie müssen Sex gehabt haben. Aber Oma konnte nicht mehr zurück. Weil sie nicht wusste, wie sie die Krankenhauskosten bezahlen sollte. Wie schrecklich!« Erneut stiegen Tränen in Esther auf, aber sie wischte sie weg und schaute Philipp verzweifelt an. »Sie wollte nur das Beste und ihrer Mutter helfen. Und den Traum ihres Liebsten nicht zerstören ... Wie grausam kann das Schicksal sein?«

Er drückte ihre Hand. » Vielleicht hatte es ja irgendeinen Grund, den wir nicht kennen.«

»Und welchen?« Sie schnaubte.

»Wer weiß das schon? Vielleicht hätten sie sich gestritten und am Ende gehasst. Außerdem: Wenn die zwei zusammengeblieben wären, hättest du Rainer nicht suchen müssen und wir hätten uns niemals kennengelernt. Und das wäre tatsächlich sehr schade.« Er grinste sie schief an.

Sie musste lächeln. Sein jungenhafter Charme war nicht so glatt poliert wie der von Tobias, sondern rau und natürlich. Aber er meinte alles ernst, was er sagte. Das erkannte sie an seinem offenen, ungewohnt weichen Blick. Esther könnte schwören, Tobias hatte sie noch niemals so angeschaut.

Mit einer Hand strich er über ihre Wange. »Du bist wirklich eine tolle Frau«, flüsterte er. »Ich kenne niemanden, der sich so sehr dafür einsetzt, den letzten Wunsch seiner Oma zu erfüllen.« Dabei kam sein Mund ihrem immer näher und ihr Magen kribbelte vor lauter Schmetterlingen.

Im ersten Moment wollte sie den Kopf wegziehen. Schließlich war sie mit Tobias zusammen. Aber dann fiel ihr das Bild ein, das er ihr geschickt hatte. Und der Post, den Sophie weitergeleitet hatte. Nein, Tobias wartete nicht auf sie, im Gegenteil. Er feierte ausgelassen die Reunion mit seiner italienischen Sirene. Also warum sollte sie Philipp erneut wegstoßen, wo sie sich schmerzlich danach sehnte, ihn zu küssen? Sie schloss die Augen und bewegte den Kopf auf ihn zu. Ein leiser Schauer lief über ihren Rücken, als sich seine Lippen auf ihre legten. Sein Kuss war so voller Liebe und Zärtlichkeit, dass die Schmetterlinge in Esthers Magen Tango tanzten. Sie seufzte leise.

»Ist etwas nicht in Ordnung?«, hauchte er in ihr Ohr. Seine Stimme klang besorgt, als habe er Angst, dass sie es sich noch anders überlegte. Sie wusste instinktiv, er würde sie niemals zu etwas drängen, was sie nicht wollte. Aber sie wollte ihm näherkommen, und zwar unbedingt.

»Nein, alles ist gut«, murmelte sie daher und küsste ihn erneut, diesmal voller Leidenschaft. Sie bemerkte sein kurzes Zögern, bevor er ihr Verlangen erwiderte und sie ganz fest an sich presste, wie einen kostbaren Schatz.

Esther fühlte sich wie berauscht von seiner Nähe. Langsam ließ sie sich auf das Bett hinabsinken, wobei sie ihn mit sich zog. Philipp folgte ihrer Bewegung und lag dadurch so auf ihr, dass seine Männlichkeit gegen ihren intimsten Punkt drückte. Seine harte Männlichkeit. Er küsste sie wieder voller sanfter Süße, und schlang seine Arme um sie, streichelte sie.

Sie wusste, sie sollten aufhören. Weil es unangemessen war. Viel zu früh. Sie kannten sich erst seit wenigen

Tagen. Und bis vor ein paar Stunden hatte sie noch gedacht, Tobias wäre der Richtige. Aber von Philipps zärtlichen Berührungen ging etwas so Vertrautes, so Liebevolles aus, dass sie sich davon umfangen und warm eingehüllt fühlte. Zumal ihr weinseliger Verstand sowieso ein anderes Moralverständnis besaß.

Mit einem leisen Seufzer schlang sie ihre Beine um ihn und drückte ihr Becken gegen seines. Sie wollte ihn noch besser spüren – und ihm zu verstehen geben, dass er ihr willkommen war.

Philipp stöhnte und presste sie enger an sich. Dabei küsste er sie mit dieser unfassbaren Süße, die ihr den Atem raubte. Er versuchte nicht, sie zu erobern oder schnell zur Sache zu kommen. Stattdessen hielt er sie voller Zärtlichkeit in seinen Armen, während seine Zunge die ihre liebkoste. Das Kribbeln in ihrem Magen setzte sich weiter fort zu anderen Regionen ihres Körpers, machte sie schier wahnsinnig.

Zielstrebig griff sie nach seinem Hemd und zog es ihm aus der Hose. Sie fuhr mit der Hand unter das lästige Kleidungsstück und strich über seinen nackten Rücken. Er war fest und sehnig, mit weicher Haut. Langsam ließ sie ihre Hand über seine Wirbelsäule bis zu den Schulterblättern gleiten. Er zog sie fester an sich. Dann setzte er sich auf, knöpfte sich hastig das Hemd auf und streifte es ab.

Esther betrachtete seinen Oberkörper unwillkürlich. Er war schlank, aber muskulöser, als sie gedacht hatte; mit einigen wenigen hellbraunen Haaren. Sie legte ihre Hände flach auf seine Brust, strich darüber und spürte deutlich, wie er erschauerte. Dann winkelte sie die Finger ein wenig an, zog mit ihren Fingernägeln Linien über seine Brust. Nicht mehr zart, sondern so, dass sie feine Striche auf seiner Haut erkennen konnte. Er keuchte leise und hielt ihre Hand fest.

»Hey, du bist im Vorteil. Das ist unfair.«

Esther hob eine Augenbraue an. »Möchtest du damit etwa andeuten, ich sollte mich ebenfalls ausziehen?«

»Nicht nur andeuten, Madame.« Lachend schob er seine Finger unter das Top und zog es ihr aus. Danach folgte der BH. Nun war ihr Oberkörper ebenso blank wie seiner.

»Viel besser.« Trotz des leisen Spotts in seiner Stimme standen Wärme und Bewunderung in seinen Augen.

Stürmisch zog er sie wieder an sich und sie fühlte seine nackte Haut an ihrer. Wärme drängte gegen Wärme und sie spürte seinen Herzschlag, der sich mit ihrem verband, ihn verstärkte und beschleunigte. Esther schloss leise seufzend die Augen, um sich in diesem Gefühl zu verlieren.

Dann spürte sie seine weichen Lippen auf ihren Lidern. Federleicht küsste er erst das Linke, dann das Rechte, bevor er seinen Mund auf ihren drückte. Zunächst auch nur ganz zart. Dann übermannte ihn anscheinend die Leidenschaft, denn er küsste sie mit einer Heftigkeit, die sie überraschte und erschauern ließ. Seine Finger tanzten über ihren Körper; über den Rücken, die Seite entlang, hoch zur Brust. Fest umfasste er sie, strich mit dem Daumen über ihre Brustwarzen.

Hitze stieg in Esther auf und sie drückte sich noch enger an ihn, bis ihre Körper beinahe ineinander überzugehen schienen. Sie keuchte, als seine Hand sich von ihrer Brust löste, zu ihrer Hose glitt. Automatisch hob sie ihr Gesäß, damit Philipp sie ihr ausziehen konnte.

Er schob erst ihre Stoffhose und dann den Slip herunter. Danach riss er sich selbst die letzten Kleidungsstücke vom Körper.

Ihrer beider Atem ging schneller, als er sich wieder auf sie legte, ohne störende Barrieren. Sie spürte jeden einzelnen Muskel und ihr Körper fühlte sich an wie elektrisiert. Beinahe ehrfürchtig fuhr er mit den Fingern ihre Linien nach. Seine Hand wanderte tiefer, strich über die Innenseiten ihrer Schenkel. Esther biss sich auf die Lippen, um nicht vor Lust zu schreien. Dieser Mann machte sie verrückt mit seinen sanften und doch zielstrebigen Liebkosungen, die ihr einen Schauer nach dem anderen über den Körper jagten. Noch einmal dachte sie an Tobias. War es falsch, was sie hier machte? Aber warum sollte sie weiter auf ihn warten? Nur, damit er ihr wieder das Herz herausriss und es grillte? Nein, dieses Kapitel ihres Lebens war vorbei. Und diesmal endgültig.

Philipp legte sich wieder auf sie und seine Erektion drückte gegen das Zentrum ihrer Lust. Er bewegte sich langsam und ihr Körper begann zu zucken.

Stöhnend zog Esther ihn dichter an sich heran. »Bitte«, flüsterte sie heiser. Sie stand kurz vor dem Explodieren, wollte ihn in sich spüren.

»Hast du ... äh, etwas da?«

Es war süß, wie er herumdruckste. »Ja«, sagte sie und suchte in ihrer Handtasche nach einem Kondom. Bei einem fast Fremden war sie trotz Spirale ein Fan von Safer Sex. Wobei sie nicht glaubte, dass Philipp in der Gegend herumhurte.

Sie drückte ihm die Packung in die Hand. Hastig riss er sie auf, streifte sich das Gummi über. Erneut legte er sich auf sie. Er befeuchtete seinen Daumen und ließ ihn über ihren Lustpunkt kreisen. Sofort zog sich ihr Inneres vor freudiger Erwartung zusammen. Auffordernd schob sie ihm ihr Becken entgegen. Nun kannte Philipp kein Halten mehr, sondern drang stöhnend in sie ein. Gott, fühlte er sich gut in ihr an.

Mit einem leisen Seufzen schloss sie wieder die Augen, klammerte sich an ihm fest, damit er noch tiefer in sie hineinstieß. Er schob seine Arme unter ihre Schultern, hob sie leicht an, wodurch sie ihm noch näher war. Diese Geste war so liebevoll, dass sie erschauerte. Allerdings wären sie beinahe von dem schmalen Bett heruntergefallen.

Sie mussten kurz lachen. Dann legte er sie zurück auf einen ungefährlicheren Platz und schob seine ganze Härte wieder in sie hinein; erst langsam und zärtlich, doch schon bald steigerte er seinen Rhythmus. Dabei küsste er sie wieder voller Leidenschaft. Immer schneller wurden ihre Bewegungen, bei dem sie einem stummen Takt zu folgen schienen. Ihre Körper waren dabei so perfekt aufeinander abgestimmt, als seien sie dazu bestimmt gewesen, zueinanderzufinden.

Nach dem Sex hielt Philipp sie immer noch ganz fest. Er drückte sie an sich und zeichnete mit dem Finger Linien auf ihren Armen, ihrer Schulter. Ein mildes Lächeln umspielte seine sonst so zynischen Gesichtszüge. Er sah so glücklich aus, dass es ihr die Kehle zuschnürte. Machte sie ihn etwa so glücklich? Kaum konnte sie es glauben, aber sein Blick, seine weiche Miene verrieten es. Er genoss diese innige Intimität mit ihr, als wäre sie ein kostbares Geschenk. Das er nicht erwartet hatte und dafür umso mehr schätzte. Esther spürte in sich hinein und fühlte den Widerhall dieses Glücks in sich selbst. Ihr Herz sang regelrechte Arien für ihn.

Lächelnd zog sie seinen Kopf zu sich herunter und küsste ihn erneut. Ihr Kuss war ein sanftes Versprechen, voller süßer Zärtlichkeit. Es gab keinen Gedanken mehr an Tobias. Keine Frage, wie es mit ihnen weitergehen sollte – sie in Düsseldorf, er in Hamburg. Sie wussten beide in diesem Moment, dass sie zueinander gehörten.

***

Obwohl das Bett so schmal war, dass es eigentlich nur für einen reichte, schliefen sie gemeinsam darin, eng aneinander gekuschelt. Als Esther aufwachte, war das Erste, das sie hörte, der Takt von Philipps Herz. Sie schloss die Augen, um diesem Rhythmus zu lauschen, während er noch weiter schlief. Dieses Geräusch war so schön, dass sie darüber fast wieder eingeschlafen wäre. Allerdings schmerzte ihr Kopf vom Wein, was den Augenblick schmälerte.

Außerdem machte sich irgendwann ihre Blase bemerkbar. Eine Weile versuchte sie, den Drang ihres Körpers zu ignorieren, weil dieses Gefühl der innigen Vertrautheit zu schön war. Doch ihre körperlichen Bedürfnisse waren unbarmherzig. Leise seufzend erhob sie sich und ging ins Bad, ihr Handy mitnehmend. Sie musste wissen, ob Tobias ihr noch weitere Beweise seiner Kaltschnäuzigkeit geschickt hatte.

Nachdem sie sich erleichtert hatte, schaute sie bei WhatsApp nach. Sophie hatte ihr noch einen Post weitergeleitet. Darauf waren Tobias und Giulia sogar zusammen zu sehen. Grimmig biss Esther die Zähne aufeinander. Sie könnte schwören, dass ihre Augen glühten wie das Höllenfeuer selbst. Dann sah sie, dass ihr Tobias auch geschrieben hatte. Sie schnaubte. Was er wohl wollte? Noch ein Bild von dem Konzert schicken?

Sie tippte auf seinen Namen und erstarrte, als sie seine Nachricht las.

Hallo Sternchen, das Konzert ist so langweilig ohne dich. Zumal auch Giulia hier ist. Was auch immer sie hergetrieben hat – ich vermisse dich und freue mich schon, wenn wir uns wiedersehen. Kuss, Toby!

Sie riss die Augen auf, keuchend vor Entsetzen. Also war gar nichts mit Giulia gelaufen? Und sie hatte nichts Besseres zu tun, als mit Philipp ins Bett zu hüpfen. O mein Gott, was hatte sie nur getan? Ihre Augen brannten und ihr Puls raste. Wimmernd ließ sie sich auf den WC-Sitz sinken.

Sie presste eine Hand gegen die Schläfe, in der verzweifelten Hoffnung, dadurch einen klaren Kopf zu bekommen. Aber es ließ sich nicht wegdiskutieren: Sie hatte Tobias betrogen. Wo sie ihn gerade erst wiederhatte. Eine leise Stimme flüsterte ihr ein, dass ihr das egal sein konnte. Sie sollte sich lieber darüber freuen, Philipp gefunden zu haben. Philipp, der sie so sanft geliebt hatte wie noch niemand zuvor. Und dessen Augen pures Glück ausgestrahlt hatten. Wieder spürte sie diesen Blick auf sich ruhen und schluckte. Was sollte sie denn nun machen?

Sie erhob sich und starrte sich selbst im Spiegel an. Aber Spiegel-Esther konnte ihr auch nicht helfen. Sie sah nur genauso verzweifelt aus, wie sie sich fühlte. Es half nichts, sie musste das klären. Sie spritzte sich ein wenig Wasser ins Gesicht, straffte die Schultern und ging zurück ins Zimmer. Heimlich hoffte sie, dass Philipp noch schlief.

Aber er war schon wach und sah ihr entgegen. »Esther, du –« Er beendete den Satz nicht, sondern verstummte, die Stirn in tiefe Falten gelegt. »Was ist?«, fragte er knapp, die Stimme nicht mehr so herzlich. »Hast du ein schlechtes Gewissen wegen deinem Ex?«

»Ich … äh … also … Ja. Irgendwie schon. Ich habe mit dir geschlafen, weil ich dachte, er betrügt mich. Aber in Wirklichkeit lief nichts zwischen ihm und Giulia.«

Philipp setzte sich auf und schaute sie mit hochgezogenen Augenbrauen an. »Das verstehe ich jetzt nicht.«

Esther seufzte, setzte sich zu ihm ans Bett und erzählte ihm von den WhatsApp-Nachrichten. Er hörte ihr schweigend zu, allerdings bemerkte sie, wie seine Miene immer düsterer wurde. »Also wolltest du ihm eins auswischen, oder was?«

»Nein, so war das nicht! Ich … du … Ach, ich weiß auch nicht.« Stöhnend hob sie die Arme. Dann sah sie ihn eindringlich an. »Ich habe mit dir geschlafen, weil ich dachte, dass ich frei wäre. Und weil ich dich mag. Sehr sogar.«

»Wo ist dann das Problem? Ich mag dich auch.« Er strich ihr sanft über das Gesicht, runzelte jedoch die

Stirn, als sie ihn immer noch verzweifelt ansah. »Oder hast du jetzt ein schlechtes Gewissen? Und willst zu ihm zurück?«

Sie senkte den Blick. »Ich weiß nicht, was ich tun soll«, gestand sie. »Ich mag dich – aber ihn eben auch.« Sie sah auf, erkannte, wie sich seine Miene veränderte. Die Sanftheit war dem Zynismus gewichen.

»Und du glaubst ihm den Stuss echt, dass er ein Unschuldslämmchen war! Dass er neben seiner Knallerschnitte – was? Brav geschlafen hat? Belüg dich doch nicht selbst. Er hat dich nie geliebt, sondern nutzt dich von vorne bis hinten aus. Und du betest trotzdem den Boden an, auf dem er geht. Dabei ist er nur ein Arschloch. Ich schwöre dir, der hat seine sexy Hexy geknallt. Aber er will dich noch als Notnagel behalten. Falls Signorina nicht will.«

Esthers Magen zog sich zusammen. Ging es Tobias nur darum? Das konnte nicht sein. »Nein, das stimmt nicht. Er liebt mich! Das hat er mir gesagt.«

Philipp schnaubte verächtlich. »Klar. Wohl eher gezeigt. Lass mich raten: Er hat dir etwas Leckeres gezaubert und Süßholz geraspelt. Und dann hat er dich vernascht.«

»Das geht dich überhaupt nichts an«, giftete sie ihn an.

»Na, nach der Nacht vielleicht schon.« Er sagte es ganz ruhig, aber sie spürte seine unterdrückte Wut. »Außerdem ... irgendwer muss dich doch zur Vernunft bringen! Du bist sein Spielzeug. Schüttel die Vergangenheit ab. Wenn du mich nicht willst, dann such dir halt einen neuen Kerl! Einen, der dich liebt. Und nicht nur durchvögelt.«

Esther verengte ihre Augen zu schmalen Schlitzen. »Das sagt der Richtige! Du lässt doch anscheinend niemanden mehr an dich heran, seit deine Ex-Freundin dich wegen einer Frau sitzen gelassen hat. Für mich interessiert du dich vermutlich nur, weil wegen der Distanz nichts Ernstes aus uns werden kann!«

Sofort wurde Philipps Gesicht hart. Gott, was hatte sie da nur gesagt? Das war furchtbar von ihr.

Seine Augen verloren jegliche Wärme. Pure Kälte sprach aus ihnen. »Von mir aus denk, was du willst. Vermutlich hast du mir nur deswegen Hoffnungen gemacht, damit ich dir helfe. Ihr Schicki-Micki-Tussis seid doch alle gleich, wenn ihr etwas wollt. Geh ruhig zu deinem Tobias. Das ist mir so langsam echt egal. Ich bin fertig mit dir.« Ohne ein weiteres Wort sprang er auf, zog sich an und hastete aus dem Zimmer.

Esther sah ihm hinterher. Ihr Herz schmerzte, als hätte jemand ein Messer darin versenkt. Wie konnte das alles nur so furchtbar enden? Und wie ging es nun weiter? Hatte Philipp recht und Tobias nutzte sie bloß aus? Dann hatte sie gerade eben den größten Fehler ihres Lebens gemacht.

32

Lüneburger Heide, 1965

Annegret öffnete ihr sofort, ihren Sohn Hannes auf dem Arm haltend. Der Kleine krähte fröhlich und Marlene zwang sich, sein Lächeln zu erwidern. Sie musste dem armen Kind ja keine Angst machen. Annegret konnte sie aber nicht täuschen. Sie warf Marlene nur einen Blick zu, dann rief sie: »Bernd, komm doch bitte einmal her. Meine Freundin braucht meinen Trost – und ich einen Babysitter.«

Sofort kam ihr Ehegatte herangeeilt und nahm ihr den Sohn aus den Armen. »Aber natürlich kümmere ich mich gerne um den kleinen Mann. Nicht wahr, Hannes, wir zwei Männer kommen gut miteinander klar, oder?«

Der Kleine gluckste fröhlich vor sich hin. Annegret strich ihm sanft über das Köpfchen. Der Druck in Marlenes Magen wurde beinahe unerträglich. So liebevoll würde sie auch gerne mit ihrem Kind und ihrem Mann umgehen. In Gedanken sah sie Rainer, wie er liebevoll einem kleinen, blonden Jungen über das Haar strich – da schob sich Gustavs breite Gestalt dazwischen. Sie keuchte.

Annegret sah sie überrascht an. Dann zog sie sie am Arm. »Komm, wir gehen raus. Dort scheint so schön die Sonne.« Und dort waren sie hoffentlich auch alleine.

Bernd durfte auf keinen Fall von ihrer Befürchtung erfahren.

»Annegret, ich-ich bin vermutlich schwanger«, stieß Marlene aus, kaum dass sie Platz genommen hatten.

Ihre beste Freundin starrte sie aus großen Augen an. »Von Gustav? Oder ... o Gott, nein – von Rainer?«

Kläglich nickte sie, krampfhaft ihre Tränen unterdrückend. »Ja! Wir-wir haben uns schon vor der Hochzeit vereinigt. Ich dachte doch ...« Sie ließ die Worte unausgesprochen. Annegret würde sie auch so verstehen.

Ihre beste Freundin seufzte schwer. »Oje.« Dann musterte sie Marlene durchdringend. »Wie sicher bist du dir?«

Sie hob die Achseln. »Ich weiß nicht ... Meine Monatsblutung war so seltsam. Viel heller als sonst. Und ich spüre ein Ziehen im Unterleib.«

»So wie bei mir damals.« Das pausbäckige Gesicht wurde ernst. Mit ein paar Sekunden Versatz, schob sie nach: »Aber das kann doch passieren. Bei all dem Stress. Oder nicht?«

Erste Tränen stiegen in Marlene auf, aber sie wischte sie mit dem Handrücken weg. »Ich wünsche es mir so sehr. Sonst kann ich mich immer auf meine Regel verlassen. Sie hätte eigentlich früher kommen müssen. Aber ich hatte nicht darauf geachtet ... Wegen all des Stresses.« Ein Schluchzen stieß in ihrer Kehle auf und nun konnte sie nichts mehr gegen die Tränen machen. Ungebremst flossen sie heraus, wie ein Bach, der zuvor gestaut worden war.

»Oje, du Ärmste.« Annegret legte den Arm um sie und drückte sie an ihren weichen Körper. Bei ihr fühlte sich Marlene immer so geborgen, als wäre sie ihre Mutter, obwohl sie gleich alt waren. Denn Annegret vereinte ein mütterliches Aussehen mit warmer Fürsorge. Sie ließ sie einfach weinen, sagte kein Wort, drückte sie bloß ganz fest.

Als Marlene sich etwas beruhigt hatte, fragte sie vorsichtig: »Und was willst du nun machen?«

»Ich-ich weiß es nicht.« Wieder drohten die Tränen herauszufließen, doch diesmal drängte sie sie zurück. Nur ein vorwitziger kleiner Tropfen rollte über ihre Wange. Hilfesuchend schaute sie ihre beste Freundin an. »Was würdest du machen? Es Gustav sagen? Oder schweigen?«

Annegret seufzte schwer. »Dazu kann ich dir nichts raten. Es ist dein Leben. Euer Leben.« Sie warf einen bezeichnenden Blick auf Marlenes Bauch. »Das Kleine verdient es zu wissen, wer sein Vater ist, finde ich.«

»Das stimmt. Allerdings würde das heißen ... Ich weiß es gar nicht. Wird Gustav sein Geld zurückfordern? Wird Mama vor der Operation zurück nach Deutschland geschickt? Noch ist sie nicht operiert worden, dazu war ihr Herz noch nicht stark genug. Außerdem sind die ganzen Formalitäten einfacher, wenn Gustav und ich schon verheiratet sind.«

»Also willst du es ihm verheimlichen?«

Schweigend starrte Marlene sie an. Sie konnte ihr keine Antwort geben, denn sie kannte sie nicht. Sie griff zu der Limonade, die Annegret zuvor auf den Tisch gestellt hatte. Während sie die Süße auf ihre Zunge spürte, wirbelten die Gedanken wie Blätter im Herbst durch ihren Kopf. Was auch immer sie machte, sie konnte nur verlieren. Das war ab dem Moment, in dem ihre Mutter ins Koma gefallen war, so. Und es gab nur eine Möglichkeit, die sie nicht völlig zerriss.

Mit einem Ruck stellte sie das Glas auf den Tisch. »Es muss sein. Gustav darf es nie erfahren. Und Rainer ... er auch nicht. Ich habe meine Wahl getroffen. Mir ist egal, was mit mir geschieht. Hauptsache, meine Mutter lebt.«

Marlene musterte sie, in ihren Gesichtszügen wechselte sich Ablehnung mit Mitleid ab. Schließlich seufzte sie und legte ihr eine Hand auf die Schulter. »Ich kann deine Entscheidung verstehen, auch wenn ich sie schwer finde. Du könntest wenigstens versuchen, eine Lösung mit Rainer zu finden. Du liebst ihn doch immer noch.«

Sie lachte bitter. »Natürlich liebe ich ihn. Aber das ist dem Schicksal anscheinend egal.« Eine Weile ließ sie den Kopf hängen, dann schaute sie entschlossen auf. »Ich darf es ihm nicht sagen. Er würde versuchen, sein Kind zu sehen. Niemals würde er akzeptieren, dass ein anderer es aufzieht.«

»Also wird es ein Frühchen. Es wäre nicht das Erste.« Annegret grinste leicht.

»Ja, so ist es. Ein Kind für Gustav. Zeugnis unserer Liebe. Oder vielmehr meines Untergangs.« Die Tränen schüttelten Marlene wieder so heftig wie ein starker Herbststurm.

Annegret umarmte sie. »Nun lass mal den Kopf nicht hängen«, flüsterte sie in ihr Ohr. »Wenn es so unerträglich für dich ist, dann sag die Hochzeit ab.«

»Das kann ich nicht«, schluchzte sie.

33

Lüneburger Heide, heute

Esther nahm eine schöne, heiße Dusche und hoffte darauf, dass sich der Streit mit Philipp irgendwie noch einrenkte. Dass er zurückkam. Er konnte sie hier doch nicht ganz alleine lassen. Wie sollte sie denn wegkommen? Wobei Oscar sie sicher abholen würde. Trotzdem wäre es ihr viel lieber, sie würden sich vertragen. Vielleicht wartete er ja in der Küche auf sie? Hoffnungsvoll ging sie die Treppe hinab.

Als sie etwa die Hälfte erreicht hatte, erschien Hansen im Flur und lächelte sie freundlich an. Sie musste schlucken. Das war ihr wahrer Großvater. Der Gedanke gefiel ihr, auch wenn er seltsam war. Aber sie mochte diesen großen, freundlichen Mann. Und eins war klar: Er hatte ihre Großmutter sehr geliebt. Sicher würde er sich über den Brief freuen.

»Guten Morgen, Frau Rosenberg. Wie geht es Ihnen?«

»Danke, gut. Nur etwas müde.« Sie gähnte.

Hansen lachte. »Na, dann kommen Sie mal in die Küche und holen sich einen schönen, starken Kaffee. Oder trinken Sie lieber Tee?«

»Nein, Kaffee ist gut. Schwarz und heiß.«

Sie folgte ihm in die Küche und spähte hinein, in der Hoffnung, Philipp zu sehen. Doch der Raum war bis auf den Älteren leer. Hansen bemerkte ihren fragenden

Blick. »Herr Schumacher ist schon fort. Er sagte mir, sein Chef habe ihn angerufen, weil er ihn dringend für einen spontanen Termin braucht.« Er zuckte mit den Schultern. »Was auch immer das an einem Samstagmorgen sein mag. Sie haben ihn ganz knapp verpasst; er war vor zehn Minuten noch hier.«

Esther schaute auf die Uhr. Es war gerade erst acht. Wofür um alles in der Welt sollte sein Chef ihn um diese Zeit herzitieren? Sie war sich hundertprozentig sicher, dass Philipps frühe Abreise nichts mit der Zeitung, sondern mit ihrem Streit zu tun hatte. Aber sie zwang sich zu einem Lächeln. »Na, hoffentlich handelt es sich um nichts Unangenehmes bei diesem Termin.«

»Da haben Sie recht«, machte Hansen das Spielchen mit, obwohl in seinem Gesicht deutlich die Frage stand, was gestern Nacht noch geschehen war. Sie könnte ihn umarmen, weil er schwieg. Stattdessen schenkte er zwei Tassen Kaffee ein und stellte sie auf den Küchentisch.

»So, hier kommt Ihr Muntermacher. Sie sehen aus, ob Sie ihn vertragen könnten.«

»Danke«, sagte Esther und setzte sich an den Tisch. Während sie mit einer Hand die Tasse an den Mund führte, tastete sie mit der anderen nach dem Brief, der sich wieder in ihrer Handtasche befand. Fieberhaft überlegte sie, wie sie Hansen beibringen könnte, dass sie Teile davon bereits gelesen hatte.

Da brachte er selbst das Gespräch auf dieses Thema. »Ich habe eine Idee, wie Sie herausfinden, für wen der Brief ist.«

»Ach ja, und wie?« Esther versuchte, nicht so scheinheilig auszusehen, wie sie sich fühlte.

»Warum lesen Sie ihn nicht selbst erst einmal? Danach wissen Sie ja, wer ihn bekommen soll.«

Vor Erleichterung fiel Esther ein Stein vom Herzen. Sie schaute Hansen verschmitzt an. »Da hatten wir anscheinend dieselbe Idee. Genau das hatten Philipp und ich uns gestern auch überlegt – und diesen Plan sogar schon in die Tat umgesetzt.« Sie hielt das geöffnete Kuvert in die Höhe.

Hansen umklammerte seinen Kaffee so plötzlich, dass er ein wenig davon verschüttete. »Und ... für wen ist die Botschaft?«, fragte er rau.

»Für Sie.« Esther lächelte den Älteren an. »Sie waren die einzig wahre Liebe ihres Lebens. Jede Zeile dieses Briefes verrät das. Überzeugen Sie sich selbst davon!« Sie reichte ihm das Kuvert. »Wir haben nur so viel gelesen, bis wir uns sicher waren.« Sie musste an das denken, was er erfahren würde – dass sie seine Enkelin war. Sollte sie es ihm sagen? Aber wenn er es durch den Brief las, war es fast so, als würde Oma Marlene es ihm selbst sagen. Und das fand sie würdevoller.

Hansens Augen leuchteten bei jedem ihrer Worte immer mehr. Vorsichtig nahm er das Kuvert an sich, als wäre es zerbrechlich, und zog die eng beschriebenen Briefbögen heraus. Sanft strich er darüber. »Das bedeutet mir viel. Zu wissen, Marlene hat mich genauso sehr geliebt wie ich sie! Auch wenn die Erinnerung an sie schmerzt, so freue ich mich über diese unerwartete Botschaft.«

Wie sie es am Abend zuvor mit Philipp gemacht hatte, las er Esther nun den Brief vor. Als Hansen erfuhr, dass ihre Nacht nicht ohne Folgen geblieben war, traten Tränen in seine Augen. »O Marlene!«, stieß er aus. »Wie muss sie sich gefühlt haben? Niemand hat ihr geholfen. Wäre ich bloß bei ihr gewesen! Sie hätte diese Bürde nicht alleine tragen sollen.« Traurig barg er sein Gesicht in den Händen.

Nur zu gerne würde Esther ihn aufmuntern, doch sie wusste zunächst nicht, was sie sagen sollte. Auch ihr zerriss es das Herz. Sie legte ihm eine Hand auf den Arm. »Sie hat es geschafft. Und sie war am Ende glücklich. Mit uns.«

Auf einmal glitt über Hansens Gesicht ein befreites Lächeln und er schaute sie liebevoll an. »Also bist du meine Enkelin. Unsere Liebe lebt in euch weiter. Darf ich dich umarmen?« Schon sprang er ungestüm auf.

Sie lächelte. »Sicher.«

Da hielt er sie bereits in seinen Armen, drückte sie fest an sich. »Esther, mein liebes Kind, jetzt musst du mich aber Rainer nennen! Und ich möchte unbedingt deine Mutter kennenlernen. Meine Tochter.« Seine Augen glänzten feucht.

»Lass mich lieber vorher mit ihr sprechen, ja? Sie hat Opa Hubertus sehr geliebt.«

Rainer nickte. Dann stutzte er. »Wie konnte sie überhaupt aus Gustavs Fängen entkommen? Eine Scheidung war damals ja nicht so leicht wie heute. Und er hätte sie niemals betrogen, er hat den Boden angebetet, auf dem sie ging.«

»Sicherlich steht das in dem Brief.«

»Oh, bestimmt.« Er löste sich von Esther, strich ihr einmal über die Haare und las dann weiter vor. Marlene beschrieb darin, wie ihre Ehe sich – angestachelt durch Gustavs Mutter – allmählich zur Hölle verwandelte.

»Irgendwann habe ich es nicht mehr ausgehalten und habe einen anonymen Brief an meine Schwiegermutter geschrieben mit einem Hinweis auf die falsche Vaterschaft. Sie ist sofort wie eine wilde Hyäne in mein Zimmer gestürmt und hat mir gesagt, sie würde die Ehe annullieren lassen. Vermutlich dachte sie, ich würde dem Geld nachweinen. Dabei wollte ich nur meine Freiheit – und die hatte sie mir damit geschenkt.

Zu diesem Zeitpunkt warst du, mein Liebster, allerdings schon mit einer anderen verheiratet und *Black Storm* hat gehalten, was du dir von ihm erhofft hast. Ihr habt zusammen das Gestüt aufgebaut. Dieses Glück wollte ich dir nicht zerstören, deswegen habe ich dir nichts davon erzählt. Obwohl ich lange darüber nachgedacht habe, ob ich dir von unserer Tochter erzählen sollte. Aber manchmal ist Unwissenheit Barmherzigkeit und diese wollte ich dir schenken.

Doch nun, wo ich merke, dass es dem Ende zugeht, kann ich nicht sterben, ohne dir alles zu sagen. Ich hoffe, dass du Trost in dem Wissen findest, dass ein Teil von mir bei dir bleibt. Das hat er immer getan. Ich habe nie unsere Zeit vergessen. Du warst immer meine große Liebe. Deine Marlene.«

Nun liefen die Tränen ungehindert über Rainers Wangen und auch Esther konnte sich nicht mehr zurückhalten. Sie weinte um Großmutters verlorene Liebe, um das Leben, das ihnen nicht vergönnt war. Sie wusste nicht, wie lange sie sich aneinanderklammerten und vor sich hin schluchzten. Irgendwann lösten sie sich voneinander. Sie sah Rainer an und versuchte, ihm ein aufmunterndes Lächeln zu schenken. »Am

Ende ist doch alles gut geworden. Oma Marlene und Opa Hubertus waren glücklich miteinander.«

Er legte eine Hand auf ihren Arm. »Das freut mich für sie. Auch mir ist es nicht schlecht gegangen. Mein Gestüt hat sich gut entwickelt und ich habe eine wunderbare Frau gefunden. Wir haben eine gute Ehe geführt. Johanna fehlte allerdings dieser Zauber, der von Marlene ausgegangen war.« Er lächelte traurig und warf ihr einen Blick zu, der seinen Kummer verriet. »Diesen Zauber hat sie aus der Welt genommen.«

»Dafür hast du nun uns«, versuchte Esther, ihn aufzubauen.

»Das stimmt. Aber ich werde es immer bedauern, dass sie starb, bevor sie den Brief verschickt hat«, murmelte er.

»Es ist einfach ein Jammer.« Sie seufzte. Dann fuhr sie fort: »Wenn ich zurück in Düsseldorf bin, werde ich Mama vorsichtig beibringen, dass du ihr leiblicher Vater bist.«

Er nickte. »Sehr gut. Ich freue mich schon sehr auf sie. Herr Schumacher kann einen schönen Bericht darüber machen. Sicher mag seine Zeitung ein Happy End.«

»Ich glaube nicht, dass Philipp sich wieder meldet. Wir-wir haben uns vorhin ziemlich gestritten.«

»Ein Liebesstreit?«

Sie zuckte mit den Schultern. »So etwas in der Art.«

»Dann versöhne dich wieder mit ihm. Oder möchtest auch du am Ende deines Lebens erkennen, dass du die Liebe deines Lebens hast gehen lassen?« Er schaute sie ernst an.

Sie wollte ihm sagen, dass er unrecht hatte. Tobias war die Liebe ihres Lebens. Aber sie brachte es nicht über sich. Dazu sehnte sich ihr Herz zu sehr nach Philipp. Schnell schickte sie ihm eine kurze Nachricht per WhatsApp, dass es zumindest ein kleines Happy End für Marlene gab und sie sich freuen würde, ihm davon zu erzählen.

Die ganze Fahrt über behielt Esther das Telefon in der Hand, um Philipps Rückruf nicht zu verpassen. Doch das Gerät blieb stumm. Dabei brannte sie darauf, ihm auch den Rest zu erzählen. Dann musste sie es halt einem anderen sagen.

Tobias! Vielleicht war er ja noch nicht auf Sightseeing-Tour unterwegs. Schließlich war es gerade erst halb zehn. Um die Uhrzeit traf sich doch kein Mensch mit Kunden. Vielleicht könnte sie bei der Gelegenheit auch ihren Seitensprung beichten, der ihr wie ein Stein im Magen lag. Wobei sie sich immer noch sehnsüchtig an Philipps sanfte Umarmungen erinnerte. Aber sie liebte nun einmal Tobias.

»Oscar, bitte bringen Sie mich zu Tobias«, bat sie ihren Fahrer, der sofort den Wagen wendete. Sie erreichten seine Wohnung eine gute dreiviertel Stunde später. Esther machte noch einen Zwischenstopp bei Starbucks, um Brötchen, Croissants und Latte macchiato zu besorgen.

Mit den Bechern in der einen und der Tüte in der anderen Hand marschierte sie zur Haustür. Sie blieb gerade stehen, um zu klingeln, als ein attraktiver Mann Mitte dreißig herauskam. Er lächelte sie an und hielt ihr galant ihr die Tür auf, damit sie eintreten konnte. Esther dankte ihm. Dann ging sie zum Fahrstuhl und drückte auf den obersten Knopf. Tobias würde sich bestimmt über das Frühstück freuen.

Im Spiegel vom Aufzug überprüfte sie noch einmal, dass sie keine Mascara-Schlieren oder ähnliche Katastrophen im Gesicht hatte, und fuhr sich durch die Haare. Das musste reichen, auch wenn sie nicht ganz taufrisch aussah. Aber Tobias war schließlich kein Typ, den sie erst seit einigen Tagen kannte. Er hatte sie schon kotzend auf dem Klo erlebt.

Voller Vorfreude klingelte sie an der Tür. Es dauerte eine Weile, bis sie Schritte näherkommen hörte. Allerdings klangen sie seltsam leicht und grazil. Eher wie Frauen- als wie Männerschritte. Ihr Herz setzte einen Schlag aus. War er etwa nicht allein? Dann hörte sie eine melodische Frauenstimme: »Hallo, wer ist denn da?«

Selbst durch die geschlossene Tür hindurch erkannte sie den italienischen Akzent. Das war Giulia. Schockstarr ließ Esther die Hand sinken. Philipp hatte recht gehabt! Sie war der Notnagel. Tobias hatte sich nur eine Geschichte überlegt, die die Beweise auf den sozialen Netzwerken in andere Bahnen lenken sollte. Sie war so blöd! Sollte sie hierbleiben und Tobias eine Szene machen oder verschwinden?

Bevor sie sich darüber klar war, was sie wollte, wurde bereits die Tür aufgerissen und sie fand ihre schlimmste Vermutung bestätigt. Ihr gegenüber stand Giulia in einem roten seidenen Morgenmantel. Sie war immer noch so schön wie damals, als sie ihr Tobias ausgespannt hatte. Sie war nur ein Mittel zum Zweck für Tobias gewesen. Eine Bumsmaus. Gerade gut genug, um die Zeit bis zur Versöhnung zu überbrücken.

»Ja?« Sie schaute Esther fragend an, ohne dass irgendein Wiedererkennen in ihrem Blick stand.

»Ist-ist Tobias da?«, stotterte Esther.

»Si«, gab die Italienerin knapp zurück. »Toby, mi amore, hier ist jemand für dich.«

Da kam Tobias schon in T-Shirt und Shorts zur Tür. Er gab Giulia einen Kuss auf die Wange, bevor er nachsah, wer an der Tür stand. Als er Esther erkannte, wurde sein Gesicht aschfahl. Doch er bekam sich rasch unter Kontrolle. »Hallo, Esther«, sagte er nüchtern. »Was machst du hier?«

»Ach, das ist also deine Ex-Freundin? Ich dachte, sie lebt in Düsseldorf.« Giulia lachte und schlang den Arm besitzergreifend um Tobias' Taille. Abschätzend blickte sie an ihr hoch und runter. »Ciao, Esther. Ich habe dich gar nicht wiedererkannt. Du bist so dünn geworden und du trägst die Haare jetzt so ... kurz.«

Sie warf ihre prachtvolle schokobraune Mähne zurück und Esther fühlte sich wie ein Bauernmädchen, das neben einem Filmstar stand. Sie zwang sich, Tobias fest in die Augen zu schauen. »Eigentlich wollte ich dir Frühstück bringen. Aber anscheinend komme ich ungelegen.«

»Leider ja. Du hättest wohl besser anrufen sollen.«

Esther keuchte auf. »Willst du jetzt *mir* unterstellen, ich hätte etwas falsch gemacht? Das ist nicht zu fassen!«

Verletzt suchte sie in Tobias Gesicht nach einem Anzeichen von Verlegenheit. Aber darin war nichts zu erkennen. Dafür stand in Giulias Augen ein unerträglicher Triumph. Sofort verflüchtigte sich das schlechte Gewissen, das sie vorhin noch gequält hatte, und sie knurrte: »Immerhin weiß ich jetzt, dass du wirklich nur mit mir ficken wolltest. Aber – hey, immerhin war es gut. Anscheinend hat er ein paar Sachen von dir gelernt, Giulia!«

Nach diesen Worten machte sie auf dem Absatz kehrt und stolzierte zum Fahrstuhl. Aus dem Augenwinkel sah sie noch, dass Giulia Mund und Augen weit aufriss. Sie musste grinsen. Immerhin hatte sie die Honeymoon-Stimmung zwischen den beiden zerstört. Allerdings brachte ihr das Philipp auch nicht zurück. Sobald sie im Fahrstuhl war, flossen die Tränen und waren nicht mehr zu stoppen.

Sie weinte den ganzen Weg bis ins Hotel. Zumindest in der Lobby gelang es ihr, sich zusammenzureißen. Doch sobald sie auf ihrem Zimmer war, heulte sie wieder los. Am meisten beweinte sie ihre eigene Doofheit. Jeder hatte sie gewarnt. Aber sie hatte nicht hören wollen. Und jetzt hatte sie Philipp verloren. Das bereute sie am meisten.

Er war so nett, verständnisvoll, clever und süß. Warum wollte sie nur unbedingt Tobias wieder haben? Sie wünschte sich verzweifelt, sie könnte die Zeit zurückdrehen. Dann würde sie sich morgens einfach an ihn kuscheln und mit einem seligen Lächeln wieder einschlafen. So wie es richtig gewesen wäre. Verzweifelt warf sie sich auf das Bett und vergrub ihr Kopf in dem Kissen. Sie wusste nicht, wie lange sie vor sich hin schluchzte. Irgendwann versiegten die Tränen. Doch die Traurigkeit blieb, fraß sich wie Säure in ihr Herz. Wie sollte sie es nur noch eine Stunde länger hier in Hamburg aushalten?

Sobald sie sicher war, dass sie nicht wieder losheulte, rief sie beim Callcenter der Fluglinie an, um ihren Flug umzubuchen. Allerdings klärte die Dame sie darüber auf, dass eine Verschiebung bei diesem Ticket mit erheblichen Mehrkosten verbunden wäre. Ihr Supersparpreis war nun einmal extrem unflexibel. Wer konnte auch schon ahnen, dass ihr Hamburg-Aufenthalt sich zu einem solchen Fiasko entwickelte?

Seufzend legte sie auf und rief Sophie an, der sie haarklein von den Ereignissen des letzten Tages berichtete.

»Wie jetzt? Du warst echt mit Philipp in der Kiste?«

Esther wand sich. »Hm, ja. Wir hatten Alkohol getrunken und ich konnte irgendwie nicht mehr klar denken.«

»Süße, das muss dir nicht peinlich sein.« Sophie lachte. »Ich bin echt stolz auf dich! Dass du dir endlich diesen heißen Journalisten gekrallt hast. Wieso hast du ihn nur so angefahren? Wegen Tobias! Kein Wunder, dass der arme Kerl abgezischt ist und nichts mehr von dir wissen will.«

»Na toll, reib es mir auch noch unter die Nase, was für ein Riesenesel ich bin«, gab Esther gekränkt zurück.

»Tut mir leid, so meine ich das nicht. Es ist nur schade, dass du endlich mal einen interessanten Kerl kennenlernst – und dann taucht Mister Riesenarschloch wieder auf und verdirbt dir alles.«

»Stimmt.« Esther schüttelte betrübt den Kopf. »Wobei ... den Fehler habe ich ja selbst gemacht. Ich hätte mich auch für den anständigen Kerl entscheiden können. Aber nein, ich nehme den, der mir schon einmal das Herz gebrochen hat. Lerne ich denn nie etwas dazu?«

»Sei nicht so hart zu dir.« Sophie und klang ungewohnt verständnisvoll. »Ich meine, Tobias war immerhin deine erste große Liebe. Und am Anfang war er auch ein toller Kerl. Doch irgendwann wurde er leider vom Traumprinzen zum Frosch. Zum fickenden Frosch.«

Die Vorstellung von Tobias als wild herumkopulierenden Frosch brachte Esther zum Lachen. »Das schaffst auch nur du, mich nach so einem Fiasko aufzuheitern.«

»Wozu hat man schließlich Freundinnen?«, gab Sophie sanft zurück. Dann wurde ihr Tonfall jedoch streng. »So, das ist genug Selbstmitleid für heute. Jetzt heißt es: Aufstehen und Krönchen richten. Genieß deinen letzten Tag in Hamburg und geh auf die coole Party, von der du erzählt hast.«

»Du meinst Ellas Feier?«

»Ja, genau! Lass dich volllaufen und knüpfe neue Kontakte. Allerdings nicht unbedingt in dieser Reihenfolge«, witzelte Sophie. »Solange du auf geschäftig machst, solltest du noch wissen, was du sagst – und wem.«

»Haha«, machte Esther und schniefte wieder. »Mir ist gar nicht nach Feiern, sondern nur nach Weinen.«

»Das verstehe ich. Aber sei wenigstens ein bisschen stolz auf dich. Du hast immerhin das Geheimnis deiner Großmutter gelüftet. Wenn das kein Grund zum Feiern ist?«

»Aye, aye, Sir!«, witzelte Esther. Obwohl sie immer noch vor Kummer zerfloss, freute sie sich zumindest darauf, ihre Bekanntschaft mit Ella weiter zu vertiefen.

34

Lüneburger Heide, 1965

Marlene sah mit pochendem Herzen auf die prunkvolle Fassade, die hoch über ihr aufragte. Das historische Gebäude schien sie zu ermahnen, seinen würdigen Geist nicht durch eine Vernunftehe zu beschmutzen, bei der es nur um Geld ging. Sie schalt sich eine Närrin. Hier waren bestimmt zig Ehen des Geldes oder der Macht wegen geschlossen worden.

Gustav, der in seinem dunklen Maßanzug neben ihr stand, schaute sie mit tiefer Bewunderung im Blick an. Er hob seinen angewinkelten rechten Arm und hielt ihn ihr einladend hin. »Bist du bereit für den großen Moment?«

Was sollte sie dazu sagen? Dass sie sich am liebsten weinend umdrehen und zu Rainer laufen würde? Weil sie von ihm ein Kind unter dem Herzen trug? Das ging natürlich nicht. Also zwang sie sich zu einem Lächeln und legte ihre Hand auf den angebotenen Arm. »Ja, das bin ich.«

Sie straffte die Schultern, atmete tief ein und schritt an seiner Seite durch das große Portal. Im Inneren führte sie ein Mosaik aus Marmor durch die Hallen, deren Wände von den Geschichten der Stadt erzählten. Die hohen Decken und kunstvollen Malereien zeugten von der exquisiten Eleganz der stolzen Hansezeit.

Wenn nur der Mann an ihrer Seite der wäre, dem ihr Herz gehörte! Aber dafür würde ihre Mutter leben. An diesen Gedanken klammerte sie sich, während sie auf den Phönixraum zugingen, in dem die Trauung durchgeführt werden sollte. Er war benannt nach dem mythischen Vogel, der aus der Asche wiedergeboren wurde, als Symbol der Hoffnung und des Neuanfangs.

Marlene spürte weder das Eine noch das Andere, sondern nur Pflichtbewusstsein – und grenzenlose Angst, den größten Fehler ihres Lebens zu begehen. Langsam gingen sie die imposante Senatstreppe hinauf. Ihre Schuhe machten fast kein Geräusch auf dem festen, roten Stoff, mit dem die Treppe zu großen Teilen bezogen war. Prunkvoll verzierte Fenster säumten die Treppe, die in einem Foyer voller Bögen endete. Es war ein Aufgang wie für ein Königspaar.

Gustav hielt ihre Hand, ein mildes Lächeln auf den Lippen. Die Standesbeamtin, eine elegante Dame mit einem freundlichen Blick, empfing sie hinter einem länglichen Tisch. Ein Duft von Blumen lag in der Luft. Marlene und Gustav nahmen in der Mitte Platz, Annegret und ein Freund von Gustav als Trauzeugen neben ihnen. Seine Eltern und Tante Charlotte nahmen auf den Sitzen dahinter Platz. Die Abwesenheit ihrer Mutter schmerzte sie körperlich. Hoffentlich überstand sie die Operation gut! Dieses Opfer musste sich lohnen.

Anspannung machte sich in Marlenes Inneren breit, als die Standesbeamtin mit den Formalitäten begann. »Sehr geehrte Damen und Herren, liebe Familie und Freunde, wir sind heute hier versammelt, um die Liebe und Verbindung zwischen Marlene und Gustav zu feiern. Die Ehe ist eine wundervolle Reise, die zwei Menschen verbindet, um gemeinsam Höhen und Tiefen zu durchleben.«

Bei diesen Worten kam Marlene sich wie die größte Betrügerin der Welt vor. Von wegen Liebe. Sie brauchte nur Gustavs Geld, um das Leben ihrer Mutter zu retten.

Sie wandte sich nun direkt an das Brautpaar. »Marlene, Gustav, heute gebt ihr euch das Versprechen, einander zu lieben, zu ehren und in guten wie in schlechten Zeiten füreinander da zu sein. Die Ehe ist eine Partnerschaft des Lebens, die auf Respekt, Vertrauen und Zuneigung basiert.«

Marlenes Magen schrumpfte immer weiter zusammen vor lauter schlechtem Gewissen. Aber sie zwang sich trotzdem zu einem Lächeln, um sich nicht zu verraten. Mit einem gütigen Gesichtsausdruck nahm die Standesbeamtin die Ringe auf. »Die Ringe, die ihr heute austauschen werdet, sind mehr als nur Schmuck. Sie sind ein Symbol eurer Liebe und Verbundenheit. Sie erinnern euch daran, dass ihr euch in eurer Ehe gegenseitig stärken und unterstützen werdet.«

Marlene warf Gustav einen hoffentlich verliebten Blick zu, den dieser mit einem Strahlen in den Augen erwiderte. Wenigstens für ihn besaßen die Worte eine Bedeutung.

Nun wandte sich die Standesbeamtin an Marlene: »Marlene Rosenberg, nimmst du Gustav Goldmann zum Ehemann, versprichst du, ihn zu lieben, zu respektieren und an seiner Seite zu stehen, egal was kommt?«

Nein, brüllte ihr Herz, *ich will Rainer.* Doch ihre Lippen formten die Worte: »Ja, das verspreche ich.«

»Und du, Gustav Goldmann, nimmst du Marlene Rosenberg zur Ehefrau, versprichst du, sie zu lieben, zu respektieren und an ihrer Seite zu stehen, egal was kommt?«

»Ja, das verspreche ich.«

Die Standesbeamtin wartete, als sie sich gegenseitig die Ringe überstreiften und an den Händen hielten. »Dann erkläre ich euch zu Mann und Frau. Ihr dürft euch nun küssen und eure Liebe vor dieser Versammlung besiegeln.«

Sofort beugte Gustav sich vor und gab Marlene einen feuchten Kuss auf den Mund. Seine Lippen fühlte sich ganz anders an als die von Rainer, die so weich, so warm, so verführerisch waren. Plötzlich spürte sie einen heftigen Druck auf den Augen. Nein, nicht jetzt! Sie würde nicht weinen.

Die Goldmanns mussten glauben, dass sie ihren Sohn aufrichtig liebte. Also bemühte sie sich, ihrem Kuss einen Hauch von Leidenschaft zu verleihen. Gustavs Körper spannte sich sofort an und er drückte seine Lippen fester gegen ihre.

Nach einer viel zu langen Zeit löste er sich von ihr. Er strahlte über das ganze Gesicht wie ein kleiner Junge, der den Weihnachtsmann gesehen hatte. Ihr wurde gegen ihren Willen warm ums Herz beim Anblick seiner Freude. Immerhin war Gustav freundlich und gutherzig. Sicher würde er alles daransetzen, dass sie zufrieden war. Mehr erwartete sie nicht mehr vom Leben. Die Liebe und das Glück waren mit Rainer aus ihrem Leben verschwunden.

35

Hamburg, heute

Den Tag verbrachte Esther mit Shopping, Sightseeing und einer Runde im Schwimmbad. Danach entspannte sie eine Weile auf dem Bett, bevor sie sich in ihre Lieblingsteile aus Ellas Kollektion schmiss: eine Hotpants aus schwarzem, metallisch schimmerndem Leder, dazu ein Trägertop mit silbernen Pailletten und eine schwarze, durchsichtige Bluse, die sie locker umspielte. Das kombinierte sie mit Sneakern.

Als sie so in die Lobby hinunterkam, starrte Oscar sie mit offenem Mund an. »Puh, junges Fräulein. Wenn ich Ihr Vater wäre, würde ich Sie so nicht rauslassen.«

Esther grinste. »Das nehme ich mal ins Kompliment.«

Oscar verdrehte die Augen, musste aber auch schmunzeln.

Die Party fand im Schanzenviertel statt. Laute Techno-Musik dröhnte hinaus. Esther zögerte kurz. Es war ihr extrem unangenehm, allein auf einer Party aufzukreuzen, wo sie außer der Gastgeberin niemanden kannte. Für Sophie wäre das kein Problem; sie kam immer sofort mit allen in Kontakt. Aber Esther lag es nicht besonders, auf wildfremde Menschen zuzugehen. Allerdings war ihr bewusst, dass das die perfekte Chance war, um die Hamburger Modeszene kennenzulernen.

Außerdem konnte sie vielleicht sogar bei Ella vorfühlen, ob sie an einer Partnerschaft interessiert wäre.

Also musste sie wohl oder übel ihren Mut zusammennehmen. Sie atmete einmal tief durch, zupfte die Bluse zurecht und ging auf den Eingang zu, an dem ein Schrank von einem Türsteher stand. Der nahm die Karte entgegen und untersuchte sie sorgfältig auf eine mögliche Fälschung hin. Als er zufrieden war, trat er zur Seite und wirkte plötzlich erstaunlich freundlich. »Viel Spaß auf der Party.«

Esther dankte ihm, dann huschte sie hinein. Im Eingangsbereich wartete eine schwarzhaarige Garderobenfrau vergeblich auf Kundschaft. Bei dem lauen Sommerabend hatte offensichtlich niemand eine Jacke dabei. Außerdem herrschte im Club gähnende Leere, schließlich war es gerade einmal kurz nach zehn. Sobald Ella sie sah, lief sie auf sie zu und drückte sie so fest, als wollte sie ihr die Knochen brechen.

»Esther! Wie schön, du bist gekommen!«, rief sie begeistert aus. Dann ließ sie sie los und trat einen Schritt zurück. »Aber ich dachte, du wolltest jemanden mitbringen? Hattest du nicht etwas von einem Tobias gesagt?«

Verlegen zuckte sie mit den Schultern. »Tja, in dem habe ich mich anscheinend ganz schön geirrt.« *Schon wieder*, fügte sie ihn Gedanken hinzu. Warum hatte sie das auch nur so herumposaunt? Jetzt stand sie ganz schön doof da.

Ella lächelte nur fröhlich. »Umso besser, dann hast du wenigstens Zeit für mich.« Sie hakte sich bei ihr ein. »Komm, wir trinken etwas, danach sieht die Welt gleich viel besser aus. Und wenn du möchtest, erzählst du mir, was passiert ist. Ansonsten betrinken wir uns einfach nur.«

Kichernd gingen sie zu der Bar, wo sie sich einen Caipirinha genehmigten. Der hochprozentige Alkohol und Ellas ungezwungene Herzlichkeit lockerten Esthers Zunge. Schon bald wusste ihre neue Freundin so ziemlich alles, was sich in Hamburg zugetragen hatte.

Ella starrte sie aus großen Augen an. »Junge, du hast ja in den paar Tagen mehr erlebt als manche in einem Jahr.« Sie drückte sie kurz. »Es tut mir nur leid, dass das mit den Männern so schlecht für dich ausgegangen ist.«

»Mir auch«, gab Esther leise zurück. Sie zwang sich zu einem Lächeln. »Aber zumindest unsere Bekanntschaft hat etwas Gutes hervorgebracht. Ich habe nämlich an meinen Skizzen weitergearbeitet, weil dein Style mich inspiriert hat.«

»Echt? Cool! Hast du sie dabei?«

Esther nickte. »Ich habe Fotos mit dem Smartphone gemacht. Hier, schau.« Sie hielt Ella das Gerät vor die Nase. Die musterte die Bilder schnell im Durchlauf, wobei ihr Gesicht nicht die geringste Regung verriet.

»Darf ich?« Sie streckte die Hand nach dem Handy aus und Esther reichte es ihr nervös. Sie kam sich vor, als ob sie Gisele neue Entwürfe präsentierte. Schließlich wünschte sie sich sehnlichst, dass Ella diesen Stil mochte.

Nun nahm sich ihre neue Designerin-Freundin mehr Zeit, um die Skizzen zu betrachten. Sie vergrößerte das Bild und studierte die Details ganz genau. Nach einer Weile gab sie Esther das Gerät zurück und hob den Daumen in die Höhe.

»Wow, das ist echt toll! Ich hätte nie gedacht, wie krass man diese Spießerklamotten aufpeppen kann.« Sie schlug sich auf den Mund, als Esther sie konsterniert anschaute. »Ach du Scheiße, habe ich das wirklich laut gesagt?«

Esther nickte düster. Der Spruch hatte ihr alle Hoffnung geraubt, mit Ella ein gemeinsames Projekt auf die Beine zu stellen. Wie konnte sie auch nur denken, eine hippe Hamburger Designerin würde mit ihr zusammenarbeiten?

»Das habe ich nicht so gemeint«, sagte Ella. »Ich bin nicht so höflich wie deine Düsseldorfer Schicki-Micki-Freunde. Also, was ich sagen will: Die Sachen sind der Hammer! Deine Eleganz und meine Lässigkeit ergänzen sich.«

»Findest du das wirklich? Du musst nicht aus Höflichkeit lügen.«

Ella schüttelte den Kopf. »Nein, sicher nicht. Ich bin nicht höflich.« Sie prustete lauthals los und Esther fiel mit ein.

Als ihr Lachen abebbte, schaute Ella sie prüfend an.

»Was ist los?«, wollte Esther wissen.

»Hm, ich frage mich, ob wir diesen glücklichen Zufall nicht ausnutzen sollten? Ich meine, das Schicksal muss gewollt haben, dass wir uns treffen.«

»Bist du etwa eine Esoterikerin?« Esther grinste. Dafür hätte sie die bodenständige Ella nicht gerade gehalten.

»Das nicht. Aber ich erkenne Chancen. Und das ist eine.«

»Wie meinst du das?« Esther wurde vor Aufregung ganz kribbelig. Das klang ja fast so, als ob Ella dieselbe

Idee hatte wie sie. Sie wollte es jedoch nicht selbst aussprechen.

Nicht, dass sie nachher etwas anderes meinte, und sie blamierte sich bis auf die Knochen. Noch einen Voll-Flop vertrug sie nicht. Das mit Philipp und danach mit Tobias war genügend Erniedrigung für dieses Wochenende.

Ella lächelte sie an. »Was hältst du von einem Gemeinschaftsprojekt?«

»Das wäre toll!«, rief Esther. Wie cool war das denn? Ella dachte dasselbe wie sie!

»Zeig mir noch mal deine Skizzen«, forderte Ella sie auf. Als Esther ihr das Handy hinüberreicht, vergrößerte sie es wieder und studierte die Entwürfe gründlich. »Das ist schon sehr cool. Aber du könntest hier noch einen kleinen Nietenrand einbauen.« Sie zeigte auf das Revers eines Jacketts.

»Ist das nicht zu krass?«, fragte Esther zweifelnd, die an dicke, fette Nieten dachte. »Das erschlägt es doch.«

Ella schüttelte den Kopf. »Nicht, wenn du ganz feine Nieten nimmst. So wie die hier.« Sie tippte auf den Rand ihres eigenen Oberteils. Das war Esther gar nicht aufgefallen.

»Hey, das sieht sicher super aus!« Am liebsten würde sie sofort zum Stift greifen und weiter zeichnen. Aber sie hatte nur die Fotos dabei. Damit würde sie warten müssen, bis sie wieder im Hotelzimmer war. »Ich sehe es schon: Wir zwei ergänzen uns perfekt! Wir brauchen nur noch jemanden, der unser neues Super-Label finanziert.« Sie verzog das Gesicht.

»Ach, das kriegen wir schon hin. Was sein soll, das geschieht«, sagte Ella überraschend fatalistisch und orderte zwei Champagner. Als die Gläser vor ihnen standen, hob sie ihr Glas. »Auf glückliche Zufälle.«

»Auf glückliche Zufälle«, wiederholte Esther.

Ella exte ihr Glas und sprang auf. »So, dann werde ich meine neue Partnerin mal der anderen Bande vorstellen.«

Lächelnd ließ Esther sich von ihr wegziehen.

***

Esthers Mutter wartete zu Hause sichtlich aufgeregt auf sie. Sobald sie und der Fahrer, den sie in weiser Voraussicht zum Flughafen geschickt hatte, ankamen, sprang sie ihr entgegen und schloss sie in den Arm.

»Esther, wie schön, dass du wieder da bist! Sag, was hast du in Erfahrung gebracht? Hast du etwas herausgefunden?« Dabei wirkte sie so angespannt, wie Esther ihre Mutter selten erlebt hatte. Mit Recht, wie sie ja nun wusste. Wie brachte sie ihr die ganze Wahrheit nur möglichst schonend bei?

»Das habe ich«, antwortete Esther. »Lass uns hinsetzen und etwas Kaffee trinken, ja? Es ist eine lange Geschichte.«

Ihre Mutter nickte und wies die Haushälterin an: »Bitte bringen Sie uns zwei French Coffee. Nach Mutters Rezept.«

Als Esther sie fragend ansah, erwiderte sie salomonisch: »Wir haben anscheinend beide ein Geheimnis aufgedeckt. Aber ich habe das Gefühl, deins ist größer.«

Das konnte sie laut sagen! Wie ihre Mutter wohl reagieren würde, wenn sie von ihrer Zeugung erfuhr?

Schweigend wartete Esther, bis die Haushälterin mit zwei dampfenden Tassen zurückkam und eine davon vor sie, die andere vor ihrer Mutter hinstellte. Sie dankte ihr, dann nahm sie einen Schluck. Wirklich, das war das richtige Rezept. Dieser French Coffee war genauso, wie Großmutter ihn immer gemacht hatte. Fast glaubte sie, die alte Dame zu hören, wie sie geschäftig in der Küche herumhantierte.

»Die Geheimzutat war ein Hauch Orangenaroma. Ich habe es in ihrem Rezeptbuch entdeckt. Wo wir es jederzeit hätten finden können. Verrückt, oder?« Sie schüttelte leise lachend den Kopf. Dann trank sie etwas Kaffee.

»Also, die Suche war gar nicht so einfach, wie du dir vorstellen kannst«, begann Esther und berichtete, wie sie zunächst relativ planlos die Bewohner in der der alten Nachbarschaft befragt hatte. »Bis ich Philipp kennengelernt habe. Einen Journalisten. Mit seiner Hilfe habe ich endlich herausgefunden, wer Großmutters geheimnisvoller Geliebter war.«

Von den Querelen mit Philipp und Tobias berichtete sie natürlich nichts. Dafür aber von ihrer Recherche. Ihre Mutter beugte sich vor, als Esther ihr erzählte, wie sie erst geglaubt hatten, Gustav Goldmann sei Marlenes große Liebe. »Der wollte aber nicht mit uns reden. Dann haben wir durch Philipps Hartnäckigkeit Rainer Hansen ausfindig gemacht. Er war Omas wahrer Geliebter. Doch ihre Liebe hatte leider keine Zukunft.« Sie offenbarte ihrer Mutter, was sie herausgefunden hatte.

Brigitte Rosenberg starrte sie an. »Also ist Hubertus nicht mein leiblicher Vater gewesen? Sondern dieser Hansen?«

Esther legte ihre Hand auf ihre. »Ja, Mama.«

Ihre Mutter lachte bitter. »Sie haben uns alle belogen! Warum hat Mutter es mir denn nicht wenigstens vor ihrem Tod gesagt? Es gibt so viele Dinge, die ich wissen will!« Ihre Augen sprühten regelrecht vor Zorn.

Esther konnte es ihr nicht verdenken. Es war auch für sie seltsam gewesen zu hören, dass Rainer ihr Großvater war und nicht Opa Hubertus. Wie viel schlimmer musste es sein, in ihrem Alter zu erfahren, dass so vieles in ihrem Leben eine Lüge gewesen war? »Sie wird sicher ihre Gründe gehabt haben. Vielleicht wollte sie niemanden verletzen.«

Ihre Mutter nahm einen großen Schluck Kaffee. Dabei zitterten ihre Hände leicht. »Das kann sein.« Sie seufzte.

»Und ... wirst du dich mit Rainer treffen? Er ist wirklich ein wunderbarer Mann, freundlich und herzlich.«

»Selbstverständlich! Er ist schließlich mein leiblicher Vater. Auch wenn ich es kaum glauben kann.« Sie schüttelte den Kopf. Dann schaute sie Esther mit neuem Respekt an. »Und das hast du alles selbst herausgefunden.«

»Na ja, ohne Philipp wäre mir das nie gelungen. Er war einfach toll; er weiß, wo man suchen muss.«

»Dann müssen wir uns bei ihm bedanken«, sagte ihre Mutter bestimmt. »Wir sollten ihm etwas schenken. Vielleicht einen hochwertigen Stift? Als Journalist wird er den sicherlich gut brauchen können, oder was meinst du?«

»Von mir aus«, gab Esther schmallippig zurück. »Allerdings weiß ich nicht, ob er den überhaupt annehmen würde. Er redet nämlich nicht mehr mit mir.«

»Wieso das denn nicht?«, wollte ihre Mutter wissen.

»Das lassen wir lieber, ja? Sagen wir: Es hat Gründe.« Sie würde sicherlich nicht ihre Männerprobleme vor ihrer Mutter ausbreiten. Sie konnte sich lebhaft vorstellen, wie sie darauf reagieren würde, dass sie in einer Dreiecksgeschichte gelandet war – und alles verkackt hatte.

Ihre Mutter akzeptierte die Weigerung und nickte. »Gut, dann sollten wir jetzt wohl Rainer anrufen.« Doch dabei sah sie nicht so entschlossen und mutig aus, wie Esther sie sonst kannte. Im Gegenteil, sie wirkte vielmehr unsicher.

»Das mache ich. Später. Du musst jetzt erst einmal diese Nachricht verdauen«, meinte Esther. Vorsichtig legte sie die Hände auf die ihrer Mutter.

***

Rainer hatte schon einen Flug für das nächste Wochenende herausgesucht. Esther freute sich auf ein Wiedersehen mit ihm. Dennoch musste sie immer wieder weinen, weil sie Philipp vergrault hatte. Jetzt erst merkte sie, wie sehr er ihr fehlte. Und wie wunderbar er war. Als es ihr gerade wieder besonders schlecht ging, klingelte es an der Tür.

Esther reagierte nicht. Doch es klingelte noch einmal. Sofort fiel ihr ein, dass ihre Mutter sich mit ihrer Freundin Heide traf, um ihr alles zu erzählen. Hastig wischte sie sich über die Augen und ging herunter.

»Hier, Frau Rosenberg«, sagte der Postbote. »Ein Einschreiben für Sie. Mit Empfangsbestätigung.« Er hielt ihr einen Wisch hin, den sie gedankenlos unterschrieb.

Dann starrte sie auf den Brief. Er war von Gisele. Schwer fühlte er sich in ihren Händen an. Vermutlich, weil Esther ahnte, was er enthielt. Mit zitternden Fingern öffnete sie den Umschlag und entfaltete den darin enthaltenen Brief. Die Worte wirkten wie giftige Pfeile, die tief in sie eindrangen.

Sehr geehrte Esther Rosenberg,

nach sorgfältiger Überlegung und aufgrund diverser Vorfälle, die meinen Erwartungen an Ihr Talent als Designerin nicht entsprechen, sehe ich mich gezwungen, Ihr Arbeitsverhältnis mit sofortiger Wirkung zu kündigen.

Gisele hatte noch nicht einmal bis zum Monatsende gewartet, um das Schreiben aufzusetzen! Ihre Freundin Marlene lag keine paar Wochen unter der Erde, da feuerte sie ihre Enkelin. Nicht, dass sie den Job so sehr liebte. Aber die Kündigung zog ihr den Boden unter den Füßen weg. Sie blickte noch einmal auf den Brief und schnaubte. Was meinte sie mit diesen *diversen Vorfällen*? Dass sie versucht hatte, La Dame Esprit und Modernität zu verleihen? Wie sollte sie es denn nun jemals schaffen, mit Ella eine eigene Modelinie auf die Beine zu stellen? Der französische Mutterkonzern würde sie ohne ihre Großmutter nicht empfangen und für eine eigene Produktion fehlte ihr das Geld. Warum ging nur gerade alles schief?

36

Lüneburger Heide, 1967

Genießerisch reckte Marlene das Gesicht in die Höhe und erfreute sich an den Sonnenstrahlen, die es beschienen. Der Winter war lang gewesen. Aber endlich zeigte der Frühling sein freundliches Gesicht und brachte einen Anflug von Wärme in ihren Körper. Leicht schläfrig sah sie zu Brigitte. Das pausbäckige Gesichtchen war entspannt, ihr Atem ging ganz ruhig. Sie schlief so süß wie ein Engel – und genauso sah sie auch aus. Ein Lächeln glitt über Marlenes Züge. Nur die Kleine brachte etwas Freude in ihr Leben, das von Geringschätzung und Anspruchsdenken beherrscht war.

»Marlene«, gellte Gustavs Stimme über die Gartenanlage, in die sie sich zu einer kleinen Pause zurückgezogen hatte. »Wo bist du nur, verdammt? Es ist bald Essenszeit.«

Sie stöhnte. Dieses verdammte Essen. Punkt zwölf Uhr musste es auf den Tisch kommen, sonst wurde er unleidlich. Sie ging einige Schritte von dem Kinderwagen weg. »Ich bin hier«, zischte sie halblaut, um Brigitte nicht zu wecken.

»Wo denn?« Er senkte seine Stimme keinen Deut. Marlene erahnte Bewegungen im Kinderwagen und seufzte. Ihre Tochter brauchte den Mittagsschlaf. Warum verstand er bloß nicht, dass das wichtiger war als sein Bedürfnis nach geregelten Essenszeiten? Sollte er sich halt ein Brot machen!

Manchmal kam sie sich mehr wie seine Dienerin vor als wie seine Frau. Außer im Ehebett, wo er sie jede Nacht dazu nötigte, den ehelichen Pflichten nachzukommen. Vielleicht hoffte er, ihr damit seinen Stempel aufzudrücken.

»Ah, hier versteckst du dich also.« Gustav kam um die Ecke gekeucht und starrte sie böse an. »Dürfte ich dich daran erinnern, dass ich in zwanzig Minuten zu essen wünsche?«

»Das ist mir durchaus bewusst«, gab sie ruhig zurück, obwohl sie am liebsten explodieren würde.

»Und warum bist du dann noch nicht in der Küche? Du weißt doch, dass Lisa heute ihren freien Tag hat.« Noch immer sprach er so laut, dass er Brigitte jeden Moment aufwecken könnte. »Soll ich etwa hungern?«

»Bitte rede etwas leiser«, raunte sie ihm zu. »Brigitte ist gerade erst eingeschlafen.« Das stimmte zwar nicht ganz. Doch sie musste ihm ja nicht auf die Nase binden, dass sie die Zeit genutzt hatte, um die Sonne und vor allem die Ruhe zu genießen. Er schätzte es nicht, wenn sie sich ihm entzog. Manchmal fragte sie sich, ob der Preis, den sie zur Rettung ihrer Mutter gezahlt hatte, nicht doch zu hoch gewesen war.

Denn der sanfte, gutmütige Mann hatte sich in den zwei Jahren ihrer Ehe zu einem wahren Tyrannen entwickelt. Und seine Mutter schien sie regelrecht zu hassen, dabei hatte sie ihr nie etwas getan. Im Gegenteil, in der Anfangszeit hatte Marlene Greta öfter einen Kuchen gebacken oder besonderes Obst oder Süßigkeiten für sie besorgt. Völlig umsonst. Mittlerweile gab sie ihre Anbiederungsversuche auf.

Gustav drehte sich halb um, suchte nach Brigitte. Ein leises Krähen erklang und er runzelte die Stirn. »Sie schläft doch gar nicht.«

»Ja, weil du sie geweckt hast.«

»Typisch. Immer habe ich Schuld.«

Sie verkniff sich ein Stöhnen und ging zu ihrer Tochter, nahm sie auf den Arm. Schon wieder diese Leier. Musste sie sich das die nächsten dreißig, vierzig Jahre anhören? Nein, das hielt sie nicht aus. Grauen schüttelte sie. Brigitte schien das spüren, denn sie greinte nun. Marlene schaukelte sie sanft hin und her, während ihre Gedanken rasten.

Einer Scheidung würde Gustav niemals zustimmen, dazu war er ihr zu sehr verfallen. Dabei hatte sie das nie angestrebt. Im Gegenteil, sie hatte sich eine nette, höfliche Zweckgemeinschaft gewünscht. Aber je mehr er spürte, dass er sie nicht erobern konnte, desto verzweifelter begehrte er sie – und desto dominanter wurde er. Vielleicht sollte sie Greta eine anonyme Nachricht zukommen lassen, dass durch Brigittes Adern kein wertvolles Goldmann-Blut floss.

Sie warf einen Blick auf ihre Tochter, deren blonde Haare mit ziemlicher Sicherheit von ihrem leiblichen Vater waren. Ebenso wie die blauen Augen, wobei die Form stark ihren eigenen ähnelte. Wenn sie es geschickt anstellte, würde die Gestütsbesitzerin die Ehe vielleicht annullieren lassen. Und sich dazu beglückwünschen, weder Marlene noch Brigitte einen Groschen des Goldmann-Vermögens abgeben zu müssen.

Aber das war Marlene egal. Sie hatte nur das Leben ihrer Mutter retten wollen. Und das war ihr gelungen. Ihre Mutter war nach der Operation zu neuen Kräften gekommen. Sie würde Brigitte und sie mit offenen Armen aufnehmen. Zumal sie sowieso ein schlechtes Gewissen hatte, weil Marlene ihretwegen die Liebe ihres Lebens verloren hatte.

»Also, was hast du vorbereitet?« Gustavs quengelige Stimme durchbrach ihre Gedanken.

Sie warf ihm einen genervten Blick zu. »Ich werde sehen, was ich machen kann. Es gibt noch etwas Lachs von gestern. Kümmerst du dich so lange um Brigitte?«

»Sicher«, sagte er, aber ohne rechte Begeisterung. Als ob er spürte, dass sie nicht seine Tochter war. Sondern Rainers.

Rainer. Kurz gestattete sie sich, an ihn zu denken. An seine wunderbaren Lippen, seine starken Hände. Die nun eine andere streichelten. Knapp ein Jahr nach ihrer Trennung hatte er eine Tierärztin kennengelernt und sie vor kurzem geheiratet. Dieser Teil ihres Lebens war vorbei und er kam nie wieder. Dennoch verfolgte sie die beispiellose Rennkarriere von *Black Storm* mit einem gewissen Stolz.

Immerhin war sie quasi bei seiner Entdeckung dabei gewesen. Der Hengst hatte seinem Besitzer tatsächlich zu einem kleinen Gestüt verholfen, das sich allmählich einen Namen machte. Wenn ihre Mutter nur ein paar Monate später krank geworden wäre, hätten die Preisgelder, die *Black Storm* gewann, die Kosten leicht begleichen können.

Sie seufzte leise, als sie sich auf den Weg zum Haupthaus machte. Es nützte nichts, über die Dinge zu jammern, die nicht zu ändern waren. Stattdessen sollte sie sich besser darauf konzentrieren, eine lebenswerte Zukunft zu gestalten. Ohne Gustav und Greta. Ihr Herz klopfte etwas schneller und sie überlegte sich bereits die Worte, die sie auf den anonymen Brief schreiben würde. Die Worte, die sie befreien würden.

37

Düsseldorf, heute

Esther wartete ungeduldig auf Rainer. Sie brannte darauf, herauszufinden, wie ihre Mutter auf ihren leiblichen Vater reagieren würde. Würde sie ihn gleich in ihr Herz schließen, so wie sie? Allerdings war Opa Hubertus für sie alles gewesen. Rainer würde es schwer gegen dieses Vermächtnis haben. Doch sie glaubte, dass ihm das gelänge. Nun, in wenigen Stunden würde sie es wissen. Bis dahin wollte sie noch eine Weile im Bett chillen. Zumindest ein Vorteil an der Arbeitslosigkeit.

Sie zog die Nase kraus und schnappte sich ihren E-Book-Reader. Sie las eine schöne Liebesschmonzette mit Happy-End-Garantie. Genau das, was sie brauchte. Denn Philipp weigerte sich noch immer, mit ihr zu sprechen. Erst vor zwei Tagen hatte sie einen letzten Versuch gestartet – vielleicht wollte er ja bei der großen Familienzusammenführung dabei sein? Aber er antwortete nicht auf ihre WhatsApp-Nachricht. Anscheinend war er wirklich fertig mit ihr. Ihr Herz verkrampfte sich bei diesem Gedanken schmerzhaft. Warum war die Liebe nur so kompliziert? Auch ihre Großmutter und Rainer Hansen hatte das Schicksal auseinandergerissen, obwohl sie sich aufrichtig geliebt hatten. Seufzend vertiefte sie sich wieder in das Buch. Da klingelte ihr Handy – Sophie. Lächelnd ging Esther heran.

»Hey, Süße, wie ist die Lage?«, fragte ihre Freundin munter. »Bist du schon aufgeregt?«

Sie stöhnte. »Klar und wie. Ganz im Gegensatz zu Mama. Die ist mal wieder so cool, als beträfe sie das nicht.«

Sophie lachte. »Du kennst sie doch. Deine Mutter ist echt abgebrüht. Die bringt nichts aus der Ruhe. Selbst als sie herausgefunden hat, dass dein Vater sie beschissen hat, war sie unfassbar ruhig. Oder nicht?«

»Doch.« Esther nickte. »Die hat einfach die Schlösser austauschen lassen, als er auf der Arbeit war, und all seine Sachen an seine Eltern geschickt.« Sie kicherte bei dem Gedanken daran. Ihre Großeltern väterlicherseits hatten die Herzensgüte nicht gerade gepachtet.

»Na, siehst du. Ich wette, innerlich brodelt es in ihr.« Sie lachte wieder. »Apropos brodeln. Die Gerüchteküche kocht gerade über. Auf Giulias Insta-Account war gestern zu lesen, sie und ihr Medienprinz hätten sich verlobt. Also falls Tobias bei dir angeschissen kommt, gib ihm einen Tritt in den Arsch. Mit Anlauf.«

Esther keuchte. Versprach Signorina sich einem anderen, obwohl sie noch mit Tobias verheiratet war? War das rechtlich überhaupt zulässig? Aber das ging sie nichts an. »Wetten, Giulia hat nur deswegen das Wochenende mit Tobias verbracht? Um das Mediensöhnchen so eifersüchtig zu machen, dass er ihr ganz fix einen Ring kauft.«

»Vermutlich«, erwiderte Sophie. »Trotzdem solltest du ihr dankbar sein. Sonst hätte Tobias dich weiter verarscht.«

Esther zog eine Grimasse. »Auch wieder wahr.« Dann seufzte sie schwer. »Wenn ich das alles nur gewusst hätte, bevor ich Philipp in die Flucht geschlagen habe.« Wieder riss der Schmerz an ihrem Herzen wie ein Hai an seiner Beute. Fast hätte sie wieder angefangen zu weinen, aber sie wollte Rainer nachher nicht mit verheulten Augen gegenübertreten. Heute war ein Tag des Kennenlernens und der Freude.

»Ich drück dich, meine Süße«, sagte Sophie voller Wärme. »Vielleicht kommt er ja doch noch zur Besinnung.«

Das glaubte Esther zwar nicht. Aber sie wollte nicht mehr jammern. »Ich hoffe es.« Dann schaute sie auf die Uhr. »Jetzt muss ich Schluss machen, Schatz. Rainer kommt in drei Stunden. Und Mama will noch das ganze Haus auf Vordermann bringen. Als ob unsere Putzfrau nicht erst vor zwei Tagen da gewesen wäre.« Lachend schüttelte sie den Kopf.

Esther hatte von ihrer Mutter den Auftrag bekommen, überall in den Schränken Staub zu wischen. Grummelnd holte sie die Deko heraus, um die Regale von jedem Schmutz zu befreien. Da klingelte das Handy und sie ging automatisch heran, ohne nachzusehen, wer anrief. Vielleicht war das Rainer, dessen Flieger bald landen müsste. Vielleicht fanden er und der Fahrer, den ihre Mutter bestellt hatte, sich nicht.

»Esther Rosenberg hier, hallo«, meldete sie sich.

»Hallo, Sternchen.«

Tobias! Die vertraute Anrede versetzte sie diesmal allerdings nicht wie sonst in Verzückung, sondern machte sie nur unfassbar wütend. Wie konnte er es wagen, einfach so bei ihr anzurufen, als sei nichts geschehen? »Was willst du?«

»Ich möchte mich bei dir entschuldigen. Es tut mir unendlich leid, was ich dir angetan habe.« Tobias seufzte schwer, als belaste ihn das wirklich.

»Das kommt reichlich spät.« Hoffentlich klang ihre Stimme so kühl, wie er es verdiente.

»Ich weiß«, antwortete Tobias. »Ich könnte es verstehen, wenn du nichts mehr mit mir zu tun haben willst. Aber ich brauchte Zeit, um mich zu entscheiden.«

Dieses durchtriebene Schwein! Er wollte so tun, als habe er mit Giulia Schluss gemacht und nicht umgekehrt. Zum Glück war Sophie eine so emsige Leserin von allen möglichen Klatschmedien. »Das verstehe ich. Und für wen hast du dich nun entschieden?«, fragte sie honigsüß.

»Na, für dich natürlich. Du bist es, die ich liebe. Du warst es schon immer. Bitte lass uns neu anfangen!«

Das war ja nicht zu fassen! Für wie doof hielt er sie eigentlich? »Klar, Tobias. Das fällt dir auf einmal wieder ein. Und das hat sicher gar nichts damit zu tun, dass Giulia zu ihrem Medienprinzen zurückgekehrt ist. Richtig?«

Das Schweigen am anderen Ende der Leitung war köstlich. Es dauerte eine Weile, bis er sich fing. »Aber ... ich liebe dich doch«, stammelte er. »Bedeutet dir das nichts?«

Sie seufzte. »Du hältst mich wohl echt für strunzdoof. Ist ja meine Schuld; immerhin habe ich mich schon einmal von dir verarschen lassen. Aber das passiert mir ganz sicher nicht noch einmal. Jetzt hör mir gut zu: Du kannst mich mal gern haben. Denn ich liebe dich nicht mehr. Also verpiss dich und ruf mich niemals wieder an.« Grinsend legte sie auf. So gut hatte sie sich schon lange nicht mehr gefühlt.

Ihre Mutter, die gerade Gebäck und Teller auf den Tisch stellte, starrte sie fassungslos an. »Esther, so habe ich dich ja noch nie erlebt. Was ist denn mit dir passiert?«

»Ich schätze, ich bin endlich aufgewacht. Ich bin es leid, mich von Tobias herumschubsen zu lassen. Oder von einem anderen Typen. Die sind doch alle verlogen!«

Ihre Mutter musterte sie besorgt. »Ich weiß nicht, was in Hamburg zwischen euch vorgefallen ist – und es geht mich nichts an. Ich hoffe jedoch, du verlierst seinetwegen nicht den Glauben an alle Männer. Es gibt auch Gute.«

»So so«, meinte Esther. »Deswegen bist du vermutlich nach der Scheidung allein geblieben.«

Ihre Mutter lächelte traurig. »Touché. Nur weil ich diese Entscheidung getroffen habe, musst du das nicht auch machen. Dafür bist du viel zu jung. Du solltest dich noch einmal richtig verlieben. Ich weiß, damit macht man sich auch verletzlich. Aber wenn du dein Herz für immer verschließt, wirst du vieles in deinem Leben verpassen, mein Kind. Lass das nicht zu.« Sie strich ihr sanft über die Wange.

Erstaunt schaute Esther sie an. Sie konnte sich nicht erinnern, jemals so einfühlsame Worte von ihrer Mutter gehört zu haben. Natürlich hatte sie Esther getröstet, als es mit Tobias zu Ende gegangen war. Doch dabei war sie nie so eindringlich geworden oder hatte sie gar darin bestärkt, weiter nach der Liebe zu suchen. Sie nickte.

»Danke, Mama. Das werde ich machen. Später. Jetzt geht es um dich und deinen leiblichen Vater. Ich hoffe, du magst ihn genauso sehr wie ich. Er ist wirklich herzensgut.«

Ihre Mutter nickte schwach. »Nun, irgendetwas muss er ja an sich haben, wenn Mutter ihn so sehr geliebt hat.«

Danach arbeiteten sie schweigend weiter.

Nach einer knappen halben Stunde war alles für den Besuch vorbereitet. Da klingelte es auch schon an der Tür. Esther flitzte sofort los. Es wäre sicher besser, wenn sie die Begrüßung übernahm. Ihre Mutter brauchte vertrautes Terrain. Schwungvoll riss sie die Tür auf. »Hallo, R–« Weiter kam sie nicht. Anstelle des Gestütsbesitzers stand Philipp vor ihr. »Hallo, du leuchtendes Wesen.«

»Philipp!« Ihr Herz begann zu galoppieren, als sie ihn vor sich stehen sah. »Was-wie?«, stammelte sie nur, zu einem vollständigen Satz war sie nicht in der Lage.

»Rainer hat mich angerufen. Er sagte, ich müsse bei der großen Familienzusammenkunft dabei sein.«

»Ah, okay. Du bist deswegen hier.« Esther bemühte sich, ihre Enttäuschung zu verbergen. Dabei hatte sie gehofft, er hätte ihr verziehen. Dann schalt sie sich eine Närrin. Es war offensichtlich, dass es ihm nur um den Job ging. Ansonsten hätte er vorher mit ihr geredet. Sie zwang sich zu einem Lächeln. »Schön, wenn es deinem Artikel guttut.«

»Das wird sicher der Höhepunkt werden«, erklang die sonore Stimme des Älteren. »Allerdings gibt es noch einen anderen Grund, warum Herr Schumacher hier ist.« Rainer schob sich schmunzelnd an Philipp vorbei, der nun sichtlich nervös wirkte. »Aber das solltet ihr beide alleine klären.«

Verwirrt ließ sie den Blick zwischen den beiden Männern hin und her schweifen. Hatte Rainer Philipp mitgenommen, damit sie sich versöhnten? »Ja ... sicher. Äh ... und wie hast ...« Vor lauter Überraschung fehlten ihr die Worte.

»Das kann Herr Schumacher dir gleich sagen. Nachdem ich meine Enkelin begrüßt habe.« Rainer drückte sie lachend an sich.

Esther erwiderte die Umarmung nur zu gerne. Sie warf Philipp jedoch über die Schulter des Älteren hinweg einen fragenden Blick zu. Der sah ihr warm in die Augen. Die Kälte und der Zorn vom letzten Mal waren nicht mehr darin zu sehen. Gab es doch noch Hoffnung für sie? Ihr Herz klopfte und hämmerte wie verrückt bei diesem Gedanken. Am liebsten würde sie Philipp sofort fragen, was genau er mit ihr besprechen wollte. Doch das wäre grob unhöflich gegenüber ihrer Mutter und Rainer. Sie sah ihm überdeutlich an, wie sehr er der Begegnung mit seiner Tochter entgegenfieberte.

Sie räusperte sich. »Vielleicht machen wir erst die Begrüßung – und wir zwei reden danach?« Auch wenn die Neugierde sie in der Zwischenzeit sicher umbrachte!

Philipp nickte und hielt sein Handy hoch. »Sicher. Ich bin gewappnet. Für beides.« Bei diesen Worten sah er ihr wieder tief in die Augen und einige Schmetterlinge stiegen in ihrem Magen auf. Hoffentlich war er hier, weil er sie noch mochte.

»Gut, gehen wir erst einmal ins Wohnzimmer.« Sie führte die beiden Männer in den ersten Stock, das Reich ihrer Mutter. Sie wartete dort mit gefasster Miene. Nur einen kurzen Moment stutzte sie, als sie Philipp sah. Dann hatte sie ihre Züge wieder unter Kontrolle.

»Mama, das ist Rainer.« Esther und schaute sie mit einem leisen Lächeln an. »Dein leiblicher Vater.«

»Schön, dich kennenzulernen«, sagte ihre Mutter, blieb aber stocksteif stehen. Rainer wechselte einen ratlosen Blick mit Esther, die lediglich die Schultern anhob. So war ihre Mutter eben – kühl und gefasst.

Da löste sich Philipp von Rainer und ging auf sie zu. »Guten Tag, Frau Rosenberg. Ich bin Philipp Schumacher von der Hamburger Zeitung. Sicher hat Ihre Tochter von mir erzählt. Ich schreibe einen Bericht über die große Liebe Ihrer Mutter. Wenn es Ihnen nichts ausmacht, würde ich gerne ein Familienfoto machen für den Artikel.« Er hob sein Handy und schaute Esthers Mutter fragend an.

»Sicher.« Sie nickte, machte jedoch immer noch keine Anstalten, auf Rainer zuzugehen. Dafür kam er ihr entgegen, verharrte mit einer Armlänge Abstand. Dann überzog ein Lächeln sein Gesicht, obwohl gleichzeitig eine Träne über seine Wange rann. »Brigitte! Ich kann es nicht glauben. Du bist meine Tochter. Ein Geschenk der Liebe. Es macht mich so glücklich, dass Marlene durch euch beide weiterlebt.«

Fest nahm er ihre Mutter in den Arm, in deren Augen es plötzlich feucht glitzerte. Auch Esther war kurz davor, in Tränen auszubrechen, weil dieser Moment so viel Innigkeit, so viel unendliche Liebe besaß.

Rainer streckte einen Arm nach ihr aus und winkte sie heran. »Esther, komm zu uns. Ich möchte die ganze Familie umarmen, die ich dazu gewonnen habe.«

Nur zu gern folgte sie dieser Aufforderung und schmiegte sich neben ihrer Mutter an Rainer. Dessen Gesicht strahlte vor Glück. Wenn sie sich jemals einen anderen Großvater als Opa Hubertus gewünscht hätte, wäre es jemand wie Rainer gewesen. Voller Wärme und tiefer Gefühle und ohne Scheu, sie zur Schau zu stellen.

Aus dem Augenwinkel bemerkte sie, dass Philipp die ganze Zeit Bilder machte, den Blitz ausgeschaltet. Sie war froh, dass die Kamera das Zusammentreffen einfing. Diese Bilder wären wunderbare Erinnerungen an diesen Augenblick, den sie immer in ihrem Herzen tragen würde.

Irgendwann lösten sie sich voneinander. Das Gesicht ihrer Mutter sah weicher aus als sonst. Ja, der herzliche Rainer hatte auch ihre Sympathien gewonnen. Sie deutete auf den Tisch. »Wollen wir vielleicht einen Kaffee trinken und Kekse essen? Ich habe sie nach Mutters Rezept gebacken.«

»Sehr gern«, sagte Rainer. Dann schaute er Esther und Philipp schmunzelnd an. »Allerdings solltet ihr beide euch vorher noch alleine unterhalten, denke ich.«

Esther nickte. »Sicher. Vielleicht können wir nach draußen gehen.« Irgendwie wollte sie mit ihm nicht hoch in ihre Wohnung gehen. Schließlich könnte es sein, dass er sich nur freundschaftlich mit ihr vertragen wollte.

Langsam schritten sie die Treppen hinab, den Blick gesenkt, schweigend. Ihr Herz rief ihr immer lauter zu, Philipp endlich zu gestehen, wie sehr sie sich in ihn verliebt hatte. Aber erst einmal wollte sie wissen, was er ihr zu sagen hatte. Kaum traten sie durch die Veranda, steuerte sie die Sitzgarnitur an, doch er hielt er sie am Handgelenk fest. »Esther, warte bitte. Ich ... lass uns hier reden, okay?«

Sie nickte mit klopfendem Herzen. »Und was genau möchtest du mit mir besprechen?« Dabei hallte es die ganze Zeit durch ihren Kopf: *Bitte, lass ihn sagen, er liebt mich!*

Er ließ sie los und fuhr sich mit den Händen durch die Haare. So nervös hatte sie ihn noch nie erlebt; sonst kam der Journalist immer so abgeklärt und ein wenig zynisch rüber. Hoffentlich war das ein gutes Zeichen. Dieser Gedanke brachte ihr Herz zum Rasen und das Blut rauschte so laut durch ihre Adern, dass sie ihn kaum verstand.

»Ich glaube, ich habe etwas überreagiert, als du mit Tobias angekommen bist. Das ist mein wunder Punkt. Seit Vicky mich verlassen hat, habe ich Angst davor, verletzt zu werden. Davor, dass ich wieder nicht der Richtige bin. Ich wollte niemanden mehr an mich heranlassen.« Er seufzte und fuhr sich erneut durch die Haare, die trotzdem halbwegs gesittet aussahen. Dann lächelte er bitter. »Aber du ... Ich weiß auch nicht, du hast mich irgendwie umgehauen. Unsere Nacht war so besonders, so magisch. Ich hatte gehofft, dir ginge es genauso. Doch es ging wieder um deinen Tobias.«

Noch schneller rauschte das Blut durch ihre Adern, es hörte sich mittlerweile wie ein reißender Fluss an. Er hatte ihre Nacht magisch gefunden. Hatte er sich wirklich auch in sie verliebt? Hoffnungsvoll sah sie ihn an und machte einen Schritt auf ihn zu. »Mir tut es leid. Ich hätte mehr darüber nachdenken müssen, was ich von mir gebe. Aber ich war so wütend auf dich. Du hast gesagt, ich würde mich verarschen lassen und würde den Boden anbeten, auf dem er geht. Und ich sollte endlich zur Vernunft kommen.«

»Es ist wohl ziemlich mit mir durchgegangen ... Sorry!« Dabei sah er ziemlich zerknirscht aus. »Es hat mich einfach wahnsinnig gemacht, wie du dich dem Typen an den Hals geworfen hast. Obwohl ich ...« Er sprach den Satz nicht aus.

Esther schluckte enttäuscht. Was hatte er nur sagen wollen? Sie hoffte, er meinte: *Obwohl ich dich doch liebe.* Dann könnte sie ihm ihre eigenen Gefühle gestehen. Aber er sagte nichts dergleichen. Stattdessen seufzte er. »Nun, ich denke, du verdienst etwas Besseres.«

»Tue ich das?«

»Natürlich! Du verdienst jemanden, der dich aufrichtig liebt! Weil er deine Kraft und deine Entschlossenheit sieht und deinen wunderbaren, mitfühlenden Charakter. Der weiß, wie besonders du bist und welches Talent in dir schlummert. Der dich fördert. Weil er an dich glaubt.«

»So siehst du mich?«

»Was denkst du denn?« Philipps Blicke hefteten sich auf ihr Gesicht und seine Miene wurde ganz weich. »So habe ich dich kennengelernt – und mich in dich verliebt. Leider hast du ja kein Interesse an mir.« Er schüttelte den Kopf. »Das kann ich nicht ändern. Trotzdem bitte ich dich inständig: Schick diesen Idioten endlich zum Teufel.«

»Das habe ich doch schon gemacht.«

Philipp starrte sie so verblüfft an, dass Esther fast gelacht hätte. Aber sie beherrschte sich. »Er ist wieder mit Giulia zusammen oder vielmehr, er war es. Bis gestern. Da hat sie ihm endgültig den Laufpass gegeben.«

Philipps Gesicht wurde eisig. »Und Tobias hat dich natürlich angefleht, zu ihm zurückzukommen.«

»Ja. Hat er. Und ich habe ihm gesagt, er kann mich kreuzweise.« Sie schaute ihn erwartungsvoll an und hoffte, dass er irgendetwas darauf sagte. Doch er schwieg.

Wollte er sie nicht mehr? Oder traute er sich nicht, ihr Avancen zu machen, nachdem sie ihn hatte abblitzen lassen? Dann musste sie die Initiative ergreifen. Lieber holte sie sich einen Korb, als sich immer fragen zu müssen, was hätte sein können. »Ich will niemanden mehr anhimmeln, der mich nicht würdigt. Ich will jemanden, mit dem ich wachsen kann. Für den ich genau diejenige bin, die er will.«

»Und hast du da einen Bestimmten im Auge?« In Philipps Blick blitzte Hoffnung auf.

»Er steht direkt vor mir.« Ihre Stimme war kaum mehr als ein Flüstern, aber er verstand sie offensichtlich.

Ein warmes Lächeln erhellte seine Gesichtszüge, vertrieb seine Zurückhaltung. Stattdessen schaute er sie so liebevoll an, dass ihr der Atem stockte. Mit einem Schritt überbrückte er die letzte Distanz zwischen ihnen und nahm ihr Gesicht in beide Hände. »Dann lass uns gemeinsam wachsen«, raunte er heiser.

Er legte die Arme um sie, zog sie an sich und küsste sie wieder so unfassbar sanft und süß, dass Esthers Herz einen Trommelwirbel anstimmte. Mit jedem zarten Spiel ihrer Zungen wurde sein Takt immer schneller und lauter, bis er schließlich einem donnernden Stakkato glich. Genauso musste sich ein Kuss anfühlen. Er musste ein Versprechen darstellen und gleichzeitig eine Verheißung. Er war die stumme Übermittlung aller unausgesprochenen Gefühle.

Seufzend schloss sie die Augen, schlang ihre Arme ganz fest um seinen Hals und ließ sich in diesem Sinnestaumel fallen. Philipp hielt sie so fest, als habe er Angst, jemand könnte sie ihm doch noch wegnehmen. Dabei würde Esther das niemals zulassen. Dieser Mann gehörte zu ihr und sie würde um ihn kämpfen.

Wobei sie ahnte, dass sie das bei ihm gar nicht musste. Dazu war er viel zu geradlinig. Niemals würde er sie mit einer Frau betrügen, nur weil sie etwas schlanker oder ihre Lockenmähne etwas dichter war. Philipp sah in die Herzen von Menschen hinein. Er erfasste sie in ihrer Gänze und urteilte nicht nur nach dem äußeren Schein.

Eine halbe Ewigkeit standen sie auf der Terrasse und küssten sich, konnten nicht genug voneinander bekommen. Irgendwann mussten sie sich doch voneinander lösen, weil sie keine Luft mehr bekamen. Philipp schaute Esther weich an, strich ihr mit dem Daumen über die Kinnlinie. Dann hoben sich seinen Mundwinkel. »Ich befürchte, wir müssen bald wieder zu den anderen. Sonst schicken Rainer und deine Mutter noch einen Suchtrupp los.«

Esther nickte zwar, kuschelte sich aber wieder bei Philipp ein und drückte ihre Lippen an seinen Hals. Leise lachte er. »Sugar, wenn du so weiter machst, schaffen wir es nicht mehr ins Wohnzimmer, sondern nur noch ins Bett.«

»So schlimm fände ich das nicht«, murmelte sie. Einen Moment spielte sie mit dem Gedanken, Philipp einfach in ihre Wohnung zu ziehen. Sie seufzte. »Das kann ich den beiden nicht antun. Wer weiß, wie steif Mama sich gerade mit Rainer unterhält. Sie ist oft so unlocker.«

»Na, dann mischen wir die Party doch mal auf.« Philipp hauchte ihr noch einen Kuss auf die Nasenspitze, bevor er sie an den Schultern fasste und Richtung Terrassentür drehte. Er nahm ihre Hand, verschränkte seine Finger mit ihren und sie gingen langsam zurück nach oben. An der Tür hielt Philipp sie zurück. »Warte kurz ...« Sie drehte sich zu ihm. »Wieso, habe ich –«

Weiter kam sie nicht, weil er sie küsste. Ihr Magen löste sich auf, wurde zu einer Vielzahl kleiner Schmetterlinge und setzte sich wieder neu zusammen. »Das musste noch sein«, raunte in ihr Ohr, als er sie losließ.

Ein Lächeln umspielte ihre Lippen. Entschlossen drückte sie die Türklinke hinunter und sie gingen Hand in Hand hinüber zu ihrer Mutter und Rainer. Zu ihrer Verwunderung waren diese ganz und gar nicht steif, sondern unterhielten sich offenbar angeregt. Ihre Mutter kicherte sogar leise.

Esther starrte sie verblüfft an. Anscheinend gelang es Rainer, den offenen, humorvollen Teil aus ihr hervorzuholen, der so lange brach gelegen hatte. Es war schön, sie so zu sehen.

Ihre Mutter lächelte Esther und Philipp an. »Offensichtlich habt ihre eure Meinungsverschiedenheit beigelegt.«

»Das haben wir. Und ihr versteht euch anscheinend auch ziemlich gut.« Esther setzte sich gegenüber von ihr, Philipp platzierte sich daneben. Dabei ließ er ihre Hand nicht los, ganz im Gegensatz zu Tobias, der nach außen selten dazu gestanden hatte, dass sie ein Paar waren.

Aber für Philipp schien das ganz selbstverständlich zu sein. Er hob ihre Hand sogar an und drückte ihr einen leichten Kuss darauf. Ihre Haut prickelte von seiner warmen Berührung.

»Bedient euch an den Keksen und hört Rainer zu. Wusstest du, dass Oma früher geritten ist?«

Esther nickte. »Ja, das hat Rainer uns schon erzählt. Es muss toll sein, auf einem Pferd zu sitzen.«

»Nun, ich kenne zufälligerweise jemanden, der ein paar davon in seinen Stallungen hat.« Der Ältere schmunzelte. »Wenn du möchtest, bringe ich es dir bei.«

»Unbedingt! Danke!«

»Und dir auch, wenn du willst?« Er schaute Esthers Mutter fragend an, aber sie winkte ab.

»O nein, ich mag meine Knochen, so wie sie sind. Aber ich begleite Esther sehr gerne. Damit wir uns ein bisschen besser kennenlernen könnte. Wäre das okay für dich?«

»Okay?« Er schnaubte. »Das wäre das Allergrößte für mich. Ich kann es ja immer noch nicht glauben ... ich habe eine Tochter und eine Enkelin.« Ein Strahlen glitt über sein Gesicht, das Esthers Herz erwärmte.

Ihre Mutter klatschte zufrieden in die Hände. »Gut, dann ist es abgemacht.«

»Irgendetwas muss ich doch nach meiner Kündigung machen.« Esther verzog das Gesicht.

»Sicher findest du noch eine andere Firma, die Interesse an den Entwürfen hat.« Ihre Mutter tätschelte ihren Arm. »Sie sehen so schön aus. Zeig Rainer doch mal die Zeichnungen für deine junge Modelinie.«

Seufzend holte Esther ihr Handy hervor.

Rainer beugte sich interessiert vor. »Das ist eine tolle Kollektion! Willst du dich damit selbstständig machen?«

»Nein, eigentlich nicht. Eigentlich wollte ich diese Linie der Firma verkaufen, für die ich bis vor wenigen Tagen noch gearbeitet habe. Aber Gisele hat mich gefeuert. Weil meine Entwürfe nicht spießig genug sind.« Wieder packte sie die Wut, als sie an diese bodenlose Gemeinheit dachte.

Rainer musterte sie prüfend. »Weißt du, Esther, wenn es am Geld liegt – ich bin durch *Black Storm* zu einigem Wohlstand gekommen. Es wäre mir ein Vergnügen, dir zu helfen. Sag mir nur, wie viel Geld du benötigst.«

Verblüfft starrte sie ihn an. »Äh ... ich brauche sicher hunderttausend Euro. Vielleicht sogar mehr. Ich muss Stoffe kaufen, einen Laden anmieten, Werbung machen, eine Modeshau organisieren und was weiß ich ...«

»Kein Problem. Ich überweise es dir gern, sobald ich wieder in Hamburg bin. Oder soll ich es jetzt gleich machen?« Er holte sein Handy aus der Tasche.

Esther stoppte ihn. »Nicht! Ich danke dir natürlich für dein Angebot. Das-das kann ich nicht annehmen.«

»Warum nicht? Du bist meine Enkelin – und neben deiner Mutter die einzige potenzielle Erbin. Johanna und ich konnten keine Kinder bekommen. Also was spricht dagegen?« Er sagt es so ruhig, als ginge es um hundert Euro. »Du kannst mich auch als stillen Teilhaber eintragen lassen und mich am Gewinn beteiligen. Sieh es als kluge Investition. Denn ich glaube, dass diese Modelinie viel Potenzial hat.«

Esther ließ den Blick fragend zu ihrer Mutter und Philipp schweifen. Beide sahen so perplex aus, wie sie sich fühlte.

Allerdings funkelte in Philipps Augen der Übermut. »Hattest du nicht etwas davon erzählt, dass du diese grenzgeniale Designerin kennengelernt hast? Ella hieß sie doch, oder?«

»Ja, genau. Ella Hausmann. Sie würde gerne mit mir zusammenarbeiten. Aber –«

»Nichts aber«, unterbrach er sie und gab ihr einen zarten Kuss auf den Mund. »Damit hättest du einen guten Grund, wieder zurück nach Hamburg zu kommen.«

Sie strich mit dem Daumen über seinen Handrücken. »Ich kenne noch einen«, hauchte sie.

Ihre Mutter lachte leise. »Na, dann scheinen doch alle zufrieden mit dieser Regelung zu sein, oder?«

»Ich wäre sehr glücklich darüber«, sagte Rainer ernst. »Denn ich könnte dir so mit meinem Vermögen das ermöglichen, was mir bei Marlene nicht möglich war.«

Nachdenklich schaute sie ihn an. Konnte sie wirklich sein Geld annehmen? Es kam ihr unanständig vor, von Rainer zu profitieren. Andererseits wäre es herrlich, zwischen Düsseldorf und Hamburg zu pendeln. Zeit mit Philipp zu verbringen. Seine süßen Küsse zu spüren. Ihn besser kennenzulernen. Wobei sie das Gefühl hatte, jetzt schon verbundener mit ihm zu sein, als sie es mit Tobias jemals war.

Epilog

Paris – sechs Monate später

Die Sonne tauchte das luxuriöse Büro von Monsieur Moreau in ein warmes, goldenes Licht. Einige Strahlen fielen auf das Chrom des Konferenztisches und ließen es aufblitzen. Durch die riesigen Fensterfronten erhaschte Esther einen Blick auf den Eiffelturm, der sich in sattem Bronzeton in den Himmel emporreckte. Kaum konnte sie glauben, dass Ella und sie gleich den CEO von _Le Style Parisien_ treffen würden. Er hatte sich gut einen Monat nach der Gründung von _Girls with an E_ gemeldet, wie sie ihre Modelinie genannt hatten.

Ihre Oma hatte ihrem Freund Antoine tatsächlich noch vor ihrem Tod einen Brief geschrieben. Es hatte allerdings eine Weile gedauert, bis er einen Termin mit seinem obersten Chef bekommen hatte – und noch länger, bis dieser eine Lücke in seinem Kalender gefunden hatte. Mittlerweile war es Frühjahr und ihre neue Linie hatte bereits die ersten Modeschauen mit einem fulminanten Erfolg absolviert.

»Entspann dich. Wir haben nichts zu verlieren, oder?«, wisperte Ella.

Nein, das hatten sie wirklich nicht. Denn ihre Business-Mode mit dem gewissen Etwas lief wie geschnittenes Brot. Dank Rainers Geld konnten sie sich sogar zwei Näherinnen leisten, die dafür sorgten, dass Ellas und ihre Ideen noch schneller umgesetzt wurden. Trotzdem war sie nervös. Immerhin leitete Monsieur Moreau *den* Modekonzern schlechthin. Wenn er einstieg, glich das einem Adelsschlag, der ihr Geschäft ganz weit voranbringen würde.

Da betrat der Franzose den Raum mit einem selbstbewussten Lächeln. Er mochte Ende vierzig sein und seine Schläfen waren schon leicht grau meliert. Aber er hatte die dynamische Ausstrahlung eines Zwanzigjährigen.

Er ging voller Elan auf sie zu, blieb vor ihnen stehen und verbeugte sich leicht. *»Mesdames, bienvenue. Ich freue mich sehr, Sie hier zu haben«*, sagte er in fließendem Deutsch. Esther bemerkte, dass Ella leise aufatmete. Sie hatte schon befürchtet, dass sie das Gespräch mit Übersetzer-App führen mussten. »Lassen Sie uns über Ihre Marke, *Girls with an E*, sprechen. Wirklich, ein ausgefallener Name für außergewöhnliche Mode.« Er schmunzelte.

»Merci beaucoup«, erwiderte sie. »Wir schätzen Ihr Interesse an unserer Marke, Monsieur Moreau. Wir finden, keine Frau muss im Job ihren Style aufgeben. Die Berufswelt ist offener geworden – und das spiegelt unsere Mode wider.«

Moreau nickte anerkennend. »Genau das gefällt uns an Ihrer Linie. Sie ist kraftvoll, frech und trotzdem feminin. Wir könnten uns gut vorstellen, dass sie *Le Style Parisien* bereichern könnte. Wir sehen großes Potenzial für Wachstum und würden daher gerne in Ihre Marke investieren.«

»Für diese Möglichkeit sind wir natürlich offen, Monsieur Moreau. Deswegen sind wir hier, nicht wahr, Ella?«

Ihre Geschäftspartnerin und Freundin nickte langsam. »Genau. Allerdings ist *Girls with an E* ein Herzensprojekt und wir wollen sicherstellen, dass die Seele unserer Marke weiter besteht. Sie soll jung und frisch bleiben.«

»Selbstverständlich verstehen wir Ihre Bedenken. Wir schätzen Ihre Kreativität sehr. Daher möchten wir, dass Sie als Geschäftsführerinnen an Bord bleiben. Ihre Visionen und Expertise sind von unschätzbarem Wert.« Moreau schob eine elegante schwarze Ledermappe zu ihnen hinüber. »Lesen Sie sich unser Angebot durch, *Mesdames*, und lassen Sie mich morgen um siebzehn Uhr wissen, ob es für Sie interessant ist. Ich habe für Sie zwei Zimmer im Ritz reservieren lassen. Natürlich auf unsere Kosten.«

Ella öffnete bereits den Mund, vermutlich um zu protestieren. Esther stieß sie in die Seite. »Das ist sehr aufmerksam von Ihnen, Monsieur Moreau. Wir bleiben gerne eine Nacht im wunderschönen Paris.«

Er lächelte sie an. »*Bon*, genießen Sie Ihren Aufenthalt. Ich hoffe, dass Sie mir morgen eine Zusage geben.« Mit diesen Worten erhob er sich und verließ den Raum.

Schweigend warteten sie, bis er draußen war. Danach fuhren sie mit dem Fahrstuhl herunter, gingen aus dem prunkvollen Gebäude mit seinen schmiedeeisernen Fensterumrahmungen, die für Paris so typisch waren. Sie sagten kein Wort, bis sie vor Philipp und Ellas Freundin Manja standen, die auf einer Bank vor der

Seine auf sie gewartet hatten. Keine hundert Meter davon erstreckte sich die Pont Alexandre III in all ihrer neobarocken Pracht und Esther stockte beim Anblick dieser prachtvollen Brücke der Atem. Sie liebte die französische Hauptstadt einfach.

»Und, wie war es?«, fragte Philipp erwartungsvoll.

Ella schnaubte und hielt die lederne Mappe in die Höhe. »Der hat das einfach auf morgen vertagt. Dabei hätte ich sofort zugesagt. Hey, wir sollen die Bude leiten!«

Manja lachte und nahm sie in den Arm. »Da bin ich ja froh, dass er euch vertröstet hat. Schließlich sollte ich den Vertrag noch prüfen.« Ellas Freundin war Anwältin und auf Merger-Acquisition-Themen spezialisiert. Das war einer der Gründe, warum sie dabei war. Und natürlich, weil Ella die Stadt der Liebe nicht ohne ihre Liebste bereisen wollte.

»O ja, bitte mach das. Vielleicht findest du ja ein Haar in der Suppe – und ich muss nicht noch eine weitere Stadt meiner Flight-Liste hinzufügen.« Philipp stöhnte. »Das Pendeln zwischen Hamburg und Düsseldorf ist nervig genug.«

Esther stieß ihn spielerisch in die Rippen. »Du darfst gerne zu mir ziehen, Hase.« Sie grinste.

»Und von meiner reichen Freundin leben? Die mich *Hase* nennt? Kommt nicht infrage! Die Musik spielt in Hamburg. Irgendwann überzeuge ich dich schon davon. Wer zieht denn nach Düsseldorf, wenn er in Hamburg leben kann?« Er schüttelte in gespielter Entrüstung den Kopf. Danach schlang er lachend die Arme um sie und küsste sie.

Esther schloss die Augen. Auch nach sechs Monaten raubten seine Küsse ihr immer noch den Atem. Sie waren so viel süßer und intensiver als die von Tobias. Warum hatte sie nicht sofort gemerkt, dass Philipp der Richtige für sie war? Stattdessen war sie auf ihren manipulativen Ex-Freund hereingefallen. Der hatte allerdings die Quittung für sein doppeltes Spiel bekommen. Giulia hatte ihn aus der Wohnung geworfen und verklagte ihn gerade in Grund und Boden. Esther musste sich bei dem Gedanken ein zufriedenes Lachen verkneifen.

Allerdings musste sie etwas in ihrer Miene verraten, denn Philipp stöhnte. »Sag nicht, du denkst wieder an Tobias.«

»Niemals«, erwiderte sie scheinheilig.

Er verdrehte die Augen. »Komm, ich sehe es dir an der Nasenspitze an, dass du dich über diesen Rosenkrieg freust. Du böse, gehässige Ex-Furie.« Einen Augenblick blieb er ernst, dann zuckte es um seine Mundwinkel. »Verdient hat der Idiot es ja. Immerhin war er zu dämlich, um zu begreifen, was für einen Schatz er an dir hat. Glück für mich. Denn ich werde dich nie wieder loslassen.«

Wieder küsste er sie und in diesem Kuss lag das Versprechen, immer für sie da zu sein, und sie stets auf Händen zu tragen. Ihre Vorzüge zu sehen, nicht ihre Fehler. Philipp würde sie niemals gegen ein vermeintlich besseres Model austauschen. Er liebte sie so, wie sie war. Und das war das größte Glück, das sie jemals erfahren hatte.

Danksagung & Widmung

Liebe Leserin, lieber Leser,
Ich danke dir, dass du Marlene, Esther und mich gedanklich und emotional in die Lüneburger Heide begleitet hast. Einer Region, die nicht nur für ihr typisches Kraut bekannt ist, sondern auch für ihre Pferde. Was kann es Schöneres geben als diese wundervollen Tiere? Als ehemals begeisterte Reiterin hat mir das Schreiben dieser Geschichte besonders viel Spaß gemacht. Und ich war tatsächlich zum ersten Mal bei einem Pferderennen – was ich jedem empfehlen kann. Die Atmosphäre ist etwas ganz Besonderes, das muss man selbst erleben!
Dass Digital Publishers der Story ein Zuhause gegeben hat, freut mich aus mehreren Gründen: Zum einen ist die – mittlerweile stark überarbeitete – Ursprungsversion das erste Romance-Buch, das ich geschrieben habe. Zum anderen lehnt sich der Charakter von Philipp in Teilen an meinen verstorbenen Verlobten Gábor an. Eine Seele von Mann. Wobei Gábor niemals so arrogant war wie Philipp am Anfang. Aber die Herzlichkeit, Güte und Loyalität hat mein Book-Boyfriend definitiv von ihm. Außerdem habe ich das Aussehen an ihn angelehnt. Und so durfte ich beim Schreiben noch einmal etwas Zeit mit ihm verbringen. Ich hoffe, dass ihr Philipp genauso liebt, wie ich Gábor geliebt habe. Es war ein Geschenk, ihn kennengelernt zu haben.

An dieser Stelle möchte ich einigen Menschen danken, die mich bei der Entstehung des Buches begleitet und unterstützt haben. Dazu gehören vor allem meine lieben Autorenkolleg*innen und Testlesenden Yvonne, Cornelia, Melanie und Hans-Joachim. Außerdem Klaus Eulenberger von der Baden-Badener Auktionsgesellschaft (BBAG), der mir einige Detailfragen zu historischen Auktionen beantwortet hat.
Ich hoffe, die Geschichte hat euch gefallen. Wenn ja würde ich mich sehr über eine Rezension freuen, damit andere Lesende sich ebenfalls davon verzaubern lassen können.
Vielen lieben Dank und alles Liebe
Eure Heike